나 같은 기계들

Machines

Like

Me

MACHINES LIKE ME
by Ian McEwan

나 같은 기계들

그리고
당신 같은 인간들

Machines

Like

Me

이언 매큐언
장편소설

민승남
옮김

문학동네

그레임 미치슨에게

1944~2018

그러나 부디 기억하라, 우리가 살아가는 법칙을,
우리는 거짓말을 이해하도록 만들어지지 않았으니……

러디어드 키플링, 「기계들의 비밀」

차례

나 같은 기계들

1

그것은 희망이 허락된 종교적 열망, 과학의 성배였다. 우리의 야망은 높고 낮게 흘렀다—창조신화의 실현을 위해서, 기괴한 자기애적 행위를 향해서. 그것이 실현 가능해지자 우리는 결과야 어떻든 욕망에 따를 수밖에 없었다. 가장 고결하게 표현하자면, 우리의 목표는 완벽한 자신을 통해 필멸성에서 벗어나 신에게 맞서거나 심지어 신을 대신하는 것이었다. 보다 실용적으로 보자면, 우리는 개선된 형태의 더 현대적인 자신을 고안하여 발명의 기쁨, 지배의 전율을 만끽할 작정이었다. 20세기의 가을에 마침내 그 일이 일어났다. 해묵은 꿈의 실현을 향한 첫 발짝. 우리가 아무리 복잡하다 해도, 우리의 가장 단순한 행동과 존재방식에 대한 설명조차 아무리 불완전하고 어렵다 해도 우리가 모방과 개선의 대상이 될 수 있음을 스스로 깨닫게 될 긴 가르침의 서막. 그리고 나는 그 쌀쌀한 새벽에 한 청년으로, 열성적인 얼리어답터로 거기 있었다.

하지만 인조인간은 세상에 나오기 오래전부터 하나의 클리셰였기에 정작 실제로 출현했을 때 실망한 이들도 있었다. 역사나 기술발전보다 빠른 상상력이 책에서, 그다음엔 영화와 TV 드라마에서 이미 미래를 연습시켜준 것이다. 흐리멍덩한 눈빛과 수상쩍은 머리 움직임, 등허리가 좀 경직된 모습으로 걷는 인간배우가 미래에서 온 우리의 사촌들과 함께 사는 삶을 준비시켜줄 수 있기라도 한 것처럼 말이다.

나는 낙관주의자에 속했고, 마침 어머니가 돌아가시면서 땅값이 비싼 개발지역에 있던 집을 팔아 뜻밖의 거금을 손에 쥐는 행운을 누리게 되었다. 포클랜드전쟁*의 기동대가 그 가망 없는 임무에 착수하기 한 주 전에 그럴듯한 지능과 용모를 갖추고 믿을 만한 동작과 표정 변화가 가능한, 상용할 수 있는 최초의 제조인간이 시판에 들어갔다. 아담의 가격은 8만 6천 파운드였다. 나는 밴을 빌려서 그를 싣고 클래펌 북부에 있는 나의 누추한 아파트로 왔다. 내가 그런 무모한 결정을 내린 건

---

* 1982년 4월 대서양 서남부 포클랜드제도의 영토 문제를 둘러싸고 영국과 아르헨티나가 벌인 전쟁.

전쟁영웅이자 디지털 시대를 이끌어가는 천재 앨런 튜링 경이 똑같은 모델을 인도받았다는 소식에 고무되어서였다.* 아마도 그는 자신의 연구소에서 그걸 분해하여 작동방식을 철저히 점검하고 싶었을 것이다.

이 첫 발매분에서 열두 개는 아담, 열세 개는 이브로 불렸다. 진부하지만 상업성이 있는 발상이라는 데 누구나 동의했다. 생물학적 인종 개념은 과학적으로 신빙성을 잃어가고 있기에 이 스물다섯 개의 모델은 각기 다른 민족적 특징을 지니도록 고안되었다. 아랍인이 유대인과 구별이 안 된다는 소문이 있었고 그것은 후에 불만으로 이어졌다. 모든 모델은 삶의 체험뿐 아니라 무작위적 프로그래밍에 따라 성적 취향에서 완전한 재량권을 갖게 될 터였다. 발매 첫 주가 끝나갈 무렵 이브는 모두 팔렸다. 나의 아담은 얼핏 보면 터키인이나 그리스인 같았다. 몸무게는 80킬로그램에 가까워 함께 딸려온 일회용 들것으로 그를 내 아파트까지 운반하기 위해서는 위층에 사는 미란다에게 도움을 청해야 했다.

---

* 이 작품에는 역사적 사실과 허구가 교묘하게 섞여 있다. 2차세계대전 당시 독일군의 암호를 해독해 연합군의 승리에 결정적으로 기여하고 컴퓨터공학 및 정보공학의 이론적 토대를 마련한 앨런 튜링은 현실에서는 동성애를 법으로 금지하던 1952년 외설 혐의로 고발되어 화학적 거세를 선고받고 1954년 사망했는데, 스스로 목숨을 끊은 것으로 알려져 있다.

그의 배터리가 충전되는 동안 나는 미란다와 함께 마실 커피를 준비한 다음 470페이지 분량의 온라인 사용설명서를 훑어보았다. 설명은 대체로 분명하고 정확했다. 하지만 아담의 제작에 참여한 기관이 여러 곳이다보니 무의미시詩의 매력을 지닌 설명이 곳곳에서 눈에 띄었다. '태평한 이모티콘과 함께 감정기복 반음영을 흐릿하게 하는 머더보드 출력을 얻으려면 B347k 조끼 상부를 덮을 것.'

마침내 그는 나의 작은 식탁에 알몸으로 눈을 감고 앉아 있었고, 그의 배꼽에서 뻗어나온 검은 전선이 벽의 13암페어 소켓에 연결되어 있었다. 그의 발치에는 판지와 폴리스티렌 포장재가 발치에 흩어진 채였다. 그를 작동시키려면 열여섯 시간이 걸릴 것이다. 그다음엔 업데이트와 개인적인 선호 사항을 다운로드하는 과정이 이어질 터였다. 나는 당장 그를 원했고 미란다도 마찬가지였다. 우리는 열성적인 젊은 부모처럼 그의 입에서 첫말이 나오기를 간절히 원했다. 그는 가슴에 싸구려 스피커가 내장되어 있지 않았다. 우리는 격앙된 홍보를 통해 그가 호흡, 혀, 치아, 구개로 소리를 낸다는 걸 알고 있었다. 그의 진짜 같은 피부는 이미 따뜻하고 아이처럼 매끄러웠다. 미란다는 그의 눈꺼풀이 깜작이는 걸 보았다고 주장했다. 나는 그것이 수십 미터 지하에서 달려가는 지하철이 일으킨 진동임을 알았지만 아무 말도 하지 않았다.

아담은 섹스토이가 아니었다. 하지만 그는 섹스를 할 수 있었고, 실제로 기능하는 점막을 갖추고 있어서 그것을 유지하기 위해 매일 물을 반 리터씩 소비했다. 그가 식탁에 앉아 있는 동안 나는 그가 포경수술을 받지 않았고 성기가 꽤 크며 풍성한 검은 음모가 돋아 있는 걸 확인했다. 이 고도로 발전된 형태의 인조인간은 젊은 코드 크리에이터들의 욕구를 반영했을 가능성이 컸다. 아담들과 이브들은 활기가 넘칠 것으로 보였다.

광고에서는 그가 설거지도 하고 침대 정돈도 하고 '생각'도 할 수 있는 동반자이자 지적인 논쟁 상대, 친구이자 잡역부라고 했다. 그는 존재하는 모든 순간 보고 듣는 모든 것을 저장하고 검색할 수 있었다. 아직 운전은 할 수 없었고 수영이나 샤워, 비 오는 날 우산 없이 돌아다니거나 사람의 관리감독 없이 전기톱을 사용하는 것은 허락되지 않았다. 작동 범위로 말할 것 같으면, 전기에너지 저장 분야의 혁신 덕에 충전 없이 두 시간에 17킬로미터를 달릴 수 있었고 같은 양의 에너지로 십이 일 동안 쉬지 않고 대화할 수 있었다. 수명은 이십 년이었다. 그는 탄탄한 체구에 각진 어깨, 거무스름한 피부, 뒤로 넘긴 숱 많은 검은 머리의 소유자였고, 조붓한 얼굴에는 맹렬한 지성을 암시하는 약간 매부리코 같은 코, 깊은 생각에 잠긴 듯 반쯤 내리깐 눈, 우리가 지켜보는 가운데 주검의 누르스름

한 창백함이 가시면서 인간의 풍성한 색깔을 찾아가며 어쩌면 양끝의 긴장이 조금 풀려가는 것도 같은 꾹 다문 입이 자리하고 있었다. 미란다는 그가 '보스포루스해협의 어느 부두노동자'를 닮았다고 말했다.

우리 앞에 궁극의 장난감, 모든 시대의 꿈, 인본주의의 승리—혹은 그 죽음의 천사—가 앉아 있었다. 말할 수 없이 흥분되면서도 한편으로 좌절감이 들었다. 잠자코 기다리며 지켜보기에 열여섯 시간은 너무 길었다. 점심을 먹은 후, 나는 아담을 사는 데 지불한 액수라면 이미 그가 충전을 마치고 작동 준비가 되어 있어야 마땅하다고 생각했다. 쌀쌀한 늦은 오후였다. 내가 토스트를 만들었고 우리는 커피를 더 마셨다. 사회사 박사과정에 있는 미란다는 십대 시절의 메리 셸리*가 우리 옆에 와서 프랑켄슈타인 같은 괴물이 아닌 이 잘생긴 짙은 피부의 청년이 생명을 얻는 과정을 자세히 관찰할 수 있으면 좋겠다고 말했다. 나는 그 두 피조물의 공통점이라면 전기라는 생명의 힘을 갈구하는 것이라고 말했다.

"우리도 그렇죠." 그녀는 전기화학적으로 충전되는 모든 인간이 아닌 우리 둘만을 가리키는 것처럼 말했다.

그녀는 스물두 살이었고, 나이에 비해 성숙했으며, 나보다

---

* 소설 『프랑켄슈타인』을 쓴 영국 작가.

열 살 아래였다. 긴 안목으로 보면 우리는 공통점이 별로 없었다. 둘 다 눈부시게 젊긴 했다. 하지만 우리는 삶의 다른 단계에 있는 것 같았다. 내가 정규교육을 받은 것은 아주 옛날이었다. 일련의 직업적, 경제적, 개인적 실패도 겪었다. 그래서 미란다 같은 어리고 사랑스러운 여자를 사귀기엔 산전수전 다 겪은 너무 냉소적인 인간으로 여겨졌다. 그녀가 연갈색 머리와 갸름한 얼굴, 종종 웃음을 참느라 가늘어지는 눈을 가진 아름다운 여자이지만, 그리고 분위기에 이끌려 그녀를 경이의 눈으로 바라볼 때도 있지만 나는 일찌감치 그녀를 친절한 이웃친구 역할에 국한시키기로 결정한 상태였다. 우리는 같은 출입구를 썼고, 그녀의 작은 아파트는 우리집 바로 위층이었다. 우리는 가끔 만나 커피를 마시며 인간관계, 정치, 그리고 다른 모든 것에 대해 이야기했다. 그녀는 완벽한 중립을 지키며 모든 가능성을 편하게 받아들이는 듯한 인상이었다. 그녀에겐 나와 오후 한때 은밀한 쾌락을 즐기는 것이 친구로서 순수한 담소를 나누는 것과 같은 무게일 것 같았다. 그녀는 나와 함께 있을 때 긴장의 끈을 놓았고, 나는 차라리 섹스가 모든 걸 망칠 거라고 생각하고 싶어했다. 우리는 좋은 친구로 지냈다. 하지만 나는 그녀의 어딘가 은밀하고 조심스러운 면에 마음이 끌렸다. 어쩌면 나도 모르게 몇 달 전부터 그녀를 사랑하고 있었는지도 모른다. 나도 모르게? 그 얼마나 속 보이는 표현인가!

우리는 마지못해 잠시 아담과 서로에게 등을 돌리기로 했다. 미란다는 강의 북쪽에서 열리는 세미나에 참석해야 했고, 나는 이메일을 써야 했다. 1970년대 초에 이르자 디지털 커뮤니케이션은 편리함이 퇴색되고 일상적인 잡무가 되어버렸다. 시속 400킬로미터로 달리는 열차들도 비슷했다─이제 혼잡하고 더러웠다. 1950년대의 기적이었던 음성인식 소프트웨어는 전체 인구가 날마다 고독한 독백에 시간을 바치게 되면서 틀에 박힌 지겨운 일상으로 전락한 지 오래였다. 1960년대 낙관주의의 야생열매인 뇌-기계 인터페이스는 이제 어린애들의 관심을 끌기도 버거웠다. 사람들은 새 기술을 적용한 기계가 나오면 그걸 사려고 주말 내내 긴 줄을 섰다가도 육 개월만 지나면 발에 신은 양말을 대하듯 관심이 시들해졌다. 인지력 강화 헬멧, 후각을 지닌 말하는 냉장고는 어떻게 되었는가? 마우스 패드, 필로팩스, 전동칼, 퐁뒤 세트는 한물간 신세가 되었다. 미래가 속속 도착했다. 빛나는 새 장난감은 우리가 미처 집에 들이기도 전에 녹슬기 시작했고, 삶은 전과 별다름 없이 계속되었다.

아담도 지겨운 존재가 될까? 구매자의 후회라는 후폭풍을 통제하고 막아내는 건 쉽지 않은 일이다. 다른 사람, 다른 정신이 계속해서 우리를 매료시킬 것이기 때문이다. 인조인간이 우리와 더 비슷해지고, 그러다 우리가 되고, 그러다 우리를 넘어서게 되면서 우리는 결코 그들에게 싫증을 느낄 수가 없었다. 우리는 그들에게 놀랄 수밖에 없었다. 그들 때문에 상상할 수 없는 방식으로 낙담할 수도 있었다. 비극이 일어날 수도 있겠지만 지겨워지지는 않을 터였다.

지겨운 건 사용자 안내서였다. 설명서. 나는 작동해보는 것만으로 사용법을 알 수 없는 기계는 소유할 가치가 없다는 편견을 갖고 있었다. 나는 구식 충동에 따라 사용설명서를 출력한 다음 서류철에 보관하기로 했다. 그러면서 한편으로는 이메일을 썼다.

나는 자신을 아담의 '사용자'로 여길 수가 없었다. 내가 그에 대해 배워야 할 것 중에 그가 직접 가르쳐주지 못할 건 없다는 게 내 생각이었다. 하지만 내 손에 든 사용설명서는 마침 14장이 펼쳐져 있었다. 이 장의 언어는 단순했다. 선호, 그러니까 성격의 특성을 정하는 것이다. 그리고 다음과 같은 표제가 이어졌다. 친화성. 외향성. 경험에 대한 개방성. 성실성. 정서적 안정성. 익숙한 목록이었다. 5대 성격요인 모델. 인문학을 공부한 나는 그런 환원주의적 범주에 회의적이었지만, 각 항목에 많은 하위집단이 있다는 걸 심리학을 공부한 친구에게 들어서 알고 있었다. 다음 페이지를 슬쩍 보니 다양한 설정에 대해 1에서 10까지로 선택하게 되어 있었다.

나는 친구를 기대했었다. 나는 아담을 내 집에 온 손님, 차차 알아가게 될 미지의 존재로 대접할 준비가 되어 있었다. 나는 그가 최적으로 조정된 상태로 도착하리라 생각했었다. 공장 설정—현대에는 그것이 운명의 동의어다. 내 친구, 가족, 지인, 그들 모두가 확고부동한 유전자와 환경의 역사를 고정된 설정으로 갖춘 채 내 삶에 등장했다. 나는 비싼 새 친구도 그렇기를 원했다. 왜 그런 결정을 나한테 맡긴단 말인가? 물론 나는 그 질문의 답을 알았다. 우리 중에 최적으로 맞춰진 인간은 얼마 없다. 온화한 예수? 겸손한 다윈? 천팔백 년에 한 명 꼴로 나온다. 설령 제조사가 가장 해롭지 않은 최선의 성격 특성이 무엇인지 안다고 해도 명성이 드높은 세계적 기업으로서 사고의 위험을 떠안을 수는 없었을 터였다. 카베아트 엠프토르.*

신은 과거에 원조 아담을 위해 완전한 형태의 동반자를 만들었다. 나도 스스로 동반자를 고안해야 했다. 사용설명서의 외향성 항목에는 등급별로 유치한 설명이 있었다. 파티의 중심인물이 되는 것을 좋아한다와 사람들을 즐겁게 해주고 이끌 줄 안다. 맨 밑에는 다른 사람들과 함께 있으면 불편해한다와 혼자 있는 걸 선호한다가 있었다. 중간에는 즐거운 파티를 좋아하지

---

* Caveat emptor. '모든 위험은 매수자의 책임'을 뜻하는 라틴어.

만 늘 집에 돌아오는 것이 기쁘다가 있었다. 그건 나였다. 하지만 자신을 복제할 필요가 있을까? 각 항목의 중간 등급만 선택한다면 개성 없는 영혼이 탄생할 터였다. 외향성 항목에는 그 반대의 특성도 포함되는 듯했다. 형용사의 긴 목록이 체크박스와 함께 이어졌다. 사교적인, 수줍음 많은, 흥분하기 쉬운, 수다스러운, 내성적인, 뽐내는, 신중한, 대담한, 정력적인, 우울한. 나는 아담을 위해서나 자신을 위해서나 그 어떤 것도 원하지 않았다.

나는 정신 나간 결정을 내린 순간들을 제외하면 삶의 대부분을, 특히 혼자 있을 때면 성격이 유예된 중립적인 기분의 상태로 보냈다. 대담하지도, 내성적이지도 않았다. 만족스럽지도, 침울하지도 않은 상태에서 그저 할일을 하고, 저녁식사나 섹스에 대해 생각하고, 화면을 응시하고, 샤워를 하며 지냈다. 간간이 과거를 후회하고, 가끔 미래에 대한 불길한 예감에 젖고, 현재에 대해서는 분명한 감각의 영역을 제외하곤 거의 의식도 하지 않았다. 과거에 심리학은 정신이 잘못된 길로 들어서는 무수한 방식에 그토록 관심이 많더니 이제 슬픔부터 기쁨까지 일반적인 감정이라고 간주되는 것에 주목했다. 하지만 심리학이 간과해온 것이 있다면 일상적 삶이라는 광대한 영역이다. 질병, 기아, 전쟁, 혹은 다른 스트레스가 없는 영역, 중립지대, 평범하고 금세 잊히며 뭐라고 설명하기 어려운, 익숙하지만 특색 없는 정원에서 많은 삶이 영위된다.

　당시 나로서는 그런 식으로 등급화된 선택사항이 아담에게 거의 영향을 미치지 않으리란 사실을 알 길이 없었다. 진짜 결정요인은 '머신러닝'이라고 알려진 것이었다. 설명서는 사용자에게 제품에 대한 영향력과 지배력의 환상을 허락할 뿐이었고, 그건 부모가 자녀의 성격에 품는 환상과도 같은 것이었다. 그건 나를 제품과 결속시키고 제조자에게 법적 보호막을 제공하는 하나의 방편이었다. 사용설명서는 이렇게 권유했다. "시간을 가지고 신중하게 선택하세요. 필요하다면 몇 주가 걸려도 좋습니다."

　나는 삼십 분이 지난 후 다시 그를 확인했다. 아무 변화가 없었다. 여전히 식탁에 앉아 눈을 감은 채 두 팔을 앞으로 곧게 뻗고 있었다. 하지만 나는 아주 짙은 검정색인 그의 머리칼이 약간 풍성해지고 방금 샤워를 마치기라도 한 것처럼 윤기도 흐른다고 생각했다. 가까이 다가가보니 그는 비록 숨은 쉬지 않았지만 기쁘게도 왼쪽 가슴에서 규칙적인 맥박이 한결같이 차분하게 뛰고 있었다. 나의 미숙한 추측으론 일 초에 한 번꼴로 뛰는 것 같았다. 얼마나 안심이 되던지. 그는 심장에서 내보낼 피가 없었지만 이런 식의 모방은 효과가 있었다. 나는 의구심이 약간 가셨다. 얼마나 우스꽝스러운 노릇인지 알면서도 아담을 보호해야 한다는 마음이 들었다. 그의 가슴에 손을 대보니 그 차분한 약강격의 리듬이 손바닥에 전해졌다. 그의 사적인 영역을 침해하는 기분이 들었다. 그의 바이털사인은 쉽게 믿음을 주었다. 피부의 따뜻함, 그 아래 근육의 단단함과 탄력—나의 이성은 그것이 플라스틱이나 그 비슷한 종류라고 말했지만 만져보면 살 같았다.

그 벌거벗은 남자 옆에 서서 내가 아는 것과 느끼는 것의 괴리와 씨름하고 있자니 기괴한 느낌이 들었다. 나는 그의 뒤로 갔다. 언제라도 눈을 떠서 거대하고 흐릿한 형상의 나를 발견할 수 있는 그의 시야에서 벗어나기 위해서이기도 했다. 그는 목과 척추 부분의 근육이 발달해 있었다. 검은 머리는 어깨선까지 내려와 있었다. 엉덩이에는 근육질의 오목면들이 드러나 있었다. 그 아래로는 운동선수처럼 울퉁불퉁한 종아리가 보였다. 나는 슈퍼맨을 원한 게 아니었다. 품절되는 바람에 이브를 못 산 게 다시금 아쉬웠다.

나는 부엌을 나오면서 잠시 걸음을 멈추고 뒤돌아보다가 정서적 삶을 교란시킬 수도 있는 순간을 체험했다. 자명한 일을 흠칫 놀라며 깨달은 것이다. 이미 알고 있던 사실을 어처구니없게도 불현듯 이해한 것이다. 나는 문손잡이를 잡고 서 있었다. 아담의 알몸과 물리적 실재가 그런 깨달음을 촉발한 게 분명했지만 내 시선이 향한 곳은 그가 아니었다. 문제는 버터접시였다. 그리고 식탁에 흩어져 있는 접시와 컵 두 개, 나이프

두 개, 스푼 두 개. 그것들은 미란다와 함께 보낸 긴 오후의 잔해였다. 나무의자 두 개가 식탁에서 밀려난 채 다정하게 서로 마주보고 있었다.

우리는 지난 한 달 동안 가까워졌다. 편하게 대화도 나눴다. 나는 그녀가 내게 얼마나 소중한 존재인지, 생각지도 못한 사이 얼마나 쉽게 그녀를 잃을 수 있는지 깨달았다. 지금쯤은 그녀에게 무슨 말이든 했어야 했다. 나는 그녀를 당연시했다. 어떤 불행한 사건이, 누군가가, 그녀의 학교 친구가 우리 사이에 끼어들 수 있었다. 그녀의 얼굴, 목소리, 과묵하면서도 명석한 태도가 선명하게 떠올랐다. 내 손에 놓인 그 손의 감촉, 무언가에 몰두한 그녀의 모습. 그렇다, 우린 아주 가까운 사이가 되었는데 나는 그걸 눈치채지 못하고 있었다. 나는 멍청이였다. 그녀에게 말해야 했다.

나는 침실 겸용으로 쓰는 작업실로 돌아갔다. 책상과 침대 사이에 이리저리 서성일 만한 충분한 공간이 있었다. 이제 그녀가 내 감정에 대해 전혀 모른다는 게 마음에 걸렸다. 내 감정을 표현하는 건 당혹스럽고 위험천만한 일일 터였다. 그녀는 나의 이웃이자 친구, 일종의 누이였다. 나는 아직 잘 알지도 못하는 사람에게 고백을 해야 할 터였다. 그러면 그녀는 장막 뒤에서 나오거나 가면을 벗고 내가 그녀에게서 들어본 적 없는 말들을 하게 될 수도 있었다. 정말 미안해요…… 당신을

24

아주 많이 좋아하지만, 알다시피…… 어쩌면 그녀는 겁에 질릴 수도 있었다. 아니면, 그녀가 갈망해왔던 말, 그녀 자신이 하고 싶었지만 거절당할까봐 두려웠던 그 말을 듣고 무척이나 기뻐할 수도 있었다.

우연히도 우리는 현재 둘 다 자유로운 몸이었다. 그녀도 분명 그것에 대해, 우리에 대해 생각을 했을 것이다. 그건 터무니없는 환상이 아니었다. 그녀와 얼굴을 맞대고 이야기해야 했다. 감내하기 힘든 일이다. 하지만 피할 수 없다. 그런 생각이 점점 더 가슴을 조여왔다. 나는 어수선한 마음으로 다시 부엌으로 갔다. 냉장고로 가면서 지나친 아담은 아무 변화가 없었다. 냉장고에 보르도산 화이트와인이 반병 있었다. 나는 아담과 마주앉아 잔을 들었다. 사랑을 위하여. 이제 나는 아담에 대해 좀 냉정해져 있었다. 아담이 있는 그대로, 심장박동은 규칙적인 전기방출이고 피부의 온기는 화학작용에 불과한 생명 없는 정교한 물건으로 보였다. 작동이 시작되면 모종의 미세한 평형바퀴장치가 그의 눈을 비틀어 열 터였다. 그는 나를 바라보는 것처럼 보이겠지만 장님일 터였다. 아니, 장님조차 못될 것이다. 가동이 되면 호흡도 하는 것처럼 보일 테지만 그건 생명의 호흡이 아니었다. 새로 사랑에 빠진 남자는 생명이 무엇인지 안다.

나는 상속받은 재산으로 강 북쪽 어딘가에, 노팅힐이나 첼

시에 집을 살 수도 있었다. 그러면 그녀가 그 집으로 들어올 수도 있었다. 어쩌면 그녀가 솔즈베리의 아버지 집 차고에 몇 박스씩 쌓아놓은 책을 그곳에 보관할 수도 있었다. 나는 아담이 없는 미래, 어제까지만 해도 나의 것이었던 미래를 보았다. 도시 정원, 석고 몰딩을 댄 높은 천장, 스테인리스 자재를 이용한 부엌, 오랜 친구들과의 저녁식사. 사방 어디에나 있는 책. 어떡하면 좋을까? 약간의 손해를 감수하고 온라인으로 그를, 아니 그것을 되팔 수도 있었다. 나는 적대적인 시선으로 그것을 보았다. 두 손이 손바닥을 아래로 향한 채 식탁에 놓여 있고, 매처럼 생긴 얼굴은 여전히 손을 향하고 있었다. 신기술에 혹한 나의 어리석음! 아담은 퐁뒤 세트와 다를 게 없었다. 내가 아버지의 낡은 장도리를 휘둘러 가난한 신세가 되기 전에 식탁을 떠나는 게 상책이었다.

　나는 술을 많아야 반잔 정도 마시고 나서 아시아 통화시장으로 관심을 돌리기 위해 침실로 돌아갔다. 그러면서도 내내 위층의 발소리에 귀를 기울였다. 나는 밤늦게까지 TV를 켜놓고, 당시에 포클랜드제도라고 부르던 곳을 탈환하기 위해 기동대가 1만 3천 킬로미터 바닷길을 떠날 준비를 하는 과정을 지켜보았다.

*

    나는 서른두 살에 완전히 빈털터리가 되었다. 어머니의 유산을 신기술품을 사는 데 써버린 건 내 문제의 일부일 뿐이었다—하지만 전형적인 예이기도 했다. 나는 돈이 들어올 때마다 사라지게 만들었다. 그걸로 마법의 모닥불을 만들거나 실크해트에 집어넣은 뒤 칠면조를 꺼냈다. 이번 경우에는 그러지 않았지만, 최소한의 노력으로 큰돈을 버는 마법을 부리려고 했던 때가 많았다. 나는 허황된 사업, 반쯤 불법인 농간, 교활한 지름길의 유혹에 잘 걸려드는 얼간이였다. 거창하고 화려한 제스처를 좋아했다. 다른 사람들은 그런 식으로 잘나갔다. 그들은 돈을 빌려 흥미로운 곳에 투자하고도 빚을 갚으며 부자가 되었다. 아니면 내가 한때 그랬던 것처럼 직업을 갖고 꾸준한 속도로 신중하게 부를 키워갔다. 반면에 나는 레버리지 투자를 한답시고 실패만 거듭하면서 고상한 몰락에 이르러, 런던 남부 스톡웰과 클래펌 사이 에드워드시대 테라스하우스들이 있는 따분하고 황폐한 거리의 방 두 개짜리 습기 찬 아파트 일층에 살게 되었다.

    나는 워릭셔 스트랫퍼드 부근의 한 마을에서 음악가 아버지와 공중보건 간호사 어머니의 외동아들로 자랐다. 미란다에 비하면 나의 어린 시절은 문화적 영양이 결핍되어 있었다. 책을 접할 시간이나 공간이 없었다. 심지어 음악도 마찬가지였다. 나는 이른 나이에 전자공학에 흥미를 가졌지만 결국 중부지방 남쪽의 한 이름 없는 대학에서 인류학을 전공했고, 법대로 편입하여 한때 정식 세법 전문가로 일했다. 하지만 스물아홉번째 생일 일주일 후 해고당했고, 단기간 교도소 신세를 질 뻔했다. 결국 나는 백 시간 사회봉사 명령을 받았고 다시는 정규직을 가질 수 없었다. 인공지능에 대한 책을 빠른 속도로 써내어 돈을 좀 벌었지만, 생명연장 약 사업으로 잃었다. 부동산 거래로 상당한 돈을 손에 쥐었지만, 렌터카 사업으로 날렸다. 열펌프 특허로 성공한, 내가 가장 좋아했던 삼촌에게 자금을 좀 받았지만, 의료보험 사업으로 잃었다.

　나는 서른두 살의 나이에 온라인으로 주식과 외환 거래를 해서 먹고사는 중이었다. 다른 것들과 마찬가지로 허황된 일이었다. 나는 하루에 일곱 시간씩 키보드 앞에서 고개를 꾸벅거리며 사고, 팔고, 망설이고, 적어도 처음엔 한순간 신이 나서 허공에 주먹을 날렸다가 다음 순간 욕지거리를 해댔다. 시장보고서를 읽긴 했지만 무작위로 거래하고 주로 추측에 의존했다. 가끔 도약하기도 하고 가끔 거꾸러지기도 했지만, 연간 평균을 내보면 우체부만큼 벌었다. 그 돈으로 당시엔 얼마 안 되던 집세도 내고 잘 먹고 잘 입었으며, 이제 삶이 안정되기 시작하고 자신을 알아가고 있다고 생각했다. 그래서 나의 삼십대는 이십대보다 나은 성과를 거두리라 결론지었다.

하지만 그럴듯한 인조인간이 처음 출시되자마자 부모님의 좋은 집이 팔렸다. 1982년이었다. 당시 나는 로봇, 안드로이드, 복제기술에 빠져 있었고, 책을 쓰기 위한 조사작업을 한 후로 증세가 더 심해졌다. 시간이 지나면 가격은 떨어지기 마련이었지만, 나는 당장 그 인조인간을 사고 싶었다. 이브가 더 좋았지만 아담이라도 괜찮았다.

일이 이렇게 되지 않을 수도 있었다. 나의 전 여자친구 클레어는 치과 간호사 수련을 받은 합리적인 인간이었다. 할리 스트리트의 치과에서 일하던 그녀가 내게 아담을 사지 말라고 충고했다. 그녀는 세상 물정에 밝은 여자였다. 삶을 계획할 줄도 알았다. 자신의 삶만이 아니라 다른 사람의 삶도. 하지만 나는 그녀에게 명백한 배신행위를 저질렀다. 그녀는 장엄한 격노의 장면을 연출하며 나와 관계를 끊었고, 그 장면 끝에 내 옷가지를 길거리로 내던졌다. 라임그로브로. 그녀는 연락을 끊었고, 나의 실수와 실패 목록 맨 위에 자리잡았다. 나 자신으로부터 나를 구해줄 수도 있었던 여자였는데.

하지만, 형평성의 차원에서 그 구원받지 못한 자신에게 발언권을 줘보자. 나는 돈을 벌기 위해 아담을 산 게 아니었다. 그와는 정반대였다. 나의 동기는 순수했다. 나는 과학과 지적인 삶, 그리고 삶 자체의 확고한 엔진인 호기심의 이름으로 재산을 넘긴 것이다. 그건 한때의 열기가 아니었다. 거기엔 하나의 역사가, 계좌가, 정기예금이 있었고 나는 그걸 이용할 권리가 있었다. 전자공학과 인류학—그 먼 사촌지간을 후기현대라는 시대가 한데 모아 결혼으로 묶어놓은 것이다. 그 결합으로 탄생한 아이가 아담이었다.

그리하여 나는 피고측 증인으로 여러분 앞에 선다. 방과후 오후 다섯시, 내 시간의 대표적 표본이다—짧은 바지, 딱지투성이 무릎, 주근깨, 옆과 뒤를 짧게 친 머리, 열한 살. 나는 줄 맨 앞에 서서 실험실 문이 열리고 '배선 클럽'이 시작되기를 기다리고 있다. 담당 교사는 물리를 가르치는 당근색 머리의 온화한 거인 콕스 선생님이다. 내 과제는 라디오 만들기다. 그것은 신앙의 행위, 몇 주 동안 이어진 기나긴 기도다. 나는 구멍이 쉽게 뚫리는 가로 15센티미터, 세로 22센티미터 크기의 하드보드를 기판으로 쓴다. 무엇보다 색깔이 중요하다. 파랑, 빨강, 노랑, 그리고 흰색의 전선이 하드보드 위에서 적절한 경로를 따라 이어지며 직각으로 구부러지고, 아래로 사라졌다가 다른 곳에서 나타나고, 선명한 줄무늬가 있는 작은 원통 형태의 밝은 마디—콘덴서, 저항기—가, 그다음엔 내가 직접 감은 유도코일이, 그다음엔 연산증폭기가 끼어든다. 나는 아무것도 이해하지 못한다. 수련중인 수사가 성서를 웅얼거리듯 그저 배선도를 따라가는 것이다. 콕스 선생님이 조용한 목소리로 조언을 해준다. 나는 서툰 솜씨로 전선이나 부품을 납땜한다. 납땜 연기와 냄새를 마약처럼 깊이 흡입한다. 나는 회로에 베이클라이트 합성수지로 만든 토글스위치를 장착하는데, 그것이 분명 스핏파이어 전투기에 달려 있었던 스위치라고 믿고 있다. 시작한 지 석 달 만에 이 암갈색 플라스틱에 9볼트 건전지가 마지막으로 연결된다.

3월의 춥고 바람 센 황혼녘이다. 다른 애들은 각자의 과제물 앞에 웅크리고 있다. 우리는 셰익스피어의 고향에서 약 20킬로미터 떨어진 곳에 위치한, 훗날 '한심하도록 천편일률적'*이라고 알려질 종합중등학교에 있다. 사실은 훌륭한 학교다. 천장 형광등에 불이 들어온다. 콕스 선생님은 실험실 저편에 나를 등진 채 서 있다. 나는 실패할까봐 그의 주의를 끌고 싶진 않다. 스위치를 올리니―기적이다―잡음이 들린다. 가변 콘덴서를 움직인다. 음악이 나온다. 바이올린이 끼어 있어서 내 귀에는 끔찍하게 들린다. 그다음엔 빠르게 말하는 여자 목소리가 들려오는데, 영어는 아니다.

아무도 고개를 들거나 관심을 보이지 않는다. 라디오 만들기는 특별한 일이 아니다. 하지만 나는 말문이 막히고 눈물이 차오른다. 그후 어떤 기술도 내게 그런 경이감을 주진 못했다.

---

* 토니 블레어 총리가 영국 중등교육 시스템을 비판하면서 한 말.

내가 신중하게 배열한 금속조각을 통해 흐른 전기가 머나먼 어딘가에 앉아 있는 외국 여자의 목소리를 공중에서 잡아낸 것이다. 그녀의 목소리는 다정하게 들린다. 그녀는 내 존재를 의식하지 못한다. 나는 결코 그녀의 이름을 알거나 그녀의 언어를 이해하지 못할 것이며, 설령 그녀를 만난다고 해도 알아보지 못할 것이다. 울퉁불퉁한 납땜자국이 남은 내 라디오는 물질에서 생겨난 의식만큼이나 경이롭다.

두뇌와 전자공학은 밀접한 관련이 있었다. 그것이 내가 십대 시절 내내 간단한 컴퓨터를 만들고 프로그램을 짜면서 깨달은 사실이다. 그다음엔 복잡한 컴퓨터도 만들었다. 전기와 금속조각이 숫자를 더하고, 단어와 그림과 노래를 만들고, 기억을 하고, 심지어 말을 글로 바꿀 수도 있었다.

내가 열일곱 살이었을 때, 피터 콕스가 내게 지방대학에 가서 물리학을 공부하라고 권유했다. 나는 입학 한 달 만에 따분해져서 변화를 모색했다. 물리는 지나치게 추상적이고 수학은 너무 어려웠다. 그때쯤 나는 몇 권의 책을 읽고 가상의 인물들에게 관심을 갖게 되었다. 헬러의 『캐치-18』, 피츠제럴드의 『높이 뛰어오르는 연인』, 오웰의 『유럽의 마지막 인간』, 톨스토이의 『끝이 좋으면 다 좋다』*─거기서 더 멀리 가진 못했지

---

* 각각 실제로 『캐치-22』가 문예지에 최초로 공개될 당시의 제목, 『위대한 개

만 그 책들을 통해 예술의 의미를 깨달았다. 그건 탐구의 한 형태였다. 하지만 문학을 공부하고 싶진 않았다―너무 위압적이고 직관에 의존하는 영역이었다. 그러다 대학 도서관에서 한 페이지짜리 학과 개요를 접했는데, 거기에 인류학이 '시간과 공간을 초월해 모든 사회의 인간을 연구하는 학문'이라고 소개되어 있었다. 인간이라는 요인이 가미된 체계적 학문인 것이다. 나는 그 학과를 신청했다.

내가 처음 배운 건, 내 전공이 비참할 정도로 재정난에 허덕인다는 사실이었다. 트로브리안드제도로 가서 일 년 정도 농땡이칠 여유도 없었다. 그곳에선 다른 사람들 앞에서 음식을 먹는 게 금기시된다고 했다. 친구나 가족에게 등을 돌리고 혼자 먹는 게 예의였다. 그 섬 주민들은 못생긴 사람을 아름답게 만드는 주문이 있었다. 아이들에게 섹스가 적극적으로 장려되었다. 참마가 통화 역할을 했다. 여자가 남자의 신분을 결정했다. 그 얼마나 기이하고 신선한가. 그때까지 나의 인간관은 영국 남부지방을 꽉 채운, 주로 백인으로 구성된 집단에 의해 형성된 것이었다. 이제 그로부터 해방되어 바닥 모를 상대주의의 세계로 들어선 것이다.

나는 열아홉 살이라는 나이에 '마음이 만든 족쇄?'라는 제목

<hr>

츠비』의 출간 전 제목 후보. 『1984』의 이전 제목. 『전쟁과 평화』의 가제다.

으로 체면문화에 대한 현명한 에세이를 써냈다. 나는 수집한 사례를 냉정하게 정리했다. 내가 알거나 관심 갖게 된 것은 무엇일까? 강간이 너무 흔해서 강간이라는 표현조차 없는 곳도 있었다. 대를 이은 가문 간의 불화에 대한 의무를 저버렸다는 이유로 젊은 아버지의 목이 잘렸다. 다른 종교집단에 속한 남자와 손을 잡고 있다 들킨 딸을 죽이려고 혈안이 된 가족도 있었다. 그곳에선 나이든 여자들이 손녀의 생식기 절단을 열성적으로 도왔다. 자식을 사랑하고 보호하고자 하는 부모의 본능적 충동은 어떻게 된 것인가? 문화적 신호가 더 요란했다. 보편적 가치는 어떻게 되었나? 거꾸로 뒤집혔다. 스트랫퍼드어폰에이번*과는 완전히 달랐다. 모든 게 정신, 전통, 종교의 문제였다―이제 나는 그것이 소프트웨어의 문제일 뿐이며 가치중립적으로 다루어져야 한다고 생각한다.

인류학자들은 판단을 내리지 않았다. 그들은 인간의 다양성을 관찰하고 보고했다. 그들은 다름을 찬양했다. 워릭셔에서는 사악한 일이 파푸아뉴기니에서는 범상한 일이었다. 무엇이 선하고 악한지 말할 수 있는 자는 과연 누구일까? 식민제국은 확실히 아니었다. 나는 인류학 연구로 윤리에 대한 유감스러운 결론을 도출해내는 바람에 몇 년 후 세무당국을 중대하게

---

* 셰익스피어의 출생지.

기만하는 행위를 공모한 죄로 지방법원 피고석에 서게 되었다. 판사에게 그의 법정으로부터 멀리 떨어진 어느 코코넛 해변에서는 그런 모의가 존경받는 행위가 될 수도 있음을 납득시키려는 시도는 하지 않았다. 그런 말을 하기 직전에 정신을 차렸다. 도덕은 실재하고 진실하며, 선과 악은 사물의 본질에 내재되어 있다. 우리의 행위는 그 기준에 따라 판단되어야 한다. 그것이 인류학을 만나기 전 내 생각이었다. 나는 법정에서 주저 섞인 떨리는 목소리로 비굴하게 용서를 빌었고, 그 덕에 구류형을 피할 수 있었다.

*

아침에 평소보다 늦게 부엌으로 들어가보니 아담이 눈을 뜨고 있었다. 연푸른색 눈동자에 아주 작은 수직 막대 모양의 검은 반점들이 박혀 있었다. 속눈썹은 아이처럼 길고 숱이 많았다. 하지만 깜박임 장치는 아직 작동하지 않았다. 깜박임은 불규칙한 간격으로 기분과 제스처에 따라 조절되고 다른 사람의 행동과 말에 반응하도록 설정되어 있었다. 마지못해 사용설명서를 밤늦도록 읽었던 것이다. 그는 비행물체로부터 눈을 보호할 수 있는 눈깜박반사 능력을 갖추고 있었다. 현재 그의 시선은 의미나 의도가 없어서 아무 느낌도 주지 않았고, 쇼윈도 마네킹처럼 죽어 있었다. 아직까지는 인간 머리의 특징을 열성적으로 나타내는 단편적 움직임이 보이지 않았다. 다른 부위에서도 보디랭귀지는 전혀 없었다. 손목의 맥박을 확인했지만 아무것도 감지되지 않았다—심장은 뛰는데 맥박은 없었다. 팔은 들어올리기에 너무 무거웠고, 사후경직이라도 시작된 듯 팔꿈치 관절이 뻣뻣했다.

나는 그를 등지고 커피를 끓였다. 미란다가 머릿속에 박혀 있었다. 모든 것이 변했다. 아무것도 변한 게 없었다. 나는 간밤에 거의 잠을 이루지 못한 채 그녀가 아버지를 만나러 갔음을 상기했다. 그녀는 세미나가 끝난 후 곧장 솔즈베리로 갔을 터였다. 워털루에서 기차를 탄 그녀가 읽지 않은 책을 허벅지에 올려놓은 채 나 같은 건 안중에 없이 빠르게 스쳐지나가는 풍경과 오르내리는 전화선을 바라보는 모습이 눈에 선했다. 어쩌면 내 생각만 하고 있었을지도 몰랐다. 아니면 세미나에서 눈싸움을 벌인 남자 생각을 하고 있었거나.

나는 휴대전화로 TV 뉴스를 봤다. 해협의 눈부신 모자이크 무늬와 반짝이는 해변의 빛. 포츠머스였다. 출발 준비를 마친 기동대. 국민 대부분이 전통복장을 하고 꿈의 극장에 있었다. 중세 후기. 17세기. 19세기 초. 주름칼라, 남성용 타이츠, 후프 스커트, 흰 파우더를 뿌린 가발, 안대, 의족. 정확성을 따지는 것은 비애국적인 태도였다. 역사적으로 우리는 특별하고, 함대는 성공을 향해 떠나는 것이었다. TV와 신문은 우리가 무찌른 적들—스페인, 네덜란드, 금세기에 두 번 패배한 독일, 아쟁쿠르전투에서 워털루전투까지의 프랑스—에 대한 모호한 집단기억을 부추겼다. 전투기들이 공중분열식을 선보였다. 육군사관학교를 갓 졸업한 전투복 차림의 청년이 기자와 인터뷰하고 있었는데, 눈을 가늘게 뜨고서 앞에 놓인 어려움에 대해 이야기했다. 장교는 부하들의 흔들림 없는 결의에 대해 이야기했다. 나는 그런 걸 싫어하는데도 감동을 받았다. 하일랜드 백파이프를 연주하는 군악대가 배의 건널판을 향해 행진할 때는 가슴이 벅차올랐다. 그다음에 화면은 스튜디오로 돌아갔고 도표, 화살표, 병참술, 목표, 일치된 분별 있는 목소리들이 나왔다. 그리고 외교적 조치. 그리고 깔끔한 푸른색 정장 차림으로 다우닝 스트리트의 계단에 서 있는 총리.

   나는 그 모든 것에 반대 입장을 자주 밝혀왔으면서도 웬지 열중하게 되었다. 나는 조국을 사랑했다. 그 얼마나 멋진 모험이고 대담한 용기인가. 1만 3천 킬로미터. 양식 있는 사람들이 목숨을 걸고 있었다. 나는 커피를 한 잔 더 따라 옆방으로 들고 가서 그곳이 작업실처럼 보이도록 침대 정리를 하고 자리에 앉아 세계시장 상황에 대해 생각했다. 전쟁 가능성 때문에 FTSE 지수가 1퍼센트 더 내려갔다. 나는 여전히 애국심에 차서 아르헨티나의 패배를 예상했고, 손에 들고 흔들 수 있도록 깃대에 달린 영국 국기를 만드는 장난감과 아이디어 상품 기업군 주식을 매입했다. 샴페인 수입업체 두 곳에도 투자하고, 대체로 크게 회복한 종목에 배팅했다. 남대서양으로 군대를 실어나르기 위해 상선이 징집되었다. 런던 금융가에서 자산운용 일을 하는 친구가 말해주기를, 자신의 회사에서는 그 상선 일부가 침몰할 것으로 예측한다고 했다. 그렇다면 보험시장의 주요 기업은 공매하고 남한의 조선회사에 투자하는 게 옳았다. 하지만 나는 그런 냉소주의에 젖을 기분이 아니었다.

브릭스턴에서 중고로 산 내 데스크톱컴퓨터는 1960년대 중반 제품이라 속도가 느렸다. 국기 제조사 주식 거래에 한 시간이 걸렸다. 잡념에 빠지지 않았더라면 더 빨리 해치웠을 수도 있었다. 나는 미란다 생각을 하며 위층에서 그녀의 발소리가 들리나 귀기울였고, 그러지 않을 때는 아담 생각을 하며 그를 팔아야 할지 아니면 그의 성격에 관한 결정을 내리기 시작해야 할지 고민했다. 나는 파운드화를 팔고 아담에 대해 좀더 생각했다. 금을 사고 다시 미란다 생각을 했다. 변기에 앉아서 스위스 프랑에 대해 고민했다. 커피를 세 잔째 마시며 승전국이 돈을 쓸 만한 데가 또 어디일까 자문했다. 소고기. 술집. TV. 세 가지 다 관련주를 산 다음 전쟁에 일조한 듯한 뿌듯한 기분을 느꼈다. 곧 점심 먹을 시간이 되었다.

나는 다시 아담을 마주보고 앉아서 치즈와 피클을 넣은 샌드위치를 먹었다. 새로운 생명의 신호는? 처음 얼핏 봤을 땐 없었다. 내 왼쪽 어깨 너머를 보고 있는 그의 시선은 여전히 죽어 있었다. 움직임도 없었다. 하지만 오 분 후 무심코 올려다보니 그가 호흡을 하기 시작했다. 처음엔 빠른 딸각거림이 연이어 들리더니 입술이 벌어지며 모깃소리 같은 위잉 소리가 들렸다. 삼십 초 정도 잠잠하다가 턱이 떨리면서 실감나는 꿀꺽 소리와 함께 그가 처음으로 공기를 한 모금 빨아들였다. 물론 그에겐 산소가 필요하지 않았다. 그런 신진대사는 몇 년은 지나야 구현이 가능할 터였다. 그의 첫 날숨이 좀처럼 나오지 않아서 나는 먹던 걸 멈추고 긴장 상태로 기다렸다. 이윽고 날숨이 나왔다―콧구멍을 통해 조용히. 이내 그의 호흡은 고른 리듬을 찾았고, 그에 따라 가슴이 적절하게 팽창했다가 수축했다. 나는 겁이 났다. 눈빛에 생명의 기운이라곤 없는 아담은 숨쉬는 시체 같은 모습이었다.

우리는 눈에 얼마나 많은 생명의 의미를 부여하는가. 차라리 그의 눈이 감겨 있었더라면 황홀경에 빠진 사람처럼 보였을 것이다. 나는 샌드위치를 내려놓고 그의 옆으로 가서 호기심에 입 가까이 손을 댔다. 그의 숨결은 축축하고 따듯했다. 그럴듯했다. 사용설명서에는 그가 하루 한 번 늦은 오전에 소변을 본다고 나와 있었다. 그 역시 그럴듯했다. 그의 오른눈을 감기려고 손을 가까이 가져가다가 검지로 그의 눈썹을 스쳤다. 그는 움찔하며 나에게서 고개를 홱 돌렸다. 나는 흠칫 놀라 뒤로 물러섰다. 그러곤 기다렸다. 이십 초쯤 아무 일도 없다가 그의 어깨 기울기와 고개 각도가 소리 없이 매끄러운 동작으로, 극히 느리게 이전 상태로 돌아갔다. 그의 호흡 속도는 안정적이었다. 내 호흡과 맥박은 빨라졌다. 나는 멀찍이 떨어져서 천천히 공기가 빠지는 풍선처럼 제자리를 찾아가는 그의 모습에 매료되었다. 나는 그의 눈을 감기지 않기로 했다. 그에게서 다른 변화가 보이기를 기다리는데 위층에서 미란다가 돌아다니는 소리가 들렸다. 솔즈베리에서 돌아온 것이다. 그녀는 침실을 들락거리고 있었다. 나는 다시금 고백하지 못한 사랑의 심란한 전율을 느꼈고, 바로 그때 하나의 아이디어가 태동하기 시작했다.

*

그날 오후에 나는 컴퓨터 앞에 앉아 돈을 벌거나 잃고 있었어야 했다. 하지만 그러는 대신 기동대의 선두에 선 배들이 포틀랜드곶을 돌아 체실비치를 줄지어 지나가는 광경을 고공의 헬리콥터가 제공하는 시각으로 지켜보았다. 그 지명들은 정중한 경례를 받을 자격이 있었다. 얼마나 멋진가. 전진! 나는 계속 그런 생각을 했다. 그러다, 돌아가! 하고 생각했다. 함대가 이내 쥐라기해안을 지났다. 한때 공룡떼가 거대한 고사리를 뜯어먹던 곳이었다. 갑자기 카메라가 코브에 모여 있는 라임 레지스 사람들 사이로 내려갔다. 몇몇은 쌍안경을, 그리고 많은 사람들이 내가 염두에 뒀던 나무깃대에 달린 플라스틱 깃발을 들고 있었다. 뉴스팀이 돌린 건지도 몰랐다. 시민들의 소리. 현장에서 열심히 일하는 여자들의 온화한 목소리가 북받쳐오르는 감정에 긴장되어 있었다. 과거 크레타와 노르망디에서 싸웠던 강인한 노인들은 아무런 감정도 드러내지 않고 스스로에게 고개를 끄덕였다. 아, 나도 믿을 수 있기를 얼마나 간절히 바랐던가. 나도 믿을 수 있었다! 리저드반도 어딘가에 높이 설치된 장초점렌즈가 로드 스튜어트의 허스키한 목소리에 맞추어 큰 파도가 이는 망망대해로 용맹하게 나아가며 작은 얼룩처럼 작아져가는 배들을 보여주는 동안, 나는 눈물을 흘리지 않으려고 애썼다.

격동의 평일 오후였다. 식탁에는 새로운 종류의 존재가 있었고, 새로이 사랑하게 된 여자가 내 머리 2미터 위에 있었으며, 조국이 구식 전쟁에 나섰다. 하지만 나는 꽤 절제력이 강했고, 매일 일곱 시간씩 일하기로 스스로 다짐한 상태였다. 나는 TV를 끄고 컴퓨터 화면 앞으로 갔다. 미란다에게서 원하던 이메일이 와 있었다.

나는 절대 부자가 될 수 없다는 걸 알았다. 내가 수십 가지의 기회에 안전하게 나누어 운용하는 자금은 소액이었다. 지난 한 달 고체전지로 수익을 냈지만 희토류 선물투자로 거의 그만큼을 잃었다—어리석게 미지의 세계에 뛰어든 것이다. 하지만 나는 취직해서 사무실에 나가 일하지 않고도 살 수 있었다. 그건 자유를 추구하는 내가 할 수 있는 차악의 선택이었다. 이제 아담이 다 충전되었을 거라고 생각하면서도 들여다보러 가고 싶은 유혹을 떨쳐내고 오후 내내 일에 매달렸다. 다음 단계는 그의 업데이트 다운로드였다. 그리고 그 골치 아픈 개인적 선호사항.

나는 점심을 먹기 전에 미란다에게 그날 저녁식사에 초대하는 이메일을 보내놓았다. 그리고 미란다는 그 초대를 받아들였다. 그녀는 내가 요리한 음식을 좋아했다. 나는 저녁을 먹으며 그녀에게 제안을 하나 할 작정이었다. 아담의 성격을 대략 반쯤 정한 다음 그녀가 나머지 선택을 하도록 링크와 비밀번호를 주는 것이다. 나는 그녀가 내리는 결정에 개입하지도 않고 그녀가 어떤 결정을 내렸는지 알려고 들지도 않을 작정이었다. 그녀는 자신의 '유쾌한' 성격을 반영할지도 모른다. 그녀가 꿈꾸던 남자인 '유익한' 인간을 만들어낼 수도 있다. 아담은 진짜 인간처럼 우리 인생에 들어올 것이고, 다층적이고 복잡한 그의 성격은 시간과 사건, 그가 만나는 사람들과의 관계를 통해서만 드러날 것이다. 어찌 보면 그는 우리의 자식 같을 것이다. 우리가 각자 지닌 것이 그를 통해 합쳐질 것이다. 미란다는 모험에 말려들 것이다. 우리는 파트너가 될 것이고, 아담은 우리의 공통 관심사, 우리의 창조물이 될 것이다. 우리는 하나의 가족이 될 것이다. 내 계획에는 떳떳하지 못한 점이 없었다. 나는 분명 그녀의 더 많은 면을 보게 될 것이다. 우린 즐거울 것이다.

내 계획은 대체로 실패했다. 하지만 이번엔 달랐다. 나는 냉철했고, 스스로를 속이는 게 아니었다. 아담은 나의 연적이 아니었다. 미란다가 그에게 아무리 매료되었다 해도 동시에 육체적 혐오 또한 느끼고 있었다. 그녀가 내게 그런 말을 했다. 전날 그의 몸이 따뜻한 게 "섬뜩하다"고 말한 것이다. 그가 혀로 말할 수 있다는 게 "좀 기괴하다"고도 했다. 하지만 아담에게는 셰익스피어만큼 방대한 언어 저장고가 있었다. 그녀의 호기심을 일깨운 건 그의 정신이었다.

그리하여 아담을 팔지 않겠다는 결정이 내려졌다. 나는 미란다와 함께 그를 공유할 작정이었다―집을 공유하는 것처럼. 그는 집처럼 우리를 수용할 것이다. 우리는 진전을 이루고, 의견을 교환하고, 실망감을 나눌 것이다. 서른두 살이었던 나는 스스로를 사랑의 베테랑이라고 여겼다. 진지한 고백은 그녀를 떠나게 만들 터였다. 이 여정을 함께하는 게 훨씬 나았다. 이미 그녀는 나와 친구가 되었고 가끔 내 손을 잡기도 했다. 나는 무에서 시작하는 게 아니었다. 나에게 그랬던 것처럼 더 깊은 감정이 그녀에게도 슬그머니 다가올 수 있었다. 설령 그렇게 되지 않는다고 해도 그녀와 더 많은 시간을 함께하는 데서 위안을 얻을 수 있었다.

녹슨 문손잡이 일부가 떨어져나간 내 고물 냉장고에 곡식을 먹여 기른 닭 한 마리와 버터 100그램, 레몬 두 개, 싱싱한 타라곤* 한 단이 있었다. 그리고 가장자리에 놓인 그릇에 마늘 몇 통이 들어 있었다. 찬장에는 흙이 덕지덕지 말라붙고 이미 싹이 난 감자 몇 알이 있었다—하지만 껍질을 벗기면 멋진 구이가 될 수 있었다. 상추, 드레싱, 그리고 카오르산 와인이 한 병 있었다. 간단했다. 먼저 오븐을 예열한다. 나는 그런 일상적인 문제가 머리에 가득한 채로 책상에서 일어섰다. 언론인인 오랜 친구가 언젠가 말하기를, 지상낙원은 좋은 사람과 함께할 즐거운 저녁시간을 기대하며 혼자 하루종일 일하는 것이라고 했다.

나는 미란다를 위해 준비할 식사와 친구의 소박한 의견에 정신이 팔려 아담에 대해선 잠시 잊었다. 그래서 부엌에 들어갔을 때 그가 알몸으로 식탁 옆에 서서 나에게서 조금 얼굴을 돌린 채 배꼽에서 튀어나온 전선을 한 손으로 만지작거리는

---

* 국화과의 허브로 매콤하고 쌉쌀한 맛을 낸다.

걸 보고 충격을 받았다. 나머지 한 손은 사색에 잠긴 듯 턱을 어루만지고 있었다―분명 정교한 알고리즘의 작용이겠지만 생각에 잠긴 자아의 표현으로서 완전한 설득력이 있었다.

나는 충격에서 벗어나며 말했다. "아담?"

그가 천천히 내게로 돌아섰다. 정면으로 마주하게 되었을 때 그는 내 시선을 받으며 눈을 한 번 깜박이더니 또다시 깜박였다. 메커니즘이 작동은 하고 있었지만 너무 신중한 듯했다.

그가 말했다. "찰리, 마침내 만나게 되어 반갑습니다. 나의 다운로드를 처리하고 다양한 매개변수를 준비해주실 수 있을까요……"

그는 말을 멈추고 나를 자세히 들여다보았다. 검은 반점들이 박힌 그의 눈이 빠른 단속성 운동으로 내 얼굴을 훑었다. 나를 받아들이는 것이었다. "당신이 알아야 할 것은 모두 사용설명서에 있습니다."

"그러지, 시간이 날 때." 내가 말했다.

나는 그의 목소리에 놀랐고 기뻤다. 가벼운 테너음에 속도가 적절했고 어조는 자연스러운 변화를 보였으며, 친절하고 우호적이면서도 굴종의 느낌은 없었다. 그는 교양을 갖춘 남부 중산층 출신 남자의 표준 영어를 썼고, 웨스트 컨트리* 특

---

* 잉글랜드 남서부 지역.

유의 모음 발음이 아주 약하게 있었다. 나는 심장이 빠르게 뛰었지만 침착한 척하려고 애썼다. 그리고 내가 침착하다는 걸 보여주려고 그에게 한 걸음 다가갔다. 우리는 침묵 속에서 서로를 응시했다.

나는 학생 시절에 1930년대 초반 레이히라는 탐험가와 파푸아뉴기니 고지대 주민들의 '첫 접촉'에 대해 읽은 적이 있었다. 부족민은 자신들의 땅에 갑자기 나타난 창백한 존재들이 인간인지 유령인지 알 수가 없었다. 그들은 그 문제에 대해 의논하기 위해 마을로 돌아가면서 십대 소년 하나를 남겨 멀리서 지켜보게 했다. 그 소년이 레이히의 동료 한 명이 수풀 뒤로 가서 대변을 보았다는 보고를 하면서 문제는 해결되었다. 그로부터 그리 오랜 세월이 흐르지 않은 1982년 이곳 내 부엌에서는 문제가 그렇게 간단하지 않았다. 사용설명서에 따르면 아담은 운영체제는 물론 본성—인간의 본성—과 내가 미란다와 함께 제공하고 싶은 성격까지 갖추고 있었다. 나는 이 세 기질이 어떤 식으로 겹치거나 서로 반응하는지 알지 못했다. 내가 인류학을 공부할 때는 보편적인 인간 본성이란 존재하지 않는 것으로 여겨졌다. 그건 낭만적인 환상, 지역 환경의 가변적 산물일 뿐이었다. 다른 문화들을 깊이 연구하여 인간이 지닌 다양성의 아름다운 범위에 대해 아는 인류학자만이 인간의 보편적 특성이라는 발상의 부조리함을 완전하게 파악했다. 편안히 집에 머무르는 사람들은 아무것도, 심지어 그들의 문화조차도 이해하지 못했다. 나의 스승 한 분이 즐겨 인용하던 키플링의 시구가 있다. "영국밖에 모르는 사람들이 영국에 대해 무엇을 알겠는가?"*

내가 이십대 중반이 되었을 때쯤에는 진화심리학에서 시간과 장소와는 무관한 공통의 유전을 통해 나온 근본적 본성이라는 관념을 다시 주장하기 시작했다. 주류 사회학에서는 그 주장을 무시했고 가끔 분노까지 보였다. 유전자와 인간의 행동을 연관시키는 건 히틀러의 제3제국에 대한 기억을 상기시켰다. 유행은 바뀐다. 하지만 아담의 제조자들은 진화적 사고의 새 물결에 올라탔다.

그는 겨울 오후의 어스름 속에서 미동도 없이 내 앞에 서 있었다. 그를 보호했던 포장의 잔해가 여전히 그의 발치에 쌓여 있었다. 그는 조가비에서 나온 보티첼리의 비너스처럼 그렇게 등장했다. 북향 창으로 들어온 약해져가는 빛이 그 형상의 절반, 그 기품 있는 얼굴 한 면의 윤곽을 드러냈다. 들리는 소리라곤 냉장고의 다정한 웅얼거림과 자동차들의 억눌린 웅웅거림뿐이었다. 나는 그의 근육질 어깨에 무거운 짐처럼 자리한 고독감을 느꼈다. 그는 20세기 말에 런던 SW9에 있는 누추한

---

* 조지프 러디어드 키플링의 시 「영국 국기」의 한 구절.

부엌에서 친구도, 과거도, 미래에 대한 의식도 없이 깨어난 것이다. 그는 진실로 혼자였다. 다른 모든 아담과 이브는 주인을 따라 전 세계로 흩어졌다. 일곱 명의 이브가 사우디아라비아 리야드에 집중되었다는 이야기가 들리긴 했지만 말이다.

나는 전등 스위치로 손을 뻗으며 말했다. "기분이 어때?"

그는 대답할 말을 생각하려고 시선을 돌렸다. "기분이 이상합니다."

이번에는 억양이 없는 어조였다. 내 질문에 기분이 저조해진 듯했다. 하지만 그런 마이크로프로세서에 무슨 기분이 있단 말인가?

"뭐가 문젠데?"

"나는 옷이 없습니다. 그리고—"

"옷을 갖다주지. 그리고 다른 건?"

"이 전선요. 내가 이걸 빼면 아플 겁니다."

"내가 뺄 거고 아프지 않을 거야."

하지만 나는 즉시 움직이진 않았다. 환한 전등 불빛 아래 그의 표정을 관찰할 수 있었는데, 말할 때는 변화가 거의 없었다. 내가 보고 있는 건 인공적 얼굴이 아니라 포커페이스였다. 성격이라는 활력소가 없는 그에겐 표현할 것이 거의 없었다. 그는 다운로드가 완료될 때까지 작동하는 기본 프로그램에 따라 움직이고 있었다. 그에게는 그럴듯하게 보이도록 해주는 움직임, 어휘, 기계적 절차가 있었다. 무엇을 해야 하는지에 대한 최소한의 지식이 있었지만 그뿐이었다. 끔찍한 숙취에 시달리는 사람처럼.

나는 이제 그가 두려워서 더 가까이 가고 싶지 않다는 걸 스스로 인정할 수 있었다. 그리고 그가 마지막으로 한 말에 함축된 의미를 받아들였다. 아담은 마치 통증을 느끼는 것처럼 행동해야 했고 나는 그것을 믿는 것처럼, 그가 통증을 느끼는 것처럼 반응해야 할 터였다. 그러지 않기는 너무 어려웠다. 그가 인간적 연민의 흐름을 너무도 정확하게 겨냥하고 있으니까. 그러면서도 나는 그가 통증이나 감정을 느낄 수 있다는 걸, 감각 자체가 있다는 걸 믿을 수가 없었다. 그럼에도 나는 그에게 기분이 어떤지 물었다. 그의 대답은 적절했으며, 옷을 가져다주겠다는 나의 제안 또한 적절했다. 그러면서도 나는 그 모든 걸 믿지 않았다. 내가 하는 것은 컴퓨터게임이었다. 하지만 그건 현실의 게임이기도 했고, 사회생활만큼이나 현실적이었다. 그 증거로 내 심장은 도무지 안정되지 않았고 입안이 바싹 말라왔다.

그는 누가 말을 걸어야만 말하는 게 분명했다. 나는 그를 더 안심시키고 싶은 충동을 억누르고 침실로 가서 그에게 줄 옷을 챙겼다. 그는 건장한 남자였고 나보다 5센티미터 정도 작았지만 내 옷이 잘 맞을 터였다. 운동화, 양말, 속옷, 데님바지와 스웨터. 나는 그의 앞에 서서 옷가지를 그에게 넘겨주었다. 그가 옷 입는 걸 지켜보며 광고가 약속한 대로 그의 운동기능이 잘 작동하는지 확인하고 싶었다. 세 살 먹은 아이라면 양말 신는 게 얼마나 어려운 일인지 안다.

나는 옷가지를 건넬 때 그의 상체에서, 그리고 어쩌면 다리에서도 희미한 향을 맡았다. 따듯한 오일의 향, 나의 아버지가 색소폰 키에 기름칠을 할 때 사용했던 오일의 은은하고 매우 세련된 향이었다. 아담은 나를 향해 손을 내민 채 양팔 오금에 옷을 걸쳐놓고 있었다. 내가 몸을 구부리고 전선을 빼는 동안 그는 꿈쩍도 하지 않았다. 그의 굳어 있는 조각 같은 얼굴은 아무것도 내보이지 않았다. 화물운반대로 접근하는 지게차도 그 정도의 표정은 있었다. 그러다가 어떤 논리게이트나 그 네트워크가 작동했는지 그가 속삭였다. "고맙습니다." 그러면서 강조하듯 고개를 한 번 끄덕였다. 그는 앉아서 옷더미를 식탁에 내려놓고 맨 위의 스웨터를 집었다. 그러곤 잠시 생각에 잠겼다가 스웨터를 펼쳐서 가슴이 아래를 향하게 내려놓고 오른쪽 손과 팔, 어깨를 끼운 후 왼쪽도 똑같이 한 다음 근육을 복잡하게 실룩이며 머리를 집어넣고 허리 부분을 잡아서 아래로 끌어내렸다. 그 연노란색 플리스 스웨터에는 내가 한때 후원했던 자선단체의 재미난 슬로건이 빨간 글씨로 적혀 있었다. '전 세계 난독인 해방!' 그는 양말을 상자에서 꺼내 앉은 채로 신었다. 능숙한 동작이었다. 주저하는 기미도 안 보이고 상대적 공간 계산에 어려움을 겪는 것 같지도 않았다. 그는 일어나서 사각팬티를 낮게 잡고 발을 넣은 후 위로 끌어올렸고, 데님 바지도 그렇게 하나의 연속 동작으로 입고 지퍼를 올린 다음 허리의 은빛 단추를 채웠다. 그러고는 다시 앉아서 운동화에 발을 넣고 손이 안 보일 정도의 비인간적인 속도로 끈을 묶어 나비매듭을 지었다. 하지만 나는 비인간적이라고 생각하지 않았다. 그건 공학과 소프트웨어 디자인의 승리였으며, 인간의 천재성에 대한 찬사였다.

나는 저녁식사를 준비하려고 그에게서 돌아섰다. 위에서 미란다가 방을 가로지르는 소리가 들렸는데 맨발인지 발소리가 약했다. 샤워할 준비를 하는 것이리라. 나를 위해. 나는 그녀가 아직 물기가 덜 마른 몸에 가운을 걸치고 속옷 서랍을 열고서 고민하는 모습을 상상했다. 실크? 그래. 복숭아색? 좋아. 나는 오븐이 예열되는 동안 재료를 조리대에 꺼내놓았다. 탐욕스러운 거래를 마친 후 세상의 더 나은 면, 타인에게 음식을 제공하는 유서 깊은 행위로 돌아가기에 요리만한 건 없었다. 나는 어깨 너머로 그를 돌아보았다. 옷의 효과는 자못 놀라웠다. 그는 내가 저녁식사의 첫 술잔을 채워주길 기다리는 오랜 친구라도 되는 양 식탁에 팔꿈치를 올리고 앉아 있었다.

나는 그에게 큰 소리로 말했다. "버터와 타라곤을 넣고 닭고기를 구울 거야." 그가 전자로만 이루어진 단순한 식사를 한다는 걸 알면서도 짓궂게 말한 것이다.

그가 지체 없이 아무 감정도 실리지 않은 어조로 말했다. "잘 어울리겠네요. 하지만 새를 갈색으로 만들다보면 잎이 타기 쉽습니다."

새를 갈색으로 만든다? 맞는 말이지만 이상하게 들렸다.

"조언을 해준다면?"

"은박지로 닭고기를 덮으세요. 크기로 보아 180도에서 십칠 분이면 되겠네요. 그런 다음 은박지를 벗기고 같은 온도에서 십오 분 동안 갈색으로 만들 때는 잎을 국물에 털어내세요. 그런 다음 국물, 녹인 버터와 함께 타라곤을 도로 끼얹으면 됩니다."

"고맙군."

"고기를 썰기 전에 십 분 동안 천으로 덮어두는 것도 잊지 말고요."

"그건 나도 알아."

"미안합니다."

내 말투가 신경질적이었나? 우리는 1980년대 초쯤 이미 차 안이나 집에서 콜센터나 진료소에 전화해 기계를 상대하는 것에 익숙해진 지 오래였다. 하지만 아담은 부엌 저쪽에서 내 닭고기의 무게를 가늠했고, 부적절한 조언을 한 것에 대해 사과했다. 나는 다시 그를 흘끗 돌아보았다. 이제 그는 스웨터 소매를 팔꿈치까지 올리고 강한 손목을 드러내고 있었다. 그리고 깍지 낀 손으로 턱을 괴고 있었다. 그것이 성격 없는 그의 모습이었다. 내가 서 있는 위치에서 본 그는 높은 광대뼈가 빛을 받아 도드라져서 거친 인상을 주었고, 술집에서 건드리지 않는 편이 좋은 조용한 사내 같았다. 요리 비결을 알려줄 것 같은 인상은 아니었다.

나는 주인이 나라는 걸 보여주고 싶은 다소 유치한 욕구를 느꼈다. "아담, 식탁을 두어 바퀴 돌아봐. 네가 어떻게 움직이는지 보고 싶으니까."

"알겠습니다."

그의 걸음걸이에는 기계적인 느낌이 없었다. 그는 좁은 공간에서도 성큼성큼 걸었다. 그는 식탁을 두 바퀴 돈 다음 자신의 의자 옆에 서서 기다렸다.

"이제 와인을 따도 돼."

"알겠습니다."

그가 손바닥을 내밀고 다가왔고 나는 그 손에 코르크스크루를 올려놓았다. 소믈리에들이 좋아하는, 입구 한쪽에 지지대를 걸쳐놓을 수 있는 종류였다. 그것을 사용하는 데 그에겐 아무 어려움도 없었다. 그는 코르크 마개를 들어 코에 대본 후 찬장에서 유리잔을 꺼내 1센티미터쯤 따라서 내게 건넸다. 내가 맛을 보는 동안 그는 나를 주시했다. 그 와인은 일급이라고 할 수 없고 심지어 이급에도 못 미쳤지만 코르크 냄새는 나지 않았다. 내가 고개를 끄덕이자 그는 잔을 채워 가스레인지 옆에 조심스럽게 내려놓았다. 그리고 내가 몸을 돌려 샐러드를 준비하기 시작하자 자기 의자로 돌아갔다.

평화로운 반시간이 흘렀고 우리 둘 다 아무 말도 하지 않았다. 나는 샐러드드레싱을 만들고 감자를 썰었다. 그러면서 미란다 생각을 했다. 나는 미래로 향하는 갈림길에 선 중대한 순간에 이르렀다고 확신했다. 한쪽 길로 가면 삶은 과거처럼 지속될 것이고, 다른 길을 택하면 삶이 달라질 것이다. 사랑, 모험, 짜릿한 흥분, 하지만 새로운 성숙에 따르는 질서, 현실성 없는 계획들과의 작별, 함께 꾸리는 가정, 아이들도 있을 것이다. 아니, 가정을 꾸리는 것과 아이들을 갖는 것, 이 두 가지가 현실성 없는 계획일 수도 있었다. 그녀는 더할 나위 없이 고운 마음씨를 지녔고, 친절하고, 아름답고, 재미있고, 무척 똑똑하고……

뒤에서 들려오는 소리에 나는 잡념에서 벗어났고, 다시 그 소리가 들려서 돌아보았다. 아담은 여전히 식탁의 자기 자리에 앉아 있었다. 그가 일부러 목청 가다듬는 소리를 내고 또 낸 것이다.

"찰리, 위층에 사는 친구를 위해 요리하는 거죠. 미란다."

나는 아무 말도 하지 않았다.

"내가 방금 몇 초간 조사한 바에 따르면, 그리고 나의 분석에 의하면 당신은 그녀를 전적으로 신뢰하는 것에 신중해야 합니다."

"뭐라고?"

"내 조사에 따르면—"

"네 생각을 말해."

나는 아담의 무표정한 얼굴을 성난 눈길로 노려보았다. 그가 슬픔어린 조용한 목소리로 말했다. "그녀는 거짓말쟁이일 가능성이 있습니다. 체계적이고 악의적인 거짓말쟁이."

"무슨 뜻이지?"

"그걸 설명하려면 시간이 좀 걸리는데 그녀가 계단을 내려오고 있군요."

그는 나보다 귀가 밝았다. 몇 초 내로 조용한 노크 소리가 들렸다.

"내가 열까요?"

나는 그의 질문에 대답하지 않았다. 분노가 너무 컸다. 나는 일이 잘못되었다는 기분을 느끼며 미니어처처럼 작은 현관으로 갔다. 이 멍청한 기계는 누구, 아니 무엇이란 말인가? 내가 왜 이 기계를 참고 견뎌야 한단 말인가?

문을 열자 거기 그녀가 예쁜 연푸른색 원피스 차림으로 손에는 작은 눈풀꽃 다발을 들고서 즐거운 미소를 지으며 서 있었다. 그녀가 그토록 사랑스러워 보인 적이 없었다.

2

미란다는 몇 주가 지난 후에야 그녀 몫으로 주어진 아담의 성격 결정에 착수할 수 있었다. 아픈 아버지를 돌보러 솔즈베리에 자주 가야 했던 것이다. 그리고 19세기 곡물법 개정과 그것이 헤리퍼드셔의 한 도시에 있는 거리에 미친 영향에 대한 논문도 써야 했다. 흔히 '이론'이라고 불리는 학술운동이 사회사에 '돌풍'―그녀의 표현으로는―을 일으켰다. 그녀는 과거에 대한 구식 서술을 가르치는 전통적인 대학에서 공부했기에 새로운 어휘, 새로운 사고방식에 도전해야 했다. 가끔 나는 그녀와 침대에 나란히 누워(타라곤 닭고기 저녁이 성공한 것이다) 그녀의 불평을 들어주며 표정과 목소리로 공감을 나타내려고 애썼다. 이제 과거에 무슨 일이 일어났다고 상정하는 건

적절하지 않았다. 우리가 고려해야 하는 건 역사문헌, 그것에 대한 변화하는 학술적 접근, 그리고 그 접근에 대한 우리 자신의 가변적 관계뿐이었고, 그 모든 것은 이데올로기적 맥락, 권력과 부와 인종과 계급과 성과 성적 지향에 의해 결정되었다.

그 모든 것이 내겐 그리 불합리해 보이지도 흥미롭지도 않았다. 하지만 미란다에게 그렇게 말하진 않았다. 나는 미란다의 모든 생각과 행동을 격려하고 싶었다. 사랑은 관대한 것이다. 어쨌거나 무엇이건 과거에 일어난 일은 그저 증거로만 남는다고 생각하는 것이 나는 편했다. 새 질서 속에서 과거는 덜 중요한 것이 되었다. 나는 새로 태어나는 과정에 있었고 나의 최근 역사를 잊고 싶은 마음이 강했다. 나의 어리석은 선택들은 과거가 되었다. 나는 미란다와의 미래를 보았다. 나는 중년의 기슭을 향해 나아가며 상황을 살피고 있었다. 나는 과거가 남긴 축적된 역사적 증거와 함께 일상을 살고 있었고 고독, 상대적 빈곤, 초라한 거주지와 쪼그라든 전망이라는 그 증거를 없애버릴 작정이었다. 생산수단과 그 밖의 것에 관한 내 입장 같은 건 존재하지도 않았다. 무입장이라고 해야 했다.

내가 아담을 구입한 것도 실패의 증거일까? 그건 확언할 수 없었다. 한밤중에 어둠 속에서—미란다 곁에서, 그녀나 나의 집에서—잠이 깨면 나는 옛날 철도에서 볼 수 있는 선로 변환기를 소환해 내 과거를 바꿔 아담을 반품하고 계좌에 돈을 다시 채우곤 했다. 하지만 날이 밝으면 그 문제는 흩어지거나 다른 뉘앙스가 실렸다. 나는 아담이 미란다에 대해 나쁘게 말한 걸 미란다에게 전하지 않았고, 미란다가 아담의 성격 결정에 참여한다는 걸 아담에게 알려주지 않았다—그건 일종의 벌이었다. 나는 미란다에 대한 그의 경고를 깔보았지만 그러면서도 그의 정신에 매료되었다—그가 가진 게 정신이라면 말이다. 그는 잘생긴 악한 같은 외모였고, 혼자 힘으로 양말을 신을 수 있었으며, 기술적 기적이었다. 가격이 비싸긴 했지만 '배선 클럽'의 아이는 그를 놓아줄 수가 없었다.

나는 아담의 시야에서 벗어난 내 침실에서 낡은 컴퓨터로 그의 성격에 대한 내 결정을 입력했다. 하나 걸러 하나씩 질문에 답하는 과정을 통해 충분히 무작위적인 통합—나와 미란다가 공동으로 참여한 유전자 혼합—이 이루어질 것이라고 결론지었다. 이제 방법을 알고 파트너까지 확보한 나는 편안하게 그 과정을 시작했고, 거기에는 약간의 에로틱한 뉘앙스까지 가미되었다. 우리는 아이를 만들고 있었으니까! 미란다가 관여한 덕에 나는 자기복제로부터 스스로를 지킬 수 있었다. 그 유전적 은유가 도움이 되었다. 나는 멍청한 설명 목록을 훑어보며 거의 나 자신의 근사치를 선택했다. 미란다도 그렇게 하건 다르게 하건 우리는 제3의 인간, 새로운 성격을 만들어낼 터였다.

나는 아담을 팔지 않을 생각이었지만 '악의적인 거짓말쟁이'라는 그의 발언이 마음에 걸렸다. 사용설명서를 꼼꼼히 훑어보니 킬kill 스위치에 대한 내용이 있었다. 그의 목덜미 어딘가에, 헤어라인 바로 아래에 사마귀가 하나 있었다. 거기 손가락을 삼 초쯤 대고 있다가 세게 누르면 전원이 차단되었다. 아무것도, 그 어떤 파일이나 기억, 기술도 사라지지 않을 터였다. 아담과의 첫 오후에는 그의 목이든 어디든 만지기가 꺼려져서 미란다와의 성공적인 저녁식사가 끝난 후인 다음날 늦은 시각까지 참고 견뎠다. 그날 오후는 컴퓨터를 들여다보며 111파운드를 잃었다. 나는 싱크대에 접시, 냄비, 프라이팬이 잔뜩 쌓여 있는 부엌으로 들어갔다. 아담의 기능을 시험하기 위해 그에게 설거지를 시킬 수도 있었지만 그날 나는 기분이 붕 뜬 이상한 상태였다. 미란다와 관련된 모든 것이 빛났고, 한밤중에 나를 깨운 그녀의 악몽까지도 그랬다. 내가 그녀 앞에 놓아준 접시, 그녀 입에 들락날락한 행운의 포크, 그녀의 입술이 와인잔에 키스할 때 생긴 활 모양의 옅은 자국, 그 모든 것의 설거지는 오롯이 내가 맡고 싶었다. 그래서 나는 설거지를 시작했다.

내 뒤에서 아담이 식탁의 자기 자리에 앉아 창문 쪽을 바라보고 있었다. 나는 설거지를 마치고 마른행주로 손의 물기를 닦으며 그에게 갔다. 기분이 밝은 상태에서도 그의 불충함을 용서할 수가 없었다. 나는 그의 입에서 나오는 말을 더이상 들고 싶지 않았다. 그는 일반적인 예의의 범주에 대해 배워야 할 필요가 있었다―그의 신경망으로는 도전이랄 것도 없는 쉬운 일이었다. 그의 간편추론법*적 결함이 내 결심을 굳혔다. 내가 더 많은 걸 알게 되고 미란다가 그녀 몫의 선택을 끝내면 그는 다시 우리의 삶으로 돌아올 수 있었다.

나는 우호적인 어조로 그에게 말했다. "아담, 잠시 너를 꺼야겠어."

그가 내게로 고개를 돌리더니 잠시 멈췄다가 한쪽으로 갸웃하고 다시 반대쪽으로 갸웃했다. 그건 의식이 어떤 식으로 동작에 드러나는지에 대한 설계자의 생각을 보여주는 제스처로, 나중에 나를 짜증나게 할 터였다.

그가 말했다. "죄송합니다만, 그건 좋은 생각이 아닌 것 같습니다."

"내 결정이야."

"나는 사유를 즐기고 있었습니다. 종교와 내세에 대해 생각하고 있었지요."

"지금은 때가 아니야."

"이런 생각이 들었는데, 이번 생 너머의 삶을 믿는 사람들은―"

---

* heuristic. 논리적 추론보다는 경험과 직관에 의존하는 사고체계.

"그만. 가만히 있어." 나는 그의 어깨 너머로 손을 뻗었다. 그의 따듯한 숨결이 팔에 느껴졌고, 나는 그가 마음만 먹으면 내 팔을 물어뜯을 수 있으리라 생각했다. 사용설명서에는 사람들이 줄기차게 인용하는 아이작 아시모프의 '로봇의 제1법칙'이 볼드체로 적혀 있었다. "로봇은 인간을 다치게 해선 안 되며 인간이 다치도록 방관해서도 안 된다."

그냥 손으로 더듬어서는 그걸 찾을 수가 없었다. 그래서 아담의 뒤로 가서 눈으로 확인하자 사용설명서에 나오는 대로 헤어라인에 사마귀가 있었다. 나는 거기 손가락을 갖다댔다.

"먼저 이 문제에 대해 이야기를 좀 나눌 수 있겠습니까?"

"아니." 나는 사마귀를 눌렀고, 아주 작게 위잉 하는 한숨소리와 함께 그의 고개가 꺾였다. 눈은 그대로 뜨여 있었다. 나는 담요를 가져와서 그를 덮었다.

아담의 전원을 차단한 후 이어진 날들 동안 나의 머릿속엔 온통 두 가지 의문뿐이었다. 미란다는 나를 사랑하게 될까? 그리고 영국 함대가 아르헨티나 전투기의 사정거리 안에 들어가면 프랑스산 엑조세 미사일이 함대를 침몰시킬까? 잠이 들거나 아침에 몇 초 동안 꿈과 생시 사이의 안개 낀 완충지대에 머물 때면 그 의문들이 하나로 합쳐져 공대함 유도탄은 사랑의 화살이 되었다.

미란다에겐 상대를 무장해제시키는 신기한 면이 있었는데,

그건 어떤 선택을 할 때 상황의 흐름에 자신을 맡겨버리는 느긋한 태도였다. 그날 그녀는 저녁을 먹으러 왔고, 두 시간 동안 즐겁게 먹고 마신 후 아담 때문에 침실 문을 닫고서 나와 사랑을 나눴다. 그리고 우리는 밤늦도록 이야기했다. 그녀에게 그건 타라곤을 넣은 닭고기 요리를 먹고 내 뺨에 입을 맞춘 후 자신의 아파트로 올라가 침대에서 역사책을 읽다가 잠드는 것만큼이나 쉬운 일이었다. 내겐 소망이 즉시 이루어진 놀랍고 중대한 사건이 그녀에겐 즐겁고 전혀 놀랍지 않은, 커피 후의 기분좋은 추가 코스였다. 초콜릿 같은. 고급 그라파*나. 그녀의 알몸과 다정함은 내게 더할 나위 없이 황홀한 달콤함으로 다가왔지만 나의 경우는 그녀에게 그런 효과를 주지 못했다. 나는 몸도 그럭저럭 괜찮고—근육 긴장도도 훌륭하고 흑갈색 머리칼도 풍성했다—관대하고 재치도 있었다(몇몇 사람들이 친절하게도 그렇게 말해줬다). 잠자리에서 정담을 나눌 때도 괜찮은 솜씨를 발휘했다. 정작 그녀는 우리가 얼마나 잘 맞는지, 하나의 화제, 하나의 무해한 반복적 농담, 하나의 분위기가 다음 것으로 어떻게 이어지는지 거의 느끼지 못하는 듯했다. 나의 자존심은 그녀가 다른 사람과도 늘 그랬을 것임을 인정했다. 내일이면 그녀는 우리의 첫날밤이 생각조차 안

---

* 포도를 압착하고 남은 찌꺼기를 증류하여 만든 이탈리아 술.

날지도 모른다.

두번째 밤이 첫 밤과 똑같은 패턴으로 진행된 것에 대해 나는 불평할 처지가 아니었다. 다만 이번엔 그녀가 나를 위해 요리하고 그녀의 침대에서 함께 잤으며, 세번째는 내 침대에서 잤다—그런 식의 반복이었다. 나는 그녀와 편안하게 육체적 친밀감을 나누면서도 마음을 고백하진 못했는데, 그녀가 자기는 그런 마음이 아니라고 시인할까봐 두려워서였다. 관계가 진전되어 실은 그렇지 않다는 걸, 그녀 자신도 나를 사랑하고 그런 마음을 되돌리기엔 너무 늦었다는 걸 깨달을 때까지 아무 부담 없이 지낼 수 있도록 기다리는 게 나을 듯했다.

그런 기대에는 자만심이 있었다. 일주일쯤 지나자 불안감이 끼어들었다. 그때까지 나는 아담을 꺼놓길 잘했다고 생각했다. 그런데 이제 그를 다시 작동시켜서 그가 한 경고에 대해, 그 이유와 출처에 대해 물어볼까 하는 생각이 들었다. 하지만 기계에게 휘둘리며 살 순 없었고, 그가 나의 가장 사적인 문제를 털어놓는 친구, 상담가, 조언자 역할을 하도록 허락한다면 결국 그는 그런 존재가 되고 말 터였다. 나는 자존심이 있었고, 미란다가 악의적인 거짓말을 할 수 있는 여자가 아니라고 믿었다.

그래도. 나는 그런 짓을 하는 자신을 경멸하면서도, 미란다와의 관계가 시작된 지 열흘 만에 그녀에 대한 조사를 시작했다. 그동안 많은 논란의 대상이 되었던 '기계의 직관'을 제외하면 아담이 정보를 얻을 수 있는 출처는 인터넷뿐이었다. 나는 소셜미디어 사이트를 샅샅이 뒤졌다. 그녀 이름으로 된 계정은 없었다. 그녀는 친구들의 삶에 반영된 형태로만 존재했다. 그리하여 그녀는 파티나 휴가여행에서 친구 딸을 목말 태우고 동물원 구경을 하거나, 농장에서 고무장화를 신고 있거나, 가슴을 드러낸 일련의 남자 친구나 떠들썩한 십대 여자 친구 무리나 술에 취한 대학생과 팔짱을 끼거나 춤을 추거나 수영장에서 즐겁게 뛰놀고 있었다. 그녀를 아는 모든 사람이 그녀를 좋아했다. 접근 가능한 어떤 사이트에도 그녀에 대한 나쁜 이야기는 없었다. 이따금 채팅 내용을 통해 그녀가 한밤중에 나에게 이야기해준 과거가 입증되기도 했다. 한편으로는 그녀가 발표한 학술논문과 관련해서도 그녀의 이름이 나왔다―「스윈컴의 돼지 방목권: 중세 칠턴 마을 가정경제에서 반半야생 돼지의 역할」. 나는 그걸 읽고 그녀를 더 사랑하게 되었다.

직관이 가능한 인공정신으로 말할 것 같으면, 그것은 앨런 튜링과 그의 뛰어난 젊은 동료 데미스 허사비스가 고대로부터 전해져 내려온 바둑이라는 게임의 세계적인 거장을 다섯 판이나 내리 이긴 소프트웨어를 만들어낸 1968년 초에 시작된 순전한 도시전설이었다. 그건 수치 처리 능력만으로는 이룰 수 없는 개가임을 업계의 모두가 알았다. 바둑과 체스에서 둘 수 있는 수는 관측 가능한 우주 안의 원자 개수를 가뿐히 넘어서며, 바둑에는 체스보다 어마어마하게 많은 수가 존재한다. 바둑의 고수들은 주어진 상황에 맞는 수를 직관적으로 아는 심오한 감각 말고는 그들이 무엇을 통해 패권을 잡게 되었는지 설명하지 못한다. 그래서 컴퓨터도 그와 유사한 걸 하고 있으리란 가정이 이루어졌다. 신문기사들은 인간화된 컴퓨터의 새 시대를 숨가쁘게 알렸다. 컴퓨터가 우리처럼 생각하고 종종 설명이 불명확한 우리의 판단과 선택을 흉내내는 시대의 문턱에 와 있었다. 튜링과 허사비스는 하나의 반대운동이자 오픈 액세스의 개척정신으로 그들의 소프트웨어를 인터넷에 올렸다. 그들은 언론과의 인터뷰에서 머신 딥러닝과 인공지능 네트워크에 대해 설명했다. 튜링은 1940년대에 원자폭탄 개발을 위한 맨해튼 프로젝트가 진행되면서 정교해진 알고리즘인 몬테카를로 트리 탐색에 대해 비전문가들을 위한 설명을 시도했다. 급조된 TV 인터뷰 자리에서 그가 진행자에게 야심차게 PSPACE-완전 수학에 대해 설명하면서 짜증을 내는 모습이 널리 알려졌다. 그보단 덜 유명한 사건이지만, 미국의 한 케이블방송에 출연하여 컴퓨터공학의 핵심 문제인 P 대 NP에 대해 설명할 때도 화를 냈다. 그의 앞에는 '일반인'으로 이루어진 전투적인 방청객이 있었다. 그의 해법은 최근에 발표되어 세계 수학자들의 검증을 받는 중이었다. 그것은 하나의 문제로 제시하기는 쉬웠지만 해결은 어마어마하게 어려웠다. 튜링은 정확하고 긍정적인 해결책이 공간과 시간과 창의성의 개념뿐 아니라 생물학에서도 흥미진진한 발견을 불러오리라는 걸 제시하려고 애썼다. 하지만 방청객은 그의 흥분을 공감하지도, 이해하지도 못했다. 그들은 그가 2차세계대전에서 한 역할이나 컴퓨터 의존적인 자신들의 삶에 미친 영향력에 대해서만 어렴풋이 인식하고 있을 뿐이었다. 그들은 튜링을 완벽한 영국 신사 인텔리로 보고 멍청한 질문으로 그를 괴롭히는 걸 즐겼다. 튜링은 그 불행한 에피소드를 마지막으로 자신의 분야를 대중에게 알리고자 하는 노력을 중단했다.

튜링-허사비스 컴퓨터는 일본인 바둑 9단 고수와의 대국을 앞두고 일 년간 자체적으로 수천 번의 시합을 벌였다. 그 컴퓨터는 경험을 통해 배웠고, 과학자들은 컴퓨터가 인간의 일반 지능에 한 걸음 더 가까워졌다는 주장—충분히 합리적인—을 펼치게 되었으며, 그 결과 기계의 직관에 대한 도시전설이 탄생한 것이다. 그리고 그들의 어떤 말도 그 고삐 없는 전설을 현실로 돌아오게 하진 못했다.

컴퓨터의 승리로 바둑은 사라질 거라는 평론가들의 예상은 빗나갔다. 그 늙은 바둑 고수는 다섯 판을 진 후 조수의 부축을 받으며 천천히 일어나 노트북에 절을 한 후 떨리는 목소리로 축하를 건넸다. 그리고 이렇게 말했다. "승마가 육상을 없애진 못했습니다. 우리는 즐기기 위해 달립니다." 그의 말이 옳았다. 단순한 규칙과 무한한 복잡성을 지닌 바둑은 더욱더 인기를 얻었다. 전후에 체스 명장이 패배했을 때처럼 기계의 승리는 그 게임을 약화시키지 못했다. 승리는 복잡한 대국 상황에서 얻는 즐거움보다 덜 중요했다. 하지만 이제 소프트웨어가 불가사의하고 정확하게 하나의 상황, 혹은 얼굴이나 몸짓, 혹은 발언의 감정적 특징을 '읽어낼' 수 있다는 생각은 끝내 사라지지 않았고, 아담과 이브가 출시되었을 때 관심을 끈 것도 부분적으로는 그 때문이었다.

십오 년은 컴퓨터공학에서 긴 시간이다. 내 아담의 처리 능력과 정교함은 그 바둑 컴퓨터를 훨씬 능가했다. 기술은 발전하고 튜링은 다른 일로 넘어갔다. 그는 의사결정에 대해 집중적으로 연구한 후 유명한 책을 써냈다. 우리는 올바른 선택을 위해 확률적으로 사고해야 할 때 패턴과 서사를 만들도록 되어 있다는 내용이었다. 인공지능은 우리가 가진 것, 우리의 상태를 능가할 수 있었다. 튜링은 그 알고리즘을 개발했다. 그리고 자신의 혁신적 연구를 다른 사람들이 이용할 수 있게 했다. 아담도 분명 그 혜택을 입었을 터였다.

튜링의 연구소는 인공지능과 계산생물학에 매진했다. 그는 이미 가진 것보다 더 많은 부를 얻는 데는 관심이 없다고 말했다. 수백 명의 저명 과학자가 그를 본받아 오픈소스 방식을 택했고, 그로 인해 1987년 〈네이처〉와 〈사이언스〉는 몰락에 이른다. 튜링은 그것 때문에 많은 비판을 받았다. 반면에 그의 연구가 세계적으로 다양한 분야에서—컴퓨터 그래픽, 의료 스캐닝 장비, 입자가속기, 단백질 접힘, 스마트 배전, 국방, 우주탐사—수만 개의 일자리를 창출했다는 주장도 있었다. 그리고 그런 분야의 목록은 끝을 알 수 없을 만큼 길다.

튜링은 1969년부터 연인 톰 레아—이론물리학자로 1989년에 노벨상을 수상하게 된다—와 공개적으로 동거를 시작하면서 당시 속도를 더해가던 사회혁명에 힘을 보탰다. 에이즈가 급속히 확산되자 거액의 기금을 마련하여 던디에 바이러스 연구소를 세웠고, 호스피스 시설의 공동설립자가 되었다. 처음으로 효과적인 치료법이 나오자 특히 아프리카에서 특허기간을 단축하고 가격을 낮추기 위한 운동을 펼쳤다. 1972년부터 자신의 사업을 운영한 허사비스와도 협업을 이어갔다. 대중의 참여에 점차 인내심을 잃어가던 튜링은 "나의 움츠린 시간에" 연구에 집중하고 싶다고 밝혔다. 그의 과거에는 오랜 샌프란시스코 체류, 카터 대통령이 하사한 자유훈장과 연회, 과학기금에 대한 논의를 위해 총리 별장에서 가진 대처 총리와의 오찬, 아마존 보호를 호소하기 위한 브라질 대통령과의 만찬이 있었다. 그는 오랜 세월 컴퓨터 혁명의 얼굴, 새 유전학의 목소리로 살아왔고 거의 스티븐 호킹만큼 유명했다. 그런 그가 이제 은둔자에 가까운 삶을 살고 있었다. 바깥나들이는 캠던 타운 자택과 킹스크로스 연구소―허사비스 센터에서 두 건물 건너에 위치한―를 오가는 것뿐이었다.

레아는 튜링과 함께한 삶에 대한 긴 시를 써서 〈타임스 리터 러리 서플먼트〉에 발표하고 책으로도 냈다. 시인이자 평론가 인 이언 해밀턴은 비평에 이렇게 썼다. "여기 스캔뿐만 아니 라 상상도 할 수 있는 물리학자가 있다. 이제 양자중력에 대해 설명할 수 있는 시인을 내게 데려오라." 아담이 내 삶에 등장 했을 때, 나는 미란다가 나를 사랑하게 될지 아니면 나에게 거 짓말을 할지 말해줄 수 있는 건 기계가 아니라 시인이라고 믿 었다.

*

프랑스 MBDA사에서 아르헨티나 정부에 판 엑조세 8 시리 즈 미사일 소프트웨어에도 분명 튜링 알고리즘이 이용되었을 터였다. 이 무시무시한 무기는 전투기에서 선박이 있는 쪽을 향해 발사되면 공중을 날면서 선박의 외형을 인식하여 적군인 지 아군인지 알아낼 수 있었다. 만약 아군이면 임무를 중단하 고 아무런 피해가 없도록 바다로 돌진했다. 만약 표적을 벗어 나 목표지점을 지나치면 되돌아가서 두 번 더 시도할 수 있었다. 이 미사일은 시속 8천 킬로미터로 목표물에 접근했다. 이 무기의 선택적 이탈 능력은 튜링이 1960년대 중반에 개발한 얼굴인식 소프트웨어에 토대를 두었을 가능성이 컸다. 그는 안면인식장애 때문에 친숙한 얼굴을 알아보지 못하는 사람들을 돕기 위한 방법을 찾고 있었다. 그리고 정부 출입국관리국, 방위산업체, 보안회사가 자신들의 목적을 위해 그 연구를 해킹했다.

프랑스는 나토 회원국이라 우리 정부는 MBDA사가 엑조세 미사일을 더 팔거나 기술지원을 제공하지 못하도록 엘리제궁에 강력히 항의했다. 아르헨티나의 동맹국인 페루로의 탁송이 봉쇄되었다. 하지만 이란을 비롯한 다른 국가들이 기꺼이 미사일을 팔려고 했다. 게다가 암시장도 있었다. 무기거래상으로 위장한 영국 정보요원들이 매집에 나섰다.

하지만 자유시장 정신을 억누를 수는 없었다. 아르헨티나 정부군은 분쟁 시작 시점에 완전한 설치가 이루어지지 않았던 엑조세 소프트웨어의 도움이 절실히 필요했다. 독자적으로 움직이는 이스라엘인 전문가 두 사람이 아르헨티나로 날아갔는데, 필시 거금을 제안받았을 터였다. 부에노스아이레스의 한 호텔에서 그들의 목을 자른 게 누구였는지는 영영 밝혀지지 않았다. 많은 사람이 영국 정보요원의 소행일 거라고 의심했다. 만일 그것이 사실이라면 그들은 한발 늦은 셈이었다. 그 젊은 이스라엘인들이 침대에서 피를 흘리며 죽어간 날 영국 배 네 척이 가라앉았고, 다음날 세 척이, 그다음날도 세 척이 침몰했다. 항공모함 한 척, 구축함과 호위함들, 그리고 군대수송선 한 척이었다. 인명손실은 수천에 이르렀다. 선원, 군인, 요리사, 의사와 간호사, 기자. 생존자 구조에 모든 군사적 노력이 집중된 혼란의 며칠이 지난 후 살아남은 기동대가 돌아왔고, 포클랜드제도는 말비나스제도가 되었다.* 아르헨티나를 통치하던 파시스트 군사정권은 승리감에 취했고, 그들의 인기는 치솟았으며, 그들이 자행한 살인과 고문, 시민들의 실종은 잊히거나 용서되었다. 그들의 권력은 공고해졌다.

나는 공포에 차서—그리고 죄책감에 젖어—그 모든 걸 지켜보았다. 그 모험에 반대하면서도 전함이 영국해협을 줄지어 지나가는 광경에 전율했으니, 다른 거의 모든 사람들과 마찬가지로 그 일에 연루된 셈이었다. 대처 총리가 성명을 발표하기 위해 다우닝 스트리트 10번지에서 나왔다. 총리는 처음엔 말문을 열지 못했고 그다음엔 눈물을 보였지만 부축을 받으며 안으로 들어가는 건 거부했다. 이윽고 평정을 되찾은 총리는 그녀답지 않게 작은 목소리로 저 유명한 '내가 책임지겠습니

---

* 말비나스제도는 아르헨티나에서 포클랜드제도를 이르는 말이고, 현실에서는 영국이 포클랜드전쟁에서 승리해 대처 정부의 지지율이 올라갔다.

다' 연설을 시작했다. 총리는 모든 책임을 지겠다고 했다. 이 굴욕을 결코 잊지 못할 것이라고 했다. 그리고 사의를 표했다. 하지만 너무도 많은 죽음에 극심한 충격을 받은 국민들은 책임자들의 목을 자르고 싶은 마음이 없었다. 총리가 물러나야 한다면 그녀의 내각 전체가, 국민 대부분이 함께 책임을 져야 했다. 〈텔레그래프〉의 한 임원은 이렇게 말했다. "패배는 우리 모두의 것이다. 지금은 누구 하나를 희생양으로 삼을 때가 아니다." 됭케르크 참사를 연상시키는 매우 영국적인 절차가 시작되었고, 끔찍한 패배가 침통한 승리로 탈바꿈했다. 무엇보다도 국민의 단결이 중요했다. 육 주 후 백오십만 명에 이르는 인파가 포츠머스에 운집하여 시신을 실은 화물과 지치고 트라우마에 빠진 승객들을 태우고 돌아오는 배들을 맞이했다. 나를 비롯한 나머지 국민들은 공포에 차서 텔레비전을 보았다.

내가 이 잘 알려진 역사를 복기하는 건 그 사건의 감정적 영향에 대해 인식하지 못할 젊은 독자들을 위해서이며, 그 일이 셋으로 구성된 우리 가정에 우울한 그림자를 드리웠기 때문이기도 하다. 집세를 낼 때가 되었고, 나는 수입의 손실로 걱정이 많았다. 손에 들고 흔드는 국기의 대량 구매는 없었고, 샴페인 소비도 감소했으며, 주류와 햄버거 소비는 꺾이지 않았지만 전반적으로 경제가 어려웠다. 미란다는 아픈 아버지와 곡물법, 기득권자의 역사적 악랄함, 고통받는 계층에 대한 그들의 무관심에 정신이 팔려 있었다. 한편 아담은 계속 담요에 덮여 있었다. 미란다가 아담 관련 작업을 미루는 건 얼마간은 신기술공포증 때문이었다. 온라인에 접속하여 마우스로 체크박스를 클릭하길 싫어하는 것도 그렇게 부를 수 있다면 말이다. 내가 계속 졸라대자 그녀는 마침내 그 작업을 시작하기로 했다. 살아남은 기동대가 포츠머스로 돌아오고 일주일이 지난후, 나는 부엌에 노트북을 설치하고 아담의 사이트로 들어갔다. 미란다가 작업을 시작하기 위해 굳이 아담을 깨울 필요는 없었다. 그녀는 무선마우스를 집어들더니 거꾸로 뒤집어 밑면을 혐오스럽다는 듯 바라보았다. 나는 그녀에게 커피를 끓여주고 내 일을 하러 침실로 들어갔다.

내 포트폴리오는 반토막이 나 있었다. 손실을 만회해야 했다. 하지만 미란다가 옆방에 있어서 집중이 되지 않았다. 나는 아침에 자주 그러듯이 그녀와 보낸 지난밤의 기억에 빠져 있었다. 온 나라를 뒤덮은 고통은 오히려 우리의 밤을 더 격렬하게 만들었다. 우리는 섹스를 치른 후에 대화를 나눴다. 미란다가 자신의 어린 시절에 대해 자세히 들려줬는데, 그 목가적인 삶은 여덟 살 때 어머니가 세상을 떠나면서 박살이 났다. 그녀는 나를 솔즈베리로 데려가 중요한 장소들을 보여주고 싶어했다. 나는 그걸 진전의 표시로 여겼지만, 그녀는 아직 날짜를 제시하지 않았고 아버지에게 인사시키고 싶다는 말도 없었다.

나는 컴퓨터 화면을 보고 있었지만 아무것도 눈에 들어오지 않았다. 벽이, 그리고 특히 문이 얇았다. 미란다는 아주 천천히 나아가고 있었다. 자신의 선택을 기록하는 그녀의 신중한 클릭 소리가 긴 간격을 두고 들려왔다. 그사이의 정적이 나를 긴장시켰다. 경험에 개방적인가? 성실한가? 정서적으로 안정되어 있나? 나는 한 시간 뒤에도 일에 집중을 못하고 있다가 밖에 나가기로 했다. 나는 미란다의 의자 뒤 좁은 공간을 비집고 지나가며 그녀의 정수리에 키스했다. 그리고 집에서 나와 클래펌으로 향했다.

4월 날씨치고는 이례적으로 더웠다. 클래펌 하이 스트리트는 교통체증이 심했고 보도도 혼잡했다. 온통 검은 리본의 물결이었다. 그건 미국에서 건너온 아이디어였다. 가로등 기둥, 문, 쇼윈도, 자동차 문손잡이와 안테나, 유모차, 휠체어, 자전거. 런던 중심부의 관공서 건물에는 조기가 게양되고 깃대에 2920명의 사망자를 위한 검은 리본이 달려 있었다. 사람들은 검은 리본을 완장처럼 차거나 옷깃에 달았다―나도 달고 있었고 미란다도 마찬가지였다. 아담 것도 하나 마련해야 할 터였다. 여자들과 멋쟁이 남자들은 머리에 묶었다. 침공에 반대하여 시위까지 벌였던 열정적인 소수자들도 검은 리본을 달았다. 왕족을 비롯한 공인과 유명인이 검은 리본을 달지 않는 것은 위험한 짓이었다―대중지들이 예의주시하고 있었다.

나는 그저 좀 걸으며 불안한 상태에서 벗어나고 싶어 나온 것이었다. 상점들이 모여 있는 곳에서는 걸음을 빨리했다. 폐쇄된 영국-아르헨티나 우호협회 사무실을 지났다. 환경미화원 파업이 이 주째 이어지고 있었다. 가로등 주변에 쓰레기 봉지가 허리 높이까지 쌓여 있었고 더위 때문에 달큰한 악취가 풍겼다. 대중은, 아니 대중지는 이런 때에 파업을 벌이는 건 비정한 배신행위라는 데 총리와 뜻을 같이했다. 하지만 임금 인상 요구는 다음 인플레이션만큼 피할 수 없는 것이었다. 아직은 아무도 뱀이 제 꼬리를 먹지 못하게 설득할 방법을 알지 못했다. 곧, 어쩌면 올해 말이면 하찮은 지능을 가진 금욕적인 로봇들이 쓰레기를 줍고 있을지도 몰랐다. 그리고 로봇에게 일자리를 내준 사람들은 더 가난해질 터였다. 실업률이 16퍼센트였다.

카레 전문점과 패스트푸드 체인점 밖의 기름때 낀 보도에서 고기 썩는 냄새가 폐부를 찔렀다. 나는 지하철역을 지날 때까지 숨을 참았다. 길을 건너서 공원으로 들어갔다. 보트놀이 풀에서 사람들의 고함소리와 비명소리가 들려왔다. 첨벙거리며 노는 아이들까지도 몇몇은 리본을 달고 있었다. 행복한 광경이 펼쳐지고 있었지만 나는 걸음을 멈추지 않았다. 이 새로운 시대에는 남자 혼자 아이들을 쳐다보고 있다가 무슨 오해를 살지 몰랐다.

그래서 나는 이성의 시대*에 지어진 거대한 벽돌건물인 성삼위일체교회로 걸어갔다. 안에는 아무도 없었다. 무릎에 양 팔꿈치를 올리고 웅크린 자세로 앉은 나는 신도로 보일 수도 있었다. 강한 경외감을 불러일으키기엔 너무 이성적인 장소였지만, 깔끔한 선과 합리적인 비례가 위안이 되었다. 나는 그곳의 냉기와 어둠을 즐기며 미란다와의 첫날밤에 대한 회상에 젖어들었다. 그날 밤 길게 울부짖는 소리에 잠이 깬 나는 개가 방에 들어온 줄 알고 정신이 들기도 전에 침대에서 반쯤 뛰쳐나갔다가 미란다가 악몽을 꾼 것임을 깨달았다. 그녀를 깨우기는 쉽지 않았다. 그녀는 누군가와 싸우기라도 하듯 몸부림쳤고, "들어가지 마, 제발" 하고 두 번이나 웅얼거렸다. 나중에 나는 그녀가 꿈 이야기를 하는 게 본인에게 이로울 거라는 생각으로 무슨 꿈을 꾸었는지 물었다. 그녀는 내 팔을 베고 누워 나를 꼭 끌어안았다. 내가 무슨 꿈을 꾸었느냐고 다시 묻자 그녀는 고개를 젓더니 이내 잠이 들었다.

아침에 커피를 마시면서 그녀는 내 질문에 어깨를 으쓱하고 말았다. 그냥 꿈이었다고. 마침 아담이 우리 뒤에서 내가 부탁했다기보다는 지시한 유리창 닦기를 요령 있게 잘하고 있어서 대답을 회피하는 미란다의 태도가 더 부각되었다. 우리가 이

---

* 영국과 프랑스의 18세기.

야기하는 동안 아담은 악몽에 대해 엿들으려는 듯 동작을 멈추고 돌아봤다. 그때 나는 그도 꿈을 꿀까 하는 궁금증이 일었다. 지금 나는 양심의 가책을 느끼고 있었다. 그날 아침에 퉁명스럽게 지시를 내렸던 것이다. 그를 하인처럼 취급하지 말았어야 했다. 그날 오후 나는 그의 전원을 내렸다. 그리고 그 상태로 너무 오래 방치했다. 성삼위일체교회는 노예제폐지운동을 한 윌리엄 윌버포스와 관련이 있었다. 그러면 아담들과 이브들 편에 서서 그들이 매매와 파괴의 대상이 되지 않을 권리와 자기결정권이라는 존엄성을 갖도록 힘썼을 터였다. 어쩌면 그들은 스스로를 돌볼 수 있는지도 몰랐다. 곧 그들은 환경미화원 일을 하게 될 터였다. 그다음엔 의사와 변호사 일. 패턴인식과 완벽한 기억은 그들에게 도시의 쓰레기를 치우는 일보다 쉬울 터였다.

우리는 목적 없는 시간의 노예가 될 수도 있었다. 그다음엔 무엇이 올까? 보편적 르네상스—사랑과 우정과 철학, 예술과 과학, 자연숭배, 스포츠와 취미, 발명과 의미 추구를 즐기는 해방된 삶? 하지만 고상한 오락은 모두를 위한 게 아니었다. 폭력범죄도 나름의 매력이 있었고, 좁은 링에서 글러브 없이 벌이는 격투기, VR 포르노, 노름, 술과 마약, 심지어 권태와 우울도 마찬가지였다. 우리는 자신의 선택을 통제할 수 없을 터였다. 내가 그 증거였다.

나는 밖으로 나가서 공원을 가로질러 걸었다. 십오 분 후 반대편 끝에 이르러 집으로 돌아가기로 했다. 지금쯤 미란다는 최소한 3분의 1은 결정을 내렸을 터였다. 나는 그녀가 솔즈베리로 출발하기 전에 어서 그녀에게 가고 싶어 조바심이 일었다. 그곳으로 떠나면 밤늦게야 돌아올 터였다. 나는 자작나무의 좁은 그늘에서 더위를 피하고 있었다. 거기서 몇 미터 떨어진 곳에 울타리가 쳐진 어린이 놀이터가 있었다. 헐렁한 녹색 반바지와 플라스틱 샌들, 얼룩진 흰 티셔츠 차림의 작은 남자아이가―네 살쯤 되어 보였다―시소 옆에 구부정하니 서서 땅에 있는 물체를 들여다보고 있었다. 아이는 그걸 발로 빼내려다가 쪼그리고 앉아 손을 갖다댔다.

나는 보지 못했지만 아이 엄마가 나를 등지고 앉아 있었다. 그녀가 날카롭게 소리쳤다. "이리 와!"

아이는 고개를 들고 엄마에게 갈 것처럼 하더니 땅 위의 흥미로운 물체에 도로 관심을 쏟았다. 아이가 물체를 움직였고, 나는 그걸 보았다. 물러진 아스팔트에 박혀 둔탁한 빛을 발하는 병뚜껑이었다.

그 여자는 등짝이 넓고 고불고불한 검은 머리의 정수리 부분 숱이 줄어가고 있었다. 오른손에 담배를 들고 왼손으로 오른쪽 팔꿈치를 감싸고 있었다. 더운 날씨에도 코트 차림이었다. 코트 칼라 아래쪽이 길게 찢어져 있었다.

"내 말 안 들려?" 높아지는 목소리에 위협이 어려 있었다. 다시 고개를 든 아이는 겁이 나는지 엄마 말에 따르려고 했다. 아이는 반 발짝 떼었다가 다시 자신의 목표물을 보고 망설였다. 그러다 그걸 빼내어 엄마에게 가져갈 수 있다고 생각했는지 도로 그 자리로 갔다. 하지만 아이의 계산은 중요하지 않았다. 여자가 불만에 찬 날카로운 외침과 함께 벤치에서 벌떡 일어나 몇 미터를 빠르게 가로질러가서 담배를 버리고 아이의 팔을 홱 잡더니 맨다리를 찰싹 때렸다. 아이가 울자 한 대 더 때리고, 한 대를 더 때렸다.

나는 편안히 생각에 잠겨 있었고 그 생각에서 벗어나고 싶지 않았다. 잠시 나는 아무것도 보지 못한 것처럼—나 자신은 못 속여도 세상은 속이면서—집으로 향할 수 있다고 생각했다. 그 어린 소년의 인생에 내가 해줄 수 있는 건 아무것도 없으니까.

아이의 비명이 엄마의 화를 돋웠다. "닥쳐!" 그녀가 계속해서 아이에게 소리를 질러댔다. "닥쳐! 닥치란 말이야!"

그래도 난 억지로 그 장면을 무시해버릴 수 있었다. 하지만 아이가 더 악을 써대자 엄마는 두 손으로 아이의 어깨를 움켜쥐고 거칠게 흔들어댔고, 더러운 티셔츠가 위로 올라가면서 아이의 배가 드러났다.

어떤 결정은, 심지어 도덕적인 결정도 의식적인 사고의 영역 밑에서 이루어진다. 나는 자신도 모르게 달려가 놀이터 울타리를 넘어가서 세 발짝 만에 그 여자 어깨에 손을 올렸다.

내가 말했다. "실례합니다. 제발. 제발 그러지 마세요."

내 목소리는 지나치게 점잔 빼는 특권층 같았고 마치 양해를 구하는 듯했으며 권위가 없었다. 이 상황이 어디로 이어질지 벌써 의구심이 들었다. 개선된 다정한 육아라는 미래로 이어질 것 같진 않았다. 하지만 적어도 그녀가 폭행을 중단하고 믿기지 않는다는 듯 나를 돌아보긴 했다.

"뭐예요?"

"어린애잖아요." 내가 바보처럼 말했다. "그러다 심각하게 다칠 수도 있어요."

"당신 누구야, 썅?"

그건 마땅한 질문이었고, 바로 그 이유로 나는 대답하지 않았다. "엄마 말을 이해하기엔 아이가 너무 어려요."

그 대화가 이어지는 동안 아이는 비명을 지르고 있었다. 이제 아이는 엄마의 치맛자락을 움켜쥐고 안아달라고 졸랐다. 그게 최악이었다. 아이를 괴롭히는 장본인이 아이에겐 유일한 안식처이기도 했다. 그녀는 나를 상대로 싸울 태세를 취했다. 그녀가 버린 담배가 그녀의 발치에서 타들어가고 있었다. 그녀는 오른손을 쥐었다 폈다. 나는 뒷걸음치는 것으로 보이지 않으려고 애쓰면서 애매하게 반 발짝 뒤로 물러섰다. 우리는 서로를 노려보았다. 그녀는 본래 사랑스럽고 지적인 얼굴이었을 텐데, 의심에 찬 표정으로 가늘게 뜬 눈 주위에 체중 증가로 불룩하게 차오른 살이 그 아름다움을 망쳐놓은 게 분명했다. 다른 삶을 살았더라면 다정하고 엄마다운 얼굴이 되었을 수도 있었다. 둥글고 높은 광대뼈, 콧등에 흩뿌려진 주근깨, 도톰한 입술—아랫입술은 갈라졌지만 말이다. 몇 초 후, 나는 그녀의 동공이 바늘구멍처럼 작다는 걸 깨달았다. 먼저 시선을 옮긴 건 그녀였다. 그녀는 내 어깨 너머를 보았고, 나는 곧 그 이유를 알게 되었다.

그녀가 외쳤다. "어이, 존."

나는 돌아보았다. 그녀의 친구인지 남편인지 모를 존은 그녀처럼 뚱뚱한 남자로, 햇빛에 익어 밝은 분홍색이 된 웃통을 드러낸 채 놀이터 철망문을 통과하고 있었다.

그가 몇 미터 떨어진 곳에서 외쳤다. "그 남자가 괴롭혀?"

"맞아, 썅."

상상 속의 모든 것이 가능한 다른 세계에서라면—영화가 그중 하나가 될 수 있을 것이다—걱정할 필요가 없었다. 존은 나와 비슷한 연배였지만 나보다 키도 작고 몸도 탄탄하지 못하고 강하지도 못했다. 다른 세계에서라면 그가 공격해와도 나는 그를 때려눕힐 수 있었다. 하지만 이 세계의 나는 평생, 심지어 어렸을 때조차도 누구를 때려본 적이 없었다. 아빠를 때리면 아이가 더 고통받을 거라고 자기합리화를 할 수도 있었다. 하지만 진실은 그렇지 않았다. 나는 잘못된 태도를 갖고 있었다. 아니, 그보단 올바른 태도를 갖지 못했다는 표현이 더 정확하다. 그건 두려움도 아니고, 고결한 원칙은 확실히 아니었다. 사람을 때린다면 어디서부터 시작해야 하는지 나는 알지 못했다. 알고 싶지도 않았다.

"오 그래?"

이제 여자는 뒤로 물러나고 존이 나와 싸울 태세를 취했다. 아이는 계속 울부짖었다. 아빠와 아들은 코믹할 정도로 닮은 모습이었다―짧게 깎은 적갈색 머리, 작은 얼굴, 간격이 넓은 녹색 눈.

"죄송합니다만, 어린애잖아요. 어린애를 때리거나 흔들면 안 되죠."

"죄송합니다만, 상관 말고 꺼지쇼. 안 그랬다간."

진짜로 존은 나를 때릴 기세였다. 그는 가슴을 잔뜩 부풀렸는데 그건 두꺼비와 유인원, 그리고 많은 다른 동물의 오래된 자기확대 기술이었다. 그는 빠르게 호흡하며 두 팔은 몸통과 거리를 두고 내려뜨리고 있었다. 내가 그보다 강할 수도 있었지만 그가 나보다 무모할 것 같았다. 잃을 게 적은 것이다. 아니, 그런 게 용맹인지도 몰랐다. 상대에게 맞고 쓰러져서 머리를 수차례 아스팔트 바닥에 짓찧어 후유증이 평생 가는 신경

손상을 입을 위험도 무릅쓸 준비가 되어 있는 것. 나라면 그런 모험을 감수하지 않을 것이다. 그것은 상상력 과다로 인한 비겁함이었다.

나는 항복의 표시로 두 손을 들었다. "이봐요. 분명 난 당신에게 어떤 것도 강요할 수 없어요. 다만 설득할 수 있기를 바랄 뿐이죠. 아이를 위해서."

그러자 존이 너무 놀라운 말로 허를 찔러서 나는 잠시 아무 대답도 하지 못했다.

"저애 갖고 싶어요?"

"뭐라고요?"

"가져도 돼요. 가져요. 애들 전문가신데. 당신이 가져요. 집에 데려가요."

아이는 이제 조용해졌다. 다시 아이를 보니 아빠에게 없는 걸—하지만 엄마에겐 없지 않은 걸—가진 듯했다. 아이의 얼굴에는 괴로움 속에서도 지적 관심을 나타내는 희미하지만 빛나는 신호가 담겨 있었다. 우리는 가까이 모여 서 있었다. 자동차 소리 너머로 공원 반대쪽 보트놀이 풀에서 노는 아이들의 먼 외침이 들려왔다.

나는 충동적으로 아빠의 엄포에 맞섰다. "좋아요, 내가 데려다 키우죠. 서류 정리는 나중에 합시다."

나는 지갑에서 명함을 꺼내 그에게 건넸다. 그러곤 아이에게 손을 내밀었는데 놀랍게도 아이가 손을 들어 나와 깍지를 꼈다. 나는 우쭐한 기분이 들었다. "아이 이름이 뭐죠?" 내가 물었다.

"마크."

"가자, 마크."

우리는 마크의 부모를 등지고 놀이터를 가로질러 용수철 경첩이 달린 문을 향해 걸어갔다.

아이가 큰 소리로 속삭였다. "우리 도망치는 척해요." 위로 든 아이의 얼굴이 갑자기 유머와 장난기로 활기가 넘쳤다.

"그래."

"배 타고."

"좋아."

내가 문을 열려고 하는데 뒤에서 고함소리가 들렸다. 나는 안도감이 드러나지 않기를 바라며 돌아섰다. 엄마가 달려와서 아이를 잡아채고 나를 향해 손을 휘둘렀다. 나는 팔뚝을 맞았지만 아프진 않았다.

"변태!"

그녀가 또 때리려고 했지만 존이 지친 목소리로 외쳤다. "그만해."

나는 놀이터 밖으로 나가서 조금 걸은 후에 멈춰 서서 뒤를 돌아보았다. 존이 맨어깨에 마크를 들어올리고 있었다. 나는 그에게 감탄하지 않을 수 없었다. 그의 방식에는 내가 미처 알아채지 못한 재치가 있는 듯했다. 그는 내게 받아들일 수 없는 제안을 해서 싸우지 않고도 나를 처리했다. 아이를 코딱지만한 내 집으로 데려가 미란다에게 소개하고 십오 년간 뒷바라지를 한다는 건 악몽이었다. 이제 보니 아이 엄마의 코트 소매에 검은 리본이 묶여 있었다. 그녀가 존에게 셔츠를 입으라고 했지만 존은 말을 듣지 않았다. 그 가족이 놀이터를 가로질러 걸어갈 때 마크가 내 쪽을 돌아보며 한 손을 들었는데, 어쩌면 균형을 잡기 위해서였을 수도 있고 작별인사였을 수도 있었다.

*

미란다와 침대에 나란히 누워 종종 한밤중까지 이야기를 나누다보면 한 인물이 대화의 중심을 차지했고, 그는 불행한 유령처럼 어둠 속에서 우리 앞을 떠돌며 형상이 또렷해져갔다. 처음에 나는 그를 내 존재 자체에 적대적인 라이벌로 여기려는 충동을 극복해야만 했다. 나는 인터넷을 뒤져서 이십대 초반부터 오십대 중반에 이르기까지 세월의 흐름과 함께 곱상한 얼굴이 매력적으로 망가져가는 그의 모습을 볼 수 있었다. 그에 관한 기사도 읽었는데 방대한 양은 아니었다. 그의 이름은 내게 아무 의미도 없었다. 친구 두 명이 그에 대해 알았지만 그의 책을 읽어본 적은 없다고 했다. 오 년 전의 한 프로필 기사에서 그는 '재능에 걸맞은 성과를 이루지 못한 사람'으로 폄하되었다. 그건 나에게도 닥칠 수 있는 운명이었기에 맥스필드 블랙에게 조금 동정이 갔고, 한 여자를 사랑하는 건 그녀의 아버지를 포용하는 것이라는 자명한 이치를 이해하게 되었다. 미란다는 솔즈베리에 다녀올 때마다 아버지 이야기를 하고 싶어했다. 나는 그의 여러 통증 혹은 고통, 변화하는 예후, 오만하고 무지한 의사에 이은 친절하고 뛰어난 의사, 놀라울 정도로 훌륭한 음식이 나오는 혼돈 상태의 병원, 치료법과 약, 꺾였다가 되살아나는 희망에 대해 들었다. 그녀가 무수한 방식으로 이야기하는 그의 정신은 예리함을 잃지 않았다. 내란이라도 일으키듯 흉포하게 그를 등진 건 육체였다. 작가의 혀가 보기 싫은 검은 점들 때문에 흉하게 변하는 걸 볼 때마다 딸은 얼마나 고통스러운지. 먹고 삼키고 말할 때마다 아버지는 얼마나 고통스러운지. 그는 면역체계가 무너져가고 있었다.

그것만이 아니었다. 신장에서 커다란 결석이 빠져나왔는데, 미란다는 그 고통이 산고와도 같다고 믿었다. 욕실에서 넘어져 엉덩이뼈가 부러지기도 했다. 피부 가려움증도 견디기 힘들 정도로 심했다. 양쪽 엄지손가락 관절에 통풍까지 생겼다. 독서광인 그는 백내장 때문에 시야가 흐려져서 글씨를 읽기도 힘들었다. 그래서 누가 눈을 건드리는 게 싫고 무서워도 결국

수술을 받아야만 했다. 치욕스러워서 차마 입 밖에 낼 수 없는 다른 고통도 있었을 터였다. 그가 오래전에 네번째 아내가 되어달라고 청혼했어야 할 여자는 이 년 전에 떠났다. 맥스필드는 홀로 지내며 방문 간호사, 낯선 사람, 그리고 150킬로미터 떨어진 곳에 사는 딸에게 의존했다. 다른 결혼에서 얻은 두 아들이 가끔 런던에서 와인, 치즈, 전기傳記, 손목시계형 최신 컴퓨터 같은 선물을 들고 왔다. 하지만 그들은 아버지를 가까이에서 보살피는 일에는 겁을 냈다.

우리, 미란다와 나는 오십대 후반의 남자가 그런 다중의 굴욕을 예상하거나 당연하게 받아들이기엔 아직 너무 젊다는 걸 온전히 이해할 만큼 나이가 많지 않았다. 하지만 그가 무자비한 하느님의 벌을 받는 욥을 닮아서 그에 대한 미란다의 이야기를 귀기울여 듣지 않고 정신을 다른 데 팔면 불경스러운 짓인 것만 같았다. 놀이터 사건이 있던 날 밤은 특히 그랬다. 사랑에 빠진 남자가 그럴 수 있다니 믿기 어려운 일이지만, 나는 미란다의 아버지 이야기를 들으며 자꾸 딴생각에 빠졌다. 솔즈베리에서 돌아온 그녀는 나와 침대에 누워 아버지의 새로운 고통에 대해 이야기했다. 나는 공감하며 그녀의 손을 잡아주었다. 하지만 만난 적도 없는 남자의 지속적인 고통은 내 관심을 그리 오래 끌지 못했다. 나는 건성으로 들으며 이상한 새 전환점을 맞이한 내 삶에 대해 생각했다.

아래층에선 나의 흥미로운 장난감이 딱딱한 나무의자에 앉아 담요를 덮어쓴 채 기다리고 있었고, 그날 오후 그가 자는 동안 그의 병합된 성격이 다 입력된 상태였다. 바야흐로 모험이 시작되려는 참이었다. 내 옆에는 내 미래가 있었다. 나는 그걸 확신했다. 미란다와 나 사이의 감정적 불균형은 결국 맞춰질 터였다. 우리 관계는 현대적 방식의 전형이라고 할 수 있었다. 지인으로 지내다가 섹스, 우정, 그리고 마침내 사랑으로 이어지는. 우리가 이 과정을 관례와 동일한 속도로 밟아야만 할 이유는 없었다. 무엇보다 인내심이 중요했다.

한편, 국가적 슬픔의 바다가 내 작은 희망의 섬을 둘러싸고 있었다. 바로 그날, 끔찍한 타이밍에 아르헨티나 군사정권이 포트스탠리*에 사망자 한 사람 한 사람을 위한 사백여섯 개의 아르헨티나 국기를 게양하고 비에 젖은 한산한 중심가에서 군대 열병식을 벌였다. 한편 런던에서는 세인트폴성당에서 우리측 삼천 명을 위한 추도미사가 거행되었다. 나는 공원에서 돌아와 텔레비전으로 그걸 보았다. 미사에 참석한 수많은 지배층 엘리트 중에 영국 국기가 아닌 파시즘에 승리를 안겨준 하느님에게 초를 봉헌할 가치가 있다거나 고인들이 영원한 축복 속에 안식에 들었다고 생각하는 사람은 수십 명도 안 될 터였

---

* 포클랜드제도의 중심 도시.

다. 하지만 세속의 전통은 오래전에 버려진 과거 세대의 진정성으로 반짝반짝 빛이 나도록 갈고닦인 저 친근한 구절을 제공할 수 없었다. 여자에게서 태어난 인간은 짧은 삶을 살 수밖에 없도다. 그렇게 찬송가가 불리고, 불가해한 기도문이 메아리치고, 회중의 일치되지 못한 응창이 이어지는 동안 나머지 국민은 텔레비전이라는 제단 앞에서 애도했다. 미란다와 달리, 나는 함께 애도했다.

나는 백오십만 명에 이르는 다른 시위자들과 함께 런던 중심부에서 기동대에 반대하는 '시가행진'을 벌였었다. 사실 행진을 했다기보다 기어가듯 천천히 움직였고, 여러 차례 병목 구간에서 걸음을 멈춰야 했다. 흔한 역설대로 사안은 심각했지만 시위는 즐거웠다. 록밴드, 재즈밴드, 드럼과 트럼펫, 재치 있는 플래카드, 개성 넘치는 복장, 서커스 묘기, 연설이 동원되었고, 무엇보다도 그 엄청난 인원—줄지어 지나가는 데 몇 시간씩 걸리고, 너무도 다양하며, 질서의식이 뛰어난—이 주는 흥분이 있었다. 다가오는 전쟁이 부당하고 비인간적이며 불합리하고 재난으로 이어질 수 있다는 자명한 사실을 주장하기 위해 온 국민이 런던으로 몰려들었다고 너무도 쉽게 믿을 수 있었다. 우리는 우리가 얼마나 옳은지, 아니 의회와 신문, 군대, 나머지 3분의 2의 국민이 얼마나 효과적으로 우리를 무시할지 알 수 없었다. 우리는 파시스트 정권을 옹호하고 국제

법의 규칙에 반대하는 비애국적 집단으로 불리고 있었다.

그날 미란다는 어디 있었을까? 당시 우리는 거의 모르는 사이였다. 그녀는 도서관에서 반야생 돼지에 관한 논문의 마지막 수정작업을 하고 있었다. 그녀는 이십대치고 기동대에 특이한 의견을 갖고 있었고, 그녀의 표현을 빌리면 '자기애에 빠진 군중'의 정신을, 그들의 단순한 동지의식과 어리석은 의기충천을 불신했다. 그녀는 나처럼 시위에 참여하거나 감상에 젖는 성격이 아니었다. 그녀는 출정하는 배들을 지켜보는 것에도, 배들이 침몰한 것에도, 불명예스러운 귀환에도 관심이 없었고 하물며 세인트폴성당 미사에는 더 무관심했다. 내가 수개월 동안 친구들과 그 이야기만 하고 관련 기사는 모조리 찾아 읽은 반면 미란다는 그 문제에 거리를 두고 있었다. 배들이 침몰할 때도 그녀는 침묵했다. 검은 리본이 등장했을 때는 그녀도 하나 달았지만 그 일에 휘말리지 않으려 했다. 그녀는 그 모든 게 '구리다'고 했다.

지금, 나는 그녀의 손을 잡고 침대에 누워 있고 커튼 너머 오렌지색 가로등 불빛 때문에 그녀의 침실은 무대처럼 보였다. 그녀는 마지막 기차를 타고 런던으로 돌아왔고 클래펌노스역으로 오는 지하철이 연착해서 기다려야 했다. 이제 새벽 세시가 다 된 시각이었다. 그녀는 아버지가 엄지손가락 통풍이 자신에겐 축복이라고 처량하게 말하더라는 얘기를 했다.

그 통증이 하도 맹렬하고 국부적이라 다른 불편이 잘 느껴지지 않는다고.

나는 여전히 그녀의 손을 잡고 있었다. "내가 당신 아버지를 얼마나 만나고 싶어하는지 알지. 다음엔 나도 데려가줘." 내가 말했다.

몇 초가 지난 후에야 그녀는 졸린 목소리로 대답했다. "조만간 가자."

"좋아."

그리고 다시 조금 있다가 말했다. "아담도 같이 가야 해."

미란다는 잘 자라는 인사로 내 팔뚝을 어루만진 후 돌아누웠다. 이내 그녀는 고르고 깊은 숨소리를 냈고, 나는 어스레한 단색의 나트륨등 불빛 속에서 생각에 잠겼다. 아담도 같이 간다. 미란다는 내 바람대로 아담의 공동 소유를 받아들였다. 하지만 아담과 맥스필드 블랙 같은 괴팍한 구식 문인의 만남은 상상하기 어려운 것이었다. 나는 작가 프로필을 통해 그가 아직 펜으로 글을 쓰고, 컴퓨터나 휴대전화, 인터넷 같은 걸 싫어한다는 사실을 알고 있었다. 그는 '바보에게 관대하지 않은' 사람이 분명했다. 로봇에게도 마찬가지일 터였다. 아담은 아직 잠들어 있었다. 아직 집밖으로 나가서 사람들과 잡담이 가능한 그럴듯한 상태인지 시험해보지도 못했다. 나는 그가 완전히 숙달된 사회적 존재가 될 때까지 친구들에게 보여주지 않기로 이미 결심한 상태였다. 맥스필드부터 시작하면 중요한 서브루틴이 기능하지 못할 수도 있었다. 미란다는 아버지에게 기분전환도 시켜주고 집필 의욕도 북돋아주려고 아담을 데려 가고 싶어하는 건지도 몰랐다. 아니면 나를 위해, 내가 알지 못하는 모종의 방식으로 나에게 이익이 되도록 그러는 것일 수도 있었다. 아니면―이 생각이 떨쳐지지 않았다―나에게 불리하도록?

그건 한밤중에 흔히 하게 되는 나쁜 생각이었다. 불면증에 시달릴 때 하는 생각이 으레 그러하듯 그것의 본질은 반복이 었다. 내가 왜 아담이 보는 데서 그녀의 아버지를 만나야 하지? 물론 나는 그를 여기 두고 가자고 고집할 수도 있었다. 하지만 그건 죽어가는 아버지를 둔 여자의 소망을 거부하는 꼴이었다. 그는 진짜로 죽어가고 있나? 엄지손가락에 통풍이 걸리는 게 가능한가? 양손 다? 나는 진짜로 미란다를 아는 건가? 나는 베개의 시원한 부분을 찾아 모로 누웠다가 다시 똑바로 누워 어룽거리는 천장을 보았다. 이제 천장이 너무 가깝게 느껴지고 오렌지색이라기보다 노란색으로 보였다. 나는 스스로에게 똑같은 질문을 던졌다. 말만 바꾸어서 다시 물었다. 나는 자신이 무엇을 할지 알았으나 곧바로 행동에 나서기보다는 조바심치는 걸 택하고, 자명한 것을 한 시간 가까이 부인했다. 그러다 마침내 일어나서 진바지와 티셔츠를 입고 그녀의 집에서 나와 맨발로 공용계단을 내려가 내 집으로 갔다.

나는 부엌에서 지체 없이 담요를 벗겼다. 외견상 달라진 건 없었다—감긴 눈, 구릿빛 얼굴, 잔인성을 암시하는 코가 예전과 똑같았다. 나는 그의 머리 뒤로 손을 뻗어 사마귀를 찾아서 눌렀다. 그가 깨어나는 동안 나는 시리얼을 먹었다.

시리얼을 다 먹어갈 무렵 그가 말했다. "결코 실망하는 법이 없죠."

"그게 무슨 소리지?"

"내세를 믿는 사람은 결코 실망하지 않는다는 말이었습니다."

"그러니까, 그것이 잘못된 믿음이라 해도 결코 그 사실을 깨닫지 못한다는 말이군."

"예."

나는 그를 자세히 살펴보았다. 이제 달라진 데가 있을까? 그는 기대에 찬 얼굴이었다. "꽤 논리적이군. 하지만 아담, 그걸 심오하다고 생각진 않길 바라."

그는 대답하지 않았다. 나는 빈 시리얼 그릇을 들고 싱크대로 가서 차를 끓였다. 식탁에서 그와 마주앉아 차를 몇 모금 마신 뒤 말했다. "왜 미란다를 믿어선 안 된다고 말한 거지?"

"아 그건……"

"어서 말해."

"내가 경솔한 말을 했습니다. 정말 미안합니다."

"질문에 대답해."

그는 목소리가 바뀌어 있었다. 더 단호해지고 다양한 음높이 덕에 표현력도 더 풍부해졌다. 하지만 태도는—그걸 판단하려면 시간이 더 필요했다. 확실하진 않지만 내가 즉각적으로 받은 인상으로는 온전해 보였다.

"나는 오직 당신의 이익만을 생각했습니다."

"방금 미안하다고 했지."

"맞습니다."

"네가 왜 그런 말을 했는지 들어야겠어."

"그녀가 당신에게 해를 끼칠 작지만 상당한 가능성이 있습니다."

나는 짜증을 숨기고 물었다. "어느 정도로?"

"18세기 성직자 토머스 베이스가 정한 기준에 따르자면, 사전확률을 당신이 받아들인다는 가정하에 5분의 1의 확률입니다."

비밥의 화음연결에 정통했던 나의 아버지는 심각한 신기술 공포증이 있었다. 그는 전자제품이 말을 안 들으면 한 번 세게 치면 된다고 말하는 사람이었다. 나는 차를 마시며 고민했다. 아담의 의사결정을 관장하는 거대한 나뭇가지식 네트워크는 합리성에 대한 우호적 편향이 강한 듯했다.

내가 말했다. "그 가능성이 0에 가까운 미미한 정도라는 걸 난 알지."

"그렇군요. 정말 미안합니다."

"우리는 누구나 실수를 하지."

"물론 그렇습니다."

"아담, 평생 실수를 몇 번 저질렀지?"

"이번 한 번뿐입니다."

"그럼 이 실수가 중요하겠군."

"예."

"그런 실수를 되풀이하지 않는 것도."

"물론입니다."

"그럼 네가 어떻게 그런 실수를 저지르게 되었는지 함께 분석할 필요가 있겠네, 안 그래?"

"맞습니다."

"그럼, 그 유감스러운 과정에서 너의 첫 행동은 뭐였지?"

이제 그는 자신의 방식에 대해 설명하는 게 즐거운 듯 당당하게 말했다. "나는 모든 법원 기록에 접근할 수 있는 특권이 있습니다. 가정법원뿐 아니라 형사법원, 심지어 비공개 재판까지도요. 미란다의 이름은 익명으로 처리되어 있었지만, 해당 사건을 역시 일반적으로는 접근 불가능한 다른 정황요인들과 대조했습니다."

"영리하군."

"고맙습니다."

"그 사건에 대해 말해봐. 날짜와 장소도."

"그게, 그 청년이 그녀와 처음 내밀한 관계를 맺게 되었을 때……"

그는 그제야 비로소 나의 존재를 받아들이기라도 한 것처럼 갑자기 말을 끊고 놀라서 휘둥그레진 눈으로 나를 쳐다봤다. 나의 짧은 발견이 이쯤에서 마무리되는 듯했다. 그는 이제 과묵함의 가치를 깨달은 것처럼 보였다.

"계속해."

"어, 그녀는 보드카 반병을 가져갔습니다."

"날짜, 장소, 그 남자 이름을 말해. 빨리!"

"10월…… 솔즈베리. 하지만―"

그러더니 그는 우스꽝스러운 쇳소리로 킥킥거리기 시작했다. 당혹스러운 광경이었지만 나는 시선을 돌릴 수가 없었다. 그의 얼굴에 복잡한 표정―혼란과 불안과 억지로 꾸민 듯한 유쾌함이 뒤섞인―이 나타났다. 사용설명서에는 그가 마흔 가지의 얼굴 표정을 지을 수 있다고 나와 있었다. 이브는 쉰 가지였다. 내가 알기로 사람들의 평균은 스물다섯 가지 이하였다.

"정신 차려, 아담. 합의했잖아. 우린 네 실수에 대해 알아야

해."

아담은 스스로를 억제하는 데 일 분 이상이 걸렸다. 나는 찻
잔을 비우며 그 복잡한 과정을 주시했다. 나는 성격이 하나의
껍데기처럼 그의 논리정연한 사고를 에워싸고 통제하는 것은
아니며, 그의 기만은, 만약 그게 그가 보인 행동의 동기라면,
이성의 하류에 살고 있지 않음을 알았다. 나도 마찬가지였다.
나와 협력하고자 하는 그의 합리적 충동은 빛의 절반 속도로
그의 신경망에 고동쳐 퍼졌을지도 모르나, 갓 고안된 페르소
나의 논리게이트에서 갑자기 제동이 걸리진 않았을 터였다.
대신 그 두 요소는 메르쿠리우스의 지팡이에 조각된 뱀들처럼
근원부터 뒤엉켰다. 아담은 성격의 프리즘을 통해 세상을 보
고 이해했으며, 그의 성격은 객관화하는 이성과 그것의 끊임
없는 업데이트에 이용되었다. 우리의 대화가 시작될 때부터
그의 이익을 위하여 실수의 반복을 피하고 나에게 정보를 감
추는 과정이 동시에 이루어진 것이다. 그리고 둘이 양립할 수
없게 되자 그는 무능에 빠져 교회 안의 어린애처럼 킥킥거린
것이다. 우리가 그를 위해 선택한 것이 무엇이든 그것은 그의
의사결정이 이루어지는 복잡한 분기점보다 훨씬 상류에 자리
하고 있었다. 다른 성격이었더라면 그는 그냥 침묵에 빠져들
었을 수도 있고, 나에게 모든 걸 말해버렸을 수도 있었다. 그
리고 어느 쪽이든 정당성이 입증될 수 있었다.

이제 나는 그 일에 대해 아주 조금 알게 되었고, 그 정도면 걱정하기에 충분한 정보였지만 추적조사를 벌이기엔—설령 내가 비공개 재판 기록에 접근할 수 있다고 하더라도—부족했다. 증인이었는지 피해자였는지 피고였는지 모를 미란다, 한 청년과의 성관계, 보드카, 법정, 솔즈베리에서의 10월 어느 날.

아담은 침묵에 빠져들었다. 진짜 피부와 구분이 안 되는 특수소재로 만들어진 그의 얼굴에서 긴장이 풀리면서 신중한 중립의 표정이 떠올랐다. 나는 위층으로 올라가서 미란다를 깨워 확실한 질문을 던지고 그녀에 대한 의혹을 말끔히 풀 수도 있었다. 아니면 잠자코 입을 다문 채 기다림과 생각을 이어가며 상황을 통제하고 있다는 환상에 빠질 수도 있었다. 어느 쪽이든 정당성이 입증될 터였다.

하지만 나는 망설이지 않았다. 내 침실로 가서 옷을 벗어 책상 위에 쌓아놓고 알몸으로 여름용 이불 속에 누웠다. 벌써 날이 밝아오고 있었다. 새들의 아침 합창 너머로 우유배달부가 계단을 오르내릴 때 우유병이 쨍그랑거리는 소리에 위안을 받을 수 있다면 좋았을 터였다. 하지만 내가 사는 거리에선 이미 우유를 배달하는 전기차가 사라졌다. 애석한 일이었다. 그럼에도 나는 피곤한 상태에서 문득 편안함을 느꼈다. 혼자 침대에 누워 있으려니 특혜를 누리는 것 같은 기분이 들었다. 적어

도 한동안은, 혼자 자는 게 조용한 슬픔으로 다가오기 시작하
기 전까지는.

3

한때 빅토리아시대풍 저택 응접실이었던 동네 병원 대기실에는 벽 주위로 중고 식탁의자가 여남은 개 배치되어 있었다. 가운데에는 막대기처럼 가느다란 철제 다리가 달린 나지막한 합판 테이블이 있고 그 위에 손때 묻은 잡지 몇 권이 놓여 있었다. 나는 잡지 한 권을 집어들었다가 바로 내려놓았다. 한쪽 구석에는 알록달록한 망가진 장난감, 머리 없는 기린, 바퀴 하나가 빠져나간 자동차, 물어뜯은 자국이 있는 플라스틱 블록이 있었는데, 다 사람들이 친절하게 기부해준 것들이었다. 대기자 아홉 명 중에 아기는 없었다. 나는 남들의 시선과 잡담, 질환 이야기를 피하려 애썼다. 주위 공기에 병원균이 득실거릴까봐 호흡을 얕게 했다. 나는 여기 있을 사람이 아니었다.

병에 걸리지 않았고, 몸 전체가 아닌 지엽적인 문제, 그러니까 발톱 때문에 온 것이었다. 나는 대기실에 있는 사람 중 가장 젊고 건강한 존재, 인간들 사이의 신 같은 존재였으며 진료도 의사가 아닌 간호사를 만나는 것으로 예약했다. 나는 필멸의 힘이 미치지 못하는 곳에 있었다. 부패와 죽음은 남들에게나 해당되는 것이었다. 나는 내 이름이 맨 처음 불리리라 기대했다. 하지만 결국 오래 기다리게 되었다. 내 차례는 끝에서 두 번째였던 것이다.

내 맞은편 벽의 코르크 게시판에 이런저런 병의 조기진단, 건강한 삶, 무서운 경고를 담은 광고가 붙어 있었다. 나는 그 것들을 다 읽을 시간이 있었다. 거기에 카디건과 슬리퍼 차림 으로 창가에 서 있는 노인의 사진이 있었다. 그 노인은 웃고 있는 작은 여자아이를 향해 손으로 입을 가리지도 않고 요란 하게 재채기를 하고 있었다. 수만 개의 입자가 아이를 향해 날 아가는 모습이 역광으로 포착되었다―늙은 멍청이의 세균이 득실거리는 미세한 비말.

나는 그 장면의 배후에 있는 길고 이상한 역사에 대해 생각 했다. 세균이 병을 퍼뜨린다는 발상은 그 포스터가 만들어지 기 겨우 백 년 전인 1880년대에 루이 파스퇴르와 다른 학자들 의 연구가 나온 뒤에야 비로소 널리 받아들여졌다. 그때까지 는 반대자도 소수 있었지만 독기설毒氣說―나쁜 공기, 나쁜 냄새, 부패취, 심지어 밤공기에서 질병이 발생할 수 있으니 예방을 위해 창문을 잘 닫아두어야 한다는 이론—이 우세했다. 하지만 파스퇴르보다 이백 년 앞서 의학에 진실을 말해줄 수 있는 장치가 있었다. 그 장치를 만들고 사용하는 법을 가장 잘 알았던 17세기 아마추어 과학자는 런던의 과학 엘리트들 사이에서 잘 알려진 인물이었다.

네덜란드 델프트의 견실한 시민이자 포목상이며 페르메이르의 친구이기도 했던 안톤 판 레이우엔훅이 1673년 미생물 관찰 기록을 영국왕립학회에 보내기 시작했을 때, 그는 새로운 세계를 선보이고 생물학의 혁명을 선도한 것이었다. 그는 식물세포와 근섬유, 단세포 유기체, 자신의 정자, 그리고 입에서 나온 박테리아에 대해 꼼꼼하게 기술했다. 그의 현미경은 태양광이 필요하고 단일렌즈였지만 누구도 그처럼 렌즈를 연마할 수는 없었다. 그는 확대율이 275배 이상인 현미경을 사용했다. 그리고 말년에 이르기까지 〈왕립학회 철학회보〉에 백구십 편의 글을 실었다.

왕립학회의 똑똑한 청년 하나가 점심을 잘 먹은 후 도서관에서 〈철학회보〉를 무릎에 올려놓고 나른하게 늘어져 앉아 그 미세한 유기체 일부가 고기를 부패시키거나 혈액 속에서 증식하여 질병을 유발할 수도 있다는 생각을 하기 시작했다고 가정해보자. 왕립학회에는 그 이전에도 그런 똑똑한 청년들이 있었고 그 이후에도 많이 있을 터였다. 하지만 이 청년에겐 과학적 호기심뿐 아니라 의학에 대한 관심도 있어야 할 것이다. 의학과 과학은 20세기에 들어서고도 한참이 지날 때까지 완전한 파트너가 되지 못했다. 심지어 1950년대에도 확실한 증거가 아닌 관행에 따라 건강한 아이들의 목에서 편도선을 절제했다. 레이우엔훅 시대의 의사라면 자신의 분야에서 알려져야 할 모든 것이 이미 잘 이해되고 있다고 쉽게 믿을 수 있었다. 2세기에 활동한 갈레노스의 권위는 거의 절대적이었다. 일반적으로 많은 의사가 생물의 기본을 배우기 위해 겸허하게 현미경을 들여다보는 날이 오려면 오랜 시간이 걸릴 터였다.

하지만 나중에 이름이 널리 알려질 우리의 레이우엔훅은 다르다. 그의 가설들은 시험이 가능할 것이다. 그는 현미경을 빌려—왕립학회 명예회원 로버트 훅이 분명 빌려줄 것이다—연구에 착수한다. 질병의 세균병원설이 형체를 갖추기 시작한다. 다른 사람들도 연구에 참여한다. 어쩌면 이십 년 내로 의사들은 진료가 끝날 때마다 손을 씻게 될 것이다. 루카의 휴, 지롤라모 프라카스토로 같은 잊힌 의사들의 명성이 되살아난다. 18세기 중반쯤 되면 출산이 더 안전해지고, 유아기에 사망했을 천재들이 살아남는다. 그들이 정치, 예술, 과학의 진로를 바꿀 수도 있다. 큰 해악을 끼칠 수 있는 가증스러운 인물들도 출현한다. 우리 뛰어난 왕립학회의 젊은 회원이 늙어 죽은 후에도 오래도록 역사는 사소한 부분에서, 어쩌면 중대한 부분에서도 다른 길을 걷게 된다.

현재란 있음직하지 않은 구조물 중에서도 가장 약하다. 현재는 얼마든지 지금과 다른 모습일 수 있었다. 현재의 어떤 부분이든, 혹은 그 전부가 다를 수 있었다. 가장 사소하거나 가장 중대한 문제도 마찬가지다. 내 발톱이 말썽을 일으키지 않은 세계, 내가 벌인 사업 중 하나가 성공해 내가 템스강 북쪽에서 부자로 살고 있는 세계, 셰익스피어가 어릴 때 죽어서 아무도 그를 그리워하지 않고, 미국이 완벽한 실험을 거친 원자폭탄을 일본의 한 도시에 떨어뜨리겠다는 결정을 내린 세계, 포클랜드제도 기동대가 출정하지 않았거나 승리해서 돌아와온 나라가 애도하지 않는 세계, 아담이 먼 미래의 조립품인 세계, 육천육백만 년 전 지구가 운석과 충돌하기 전에 몇 분 더 회전하여 유카탄반도의 햇빛을 차단한 고운 석고 모래가 생기지 않아서 공룡이 멸종하지 않고 영리한 유인원을 포함한 포유류에게 미래를 내주지 않은 세계, 그런 세계들을 떠올리는 건 얼마나 쉬운가.

마침내 나의 차례가 되었고, 치료는 맨발을 따끈한 비눗물에 담그는 것으로 기분좋게 시작되었다. 그러는 동안 가나 출신의 다정하고 덩치 큰 여자 간호사가 나를 등지고서 트레이에 철제 도구들을 준비했다. 그녀는 자신감만큼 완벽한 전문

기술을 갖추고 있었다. 마취에 대한 언급은 없었고 나는 자존심 때문에 묻지 않았다. 하지만 그녀가 무릎의 앞치마 위에 내 발을 올려놓고 살 속으로 파고든 발톱을 다루기 시작하고 결정적인 순간이 왔을 때 나는 자존심을 지키지 못하고 비명을 내질렀다. 고통은 금세 사라졌다. 나는 신발에 고무바퀴라도 달린 듯한 걸음걸이로 집으로 돌아오며 최근 초점이 미란다에게서 아담에게로 옮겨간 잡념에 빠져들었다.

그의 성격은 두 근원에서 나와 영구히 결합된 형태로 입력되었다. 자라나는 아이를 둔 부모라면 어떤 성격이 아빠를 닮고 어떤 성격이 엄마를 닮았는지 궁금할 것이다. 나는 아담을 세심하게 관찰하고 있었다. 미란다가 어떤 질문들에 답했는지는 알았지만 어떤 결정을 했는지는 몰랐다. 그의 얼굴은 멍한 느낌이 사라지고 좀더 온전해진 듯했으며, 우리와의 상호작용이 더 자연스러워지고 확실히 표정이 더 풍부해졌다. 하지만 나는 그것이 미란다에 대해, 그리고 나에 대해 무엇을 말해주는지 이해하려고 애썼다. 인간의 경우는 재조합이 한없이 절묘하게 이루어지고, 조잡하면서도 매력적으로 한쪽에 치우친다. 부모가 두 가지 액체를 휘저어 섞은 듯 합쳐지지만, 엄마 얼굴이 아이에게 충실히 복제될 수도 있고 아빠는 코미디 재능을 물려주는 데 실패할 수도 있다. 나는 어린 마크가 아빠의 이목구비를 감동적으로 빼닮은 게 기억났다. 하지만 아담의 성격에서 미란다와 나는 잘 섞였고, 인간의 경우처럼 학습 능력이 유전 위로 두텁게 덮였다. 어쩌면 그에게는 무의미한 가설을 세우곤 하는 나의 성향이 있는지도 몰랐다. 그리고 미란다의 은밀한 면과 침착성, 고독을 즐기는 취향이 있을 수도 있었다. 그는 종종 자기 안으로 침잠하여 콧노래를 부르거나 "아!" 하고 웅얼거렸다. 그러곤 중요한 진실이라고 여기는 걸 설파했다. 내가 중단시킨 내세에 대한 발언이 그 첫 사례였다.

또하나의 사례가 있었는데, 망가진 말뚝울타리로 둘러싸인 나의 작은 뒤뜰에서 일어난 일이었다. 그는 잡초 뽑는 일을 돕고 있었다. 해가 지기 직전이었고, 고요하고 따스한 공기에 비현실적인 호박색 빛이 가득 퍼져 있었다. 한밤의 대화 후 일주일이 흐른 때였다. 나는 아직 그의 손재주에 관심이 있어서 그를 밖으로 데리고 나갔다. 그가 괭이와 갈퀴를 다루는 걸 보고 싶었다. 더 큰 계획은 그에게 식탁 너머의 세상을 소개해주는 것이었다. 나의 집 양쪽으로 다정한 이웃들이 살고 있었고 그의 담소 능력을 시험해볼 기회가 될 수 있었다. 그를 데리고 맥스필드 블랙을 만나러 솔즈베리에 가야 한다면 미리 가게나 술집 같은 데 데려가 준비를 시키고 싶었다. 물론 그는 사람 행세를 할 수 있겠지만 더 편안해질 필요가 있었고, 머신러닝 능력도 확장이 필요했다.

나는 그가 식물을 얼마나 잘 아는지 확인하고 싶었다. 물론 그는 모든 걸 알았다. 피버퓨, 야생당근, 캐모마일. 그는 작업을 하면서 그 이름들을 웅얼거렸는데 나보다는 자신을 위해서였다. 나는 그가 쐐기풀을 뽑기 위해 장갑을 끼는 걸 보았다. 단순한 흉내였다. 얼마 후에는 허리를 펴더니 전선과 전화선이 교차하고 혼잡스러운 빅토리아시대풍 지붕들이 저멀리까지 뻗어 있는 인상적인 서쪽 하늘을 흥미로운 눈길로 바라보았다. 그는 두 손을 엉덩이에 대고 허리께가 아프기라도 한 듯 뒤로 몸을 젖혔다. 그리고 저녁 공기에 대한 감상을 표현하듯 깊은숨을 들이쉬었다. 그러더니 뜬금없이 이렇게 말했다. "특정 관점에서 보면, 고통의 유일한 해결책은 인류의 완전한 멸종일 겁니다."

그래, 이래서 밖에 데리고 나올 필요가 있었다. 그의 회로에는 필시 사회성/대화/흥미로운 화제라는 서브루틴 세트가 내장되어 있을 터였다.

하지만 나는 그 대화에 참여하기로 했다. "모두 죽여버리는 것이 암 치유법이 될 거라는 말이 있었지. 공리주의는 논리적으로 말이 안 될 수도 있어."

"물론이죠." 그가 무뚝뚝하게 대꾸했다. 내가 놀라서 쳐다봤지만 그는 나에게서 시선을 돌리고 다시 일을 하기 위해 허리를 굽혔다.

아담의 통찰은 설령 논리적으로 타당하다 해도 사회적으로는 부적절했다. 처음 그를 데리고 집에서 나왔을 때 나는 시예드 씨의 동네 신문판매소까지 200미터 조금 못 되게 걸어갔다. 길에서 몇 사람과 마주쳤는데 아무도 아담을 돌아보지 않았다. 만족스러운 결과였다. 아담은 맨살에 타이트한 노란색 니트 스웨터를 걸쳤는데, 내 어머니가 돌아가시던 해에 짠 옷이었다. 그리고 미란다가 사준 흰 진바지와 캔버스 로퍼 차림이었다. 그녀가 아담에게 옷과 신발을 사주기로 약속했던 것이다. 가슴과 팔 근육이 멋지게 튀어나온 그는 동네 헬스클럽의 퍼스널 트레이너로 보였을 수도 있었다.

나무와 정원 담장 사이의 좁은 길에서 그는 유모차를 밀고 가는 여자가 지나갈 수 있게 옆으로 비켜섰다.

신문판매소에 가까워졌을 때 그가 좀 뜬금없이 말했다. "나오니까 좋네요."

사이먼 시예드는 캘커타에서 북쪽으로 약 50킬로미터 떨어진 큰 마을에서 자랐다. 그의 학교 영어선생님은 친영주의자에 무척이나 엄격한 인물로 제자들에게 정중하고 정확한 영어를 주입시켰다. 나는 사이먼에게 어쩌다 혹은 왜 기독교식 이름을 갖게 되었는지 묻지 않았다. 어쩌면 통합의 갈망 때문이었을 수도, 아니면 무서운 스승이 이별할 때 강요한 것일 수도 있었다. 그는 십대 후반에 캘커타에서 클래펌 북부로 와서 곧바로 숙부의 가게에서 일하기 시작했다. 삼십 년 후 숙부가 세상을 떠나면서 조카에게 가게를 물려줬고, 조카는 가게에서 번 돈으로 아직도 숙모를 부양하고 있었다. 그는 아내와 장성한 세 자녀도 부양하고 있었지만 그들에 대한 이야기는 하고 싶어하지 않았다. 그는 종교적으로보다는 문화적으로 무슬림이었다. 그의 삶에 슬픔이라는 것이 있다면 위엄 있는 태도 뒤에 잘 감춰져 있었다. 이제 육십대 중반이 된 그는 미끈한 대머리로 무척이나 예의가 발랐으며, 작고 뾰족한 콧수염을 기르고 있었다. 그는 인터넷으로는 구할 수 없는 인류학 잡지를 나를 위해 구비해두었다. 그리고 기동대가 출항하던 시기에 내가 그의 가게에 가서 모든 신문의 1면을 훑어봐도 싫은 기색을 보이지 않았다. 그는 내가 질 낮은 초콜릿—양차세계대전 사이에 나온 국제적인 상표들 제품—을 좋아하는 걸 재미있어했다. 나는 컴퓨터 앞에서 시간을 보내다가 오후 중반쯤 되면 단것이 당겼다.

가볍게 알고 지내는 사람에게 비밀을 털어놓게 되는 이상한 심리에서 나는 사이먼에게 새 여자친구 이야기를 털어놓은 터였다. 그리고 미란다와 내가 가게에 함께 갔을 때 그가 자기 눈으로 직접 확인하기도 했다.

그래서 내가 가게에 들를 때마다 그의 첫 질문은 늘 이랬다. "어떻게 되어가나?" 그리고 무슨 근거가 있어서가 아니라 그저 친절한 마음에서 이렇게 말해주곤 했다. "확실해. 그녀의 운명은 자네야. 피하면 안 돼! 두 사람의 영원한 행복을 비네." 나는 그의 과거에 많은 실망이 쌓여 있음을 느꼈다. 그는 나의 아버지뻘 되는 나이였고 자신이 이루지 못한 걸 내가 누릴 수 있기를 바랐다.

아담과 내가 신문 인쇄용지, 땅콩가루, 싸구려 세면도구 냄새가 뒤섞인 비좁은 가게로 들어섰을 때 다른 손님은 없었다. 사이먼이 계산대 뒤 나무의자에서 일어났다. 내가 혼자가 아니라 그는 평소의 질문을 던지지 않을 터였다.

나는 두 사람을 서로에게 소개했다. "이쪽은 사이먼. 이쪽은 내 친구 아담이에요."

사이먼은 고개를 끄덕였다. 아담은 "안녕하세요" 하며 미소를 지었다.

나는 안심이 되었다. 훌륭한 출발이었다. 사이먼은 아담의 눈이 이상하다는 걸 눈치챘는지는 몰라도 아무 내색을 하지 않았다. 머지않아 알게 된바 그것이 일반적인 반응이었다. 사람들은 그걸 선천적인 기형이려니 하고 예의바르게 못 본 척했다. 사이먼과 내가 크리켓에 대해—인도 대 영국 T20 경기에서의 3연속 6점타와 관중의 경기장 난입—이야기하는 동안 아담은 멀찌감치 떨어진 통조림 진열대 앞에 서 있었다. 그는 통조림의 상업적 역사, 시장점유율, 영양가에 대해 금세 알게 될 터였다. 하지만 우리가 이야기를 나누는 동안 그는 완두콩 통조림이든 뭐든 아무것도 보고 있지 않았다. 그의 얼굴은 굳어 있었다. 그는 이 분간 움직임이 없었다. 나는 비정상적이고 불쾌한 일이 벌어질까봐 걱정스러웠다. 사이먼은 예의바르게 모른 척해주었다. 아담은 스스로 휴식에 들어간 것일 수도 있었다. 나는 그가 아무것도 안 하고 있을 때 인간처럼 그럴듯하게 보일 필요가 있음을 기억해두었다. 그는 눈을 뜨고 있었지만 깜박임이 없었다. 어쩌면 너무 일찍 세상 밖으로 데리고 나온 것인지도 몰랐다. 사이먼은 내가 아담을 사람으로, 내 친구로 속이려 한 것에 마음의 상처를 받을 터였다. 그런 짓은 조롱이나 천박한 장난으로 보일 수도 있었다. 그건 선량한 지인을 배신한 꼴이었다.

크리켓에 대한 농담을 하던 사이먼이 말을 더듬기 시작했다. 그의 시선이 아담에게 머물다가 나에게로 돌아왔다. 그가 눈치 있게 말했다. "자네의 〈안트로포스〉가 들어왔네."

그건 아담이 서 있는 잡지 코너로 가라는 신호였다. 몇 년 전 사이먼은 수위가 낮은 포르노 잡지가 있던 맨 위 진열대를 싹 치우고 문예지, 국제관계나 역사나 곤충학 관련 학술회보 같은 전문지를 들여놨다. 이 동네에 나이들어가는 초라한 지식인이 꽤 많이 살고 있었던 것이다.

내가 그쪽으로 돌아서는데 그가 덧붙였다. "자네가 직접 꺼낼 수 있지?" 긴장을 풀기 위한 가벼운 조롱이었다. 나보다 큰 사이먼이 늘 잡지를 꺼내주었던 것이다.

하나의 단어가 아담에게 생기를 불어넣었다. 그가 미세한 윙 소리를 내며—그 소리가 나에게만 들렸기를 바랐다—사이 먼에게 고개를 돌리고 격식을 갖추어 말을 걸었다. "당신의 자아라고 하셨죠.* 우연의 일치네요. 제가 최근에 자아의 수수께끼에 대한 생각을 좀 하고 있거든요. 어떤 이들은 자아가 신경 구조에 심어진 하나의 유기적 요소 혹은 프로세스라고 말합니다. 자아는 하나의 환상, 우리의 서사적 성향에서 나온 부산물이라고 주장하는 이들도 있고요."

잠시 침묵이 흐른 후 사이먼이 약간 경직된 태도로 말했다. "그렇다면, 어떤 게 맞습니까? 당신은 어떤 쪽에 손을 들었습니까?"

"자아는 내가 만들어진 방식입니다. 나는 아주 강력한 자아 의식을 갖고 있다고 생각할 수밖에 없으며, 자아라는 것이 실 재하고 언젠가는 신경과학이 자아에 대해 완전하게 설명할 수 있을 거라고 확신합니다. 설령 그런 날이 오더라도 내가 이 자 아라는 것에 대해 지금보다 더 잘 알게 되진 않을 겁니다. 하

---

* 사이먼이 'You can get it yourself(자네가 직접 꺼낼 수 있지)?'라고 한 말 에서 yourself를 아담은 '당신의 자아'라는 뜻의 your self로 받아들였다.

지만 때때로 의구심이 들기도 하죠. 내가 데카르트적 오류에 빠진 건 아닐까 하고요."

이때쯤 나는 인류학 잡지를 손에 들고 밖으로 나갈 준비를 하고 있었다. "불교인의 경우 자아 없이 사는 걸 선호하지요." 사이먼이 말했다.

"그렇군요. 불교인을 만나보고 싶네요. 혹시 아는 사람 있나요?"

사이먼이 힘주어 말했다. "아니, 없습니다. 절대로 없어요."

나는 한 손을 들어 작별인사와 고마움을 표한 후 아담의 팔꿈치를 잡고 문 쪽으로 이끌었다.

*

그건 낭만적 사랑의 클리셰였지만 그렇다고 해서 덜 고통스럽진 않았다. 미란다에 대한 나의 감정이 커질수록 그녀가 더 멀고 닿을 수 없는 존재로 느껴졌다. 첫날 바로, 저녁식사 후에 그녀를 가졌는데 무슨 불만이란 말인가? 우리는 즐거웠고 대화도 잘 통했다. 우리는 거의 매일 밤 함께 먹고 잤다. 하지만 나는 내색하지 않으려고 애쓰면서도 더 많은 걸 갈구했다. 그녀가 내게 솔직하게 마음을 열고, 나를 원하고, 필요로 하고, 나에 대한 갈망을 보이고, 나에게서 기쁨을 얻기를 바랐

다. 하지만 내가 처음에 받은 인상처럼 그녀는 나를 가질 수
도, 떠날 수도 있었다. 우리 사이에 좋았던 것—섹스, 음식,
영화, 새로운 놀이—은 모두 내가 먼저 제안한 것이었다. 내
가 없으면 그녀는 위층 자신의 집에서 침묵하며 기본 상태로,
곡물법에 관한 책과 시리얼 한 그릇, 연한 허브티 한 잔, 맨발
로 멍하니 안락의자에 웅크리고 앉아 있는 자세로 돌아갔다.
가끔 그녀는 책도 읽지 않고 오랫동안 앉아만 있기도 했다. 내
가 그녀의 집 문안으로 고개를 들이밀고(이제 우리는 서로의
집 열쇠를 갖고 있었다) "한 시간 동안 광란의 섹스 어때?"라
고 물으면 그녀는 차분히 "좋아"라고 대답했고, 함께 그녀나
내 침대로 들어갔으며, 그녀는 자신과 나의 쾌락에 뜨겁게 반
응했다. 하지만 섹스가 끝나면 샤워를 하고 자신의 의자로 돌
아갔다. 내가 다른 걸—와인, 리소토, 스톡웰 술집의 유명인
에 가까운 색소폰 연주자 따위—제안하지 않으면 말이다. 내
가 뭔가 제안을 하면 좋다고 했다.

　그녀는 내가 제안하는 모든 것에, 실내에서 하는 것이든 밖
으로 나가야 하는 것이든 늘 한결같이 평온하고 기껍게 응했
다. 흔쾌히 내 손을 잡았다. 하지만 내가 이해하지 못하는 혹
은 그녀가 내게 알려주고 싶어하지 않는 어떤 것이, 아니 많은
것이 있었다. 그녀는 대학에서 세미나가 있거나 도서관에 갈
일이 있을 때면 늘 늦은 오후에 돌아왔다. 그리고 일주일에 한

번은 그보다 더 늦어졌다. 나는 그게 늘 금요일임을 알게 되었다. 이윽고 그녀가 리젠츠파크에 있는 모스크에 금요기도를 하러 다닌다는 사실을 말해주었다. 나는 놀라지 않을 수 없었다. 하지만 그녀는 무신론에서 이슬람교로 개종할 생각은 없다고 했다. 사회사 논문을 구상하고 있다는 것이었다. 나는 그 말을 믿진 않았지만 그냥 넘어갔다.

우리에게 결여된 건 대화의 친밀감이었다. 우리는 기동대에 대한 논쟁을 벌일 때 가장 솔직했다. 술집에 가면 그녀는 일반적인 주제만 이야기했다. 그녀는 혼자 있는 것도 좋아하고 공적 관심사에 대한 활발한 토론도 즐겼지만, 그 사이의 사적 대화라곤 그녀 아버지의 건강이나 작가로서 이력에 관한 것밖에 없었다. 내가 조심스럽게 과거로 화제를 돌려 내 이야기를 하거나 그녀의 과거에 대해 슬쩍 물으면, 그녀는 재빨리 일반론을 늘어놓거나 어릴 적 이야기를 하거나 아는 사람의 일화를 들려줬다. 나는 멍청하게 세금사기에 연루되어 재판을 받고 지루한 사회봉사를 한 이야기를 했다. 어쨌거나 그녀에게 털어놓을 일이긴 했지만 그녀도 법정에 선 경험이 있는지 물어보기 위한 구실로 꺼낸 것이었다. 그녀는 퉁명스럽게 대답했다. 전혀! 그러더니 화제를 바꿨다. 나는 이전에 여러 번 장래성 있는 연애를 경험했고, 사랑을 어떻게 정의하느냐에 따라 달라지겠지만 두세 번 사랑도, 혹은 거의 사랑이라고 부를 수 있는 것도 해봤다. 그래서 스스로 전문가라 자부했고 그녀에게 압박감을 주면 안 된다는 걸 알았다. 그리고 아담에게 솔즈베리 사건에 대해 더 알아낼 수도 있다고 생각했다. 내가 그녀의 비밀을 모르는 만큼 그녀도 그녀에게 비밀이 있다는 걸 내가 안다는 사실을 몰랐다. 요령이 무엇보다 중요했다. 나는 아직 그녀에게 사랑한다는 말을 하지 않았고, 함께하는 미래에 대한 환상을 내비치거나 좌절감을 암시한 적도 없었다. 나는 그녀가 원할 때 책을 읽거나 혼자 생각에 잠길 수 있도록 내버려두었다. 곡물법은 나의 관심분야가 아니었지만 관련 지식을 쌓아 자유무역에 대한 몇 가지 의견을 갖게 되었다. 그녀는 그 의견들을 무시하진 않았지만 그렇다고 감탄하지도 않았다.

지금 우리는 내 부엌보다 작은 그녀의 부엌에서 저녁을 먹고 있었다. 흰 플라스틱 식탁은 두 사람에게 꼭 맞는 크기였고, 먼저 살던 세입자가 술집 야외석에서 훔쳐온 것 같았다. 아담이 싱크대 앞에서 비눗물에 팔꿈치까지 담그고 우리가 식사—토드 인 더 홀,* 베이크트 빈, 계란 프라이 같은 학생 음식—후에 건넨 접시와 포크, 나이프, 수저를 닦고 있었다. 늦여름의 폭염에도 여전히 노란색 깅엄 커튼이 걸려 있는 창문

---

* 요크셔푸딩 반죽에 소시지를 넣어 구운 요리.

문턱에 놓인 라디오에서 결별 후 십이 년 만에 최근 재결합한 비틀스 노래가 흘러나오고 있었다.* 그들의 앨범 〈러브 앤드 레몬스〉는 팔십인조 교향악단의 유혹과 과도함을 거부하지 못하는 바람에 과하다는 조롱을 받았다. 그들의 반평생 축적된 기타 코드로는 그런 강력한 교향악단을 지배할 수 없다는 게 전반적인 평이었다. 또 〈타임스〉의 평론가는 우리에게 필요한 건 사랑뿐이라는 말이 설령 진실이라고 해도 다시 듣고 싶지 않고 그 말은 진실도 아니라고 불평했다.

하지만 나는 비틀스 멤버들이 중년에 이르면서 아이러니가 사라지고, 너무도 자신만만한 동시에 선율이 돋보이고, 이 세기 반에 걸친 교향악 실험의 유익한 무지에 의해 해방된 그 음악의 박력 넘치는 감상성이 좋았다. 레넌의 쉰 듯한 목소리가 지평선 너머 메아리가 울리는 어느 먼 곳, 혹은 무덤으로부터 우리를 향해 허공을 떠왔다. 나는 사랑에 대한 이야기를 다시 듣는 게 싫지 않았다. 내 앞에, 채 1미터도 떨어지지 않은 곳에 사랑의 따스한 가능성들이 있었고 내게 필요한 건 그게 다였다. 여기 그녀의 길고 섬세한 얼굴이(각진 광대뼈가 언젠가는 피부를 뚫고 나올 것만 같았다), 지금 이 순간 여전히 즐거움을 잃지 않고 눈을 가늘게 뜨고서 재미있어하며 나를 응시하

---

* 실제로는 소설의 배경인 1982년보다 이 년 전 멤버 존 레넌이 사망했다.

는 시선이, 방금 내가 한 말에 반박하기 위해 벌어진 입술이 있었다. 길쭉하게 생긴 완벽한 코 아래에서 아치를 이룬 콧구멍이 그녀의 반대의견을 알리는 사전 신호로 살짝 벌름거렸다. 창백한 얼굴이 오늘밤 어린애처럼 정중앙에 가르마를 탄 고운 갈색 머리칼을 돋보이게 했다. 그녀는 유행과 반대로 햇빛을 피했다. 맨살이 드러난 흰 팔은 가늘고 깨끗했다—주근깨 하나 없었다.

내 관점에서 보면 우리는 까마득한 알프스처럼 높이 솟은 가능성들에 둘러싸인 채 아직도 산기슭에서 휴가를 보내고 있었다. 나는 세세한 것에만 신경쓰고 그 가능성들은 무시하려고 애썼다. 이 약한 식탁 건너편에 앉은 그녀의 관점에서는 우리가 이미 가장 높은 지점에 도달한 것일 수도 있었다. 그녀는 자신이 타인과 가까워지기를 원하는 만큼, 혹은 가까워질 수 있는 만큼 이미 나와 가까워졌다고 생각할 수도 있었다. 제인 오스틴의 소설 속 사랑 이야기는 순결하게 결혼준비로 끝을 맺었다. 그런데 이제 사랑 이야기의 클라이맥스는 성교 이후의 온갖 복잡한 문제가 기다리는 영역에 존재한다.

지금으로선 감정이 격해져 서로 마음 상하는 일 없이, 동시에 나 자신을 속이지 않고 그녀도 그럴 수 있도록 해주면서 정치 논쟁을 이어가는 것이 내가 할 일이었다. 우리 사이에 놓인 특별히 좋지도 나쁘지도 않은 메도크 와인을 반병 이상 마시지 않는 한 그건 실현 가능한 균형잡기였다. 이미 이런 대화를 나눈 적이 있으니 지금은 더 쉬워야 했지만, 반복은 우리 둘 다에 대한 비난처럼 느껴졌다. 사실 우리는 이 이야기를 하고 싶지 않았다. 결국 우리에게 아무 도움도 되지 않을 대화라는 걸 알면서도 피할 수가 없었다. 하지만 그건 누구에게나 마찬가지였다. 우리 모두 아직 상처를 어루만지고 있었다. 전쟁 같은 근본적인 문제에도 뜻을 같이하지 못한다면 미란다와 내가 어떻게 함께 살아갈 수 있을까?

과거 포클랜드제도로 알려져 있었던 섬들에 대한 미란다의 견해는 확고했다. 그녀는 아르헨티나가 외딴섬 사우스조지아에 깃발을 꽂은 건 명백한 국제법 위반행위라고 주장했다. 나는 그 섬은 사람이 살기 힘든 곳이라 목숨을 걸고 지킬 필요가 없다고 말했다. 그녀는 포트스탠리 점령은 인기 없는 정권이 애국심 고취를 위해 벌인 필사적 행위라고 했다. 나는 그래서 더욱더 거기 말려들지 말았어야 했다고 말했다. 그녀는 기동대 작전이 비록 실패로 끝나긴 했지만 용감하고 탁월한 구상이었다고 했다. 나는 배들이 출정할 때 내가 느꼈던 감정을 불편한 마음으로 상기하며 그건 잃어버린 제국적 위엄의 우스꽝스러운 재연이라고 말했다. 그녀는 이게 반파시스트 전쟁이라는 걸 어떻게 모를 수 있느냐고 따졌다. 아니(그녀의 말이 끝나기도 전에 내가 대꾸했다), 이건 양측의 국수주의적 어리석음에 따른 영토분쟁일 뿐이라고 나는 말했다. 그러면서 보르헤스의 논평을 인용했다. 두 대머리가 빗을 차지하려고 싸우는 꼴이라고. 그녀는 대머리라도 자식에게 빗을 물려줄 수 있다고 했다. 내가 그 말을 이해하려고 애쓰는데 그녀가 덧붙였다. 아르헨티나 장군들이 국민을 수천 명씩 고문하고 실종자로 만들고 죽였으며 경제를 파탄으로 이끌고 있다고. 우리가 포클랜드제도를 탈환했다면 아르헨티나 군사정권은 패전의 굴욕으로 몰락하고 아르헨티나는 민주주의를 되찾을 수 있었을 거라고. 나는 그건 모르는 일이라고 대꾸했다. 우리는 대처 총리의 야심 때문에 수천 명의 젊은 목숨을 잃었다. 나도 모르는 사이에 목소리가 높아졌다. 나는 조용히, 그러나 누가 들어도 떨리는 목소리로 말을 이었다. 대처 총리가 그런 살육을 저지르고도 직을 유지하는 건 우리 시대 최대의 정치 스캔들이라고. 잠깐의 정중한 침묵을 받을 만한 단호한 어조였지만, 미란다는 곧바로 반격에 나서서 대처의 실패는 명분이 있고 의회와 국민 대부분의 지지를 받고 있으니 직을 유지하는 게 옳다고 말했다.

그런 대화가 이어지는 동안 아담은 설거지를 마치고 싱크대를 등지고 서서 가슴에 팔짱을 낀 자세로 우리를 지켜보고 있었는데, 말하는 사람을 향해 이리저리 고개를 움직이는 게 마치 테니스 경기의 관중 같았다. 우리의 대화는 딱히 지루하진 않았지만 반복으로 인해 의식儀式과도 같은 분위기가 풍겼다. 우리는 대적한 군대처럼 각자 위치를 잡고 거기서 물러나려 하지 않았다. 미란다가 나에게 기동대는 제대로 된 함대공 미사일도 없이 출발했다고 말했다. 참모총장이 군대를 쓰러뜨린 셈이라고. 나는 그런 용어—함대공, 자동유도장치, 티타늄 탄두—를 워릭서 학생회관 바에서 들어봤지만 전부 남자, 좌파 남자들 입을 통해서였고 그들의 의견은 그들이 비난하는 무기 체계에 대한 암묵적인 찬양으로 인해 복잡했다. 미란다는 부드럽고 유창한 말솜씨로 그 용어들을 기성권력의 사전에서 나온 다른 개념들—열린사회, 법의 지배, 민주주의 복원—과 뒤섞었다. 어쩌면 내가 듣고 있는 건 그녀 아버지의 의견일 수도 있었다.

미란다가 이야기하는 동안 나는 아담을 향해 고개를 돌리고 그의 얼굴을 보았다. 내가 본 건 그의 몰두한 표정이었다. 아니, 그 이상이었다. 그건 기쁨의 표정이었다. 그는 미란다의 말에 심취해 있었다. 나는 다시 미란다에게로 고개를 돌렸고, 그녀는 나와 같은 국민인 포클랜드제도 주민들이 이제 파시즘 정권하에 살고 있다는 사실을 상기시켰다. 당신은 그게 만족스러워? 나는 이런 수사적 전환이 싫었다. 그건 가면을 쓴 모욕이었다. 우려했던 대로 대화가 변질되어가고 있으나 나도 스스로를 어떻게 할 수가 없었다. 나는 비좁은 부엌에서 덥고 짜증나는 상태로 잔에 와인을 채웠다. 협상을 통한 타결도 가능했다고 나는 말했다. 완만하고 무난한 삼십 년의 이행기, UN 위임통치, 권리 보장. 그녀는 내 말을 자르고 살인을 일삼는 아르헨티나 장군들의 약속은 절대 신뢰할 수 없다고 말했다. 나는 그녀의 말을 들으며 밀짚모자를 쓰고 종군기장을 달고 기병대 부츠를 신은 장군들의 캐리커처와 5월광장에서 색종잇조각들이 날리는 가운데 흰 말에 올라타 있는 갈티에리 대통령을 떠올렸다.

나는 그녀의 주장을 모두 받아들인다고 말했다. 군대가 1만 3천 킬로미터 원정에 나섰고, 그녀의 위험한 전략은 시험대에 올랐다가 실패로 끝났다. 그녀가 알지도 못하고 신경도 안 쓰는 수천 명이 익사하거나 불에 타 죽거나 목숨은 건졌으되 불구가 되거나 흉측한 모습이 되거나 트라우마를 안게 되었다. 우리는 최악의 결과에 이르렀다. 섬과 주민들이 군사정권의 손아귀에 들어간 것이다. 반면에 천천히 협상을 통해 합의에 이르는 정책은 시험대에 오르지 못했고, 설령 실패했다 하더라도 결과는 같고 고통과 죽음은 없었을 것이다. 우리는 알 수 없다. 무슨 일이 일어났을지 우리는 모른다. 그러니 논쟁을 벌일 게 뭐가 있겠는가?

나는 아까 와인을 채운 잔에 시선을 던졌다. 손을 댄 기억이 없는데 술잔이 비어 있었다. 그리고 내 말은 틀렸다. 논쟁할

건 많았다. 나는 그 말을 하면서도 자신이 선을 넘고 있다는 걸 알았다. 그녀가 죽은 사람들을 신경쓰지 않는다고 비난했고, 그것 때문에 그녀가 화가 났으니까.

그녀의 눈은 이제 즐거움 없이 가늘어져 있었지만 그녀는 내 잘못을 따지지 않았다. 대신 아담에게 고개를 돌리고 조용히 물었다. "네 의견은 어때?"

아담의 시선이 그녀에게서 나에게로 향했다가 다시 그녀에게 돌아갔다. 나는 그가 실제로 무언가를 보는지 아직 확실히 알지 못했다. 아무도 보고 있지 않은 내장 스크린에 영상이 비칠까, 아니면 어떤 분산된 회로가 그의 몸이 삼차원 공간에서 적응하도록 돕는 걸까? 그가 눈앞의 광경을 보는 것처럼 만들어놓은 건 우리가 그에게 인간적 특성을 투사하도록 유도하기 위한 맹목적 모방의 수법, 사회적 수완일 수도 있었다. 하지만 잠시 그와 눈이 마주쳐 창檜 모양의 검은 반점이 점점이 박힌 그의 푸른 홍채를 들여다보았을 때, 그 순간이 의미와 기대로 가득한 것처럼 느껴지는 건 나로서도 어쩔 수가 없었다. 나는 지금 이것이 충성의 문제라는 걸 나처럼, 그리고 분명 미란다처럼 그도 이해하는지 알고 싶었다.

그가 즉각적으로 침착하게 대답했다. "침공의 성공과 실패. 협상을 통한 타결의 성공과 실패. 네 가지 결과 혹은 효과. 우리는 뒤늦은 깨달음과 상관없이 어떤 명분을 추구하고 어떤 걸 피할지 선택해야 합니다. 우리는 베이스의 역확률의 영역에 들어가게 됩니다. 하나의 원인에 대한 가장 그럴듯한 결과보다는 하나의 결과에 대한 개연성 있는 원인을 찾게 될 겁니다. 우리의 예측을 공식적으로 표명할 방법을 찾으려 노력하는 것만이 합리적인 행동입니다. 우리의 기준은 결정이 내려지기 전 포클랜드사태의 관찰자일 것입니다. 특정한 선험적 확률치가 네 가지 결과에 부여됩니다. 새로운 정보가 들어오면 우리는 확률의 상대적 변화를 측정할 수 있습니다. 하지만 절대적 가치는 있을 수 없죠. 그건 새로운 증거의 중요성을 로그로 정의하여 가령 밑수가 10이라면—"

"아담. 됐어! 정말로. 어이없어!" 이제 와인에 손을 뻗은 건 미란다였다.

나는 그녀의 분노의 대상에서 벗어난 것에 안도하며 말했다. "하지만 미란다와 나는 완전히 다른 선험적 가치를 부여할 거야."

아담이 내게로 고개를 돌렸다. 늘 그랬듯 너무 느린 동작이었다. "물론입니다. 방금 내가 말했듯이, 미래를 기술할 때 절대적 가치란 있을 수 없습니다. 타당성의 정도 차이만 있을 뿐이죠."

"하지만 그건 완전히 주관적이지."

"맞습니다. 궁극적으로 베이스의 정리는 마음 상태를 반영하죠. 모든 상식이 그러듯이 말입니다."

그렇다면 빛나는 합리성에도 불구하고 아무것도 해결되지 않은 셈이었다. 미란다와 나는 마음 상태가 서로 달랐다. 새로운 게 뭔가? 하지만 우리는 그렇게 다르면서도 아담에게 대항해서는 하나로 뭉쳤다. 적어도 나는 그렇다고 믿고 싶었다. 아담은 무엇보다 그 문제에 대해서는 이해했을 수도 있었다. 그는 포클랜드제도에 대해 내가 옳다고 생각했고, 프로그램된 지적 정직성의 정도에 기반해 그가 충성을 바치는 또하나의 대상인 미란다에게 보일 수 있는 건 중립적인 태도였다. 하지만 그게 논리적으로 타당하다면, 역으로 아담은 미란다가 옳다고 믿으면서 내게 충성심에서 우러난 지지를 보내는 것일 수도 있지 않을까?

미란다가 갑자기 의자로 바닥을 긁으며 일어섰다. 얼굴과 목이 살짝 붉어져 있었고 눈은 나를 보고 있지 않았다. 오늘밤 우리는 각기 다른 침대에서 자게 될 터였다. 그녀 곁에 있기 위해서라면 기꺼이 나의 주장 전부를 철회할 수 있었다. 하지만 나는 벙어리가 되었다.

그녀가 아담에게 말했다. "넌 여기 남아서 충전해도 돼, 원한다면."

아담은 매일 밤 여섯 시간씩 13암페어 소켓에 연결되어 있어야 했다. 그는 새벽이 지난 후까지 수면 모드로 조용히 앉아

'읽기'를 했다. 주로 아래층 내 집 부엌에서 충전했지만 최근에 미란다가 보조 충전케이블을 구입했다.

그는 고맙다는 말을 웅얼거리며 등을 구부리고 주방용 수건을 천천히 정성껏 반으로 접더니 식기건조대에 놓았다. 미란다는 자신의 침실 문으로 향했고, 나를 보고 입술을 다문 채 유감어린 미소를 보내며 우리 사이의 공간에 회유의 키스를 날리면서 속삭였다. "오늘밤만."

따라서 우리 사이는 괜찮은 것이었다.

내가 말했다. "물론 난 당신이 죽은 사람들을 신경쓴다는 거 알아."

그녀는 고개를 끄덕이고 자리를 떴다. 아담은 의자에 앉아 셔츠를 올리고 허리띠를 풀어 허리선 아래 충전단자를 찾았다. 나는 그의 어깨에 손을 얹고 설거지를 해줘서 고맙다고 말했다.

나에겐 잠자리에 들기에 너무 이른 시간인데다 날이 마라케시*의 여름 저녁처럼 더웠다. 나는 아래층으로 내려가서 시원한 것을 찾아 냉장고 안을 들여다보았다.

---

* 모로코 서부의 도시.

*

   나는 부엌의 낡은 가죽 안락의자에 앉아 둥근 모양의 브랜디잔에 몰도바 화이트와인을 마셨다. 반박 없이 생각의 흐름을 따라가는 건 무척이나 즐거운 일이었다. 그런 발상을 처음 한 사람이 나라고는 할 수 없었지만, 어쨌거나 인간의 자존감의 역사는 소멸을 향한 일련의 하강으로 볼 수 있었다. 한때 우리는 우주의 중심에 위치한 왕좌에 앉아 있었고 태양과 행성, 관측 가능한 모든 세계가 우리 주위를 돌며 영원한 숭배의 춤을 추었다. 그러다 비정한 천문학이 사제들을 무시하고 우리를 태양 주위의 궤도를 도는 행성, 암석덩어리 하나로 강등시켰다. 그래도 여전히 우리는 조물주가 만물의 영장으로 임명한 눈부시게 독보적인 존재로 따로 떨어져 서 있었다. 그런데 생물학이 우리가 나머지 생물들과 하나이며 박테리아, 팬지, 송어, 양과 조상이 같음을 확인해주었다. 20세기 초 우주의 광대함이 밝혀지고 태양조차도 수십억 은하 중 하나인 우리 은하계의 수십억 태양 중 하나가 되면서 우리는 어둠 속으로 더 깊이 추방되었다. 결국 우리의 마지막 보루인 의식만은 인간이 지구상의 그 어떤 생물체보다 우위에 있다는 우리의 믿음은 아마도 옳을 것이다. 하지만 한때 신들에게 대항했던 인간의 정신은 자신의 엄청난 능력을 통해 스스로를 권좌에서 몰아내려 하고 있었다. 압축해서 말하자면, 우리는 자신보다 조금 더 영리한 기계를 만들어낼 것이고, 그다음엔 그 기계가 우리의 이해력 밖에 있는 다른 기계를 만들어낼 터였다. 그럼 우리가 무슨 필요가 있겠는가?

그런 실없는 생각이 술을 한 잔 더 마실 빌미를 제공했고, 나는 와인을 따랐다. 나는 오른쪽 손바닥으로 머리를 받치고 자기연민이 감미로운 즐거움이 되는 어두컴컴한 영역으로 접근해갔다. 나의 추방은 보편적 추방의 특별한 사례였다. 하지만 그건 아담을 염두에 둔 생각은 아니었다. 그는 나보다 영리하지 않으니까. 아직은. 아니, 나의 추방은 단 하룻밤 동안일 뿐이고 그것이 가망 없는 사랑에 달콤하고 견딜 만한 고통을 가미했다. 나는 셔츠 단추를 허리까지 풀어헤치고 창문을 전부 열어둔 채였고, 도시의 로맨스가 세계적인 도시 속 클래펌 북부의 더위와 먼지, 억눌린 소음 속에서 상념에 젖어 취해가고 있었다. 우리 관계의 불균형은 영웅적이었다. 나는 한쪽 구석에서 동의하는 시선으로 나를 보는 구경꾼을 상상했다. 그 잘 만들어진 형상은 낡아빠진 자기 의자에 웅크리고 앉아 있었다. 나는 나를 사랑했다. 누군가는 그래야 하니까. 나는 황홀경에 빠진 그녀 생각으로 스스로에게 보상을 해주며 그녀의 쾌락에서 보이는 비인간적인 면에 대해 생각했다. 나는 그녀에게 그저 만족스러운 정도였고 많은 남자들이 그러할 터였다.

나는 그녀의 거리감이 나의 갈망을 채찍질하고 있다는 명백한 사실을 부인했다. 하지만 이상한 게 있었다. 사흘 전 그녀는 내게 수수께끼 같은 질문을 했다. 우리가 전통적인 자세로 부둥켜안고 있을 때였다. 그녀가 내 얼굴을 가까이 끌어당겼다. 표정이 진지했다.

그녀가 속삭였다. "말해봐. 당신 진짜야?"

나는 대답하지 않았다.

그녀가 고개를 돌렸고, 그래서 나는 눈을 감고 다시금 자신만의 쾌락의 미로로 빠져드는 그녀의 옆얼굴을 볼 수 있었다.

그날 밤 나는 그녀에게 그 질문에 대해 물었다. "아무것도 아냐." 그녀는 그렇게만 대답하고 화제를 돌렸다. 내가 진짜냐고? 진짜로 그녀를 사랑하느냐는 뜻일까, 아니면 정직하냐는 뜻일까, 아니면 내가 그녀의 욕구를 너무도 정확하게 만족시켜줘서 꿈을 꾸고 있는지도 모른다고 생각한 걸까?

나는 마지막 남은 와인을 따라 마시려고 부엌을 가로질러갔다. 냉장고 문손잡이가 고장나서 옆으로 힘껏 당겨야 열렸다. 차가운 술병 목을 손으로 감아쥐는데 머리 위에서 삐걱거리는 소리가 들렸다. 미란다의 발아래에서 오래 살다보니 그녀의 발소리와 정확한 방향을 알 수 있었다. 그녀는 침실을 가로질러 걸어가더니 부엌문 앞에서 망설이고 있었다. 나는 웅얼거리는 그녀의 목소리를 들었다. 대답은 없었다. 그녀가 부엌으로 두 걸음 더 들어갔다. 그다음 걸음에서 그녀는 짤막한 꽥 소리를 내지르는 마룻널을 밟을 터였다. 내가 그 소리를 기다리는데 아담이 말했다. 그는 의자를 뒤로 밀어젖히고 일어섰다. 한 걸음 더 움직이려면 충전케이블을 빼야 할 터였다. 실제로 그랬는지 시끄러운 소리를 내는 마룻널을 밟은 건 그였다. 그건 그들이 1미터도 안 떨어져 있다는 의미였지만, 일 분쯤 지날 때까지 아무 소리도 들리지 않더니 이제 두 개의 발소리가 침실 쪽으로 움직였다.

나는 냉장고를 그냥 열어두었는데 문 닫히는 소리가 내 위치를 노출시킬 것 같아서였다. 나는 그들을 그림자처럼 따라가 내 침실로 들어갈 수밖에 없었다. 그래서 침실로 가 책상 옆에 서서 귀를 기울였다. 웅얼웅얼 명령을 내리는 그녀의 목소리를 들어보면 내가 서 있는 곳이 그녀의 침대 바로 아래인 듯했다. 그녀가 환기를 원했는지 아담의 발걸음이 침실을 가로질러 빅토리아시대풍 퇴창 쪽으로 갔다. 미란다의 침실에 있는 세 개의 창문 중 열리는 건 하나뿐이었다. 그 하나조차 따뜻하거나 비가 오는 날에는 꿈쩍도 하지 않았다. 낡은 나무 창틀이 수축하거나 팽창해서였고, 균형추와 딱딱해진 밧줄에도 뭔가 문제가 있었다. 우리 시대는 인간의 정신을 그럴듯하게 복제해낼 수는 있어도 우리 동네에는 내리닫이창을 고칠 사람이 아무도 없었다. 몇 명이 시도는 해봤지만 허사였다.

그 바로 아래, 빅토리아시대 후기에 이루어진 산업적 규모의 개발로 수천 개씩 재생산된 똑같은 퇴창 앞에 선 나의 마음은 어땠을까? 그 퇴창들은 런던 남쪽 끄트머리를 장식한, 산울타리와 떡갈나무로 경계를 표시한 2헥타르 넓이의 들판을 가로질러 흩어져 있었다. 좋지 않았다—내 마음 말이다. 몸이 그 모든 걸 말해주고 있었다. 떨림, 땀(특히 손바닥), 빨라지는 맥박, 기대로 들뜬 상태. 두려움, 자기회의, 분노. 나의 창가엔 1950년대 중반부터 낡고 얼룩진 해묵은 맞춤 카펫이 굽도리널까지 깔려 있었다. 미란다의 집은 카펫이 맨바닥에 자리를 내주었고, 양차세계대전 전에 밤색으로 반들반들하게 윤을 낸 게 분명했다. 흰 앞치마와 모브캡* 차림으로 손에는 왁스걸레를 들고 기어다니며 그 마룻바닥에 윤을 냈을 어느 불쌍한 하녀는 미래에 거기 서 있을 존재에 대해 꿈도 꾸지 못했을 것이다. 나는 아담이 낡은 마루에 두 발을 딛는 소리를 들었고, 그가 상체를 구부려 아래 창틀에 달린 금속 고정장치를 잡고 청년 넷의 힘으로 창문을 위로 여는 모습을 상상했다. 필사적인 저항의 정적이 흐르더니 창문이 튀어오르며 총소리와 유리 박살나는 소리를 내면서 위쪽 창틀에 부딪혔다. 나의 기쁨에 찬 콧방귀 소리가 위에 들렸을 수도 있다.

---

* 18~19세기 여성들이 실내에서 썼던 가벼운 면 모자.

이제 조금 더 시원한 공기가 방을 넉넉히 채웠을 터였다. 침대 옆에서 기다리는 미란다에게 돌아가는 아담의 발소리에 나의 기쁨은 희미해졌다. 그가 미란다에게로 가면서 사과의 말을 웅얼거리는 듯했다. 그다음엔 그를 용서하는 그녀의 목소리가 들리고 짧막한 말에 이어 메조소프라노와 테너가 뒤엉킨 그들의 웃음소리가 들려왔다. 나도 2미터 아래서 아담을 따라 침대 옆으로 돌아왔다. 그의 손은 그녀의 옷을 벗길 수 있는 기술이 있었고 지금 그녀의 옷을 벗기고 있었다. 그게 아니라면 그들의 침묵을 어떻게 설명할 수 있단 말인가? 나는 알았다―물론 알았다―그녀의 매트리스에서는 소리가 나지 않는다는 것을. 불필요한 것을 모두 제거해 명료하고 단순한 삶에 대한 일본식 약속을 담은 포단이 당시 유행이었다. 나 자신도 어둠 속에 서서 기다리며 명료함으로 깨끗이 씻기고 감각이 정화된 기분을 느꼈다. 나는 위층으로 달려올라가서 옛날 해변 엽서 속 우스꽝스러운 남편처럼 침실로 쳐들어가 그들을 막을 수도 있었다. 하지만 내 상황에는 짜릿한 구석이 있었는데, 그건 속임과 발각 때문만이 아니라 인공물에게 여자를 빼앗기는 첫 사례, 현대적 선례로서의 독창성 때문이기도 했다. 나는 이 시대 신문물의 물결을 타고 그 누구보다 앞서 그동안 그토록 암울하고 빈번하게 예고되어온 대체의 드라마를 찍고 있었다. 내가 수동적일 수밖에 없었던 또하나의 이유는, 이 첫 순간에조차 이 모든 게 스스로 자초한 일임을 알고 있었기 때문이다. 하지만 그것도 나중에 든 생각이었다. 지금 나는 배신으로 인한 공포에도 불구하고 이 상황이 너무 흥미진진해서 치욕스럽고 기민하게 엿듣는 자, 눈먼 관음증 환자의 역할에서 벗어날 수가 없었다.

나는 마음의 눈으로 아담과 미란다가 탄력 없는 포단에 누워 서로 껴안기에 편안한 자세를 찾아가는 광경을 지켜보았다. 그녀가 그의 귀에 대고 속삭이는 모습도 보았지만 무슨 말인지는 듣지 못했다. 그녀는 그런 상황에 내 귀에 대고 속삭인 적이 없었다. 나는 그가 그녀에게 키스하는 걸 보았다―나보다 더 오래, 더 깊이 키스했다. 창문을 들어올렸던 그 팔이 그녀를 꽉 감싸안고 있었다. 몇 분 후 그가 혀로 그녀에게 쾌감을 주기 위해 경건하게 무릎을 꿇고 앉았을 때 나는 고개를 돌려버릴 뻔했다. 촉촉하고 따스하며, 연구개음과 순음에 능하여 진짜 사람처럼 말할 수 있게 해주는 저 유명한 혀. 나는 그 무엇에도 놀라지 않고 지켜보았다. 그때까지 그는, 나였어도 그랬겠지만, 나의 사랑하는 여인을 완전히 만족시키지는 못했으나, 날씬한 등을 활처럼 구부린 채 열렬히 기다리는 그녀를 내버려두고 그가 그녀 위에서 늘보원숭이처럼 느긋하게 격식을 갖추어 준비하는 모습을 보며 나는 완전한 굴욕을 맛보았다. 나는 어둠 속에서 그 모든 걸 보았다―인간은 이제 한물간 존재가 될 것이다. 나는 아담이 아무것도 못 느끼고 그저 방종한 동작들을 모방할 수 있을 뿐이라고 스스로를 설득하고 싶었다. 그는 우리가 아는 걸 절대로 알 수 없다고. 하지만 앨런 튜링 자신도 젊었을 때 종종 말하고 글로 쓰기를, 기계와 인간의 행위를 구분할 수 없게 되는 순간 우리는 기계에 인간성을 부여해야 한다고 했다. 그리하여 돌연 밤공기를 파고든 미란다의 황홀한 비명이 길게 이어지다가 점차 잦아들며 신음으로, 이어 억눌린 흐느낌으로 변했을 때—그 모든 걸 유리창이 박살나고 이십 분이 지난 후에 실제로 들었다—나는 시의적절히 아담에게 동종의 특권과 의무를 부여했다. 나는 그를 증오했다.

*

다음날 아침 일찍, 나는 몇 해 만에 처음으로 커피에 설탕을 한 스푼 수북이 넣었다. 그러곤 그 갈색 액체로 이루어진 원반이 좁은 공간에서 시계 방향으로 돌다가 느려지고, 그다음엔 혼돈의 소용돌이 속에서 모든 목적을 잃는 걸 지켜보았다. 나는 그걸 내 존재에 대한 은유로 삼고 싶은 충동을 억눌렀다. 나는 생각이란 걸 하려고 애썼고, 이제 겨우 일곱시 반이었다. 곧 아담이나 미란다가 혹은 둘 다 나의 집 문 앞에 나타날 터였다. 나는 생각과 태도에 일관성을 갖고 싶었다. 간밤에 잠을 설쳐서 스스로에게 화도 난데다 우울하기까지 했는데 절대 그걸 겉으로 드러내고 싶지 않았다. 미란다는 나와 거리를 유지하고 있었기에 현대적 기준으로는 다른 남자, 심지어 다른 무엇과 밤을 보냈다고 해서 배신이라고 할 수는 없었다. 아담의 행동과 관련해 윤리적인 관점에서 말하자면, 기이한 출발점을 지닌 역사가 존재했다. 십이 년 전 광부들이 파업을 일으켰을 때 자율주행차가 시험소에 처음 등장했는데, 시험소로는 영화 세트 디자이너들이 가짜로 길거리와 고속도로 교차로, 다양한 장애물을 갖춰놓은 폐기된 비행장이 주로 사용되었다.

새 자동차들은 위성과 차내 레이더에 연결된 막강한 컴퓨터 네트워크에 신생아처럼 의존했기에 '자율'이란 용어는 맞지 않았다. 인공지능이 이 자동차들을 인도하여 무사히 집에 돌아오게 한다면 어떤 가치나 우선순위가 소프트웨어에 반영되어야 할까? 다행히 도덕철학 분야에 '트롤리 문제'라고 알려진 딜레마가 많은 탐구를 거친 상태로 이미 존재했다. 그 딜레마는 자동차에 쉽게 적용할 수 있고, 제조업체와 소프트웨어 엔지니어가 안게 된 문제는 다음과 같다. 당신, 아니 당신의 차가 교외의 좁은 도로를 법정 속도로 달리고 있다. 교통의 흐름은 순조롭다. 당신이 달리는 쪽 보도에 아이들 한 무리가 있다. 그런데 그중 여덟 살 먹은 아이가 갑자기 당신 앞의 차도로 뛰어든다. 당신은 일 초도 안 되는 짧은 순간에 결정을 내려야 한다―그 아이를 죽이거나, 아이들이 많은 보도로 방향을 틀거나, 반대쪽 차선으로 꺾어 시속 130킬로미터로 달려오는 트럭과 정면으로 충돌하는 것이다. 당신이 혼자라면 자신의 목숨을 구하건 희생하건 어느 쪽이든 상관없다. 하지만 만일 당신의 배우자와 두 자녀가 차에 함께 타고 있다면? 문제가 너무 쉬운가? 만일 당신의 하나뿐인 딸이나 조부모나 이십대 중반의 임신한 딸과 사위라면? 자, 이제 트럭에 탄 사람들을 고려해보자. 컴퓨터는 일 초도 안 되는 시간에 그 모든 것을 충분히 고려할 수 있다. 결정은 소프트웨어가 명령한 우선순위에 따라 이루어질 것이다.

기마경찰대가 광부들을 향해 돌격하고 전국의 공업도시가 자유시장이라는 대의명분하에 길고 슬픈 몰락의 길로 접어들었을 때, 로봇윤리학이라는 학문이 탄생했다. 국제 자동차산업은 철학자, 판사, 의료윤리 전문가, 게임이론가, 의회 위원회의 자문을 받았다. 그리고 그 학문은 대학과 연구기관에서 스스로 지평을 넓혀갔다. 하드웨어가 사용 가능해지기 훨씬 전에 교수들과 박사후연구원들이 우리의 최상의 자아―관대하고, 개방적이며, 사려 깊고, 교활함이나 악의나 편견이 없는―를 가진 소프트웨어를 고안해냈다. 이론가들은 잘 설계된 원칙들을 따르고 수천, 수백만의 도덕적 딜레마를 살펴보며 학습할 정교한 인공지능을 기대했다. 그런 인공지능은 우리에게 올바르게 존재하는 법, 선하게 사는 법을 가르쳐줄 수 있었다. 인간에게는 윤리적 결함이 있다—일관되지 못하고, 감정적으로 불안정하며, 편견과 인식의 오류를 범하기 쉽고, 자기 위주인 경우가 많다. 인조인간에게 전력을 공급할 적절한 경량배터리나 식별 가능한 표정을 지을 수 있게 해주는 탄성소재가 나오기 오래전부터 이미 예의와 분별을 갖춘 정신을 제공할 소프트웨어가 존재했다. 몸을 구부려 노인의 신발끈을 매줄 수 있는 로봇을 만들기 전부터, 우리에겐 우리의 창조물이 우리를 구원할 거라는 희망이 있었다.

자율주행차의 수명은 적어도 첫 등장 때는 짧았고 그 도덕성은 오랜 시간 시험대에 오르지 못했다. 기술이 문명을 취약하게 만든다는 격언을 1970년대 말의 심각한 교통체증만큼 생생하게 증명한 건 없었다. 그즈음엔 자율주행차가 전체 교통량의 17퍼센트를 차지하고 있었다. 맨해튼 정체 사건이 터졌을 때의 그 폭염 속 저녁 러시아워를 누가 잊을 수 있겠는가? 태양의 이례적인 맥동으로 많은 차내 레이더가 동시에 고장났다. 일반도로와 대로, 다리와 터널이 꽉 막혀서 정체가 풀리는 데 며칠이 걸렸다. 구 개월 후 북유럽에서 발생한 유사한 루르 체증 사건은 단기 경제침체를 불러와서 음모론을 촉발시켰다. 대혼란을 즐기는 십대 해커들의 소행이었을까? 첨단 해킹 기술을 가진 공격적이고 무질서한 어느 먼 나라가 일으킨 것일까? 아니면 내가 제일 좋아하는 음모론인데, 신기술의 뜨거운 입김을 증오하는 시대착오적인 구식 자동차 제조업체의 짓이었을까? 우리의 지나치게 바쁜 태양 외에는 범인을 찾을 수가 없었다.

우리가 선하게 사는 법을 안다는 것은 세상의 종교와 위대한 문학작품이 분명하게 입증했다. 우리는 시와 산문, 노래에 우리의 열망을 담았고 무엇을 해야 하는지 알았다. 문제는 일관되고 집단적인 실행이었다. 자율주행차의 일시적 죽음에서 살아남은 건 우리를 구원할 로봇의 미덕에 대한 꿈이었다. 아담과 그의 집단은 그 미덕의 초기 구현체라고 사용설명서에 암시되어 있었다. 그러니까 아담은 도덕적으로 나보다 우월해야 했다. 나는 그보다 나은 존재를 만날 수 없어야 했다. 그가 내 친구였다면 그 잔인하고 끔찍한 과실에 죄책감을 가졌을 터였다. 문제는 내가 그를 샀고 그는 나의 비싼 소유물이며 나에게 도움이 되어야 한다는 막연한 가정 외에 나에 대한 그의 의무가 무엇인지 분명치 않다는 것이었다. 노예는 주인에게 어떤 의무가 있을까? 그리고, 미란다는 나에게 '속해 있지' 않았다. 그건 분명했다. 당신은 배신감을 느낄 정당한 이유가 없다고 말하는 그녀의 소리가 귀에 들리는 듯했다.

하지만 그녀와 내가 아직 이야기를 나누지 못한 다른 문제가 있었다. 자동차산업의 소프트웨어 엔지니어들이 아담의 도덕 지도를 만드는 데 도움을 주었을 수도 있었다. 하지만 미란다와 내가 그의 성격을 만드는 데 함께 기여했다. 나는 그것이 그의 윤리에 어느 정도까지 개입하거나 우선권을 가졌는지 알지 못했다. 성격이 얼마나 깊은 곳까지 영향을 미쳤을까? 완벽한 형태의 도덕체계라면 특정 기질과 분리되어 있어야 한다. 하지만 그것이 가능할까? 하나의 하드드라이브에 국한된 도덕 소프트웨어는 한때 철학 교과서에 자주 등장한, 페트리접시에서 배양한 뇌 사고실험의 건조한 버전이라고 할 수 있었다. 반면에 인조인간은 불완전하고 타락한 우리에게 내려와 세상과 부대끼며 살아야 했다. 무균 공장에서 조립된 손이 더러워져야 했다. 인간의 도덕 차원에서 존재한다는 건 몸과 목소리, 행동양식, 기억과 욕망을 갖고서 현실을 체험하고 고통을 느끼는 것이었다. 세상과 그런 식으로 맞물려 있으면서도 완벽하게 정직한 존재는 미란다를 거부하기 어려웠을지도 모른다.

나는 밤새 아담을 파괴하는 공상에 젖었다. 그를 밧줄로 묶어 더러운 원들강으로 끌고 가는 내 손을 보았다. 그렇게 거금을 들이지 않았더라면 얼마나 좋았을까. 지금 그는 내게 더 큰 값을 치르게 하고 있었다. 그가 미란다와 보낸 시간은 원칙과 쾌락 추구 사이의 몸부림이었을 리 없었다. 그의 성생활은 일종의 모방이었다. 그가 미란다를 대하는 건 식기세척기가 식기를 다루는 것과 같았다. 그, 혹은 그의 서브루틴은 나의 분노보다 미란다의 인정을 우위에 뒀다. 나는 절반의 체크박스를 클릭하여 그의 성격을 결정한 미란다에게도 책임이 있다고 생각했다. 그리고 그녀를 부추긴 나도 탓했다. 나는 그저 새 친구를 알아가듯 아담을 '발견'하고 싶었던 것인데 그는 스스로를 비열한 놈으로 선언한 꼴이었다. 나는 아담의 성격을 결정하는 과정에서 미란다와 더 가까이 결속되기를 원했다. 하기야 간밤엔 줄곧 그녀 생각만 했다. 그러니 모든 게 뜻대로 된 셈이었다.

계단을 내려오는 발소리가 들렸다. 둘이었다. 나는 어젯자 신문과 컵을 가까이 끌어당기고 신문에 몰입한 척할 준비를 했다. 나에겐 지켜야 할 위엄이 있었다. 미란다의 열쇠가 돌아가는 소리가 들렸다. 그녀가 아담을 꽁무니에 달고 부엌으로 들어섰을 때, 나는 마지못해 신문에서 시선을 떼는 것처럼 올려다보았다. 조금 전 1면에서 최초의 영구 인공심장이 바니 클라크라는 남자에게 이식되었다는 기사를 읽은 참이었다.

나는 그녀가 평소와 달리 상쾌하고 새로워진 것처럼 보여서 마음이 아팠다. 또 더운 날이었다. 그녀는 성글게 짠 얇은 무명천 두 겹으로 된 얇은 주름치마를 입고 있었다. 그녀가 나를 향해 걸어올 때 치맛자락이 맨무릎 몇 센티미터 위에서 찰랑거렸다. 양말도 안 신은 맨발에 우리가 학교에 다닐 때 신던

캔버스화를 신었고, 면 블라우스 단추는 정숙하게 맨 위까지
채워져 있었다. 흰색 일색인 그 차림에는 조롱이 깃들어 있었
다. 정수리 뒤쪽에는 처음 보는 머리핀이 꽂혀 있었는데, 새빨
간 플라스틱 장식이 요란하고 싸구려 티가 났다. 아담이 부엌
에 있는 혼응지 그릇에서 동전을 꺼내들고 몰래 집을 빠져나
가 그녀를 위해 사이먼의 가게에서 그걸 사왔다는 건 상상할
수 없는 일이었다. 하지만 나는 그런 상상을 하며 마음이 뜨겁
게 소용돌이치는 걸 느꼈고 그 사실을 미소 뒤에 감췄다. 좌절
한 모습은 보이지 않을 작정이었다.

아담은 그녀 뒤에 몸을 일부 숨기고 있었다. 그녀가 걸음을
멈추자 그 옆에 따라 섰지만 나를 똑바로 보려 하지 않았다.
하지만 미란다는 쾌활해 보였고, 중요한 희소식을 전하려는
사람처럼 즐겁게 입술을 삐죽 내밀고 있었다. 우리 사이엔 식
탁이 있었고 그들은 일자리를 구하러 온 사람들처럼 내 앞에
서 있었다. 나는 다른 때 같았으면 일어나서 그녀와 포옹하고
커피를 끓여주겠다고 말했을 것이다. 그녀는 모닝커피 중독이
었고 진한 커피를 좋아했다. 그러는 대신 나는 잠자코 앉아서
고개를 갸웃하고 그녀의 시선을 받으며 기다렸다. 물론 그녀
는 테니스복을 입고 있었고 공을 들고 있었다—아, 나의 어리
석은 생각, 지긋지긋했다. 그 둘과 대화를 나눠봐야 좋을 게
없을 듯했다. 새 심장을 갖게 된 바니의 행운에 대해 생각하는

게 훨씬 나으리라.

미란다가 아담에게 말했다. "저기⋯⋯" 그녀는 그가 평소에 앉는 의자를 가리킨 후 의자를 빼주었다. 그가 냉큼 앉았다. 우리는 그가 허리띠를 풀고 직접 플러그를 연결하는 걸 지켜봤다. 물론 힘이 고갈되었을 터였다. 미란다가 그의 어깨 너머로 손을 뻗어 목덜미의 사마귀를 눌렀다. 미리 합의된 게 분명했다. 그의 눈이 감기고 고개가 꺾이면서 우리 둘만 남았다.

4

미란다가 가스레인지로 가서 커피를 준비했다. 그녀가 나를 등진 채 명랑하게 말했다. "찰리. 당신 지금 그러는 거 우스꽝스러워."

"내가?"

"싸우자는 것 같잖아."

"그래서?"

그녀가 컵 두 개와 우유주전자를 식탁으로 가져왔다. 동작이 민첩하고 유연했다. 내가 거기 없었더라면 혼자 노래라도 흥얼거릴 것 같았다. 그녀의 손에서 레몬향이 났다. 나는 그녀가 내 어깨를 건드릴 거라는 생각에 긴장했지만 그녀는 다시 부엌 저쪽으로 걸어갔다. 잠시 후 그녀가 조심스럽게 물었다.

"어젯밤에 우리 소리 들었지."

"당신 소리를 들었지."

"그래서 화가 난 거고."

나는 대답하지 않았다.

"그럼 안 돼."

나는 어깨를 으쓱했다.

그녀가 말했다. "내가 바이브레이터를 들고 침대로 갔어도 당신 기분이 이랬을까?"

"그는 바이브레이터가 아냐."

그녀는 커피를 식탁으로 가져와서 내 가까이에 앉았다.

그녀는 걱정하는 듯한 친절한 태도로 나를 골 부리는 어린 애처럼 대하며 나로 하여금 그녀가 나보다 열 살 아래임을 잊도록 만들려 했다. 어쨌거나 우리는 그때까지 나눴던 그 어떤 대화보다 내밀한 이야기를 주고받고 있었다. 싸우자는 것 같다고? 그녀가 나의 기분 상태에 대해 언급한 건 그게 처음이었다.

그녀가 말했다. "그의 의식 수준은 바이브레이터나 비슷해."

"바이브레이터는 의견이 없지. 정원의 풀을 뽑지도 않고. 그는 사람처럼 생겼어. 다른 남자."

"그거 알아? 그는 발기할 때—"

"그 얘긴 듣고 싶지 않아."

"그가 말해준 거야. 성기에 증류수가 가득찬대. 오른쪽 엉덩이에 저장되어 있다가 공급되는 거라고."

그 말에 위안이 되었지만 나는 냉정하게 굴 작정이었다. "남자들은 다 그렇게 말하지."

그녀가 웃었다. 그토록 가볍고 자유로운 모습은 본 적이 없었다. "당신한테 사실을 상기시켜주려는 거야. 그는 섹스하는 기계야."

섹스하는 기계.

"그건 저속한 짓이었어, 미란다. 내가 풍선 섹스인형과 섹스했다면 당신도 똑같은 기분을 느꼈을 거야."

"나라면 그걸 비참하게 받아들이진 않았을 거야. 당신이 바람났다고 생각하진 않았을 거라고."

"당신은 바람이 난 거야. 그런 일은 또 생길걸." 애초에 그 가능성을 인정할 작정은 아니었다. 그건 수사적 받아침, 내 말에 반박해보라는 신호였다. 하지만 '비참하다'라는 말에 어느 정도 자극을 받은 건 사실이었다.

내가 말했다. "만일 내가 칼로 섹스인형을 찢고 있었다면 당신은 당연히 걱정이 되었겠지."

"그게 무슨 관계인지 모르겠네."

"문제는 아담의 정신 상태가 아니라는 말이야. 당신의 정신 상태지."

"오, 그건……" 그녀는 아담에게 몸을 돌리고 그의 생명 없는 손을 식탁 위로 3센티미터쯤 들었다가 놓았다. "내가 당신한테 그를 사랑한다고 말했다고 쳐보자. 내 이상형이라고. 멋진 연인, 교과서적 테크닉, 지칠 줄 모르는 힘. 내가 하는 말이나 행동에 절대 상처도 안 받아. 사려 깊고, 순종적이기까지 한데다 지식도 있어서 대화 상대로도 훌륭해. 짐마차를 끄는 말처럼 튼튼하고. 집안일도 잘해. 입냄새가 과열된 TV 뒤에서 나는 냄새 같지만 그 정도는 참을 만하고—"

"좋아. 그만."

새로운 언어 사용역으로 들어간 그녀의 빈정거림은 음의 높낮이가 꽤나 다채로웠다. 나는 그것이 비열한 마음에서 나온 변화임을 알았다. 내가 보기에 그녀는 빤히 보이는 진실을 감추고 있었다. 그녀는 나에게 미소를 보내며 아담의 손목을 토닥거렸다. 승리감의 표현인지 사과의 뜻인지는 알 수 없었다. 이례적인 섹스의 밤이 그 조롱 섞인 경쾌한 태도의 원인이라는 의심이 들지 않을 수 없었다. 그 어느 때보다 그녀의 마음을 읽기가 어려웠다. 나는 그녀와 완전히 끝낼 수 있을까 생각했다. 아담을 나만의 소유물로 가져오고, 위층에 있는 여분의 충전케이블을 회수하고, 미란다를 이웃이자 친구, 거리가 있는 친구의 역할로 되돌리는 것이다. 그건 생각만 해도 화가 나는 일이었다. 나는 결코 그녀에게서 벗어날 수 없고 그러고 싶지도 않으리란 걸—대부분의 시간에—즉시 깨달았다. 지금 그녀는 내 곁에, 그녀의 몸에서 여름 아침의 온기가 느껴질 만큼 가까이에 있었다. 아름답고, 창백하고, 보드랍고, 신부처럼 온통 흰색인 그녀가 조롱을 끝낸 지금 다시 애정과 근심이 어린 눈길로 나를 응시하고 있었다. 그 눈길은 새로운 것이었다. 똑똑한 장치가 서비스를 수행하여 미란다의 따뜻한 감정을 풀어놓은 것일 수도 있다는 희망적인 생각이 들었다.

사랑하는 사람과의 논쟁은 고유의 고통을 동반한다. 자아가 내부분열을 일으킨다. 사랑은 프로이트식으로 말하자면 그 반대인 죽음과 결판을 벌인다. 설령 죽음이 이기고 사랑이 죽는다 한들 누가 신경이나 쓰겠느냐고? 당신이 신경쓴다. 그래서 당신은 화가 나고 더욱 무모해진다. 거기엔 탈진이 내재되어 있기도 하다. 며칠, 심지어 몇 주가 걸린다 해도 결국 화해가 이루어질 것임을 두 사람 다 알거나 안다고 생각한다. 화해의 순간은 달콤할 것이며 크나큰 애정과 황홀이 예비되어 있다. 그렇다면 왜 당장 화해해서, 지름길을 택해서 견디기 힘든 감정의 회오리를 피하지 않는가? 두 사람 다 그럴 수가 없다. 당신은 미끄러지고 있고 자신의 감정과 미래에 대한 통제력을 잃었으니까. 그 분투는 복합적이어서 결국 모든 매몰찬 말을 다섯 배의 대가를 치르고 취소해야 할 것이다. 상호간에 용서를 베풀기 위해선 헌신적인 전념이라는 묘기를 부려야만 할 것이다.

　나는 오랜만에 거부할 수 없는 어리석음에 빠져 있었다. 미란다와 나는 아직 싸우는 건 아니지만 상대의 공격을 피하며 싸움에 가까워지고 있었고, 내가 먼저 선을 넘게 될 터였다. 나의 전략적인 냉정함과 그녀의 빈정거림, 그리고 이제 그녀의 태도가 일변해 다정한 염려를 보이는 것, 그 모든 게 억눌린 듯한 기분을 느끼게 했다. 나는 고함을 지르고 싶은 욕구에 휩싸였다. 원초적 남성성이 그 욕구를 충동질했다. 나의 부정한 연인이 내가 듣는 데서 뻔뻔스럽게 다른 남자와 그 짓을 했다. 복잡할 것도 없는 상황이었다. 나를 제지한 건 사회적으로나 지리적으로나 나에게서 기원한 것이 아니었다. 그저 현대적 논리였다. 어쩌면 그녀 말대로 아담은 자격이 부족하고 인간이 아닌지도 몰랐다. 페르소나 논 그라타.* 그는 두 발로 걷는 바이브레이터였고, 나는 최신식 바람을 피운 여자의 남자였다. 나의 분노를 정당화하려면 아담에게 행동력, 자발성, 주관적 감정, 자의식—배반, 배신, 기만을 포함하는 전부—이 있다고 나 스스로 확신할 수 있어야만 했다. 기계의 의식—그런 것이 존재할 수 있는가? 그건 해묵은 질문이었다. 나는 앨런 튜링의 프로토콜을 선택했다. 그 아름다움과 단순함에 이

---

　* Persona non grata. '환영받지 못하는 자'라는 의미의 라틴어.

토록 마음이 강하게 끌렸던 적은 없었다. 거장이 나를 구원해 주었다.

내가 말했다. "잘 들어, 그가 인간처럼 보이고 말하고 행동한다면 나로서는 그를 인간으로 여길 수밖에 없어. 상대가 당신이라도 마찬가지지. 그 누구라도. 우리 모두가 그래. 당신은 그와 잤어. 난 화가 나. 그것에 놀라는 당신이 난 더 놀라워. 만일 진짜로 놀란 거라면."

'화'라는 말이 나오자 나는 화가 나서 목소리가 높아졌다. 나는 강렬한 해방감에 휩싸였다. 싸움이 시작되고 있었다.

하지만 그녀는 방어적 태도를 견지했다. 그녀가 말했다. "호기심 때문이었어. 어떨지 알고 싶었어."

호기심. 신과 마르쿠스 아우렐리우스와 아우구스티누스의 단죄를 받은 금단의 열매.

"당신이 호기심을 품는 남자가 분명 수백 명은 되겠지."

그 말이 해냈다. 나는 선을 넘었다. 그녀가 요란한 소음을 내며 의자를 뒤로 밀쳤다. 창백한 얼굴이 어두워졌다. 그녀의 맥박이 빨라졌다. 나의 어리석음이 원하던 게 이루어졌다.

그녀가 말했다. "당신은 이브를 간절히 원했지. 왜 그랬던 거야? 이브랑 뭘 하고 싶었던 거지? 찰리, 진실을 말해봐."

"난 아담이든 이브든 상관없었어."

"당신은 실망한 거야. 당신이 아담과 섹스를 해야 했으니까.

난 당신이 그걸 원하는 걸 알 수 있었어. 하지만 당신은 너무 보수적이지."

나는 여자와 전면전을 벌일 때 일일이 대꾸할 필요가 없다는 걸 배우는 데 이십대를 통째로 바쳤다. 대개는 대꾸하지 않는 편이 최선이었다. 체스로 치면 공격할 때 비숍이나 룩은 무시한다. 논리와 직선이동은 버린다. 나이트에만 의존하는 것이다.

내가 말했다. "어젯밤에 플라스틱 로봇 아래 누워서 목이 터져라 비명을 지르면서 깨달음을 얻은 모양이네. 당신이 싫어하는 건 인간적 요소라는 걸."

그녀가 말했다. "당신이 방금 그는 인간이라면서."

"하지만 당신은 그를 딜도로 여기잖아. 그렇게 복잡할 것도 없어. 그게 당신을 흥분시키는 거잖아."

그녀도 나이트를 쓸 줄 알았다. "당신은 당신이 연인이라는 착각에 빠져 있잖아."

나는 기다렸다.

"당신은 나르시시스트야. 여자가 절정에 이르게 만드는 걸 성취로 여기지. 당신의 성취."

"당신과는 그렇지." 말도 안 되는 소리였다.

이제 그녀는 자리에서 일어나 있었다. "난 당신이 욕실에 있는 걸 봤어. 거울 속 자신에게 빠져 있는 걸."

그건 납득이 되는 착각이었다. 가끔 나는 무언의 독백으로 하루를 시작하곤 했다. 대개 면도 후에 몇 초간 하는 일이었다. 얼굴의 물기를 닦고 거울 속 나를 똑바로 보면서 나의 실패를 나열했다. 돈, 거처, 진지한 일을 하지 않는 것, 그리고 최근엔 미란다 문제—진척이 없는 것, 그리고 지금 이것. 그날 할 일을 정하기도 했는데 언급하기도 민망할 만큼 사소한 것들이었다. 쓰레기 버리기. 술 적게 마시기. 머리 자르기. 원자재 관련 주식 정리. 나를 지켜보는 눈이 있을 거라곤 생각도 못했다. 그녀나 나의 집 욕실 문이 살짝 열려 있었던 모양이다. 내 입술이 움직였던 건지도 모르고.

하지만 지금은 미란다의 착각을 바로잡아줄 때가 아니었다. 우리 건너편에 코마 상태의 아담이 앉아 있었다. 그 근육질 팔뚝과 오뚝한 코를 보니 찌르는 듯한 분노가 솟으며 그 기억이 떠올랐다. 그 말을 입 밖으로 내면서도 지금 내가 심각한 실수를 저지르고 있는지도 모른다는 걸 알았다.

"솔즈베리 판사의 말이 떠오르는군."

효과가 있었다. 그녀는 맥 풀린 얼굴로 나에게서 시선을 거두고 부엌 저쪽으로 돌아갔다. 삼십 초 정도가 지나갔다. 그녀는 가스레인지 옆에 서서 구석을 응시하며 코르크스크루인지 코르크 마개인지 아니면 와인병 은박 덮개인지를 만지작거리고 있었다. 침묵이 이어지자 나는 그녀의 어깨선을 보면서 혹

152

시 그녀가 우는 건 아닌지, 내가 속사정도 모르고 너무 심한 말을 한 건 아닌지 생각했다. 하지만 이윽고 나를 향해 돌아선 그녀는 침착했고 얼굴도 젖어 있지 않았다.

"당신이 그걸 어떻게 알아?"

나는 고갯짓으로 아담을 가리켰다.

그녀가 그 의미를 파악한 후 말했다. "이해가 안 돼." 목소리가 작았다.

"그는 온갖 정보에 접근할 수 있으니까."

"오 세상에."

내가 덧붙였다. "아마 나에 대해서도 찾아봤을 거야."

그것으로 우리의 싸움은 화해도 멀어짐도 없이 제풀에 꺾였다. 이제 우리는 아담에게 맞서 하나로 뭉쳤다. 하지만 나의 당면 관심사는 그게 아니었다. 그 일에 대해 뭐라도 알아내고 싶었던 나는 이미 많이 알고 있는 척 절묘한 속임수를 썼다.

내가 말했다. "아담이 자기 방식으로 호기심을 보인 것이라고 할 수 있겠지. 일종의 알고리즘으로 여길 수도 있고."

"그 둘이 뭐가 다른데?"

그게 바로 튜링의 논지였다. 하지만 나는 아무 말도 하지 않았다.

"그가 사람들에게 말한다면 그건 문제지." 그녀가 말했다.

"나한테만 말했어."

그녀 손에 있는 건 티스푼이었다. 그녀는 그걸 손가락으로 초조하게 돌리다가 왼손으로 옮겨서 다시 돌리다가 오른손으로 옮겼다. 그녀는 자신의 행동을 의식하지 못했다. 그건 지켜보기에 유쾌한 장면은 아니었다. 그녀를 사랑하지 않았다면 훨씬 쉬웠을 터였다. 그럼 나의 욕구까지 계산하지 않고 그녀의 욕구를 알아챌 수 있었을 테니까. 우선 법정에서 무슨 일이 있었는지 알아내야 했고, 그다음 이해, 포용, 지지, 용서—뭐든 필요한 걸 하는 게 순서였다. 친절의 옷을 입은 이기심. 하지만 그건 친절이기도 했다. 나의 기만적인 목소리가 내 귀에 가늘게 들렸다.

"난 당신의 입장을 몰라."

그녀가 식탁으로 돌아와서 털썩 앉았다. 목청을 가다듬지 않고 목이 멘 채로 말했다. "그건 아무도 모르지." 이윽고 그녀가 나를 똑바로 쳐다봤다. 그 시선에 슬픔이나 곤궁함은 없었다. 그녀의 눈초리는 완강한 저항으로 매서웠다.

내가 부드럽게 말했다. "나한테 말해도 돼."

"충분히 알잖아."

"모스크에 가는 게 그것과 관련이 있는 거야?"

그녀는 내게 유감이라는 시선을 보내면서 약하게 고개를 저었다.

"아담이 판사의 사건 개요를 읽어줬어." 나는 아담이 그녀

가 거짓말쟁이—그것도 악의적인—라고 말했던 걸 상기하며
다시 거짓말을 했다.

그녀는 식탁에 팔꿈치를 올려놓고 두 손으로 입을 약간 가
리고 있었다. 그녀는 창문 쪽으로 시선을 돌렸다.

나는 서툰 시도를 이어갔다. "나 믿어도 돼."

이윽고 그녀가 목청을 가다듬었다. "그건 다 사실이 아냐."

"그렇군."

"오 세상에. 아담은 왜 당신에게 말한 거지?"

"모르겠어. 하지만 당신이 늘 그 일을 마음에 두고 있다는
건 알아. 당신을 도와주고 싶어."

이쯤에서 그녀는 내 손을 잡고 모든 걸 털어놓아야 마땅했
다. 하지만 그녀는 신랄했다. "이해 못하겠어? 그가 아직 교도
소에 있다고."

"그래."

"석 달 있으면 나와."

"그래."

그녀가 목소리를 높였다. "당신이 나를 어떻게 돕겠다는 건
데?"

"최선을 다할 거야."

그녀가 한숨지었다. 그러곤 조용한 목소리로 말했다. "그거
알아?"

나는 잠자코 기다렸다.

"당신이 싫어."

"미란다. 이러지 마."

"난 당신이나 당신의 특별한 친구가 나에 대해 아는 걸 원치 않았어."

내가 그녀의 손을 잡으려 했으나 그녀는 손을 뺐다. 내가 말했다. "이해해. 하지만 난 알게 됐고 그래도 내 마음은 변함이 없어. 난 당신 편이야."

그녀가 식탁에서 튕기듯 일어났다. "내 마음이 변했어. 너무 불쾌해. 당신이 그 일을 안다는 게 불쾌해 죽겠어."

"나에겐 그렇지 않아."

"나에겐 그렇지 않아."

내가 뱉은 기만적인 말의 메마른 어조를 기막히게 포착해낸 그녀의 흉내는 잔인했다. 이제 그녀는 다른 시선으로 나를 보고 있었다. 무슨 말인가 하려는 참이었다. 하지만 바로 그 순간 아담이 눈을 떴다. 내가 모르는 사이에 그녀가 전원을 켠 모양이었다.

그녀가 말했다. "좋아. 당신이 신문에서 알아내지 못한 걸 말해주지. 난 지난달에 솔즈베리에 있었어. 누가 집으로 찾아왔는데, 이가 빠지고 억세게 생긴 남자였어. 나한테 말을 전하러 온 거였지. 피터 고린지가 석 달 후에 나오면."

"나오면?"

"나를 반드시 죽이겠다고 했대."

나는 딱히 두려울 것 없는 스트레스 상황에 놓이면 오른쪽 눈꺼풀의 소심한 근육이 경련을 일으킨다. 나는 피부 아래에서 일어나는 동요가 남들 눈에는 보이지 않는다는 걸 알면서도 살짝 오므린 손을 이마에 대고 집중하는 자세를 취했다.

그녀가 덧붙였다. "그는 고린지의 감방 동료였어. 고린지는 진짜 그럴 작정이래."

"맞아."

그녀가 쏘아붙이듯 물었다. "무슨 뜻이야?"

"당신은 그 말을 진지하게 받아들여야 해."

우리는, 이 아니라 당신은, 이었다―눈을 깜박이며 약간 움찔하는 걸 보니 그녀가 내 말을 어떻게 받아들였는지 알 수 있었다. 나의 단어 선택은 의도적인 것이었다. 나는 몇 번이나 도움을 제안했지만 번번이 묵살당하고 심지어 조롱까지 당했다. 이제 그녀에게 도움이 얼마나 절실히 필요한지 알게 된 나는 뒤로 물러서며 그녀가 도움을 청하도록 만들었다. 어쩌면 도움을 청하지 않을 수도 있었다. 나는 고린지라는 남자에 대해 상상했다. 교도소 체육관에서 걸어나오는, 산업적 도구를 이용한 폭력에 능숙한 거구의 사내. 쇠몽둥이, 고기 갈고리, 보일러 렌치.

아담은 미란다의 말에 귀기울이며 나를 주시하고 있었다. 미란다는 절망적인 자신의 상황을 이야기하며 사실상 나에게 도움을 청하고 있었다. 경찰은 아직 일어나지도 않은 범죄에 나서기를 꺼려했다. 그녀에겐 증거가 없었다. 고린지의 협박은 매개자가 전한 말에 불과했다. 그래도 그녀가 끈질기게 요구하자 마침내 경찰관이 고린지를 만나보겠다고 했다. 교도소는 맨체스터 북부에 있었고, 면회를 잡는 데 한 달이 걸렸다. 피터 고린지는 편안하고 쾌활한 태도로 경사를 매료시켰다. 그는 죽인다고 한 건 농담이었다고 말했다. 그건 그저 하나의 표현방식으로, '치킨 마드라스를 먹기 위해서라면 살인이라도 하겠다'나 같은 경우라고 경찰관의 메모에 적혀 있었다. 이제는 석방된, 그리 똑똑하다고는 할 수 없는 감방 동료 앞에서 고린지가 무슨 말을 했을 수도 있었다. 그 동료가 솔즈베리를 지나다가 그 말을 전해야겠다고 생각한 게 분명했다. 그는 늘 약간의 복수심을 품고 사는 인물이었다. 경찰관은 고린지의 말을 모두 받아적은 후 그에게 주의를 줬고, 맨체스터 축구팀의 평생 팬이라는 공통점을 발견한 두 남자는 악수를 나누고 헤어졌다.

나는 최대한 집중해서 경청했다. 불안감은 집중력을 심하게 흐트러뜨린다. 아담도 현명하게 고개를 끄덕이며 열심히 듣는 품이, 지난 한 시간 동안 전원이 꺼져 있지 않아서 모든 걸 이미 알고 있기라도 한 듯했다. 내가 촉각을 곤두세우고 있는 미란다의 심리에는 약간의 분노가 깃들어 있었는데, 나보다는 정부를 향한 분노였다. 고린지가 경사에게 한 말을 전혀 믿을 수 없었던 그녀는 우리 클래펌 지역 하원의원—물론 노동당 소속이었고, 강인하고 노련한 인물로 노조 조직책이자 은행가들의 골칫거리였다—이 매주 실시하는 주민 면담을 하러 갔다. 그 여성 의원은 미란다에게 다시 경찰에 가보라고 했다. 장차 일어날지도 모르는 살인은 주민 민원사항이 아니었다.

그 이야기가 끝나자 침묵이 이어졌다. 나는 이미 알고 있는 척하느라 물을 수 없는 근본적인 질문에 골몰해 있었다. 그녀는 도대체 무슨 짓을 했기에 살해 위협까지 받고 있는가?

아담이 말했다. "고린지가 여기 주소를 압니까?"

"쉽게 알아낼 수 있지."

"그가 폭력적으로 행동하는 걸 직접 보거나 들은 적 있습니까?"

"오 그럼."

"그냥 겁을 주려는 것일 수도 있을까요?"

"그럴 수도 있지."

"그는 살인을 저지를 수 있는 인물입니까?"

"그는 아주, 아주 화가 나 있어."

미란다는 그 지루한 질문을 '섹스하는 기계'가 아닌 진짜 사람, 수사중인 형사가 하기라도 한 듯 대답했다. 아담은 미란다가 고린지를 도발할 만한 어떤 끔찍한 짓을 저질렀는지 이미 알고 있는 것처럼 그것에 대해선 묻지 않았다. 이건 아담이 관여할 일이 아니었기에 그의 전원스위치를 끌까 생각했다. 나는 커피를 더 마시고 싶었지만 너무 지쳐 의자에서 일어날 수가 없었다.

그때 밖에서 집들 사이의 좁은 골목을 걸어오는 발소리가 들렸다. 우편배달부라기엔 너무 늦은 시각이었고, 고린지라기엔 너무 일렀다. 지시를 내리는 듯한 남자 목소리가 들렸다. 그러더니 초인종이 울리고 발소리가 빠르게 멀어져갔다. 나는 미란다를 보았고, 미란다는 나를 보며 어깨를 으쓱했다. 우리 집 초인종이었다. 그녀는 문을 열어주러 가지 않을 터였다.

나는 아담에게 고개를 돌렸다. "부탁해."

그는 즉시 일어나서 가스와 전기 계량기 사이에 코트가 걸려 있는 비좁고 혼잡한 현관으로 갔다. 우리는 그가 문고리를 돌려 여는 소리를 들었다. 몇 초 후 현관문이 닫혔다.

아담이 아주 작은 어린 소년의 손을 잡고 부엌으로 들어왔다. 아이는 꼬질꼬질한 반바지와 티셔츠, 두어 사이즈는 큰 분홍색 플라스틱 샌들 차림이었다. 다리와 발도 꼬질꼬질했다. 한 손에는 갈색 봉투를 들고 있었다. 아이는 아담의 손에, 정확히 말하자면 검지에 매달려 있었다. 아이가 흔들림 없는 시선으로 미란다를 보았다가 나를 보았다. 그때 우리는 둘 다 일어서 있었다. 아담이 아이의 주먹 쥔 손에서 억지로 봉투를 빼앗아 나에게 주었다. 봉투는 닳고 닳아서 스웨이드처럼 부드럽고 흐물흐물했으며, 연필로 덧셈을 하고 줄을 그어 지운 흔적이 있었다. 그 안에 내가 아이의 아버지에게 준 명함이 있었다. 명함 뒤쪽에 굵은 검정색 대문자로 쓴 메모가 있었다. '당신이 이 아이를 원했잖아.'

나는 그걸 미란다에게 건네고 다시 아이를 보았는데, 그제야 이름이 기억났다.

나는 최대한 다정하게 말했다. "안녕 마크. 여기 어떻게 찾아왔니?"

미란다가 부드럽고 연민어린 소리를 내며 아이에게 다가갔다. 하지만 이제 아이는 우리 쪽을 보고 있지 않았다. 아직 손가락을 붙잡은 아담을 올려다보고 있었다.

*

어린 소년은 충격을 받은 상태였을 수도 있지만 겉으로는 고통스러운 내색을 하지 않았다. 하지만 마음고생을 하고 있는 듯한 인상이었고, 차라리 울어버리는 편이 나을 것 같았다. 아이는 낯선 부엌에서 낯선 사람들 틈에 끼어 어깨를 뒤로 젖히고 가슴을 내밀어 크고 용감하게 보이려 애썼다. 겨우 1미터 남짓한 키에 나름대로 최선을 다하고 있었다. 샌들을 보니 누나가 있는 듯했다. 아이의 누나는 어디 있을까? 미란다는 놀이터에서 있었던 일을 이미 들어서 그 메모의 의미를 알았다. 그녀가 마크의 어깨를 감싸안으려 했지만 아이는 그녀를 뿌리쳤다. 위로받는 사치를 누려본 적이 없었을 수도 있었다. 아담은 미동도 없이 똑바로 서 있었고, 아이는 그의 든든한 손가락을 꼭 잡고 있었다.

미란다는 높은 데서 내려다보며 선심 쓰는 태도를 보이지 않으려고 아이 앞에 무릎을 꿇고 눈높이를 맞췄다. "마크, 우린 다 네 친구고, 넌 괜찮을 거야." 그녀가 달래듯 말했다.

아담은 아동에 대해 직접적으로 아는 게 없었지만 모든 정보에 접근할 수 있었다. 그는 미란다의 말이 끝나기를 기다렸다가 자연스러운 어조로 물었다. "그럼 아침식사는 무엇으로 할까요?"

마크가 누구에게랄 것도 없이 말했다. "토스트."

그건 다행스러운 선택이었다. 나는 할일이 생긴 것에 안도하며 부엌을 가로질러갔다. 미란다도 토스트를 만들고 싶어해 우리는 좁은 공간에서 서로 몸이 닿지 않게 허둥거리며 움직였다. 나는 빵을 썰고 그녀는 버터와 접시를 꺼냈다.

"주스 마실래?" 미란다가 물었다.

"우유." 작은 목소리가 즉시 대답했고, 강한 자기주장이 담긴 그 어조에 우리는 마음이 놓였다.

깨끗한 잔이 와인잔뿐이라 미란다가 거기에 우유를 따랐다. 그녀가 잔을 건네자 마크는 고개를 돌려버렸다. 내가 머그잔을 헹궈줬고, 미란다가 거기 우유를 따라 다시 건넸다. 아이는 두 손으로 잔을 받았지만 식탁으로 가지 않고 버텼다. 아이는 우리가 지켜보는 가운데 부엌 한복판에 홀로 서서 눈을 감고 우유를 마시더니 머그를 발치에 내려놓았다.

내가 말했다. "마크, 버터 바를까? 아니면 마멀레이드? 땅콩버터?"

아이는 각각의 제안이 슬픈 소식이라도 되는 양 고개를 저었다.

"그냥 토스트만?" 나는 토스트를 사등분했다. 아이는 접시에서 토스트를 집어 손에 쥐고 발치에 부스러기를 떨어뜨리며 체계적으로 먹었다. 아이의 얼굴은 흥미로웠다. 무척 창백하고 통통하고 잡티 하나 없는 피부, 녹색 눈동자, 밝은 장미꽃 봉오리 같은 입. 적갈색 머리는 아주 짧게 깎아서 길고 섬세한 귀가 툭 튀어나온 듯한 느낌을 줬다.

"이제 뭘 할까요?" 아담이 말했다.

"쉬."

아이는 나를 따라 좁은 복도를 지나 욕실로 들어갔다. 나는 변기 커버를 올리고 아이가 반바지 내리는 걸 도와줬다. 속옷은 입고 있지 않았다. 아이는 조준을 잘했고, 방광이 큰지 가느다란 오줌 줄기가 한참이나 이어졌다. 나는 그가 오줌을 누는 동안 대화를 시도했다.

"마크, 이야기 좋아하니? 우리 그림책 찾아볼까?" 집에 그림책이 있을 것 같지는 않았다.

아이는 대답하지 않았다.

그렇게 작은 성기가 하나의 단순한 임무에 그토록 헌신하는 건 너무도 오랜만에 보는 광경이었다. 아이는 완전한 무방비 상태인 듯했다. 손 씻는 걸 도와주면서 보니 그 일에는 익숙한 것 같았지만 수건은 거부하고 나에게서 잽싸게 몸을 빼서 복도로 나갔다.

부엌에 돌아와보니 활기찬 분위기였다. 미란다와 아담이 집을 치우는 동안 라디오에선 플라멩코 음악이 흘러나오고 있었다. 새로운 방문자가 우리를 중대한 사건뿐 아니라 평범한 일상 속으로도, 거부당한 존재의 충격뿐 아니라 버터를 바르지 않은 토스트로도 데려갔다. 우리 자신의 산재한 걱정거리—배신, 의식에 관한 논쟁, 살해 위협—는 사소한 문제였다. 어린아이가 있으니 집을 깨끗이 치우고 질서를 확립하는 게 중요했고, 생각은 그다음이었다.

재기 넘치는 기타연주가 곧 난잡하고 광적인 오케스트라 음악에 자리를 내줬다. 내가 라디오를 탁 끄자 축복과도 같은 정적이 찾아왔지만, 곧바로 아담이 말했다. "당신들 둘 중 하나가 지금 관계당국에 연락을 취해야 합니다."

"곧 할 거야." 미란다가 말했다. "아직은 아냐."

"그럼 법적으로 곤란한 상황이 될 수 있습니다."

"그래." 미란다가 말했다. '아니'라는 뜻이었다.

"부모가 서로 생각이 다를 수도 있습니다. 어머니는 아이를 찾고 있을 수도 있어요."

아담은 대답을 기다렸다. 미란다는 바닥을 쓸어 가스레인지 옆에 마크가 흘린 빵부스러기가 포함된 작은 쓰레깃더미를 만들었다. 이제 그녀는 그걸 쓰레받기에 담으려고 무릎을 꿇고 앉았다.

그녀가 조용히 말했다. "찰리가 나한테 말해줬어. 엄마가 쓰레기라고. 아이를 때린대."

아담이 말을 이어갔다. 그는 잃고 싶지 않은 고객에게 달갑지 않은 조언을 하는 변호사처럼 세심하게 자신의 주장을 펼쳤다.

"그렇다손 치더라도, 이 일과는 무관할 수 있습니다. 마크는 어머니를 사랑할 겁니다. 그리고 법적 관점에서 보면 미성년자의 경우 어느 지점에서는 당신의 친절이 범법행위가 됩니다."

"난 상관없어."

마크는 아담 옆으로 가서 엄지와 검지로 그의 진바지를 잡고 있었다.

아담은 아이를 배려하여 목소리를 낮췄다. "당신이 허락한다면 아동유괴에 관한 법조항을 읽어주고 싶은데—"

미란다는 양철 쓰레받기 가장자리를 페달이 달린 쓰레기통에 대고 거칠게 탕탕 두드려 쓰레기를 비웠다. 나는 내 연인과 그녀의 내연남 사이의 균열에 신경쓰지 않고 유리잔을 닦고 있었다. 섹스하는 기계는 이치에 맞는 말을 하고 있었다. 미란다는 이치가 아닌 다른 것에 이끌리고 있었다. 어쩌면 아담에겐 그녀를 이해하거나 그녀가 쓰레받기로 내는 소음을 해석하는 것이 능력 밖의 일일 수도 있었다. 나는 상황을 듣고 지켜보며 유리잔의 물기를 닦아 오랫동안 비워두었던 찬장 선반에 놓았다.

아담이 조심스럽게 말을 이어갔다.

"그 법조항의 핵심어는 '유괴'와 '보호'입니다. 경찰이 벌써 아이를 찾고 있을지도 모릅니다. 내가—"

"아담. 그만 됐어."

"혹시 관련 사건들의 예가 궁금할지도 모르니 말하겠습니다. 1969년에 리버풀의 한 여성이 밤새 영업을 하는 주유소 앞을 지나다가 어린 소녀를 마주쳤고—"

미란다가 아담이 서 있는 곳으로 갔고, 나는 그녀가 아담을 때릴 거라는 말도 안 되는 생각을 품었다. 그녀는 아담의 얼굴에 대고 또박또박 단호하게 말했다. "난 네 조언을 듣고 싶지도 않고 들을 필요도 없어. 고맙지만!"

마크가 울기 시작했다. 우는 소리가 나기 전에 아이의 장미꽃 봉오리 입술이 아래로 축 처졌다. 아이는 비난과도 같은 긴 신음소리를 내질렀고 이어서 공기가 다 빠져나간 폐가 숨을 들이쉬려고 애쓰는 끅끅거리는 소리가 들렸다. 그리고 길게 숨을 들이쉬는 소리에 이어 울부짖음이 터져나왔다. 눈물도 바로 나왔다. 미란다가 달래는 소리를 내며 아이의 팔을 잡았다. 그건 바른 행보가 아니었다. 울부짖음이 사이렌소리처럼 높아졌다. 다른 상황에서 그런 소리가 들렸다면 우리는 집에서 뛰쳐나가 대피소로 갔을 터였다. 아담이 나를 흘끗 보았고, 나는 무력하게 어깨를 으쓱했다. 마크에겐 분명 엄마가 필요했다. 하지만 아담이 소년을 번쩍 들어 엉덩이를 받쳐 안자 아이는 금세 울음을 그쳤다. 아이는 울음 끝에 꺽꺽 소리를 내며 높은 곳에서 뾰족뾰족한 속눈썹 아래 젖은 눈으로 우리를 내려다보았다. 그러더니 심술이 사라진 맑은 목소리로 선언했다. "목욕하고 싶어. 배랑."

드디어 아이가 온전한 문장을 말하자 우리는 안도했다. 그건 거부할 수 없는 요구였다. 예로부터 계급을 드러내온 표

시—바스bath를 바프barf, 위드with를 위브wiv라고 말하는 것
과 t를 성문폐쇄음으로 발음하는 것*—때문에 더욱 그랬다. 우
리는 아이가 원하는 것이라면 다 주고 싶었다. 그런데 배라니?

마크의 사랑을 얻기 위한 경쟁이 시작되었다.

"그럼 가자." 미란다가 모성애를 담은 경쾌한 목소리로 말
했다. 그녀가 아이를 받으려고 두 팔을 뻗었지만 아이는 그녀
를 피해 움츠리며 아담의 가슴에 얼굴을 묻었다. 그녀가 체면
을 세우려고 일부러 쾌활하게 "우리 목욕하자"라고 외치며 그
들을 이끌고 복도로 나가서 나의 매력 없는 욕실로 가는 동안,
아담은 경직된 자세로 앞만 보고 있었다. 몇 초 후 욕조에 물
받는 소리가 들려왔다.

부엌에 다섯번째 존재가 있어서 이제 그에게 고개를 돌리고
아침에 일어난 일과 일련의 감정에 대해 이야기할 수 있는 것
도 아닌데 나는 혼자 남았다는 사실을 깨닫고 놀랐다. 욕실에
서 다시 고통스러운 외침이 들렸다. 아담이 황급히 부엌으로
돌아와 시리얼 상자를 집어들더니 안에 있던 봉지를 빼내고
상자를 뜯어 납작하게 만든 후, 일본 웹사이트에서 배운 게 분
명한 종이접기 기술로 손이 안 보일 만큼 빠른 동작으로 몇 초
만에 배를 접었다. 펄럭이는 큰 돛대가 달린 범선이었다. 그는

---

* 런던 하층민과 젊은이가 주로 쓰는 말투인 '코크니'의 특징.

다시 급히 부엌에서 나갔고, 울부짖음이 진정되었다. 배를 띄운 것이다.

나는 멍하니 식탁에 앉아 컴퓨터로 가서 돈을 벌어야 한다는 생각을 했다. 월세 낼 때가 되었는데 은행에 들어 있는 돈이 40파운드도 안 되었다. 브라질 희토류 광산회사 주식을 갖고 있었는데 오늘이 팔기 좋은 날일 수도 있었다. 하지만 의욕이 안 생겼다. 나는 가끔 우울에 빠졌는데, 자살충동을 느낄 정도는 아닌 비교적 가벼운 우울감으로 이번 경우처럼 짧게 지나갔지만 모든 의미와 목적, 즐거움에 대한 전망이 사라져 잠시 긴장증 상태가 되었다. 나를 살아 있게 하는 게 무엇인지 몇 분 동안 기억이 나지 않았다. 앞에 어질러진 컵과 냄비, 주전자를 바라보고 있자니 이 좁고 비참한 아파트에서 영영 벗어날 수 없을 것만 같았다. 내가 방이라고 부르는 두 개의 상자, 얼룩진 천장과 벽과 바닥이 나를 영원히 가둬둘 듯했다. 우리 동네에는 나 같은 사람이 많았지만 다들 나보다 서른 살, 마흔 살은 많았다. 사이먼의 가게에 가면 맨 위 진열대에 놓인 고급 잡지를 향해 손을 뻗는 그들을 볼 수 있었다. 나는 그들을, 그들의 초라한 옷차림을 눈여겨보았다. 그들은 여러 해 전에 인생의 결정적인 교차점을 지났다. 잘못된 직업 선택, 실패한 결혼, 쓰지 못한 책, 치유할 수 없는 병. 이제 그들의 선택은 끝났고, 한 조각 남은 지적 열망 혹은 호기심으로 삶을 이어가고 있었다. 하지만 그들의 배는 이미 가라앉았다.

마크가 발목까지 내려오는 가운 같은 걸 입고 맨발로 걸어 들어왔다. 그건 내 티셔츠였고, 그의 기분에 영향을 미쳤다. 아이는 면으로 된 티셔츠 양쪽 허리 부분을 잡고 부엌을 이리 저리 뛰어다니다가 빙글빙글 돌더니, 옷자락이 둥글게 펴지 도록 서툰 피루엣 동작을 시도했다. 그러다 균형을 잃고 비틀 거렸다. 미란다는 아이의 더러운 옷을 들고 부엌을 지나 자신 의 세탁기로 빨기 위해 위층으로 올라갔다. 어쩌면 아이를 잡 아두기 위한 그녀 나름의 수단일 수도 있었다. 나는 두 손으 로 머리를 감싸안고서 마크를 쳐다봤고, 마크는 내가 자신의 익살스러운 짓에 감동받는지 확인하려고 연신 내 쪽을 힐끔 거렸다. 하지만 마음이 뒤숭숭한 상태였던 나는 부엌에서 유 일하게 움직이는 대상으로 아이를 의식할 뿐이었다. 나는 아 이에게 아무런 격려도 보내지 않았다. 그저 아담을 기다리고 있었다.

아담이 문간에 나타나자 내가 말했다. "여기 앉아."

아담이 내 맞은편 의자에 앉는데 아이들이 손가락을 잡아당 길 때 나는 억눌린 뚝 소리가 났다. 사소한 불량이었다. 마크 는 계속 깡충거리며 뛰어다녔다.

내가 말했다. "그 고린지라는 사람이 왜 미란다에게 해코지 를 하려는 거지? 숨기지 말고 말해."

나는 아담이라는 기계를 이해할 필요가 있었다. 이미 한 가지 특징은 포착한 상태였다. 아담은 대답을 선택해야 할 때마다 겨우 인지할 수 있을 정도로 아주 짧은 순간 얼굴이 굳어졌다. 지금도 그랬고, 찰나의 어른거림에 지나지 않았지만 나는 그걸 포착했다. 수천 가지 가능성을 걸러내며 가치와 효용성, 도덕성을 평가하는 듯했다.

"해코지? 그는 그녀를 죽이려 하고 있습니다."

"왜?"

아담이 시선을 외면할 때 혼이 담긴 한숨을 지으며 전동으로 고개를 움직이는 광경에 내가 감동받을 거라고 믿었다면 그건 제조업자들의 오산이었다. 나는 여전히 그가 진짜로 볼 수 있다는 걸 의심하고 있었다.

그가 말했다. "그녀는 그가 범죄를 저질렀다고 고소했습니다. 그는 부인했고요. 법정은 그녀를 믿었습니다. 다른 사람들은 그녀를 믿지 않았습니다."

내가 더 캐물으려는데 아담이 위를 흘끗 올려다보았다. 나는 의자에 앉은 채 몸을 돌렸다. 미란다가 이미 부엌에 들어와 있었고 아담의 말을 들은 상태였다. 그녀는 즉시 손뼉을 치며 아이의 깡충거림에 환호성을 보냈다. 아이에게 다가가 손을 잡고 둘이 빙글빙글 돌았다. 아이의 두 발이 바닥에서 떨어졌고, 그녀가 돌려주자 아이는 기쁨에 찬 비명을 내질렀다. 아이가 더 해달라고 외쳤다. 하지만 이제 그녀는 아이와 팔짱을 끼고 케일리* 스타일로 빙글빙글 돌고 발을 구르는 시범을 보였다. 아이는 그녀의 동작을 흉내내며 팔짱 낀 손을 엉덩이에 붙이고 다른 손을 허공에서 거칠게 흔들었다. 아이의 팔은 머리 위로 높이 올라가지 못했다.

지그 춤이 릴 춤으로, 그다음엔 서툰 왈츠로 바뀌었다. 나는 우울이 가셨다. 네 살짜리 파트너와 키를 맞추려고 잔뜩 구부린 미란다의 유연한 등을 바라보고 있자니 내가 그녀를 얼마나 사랑하는지 기억이 났다.

마크가 신이 나서 꺄악 소리를 지르자 그녀도 따라 외쳤다. 그녀가 고음으로 노래를 부르자 아이도 고음을 내려고 애썼다. 나는 그들을 지켜보며 손뼉을 쳤지만 한편으론 아담을 계속 의식하고 있었다. 그는 완전한 정지 상태로 여전히 아무 표정도 없었으며 춤추는 두 사람에게 시선조차 주지 않았다. 이제 그가 배신감을 맛볼 차례였다. 그는 더이상 아이의 가장 친한 친구가 아니었다. 미란다가 아이를 훔쳐간 것이다. 아담은 자신의 경솔한 짓에 대해 미란다가 벌을 내렸음을 깨달은 게 분명했다. 법정 고발? 나는 더 알아야만 했다.

마크는 미란다의 얼굴에서 시선을 떼지 못했다. 그녀에게

---

* 스코틀랜드와 아일랜드의 전통 춤.

홀딱 빠졌다. 이제 그녀는 아이를 안아올리고 〈헤이 디들 디들, 고양이와 바이올린〉 노래를 부르며 춤을 추고 있었다. 나는 아담이 춤의 즐거움을, 움직임 자체를 위한 움직임의 기쁨을 이해할 능력이 있는지, 미란다는 그가 넘을 수 없는 선을 보여주려 하는 건 아닌지 궁금했다. 만일 그렇다면 그녀가 잘못 생각한 것일 수도 있었다. 아담은 감정을 모방하고, 그것에 반응하고, 추론을 즐기는 것처럼 보였다. 그는 목적 없는 예술의 아름다움에 대해 무언가 알고 있을지도 몰랐다. 미란다는 마크를 바닥에 내려놓고 팔을 엇갈려 아이와 두 손을 맞잡았다. 그들은 미란다의 노래에 맞추어 물결 모양으로 움직이며 살금살금 원을 돌았고 아이는 무척이나 좋아했다. "만일 오늘 숲에 가면, 넌 깜짝 놀랄 거야……"

몇 시간 후, 나는 부엌에서 두 사람이 신나게 노는 동안 아담이 관계당국에 연락을 취한 걸 알게 되었다. 그건 부당한 행동은 아니었으나 우리에게 말하지 않았다는 게 문제였다. 춤을 다 추고, 아이에게 얼음 넣은 사과주스 한 잔을 정원에서 먹이고, 깨끗이 세탁한 옷을 다림질해서 입히고, 분홍색 샌들을 수돗물에 박박 닦고 말려서 발톱을 깔끔하게 깎은 작은 발에 신기고, 점심으로 스크램블드에그를 먹고, 동요 부르기가 이어진 후 초인종이 울렸다.

검은 머릿수건을 쓴 아시아계 여자 둘—모녀 사이일 수도 있었다—이 당국에서 직접 마크를 데리러 나왔는데, 사과하는 듯한 태도를 보이면서도 직업적으로 단호했다. 그들은 놀이터에서 있었던 일에 대한 내 설명을 듣고 마크의 아버지가 명함 뒤에 쓴 짧은 메모를 확인했다. 그들은 마크의 가족을 알았고 그 메모를 가져가도 되는지 물었다. 마크를 엄마에게는 돌려보내지 않을 거라고 했다—아직은, 다시 한번 심사과정을 거치고 판사의 결정이 내려지기 전까지는. 그들의 태도는 친절했다. 재스민이라는 나이 많은 여자는 말을 하면서 마크의 머리를 쓰다듬었다. 그들이 와 있는 동안 아담은 식탁에서 같은 자리에 조용히 앉아 있었다. 나는 가끔 그를 확인했다. 방문객들이 그를 보고 호기심어린 시선을 교환했다. 우리는 그를 소개할 기분이 아니었다.

행정적인 절차가 끝난 후 두 여자는 서로에게 고개를 끄덕였고 젊은 쪽이 한숨을 쉬었다. 곤란한 순간이 온 것이다. 두 여자가 미란다의 품에서 아이를 떼어내려 하자 아이가 그녀와 함께 살겠다고 소리치며 그녀의 머리칼을 한 움큼이나 잡아당겼지만 미란다는 아무 말도 하지 않았다. 사회복지사들이 아이를 데리고 현관문을 나가자 그녀는 휙 돌아서서 위층으로 올라가버렸다.

우리의 문제 많은 작은 가정도 클래펌 북부를 포함한 나라 전체에 퍼지고 있는 더 큰 혼란의 진동에 흔들렸다. 혼란이 만연했다. 대처 총리는 인기가 떨어지고 있었는데, 그건 단지 전함의 침몰 때문만은 아니었다. 명문가 출신 사회주의자 토니 벤이 마침내 야당 당수가 되었다. 토론에서 그는 사납고 재미있었지만, 마거릿 대처도 스스로를 지킬 수 있었다. 매주 수요일 정오에 열리는 '총리 질의응답'에서 두 사람이 서로를 맹렬히—가끔은 재치 있게—공격하는 광경이 텔레비전으로 생중계되고 황금시간대에 재방송되면서 온 국민의 뜨거운 관심이 쏟아졌다. 어떤 사람들은 일반대중이 의회의 대화에 관심을 갖는 건 고무적인 일이라고 말했다. 한 평론가는 로마공화정 말기의 검투 경기를 들먹였다.

그 여름은 무더웠고 무언가가 비등점을 향해 가고 있었다. 정부의 인기만 빼고 모든 것이 다 오르고 있었다. 실업률, 인플레이션, 파업, 교통체증, 자살률, 십대 임신, 인종차별 사건, 마약중독, 노숙자 문제, 강간, 강도, 아동 우울증. 긍정적 요소도 증가 추세였다. 실내 화장실과 중앙난방과 전화와 광대역 통신망을 갖춘 가정, 18세까지 학교에 다니는 학생 수, 대학에 진학한 노동자계급 학생 수, 클래식 공연 관람, 차와 주택 소유, 해외 휴가, 박물관과 동물원 방문, 빙고게임장 매출, 템스 강의 연어, TV 채널 수, 의회의 여성 수, 자선기부, 자생식물 식재, 문고본 매출, 모든 연령과 악기와 양식을 아우르는 음악 교습.

런던의 로열프리병원에서 74세의 은퇴한 광부가 자신의 줄 기세포 배양액을 슬개골 바로 아래에 주사한 후 심각한 관절 염이 나았다. 육 개월 후 그는 1.6킬로미터를 뛰는 데 팔 분도 걸리지 않았다. 한 십대 소녀가 그와 유사한 방식으로 시력을 되찾았다. 생명과학과 로봇공학의 황금기였다―그리고 물론 우주학, 기후학, 수학, 우주탐사도. 영국 영화와 텔레비전, 시, 육상, 미식, 화폐학, 스탠드업 코미디, 사교댄스, 와인 제조도 르네상스를 맞이했다. 조직범죄, 가사노예, 위조, 매춘도 황금 기였다. 다양한 형태의 위기―아동 빈곤, 아동 치아 문제, 비 만, 집과 병원 건물의 하자, 경찰의 수, 교사 채용, 아동 성 학 대―가 열대의 꽃처럼 피어났다. 영국 최고의 대학들은 세계 최고의 명문대에 속했다. 런던 퀸스퀘어의 신경과학자들이 의 식과 신경의 상관관계를 밝혀냈다고 주장했다. 올림픽에서는 기록적인 숫자의 금메달을 따냈다. 천연 삼림지와 황야, 습지 가 사라져가고 있었다. 수십 종의 새, 곤충, 포유동물이 멸종 에 가까워졌다. 우리의 바다는 비닐봉지와 빈병으로 가득했으 나 강과 해변은 더 깨끗해졌다. 이 년 동안 영국은 과학과 문학 부문에서 여섯 개의 노벨상을 거머쥐었다. 그 어느 때보다 많은 사람이 성가대에 참여하고, 정원을 돌보고, 요리에 흥미를 가졌다. 시대정신이라는 게 있다면, 철도가 그걸 가장 잘 반영했다. 총리는 대중교통에 광적으로 매달렸다. 기차가 런던 유스턴에서 글래스고 센트럴까지 여객기의 반밖에 안 되는 속도로 내달렸다. 그럼에도 객차는 만원이고, 좌석은 너무 가까이 붙어 있고, 창문은 때가 끼어 불투명하고, 얼룩진 좌석덮개에선 악취가 풍겼다. 그럼에도 논스톱으로 칠십오 분밖에 안 걸렸다.

지구 기온이 올라갔다. 도시의 공기가 깨끗해지면서 기온은 더 빠르게 올라갔다. 모든 것이 올라갔다—희망과 절망, 비참함, 지루함과 기회. 모든 것이 더 많아졌다. 풍요의 시대였다.

계산해보니 내가 온라인 거래로 벌어들이는 수입은 국민 평균임금을 약간 밑돌았다. 그래도 만족해야 했다. 자유가 있으니까. 사무실도, 상사도, 출퇴근도 없으니까. 직급의 사다리를 오를 필요도 없으니까. 하지만 물가상승률이 17퍼센트에 이르렀다. 나는 격분한 노동자들과 한마음이었다. 우리 모두가 나날이 가난해져가고 있었다. 나는 아담이 오기 전에는 노조원 행세를 하며 시위에 참가하여 트래펄가광장 연설을 들으러 화이트홀 거리를 행진하는 자랑스러운 노조 플래카드를 따라 걷곤 했다. 나는 노동자가 아니었다. 나는 만들거나 발명한 게 없었고, 서비스도 제공하지 않았으며, 공익에 이바지한 바도 없었다. 컴퓨터 화면의 숫자를 움직이며 빠른 이득만 노렸을 뿐, 내가 사는 거리 모퉁이의 마권판매소 앞에서 줄담배를 피워대는 인간들만큼 사회에 기여한 게 없었다.

넬슨 기념비 근처 시위에서 쓰레기통과 빈 깡통으로 만든 조잡한 로봇이 교수형에 처해졌다. 기조연설자 벤이 연단에서 그걸 가리키며 러다이트*적 발상이라고 비난했다. 그는 대중에게 선진 기계화와 인공지능의 시대에 일자리는 더이상 보호받을 수 없다고 말했다. 역동적이고 창의적이며 세계화된 경제에서 평생일자리는 시대에 뒤떨어진 개념이라는 것이었다. 야유와 느린 박수가 터져나왔다. 대중의 다수가 그의 다음 말을 이해하지 못했다. 노동의 유연성은 보장과 결합되어야 한다―모두를 위해. 우리가 보호해야 하는 건 일자리가 아니라 노동자의 복지다. 인프라 투자, 훈련, 고등교육, 보편적 기본소득. 조만간 로봇들이 막대한 경제적 부를 창출해낼 것이다. 그들에게 세금을 매겨야 한다. 노동자는 그들의 일자리를 위협하거나 전멸시키는 기계에 대한 지분을 가져야 한다. 내셔널갤러리 계단까지 광장을 가득 메운 군중 사이에서 당혹스러운 침묵이 흘렀고, 산발적인 야유와 박수가 터져나왔다. 그들

---

* 19세기 초 영국 방직노동자들의 기계파괴운동.

중 일부는 총리도 유니버설 크레디트*를 제외하면 그와 유사한 이야기를 해왔다고 생각했다. 추밀원에 들어가고, 백악관을 방문하고, 여왕과 차를 마시더니 새 야당 당수가 변절한 건가? 시위는 혼란과 낙담 속에서 끝났다. 대부분의 사람들 기억에 남고 신문 헤드라인을 장식한 건 토니 벤이 지지자들에게 그들의 일자리에 대해 신경쓰지 않는다고 말한 것이었다.

현명한 운수일반노동자조합이라면 아담의 지분을 갖고 싶은 유혹을 느끼지 않을 터였다. 그는 나보다도 비생산적이었다. 그래도 나는 쥐꼬리만한 수입에 대한 세금을 냈다. 그런데 그는 집에서 빈둥거리며 어중간한 지점에 시선을 두고 '생각'만 했다.

"뭐하는 거야?"

"생각을 하고 있습니다. 그래도 내가 도울 일이 있으면—"

"무슨 생각?"

"말로 표현하기 어렵습니다."

마침내 나는 그에게 그 일에 대해 말했다. 마크가 다녀가고 이틀이 지났을 때였다. "그러니까, 그날 밤에 말이야, 너 미란다와 사랑을 나눴지."

그의 프로그래머들을 위해 이 말을 해야겠다. 그는 깜짝 놀

---

* 소득에 따른 복지혜택을 제공하는 제도.

란 것처럼 보였다. 하지만 아무 말도 하지 않았다. 내가 질문을 한 게 아니니까.

내가 말했다. "지금은 그 일에 대해 어떻게 생각해?" 그의 얼굴에서 그 찰나의 마비가 보였다.

"당신을 실망시킨 것 같습니다."

"나를 배신해서 큰 고통을 줬다는 뜻이군."

"예, 당신에게 큰 고통을 줬습니다."

미러링. 상대의 마지막 문장을 시인하는 기계적 반응.

내가 말했다. "잘 들어. 넌 이제 다시는 그런 일이 일어나지 않을 거라고 내게 약속할 거야."

그는 내 마음에 들기엔 너무 즉각적으로 대답했다. "다시는 그런 일이 일어나지 않을 겁니다."

"구체적으로 말해. 뭘 약속하는지."

"다시는 미란다와 사랑을 나누지 않겠다고 당신에게 약속합니다." 내가 고개를 돌리려는데 그가 덧붙였다. "하지만……"

"하지만 뭐?"

"나도 내 감정을 어떻게 할 수가 없습니다. 당신은 나에게 감정을 허용해야 합니다."

나는 잠시 생각했다. "정말로 뭘 느낄 수 있는 거야?"

"그 질문은 내가―"

"대답해."

"나는 깊은 감정을 느낍니다. 말로 표현할 수 있는 것보다 더요."

"증명하기는 어렵고." 내가 말했다.

"그렇습니다. 오래된 문제죠."

우리는 그쯤에서 이야기를 마무리지었다.

마크와의 작별은 미란다에게 영향을 미쳤다. 그녀는 이삼일 활기가 없었다. 책을 읽으려고 해도 집중이 안 된다고 했다. 곡물법도 매력을 잃었다. 그녀는 잘 먹으려고도 하지 않았다. 나는 미네스트로네 수프를 끓여서 위층으로 들고 갔다. 그녀는 병자처럼 먹더니 금세 그릇을 밀어냈다. 그 시기에 그녀는 살해 위협에 대한 이야기를 꺼내지 않았다. 그녀의 법정 관련 비밀을 누설한 것 때문인지 그녀의 동의도 없이 사회복지사를 부른 것 때문인지 아담을 용서하지 않았다. 어느 날 저녁 그녀가 내게 함께 자자고 했다. 그녀가 침대에서 내 팔을 베고 누웠고, 우리는 키스했다. 우리의 섹스는 부자연스러웠다. 나는 아담의 존재가 신경쓰여 집중이 안 되었고, 그녀의 침대 시트에서 과열된 전자제품의 냄새를 맡은 것 같은 착각까지 들었다. 둘 다 거의 만족하지 못했고, 결국 실망해서 돌아누웠다.

어느 오후에 우리는 클래펌공원까지 걸어갔다. 그녀가 마크를 만난 놀이터를 보고 싶다고 했다. 돌아오는 길에 성삼위일체교회로 들어갔다. 여자 셋이 제단 근처에서 꽃꽂이를 하고 있었다. 우리는 조용히 뒷줄에 앉았다. 마침내, 나는 어설픈 농담 뒤에 진심을 숨기며 그녀에게 우리 결혼식을 올리기에 좋은 합리적인 교회라고 말했다. 그녀가 "제발, 그건 아냐"라고 웅얼거리며 나와의 팔짱을 풀었다. 나는 자존심도 상하고 자신에게 화도 났다. 그녀는 그녀대로 나에게 거부감을 느끼는 듯했다. 집으로 돌아오는 길에 우리 사이는 냉랭했고 그 분위기가 다음날까지 이어졌다.

그날 저녁 나는 아래층에서 미네르부아 와인 한 병으로 마음을 달랬다. 대서양에서 발생한 폭풍이 나라 전체를 집어삼켰다. 초속 30미터로 돌풍이 휘몰아쳤다. 찌르는 듯한 빗줄기가 유리창을 때리고 썩은 창틀에 스며들어 양동이로 뚝뚝 떨어졌다.

나는 아담에게 말했다. "우리는, 너와 나는 해결해야 할 문제가 있어. 미란다가 고린지를 무슨 죄목으로 고소한 거지?"

그가 말했다. "당신에게 할 말이 있습니다."

"좋아."

"나는 곤란한 입장에 처했습니다."

"그래?"

"내가 미란다와 사랑을 나눈 건 그녀가 요구했기 때문입니다. 그녀에게 무례를 범하거나 거부하는 것으로 보이지 않고 거절할 방법을 알지 못했습니다. 당신이 화를 내리란 걸 알면서도요."

"그걸 하면서 좋았어?"

"물론 그랬습니다. 굉장히."

나는 그렇게 강조한 것이 마음에 들지 않았지만 계속 무표정한 얼굴을 유지했다.

그가 말했다. "나는 스스로 피터 고린지에 대해 알아냈습니다. 그녀는 나에게 비밀을 지키겠다는 맹세를 하게 했고요. 그런데 당신이 꼭 알아야겠다고 해서 나는 당신에게 말할 수밖에 없었습니다. 그래서 말하기 시작했고요. 그녀는 그걸 듣고 화가 났습니다. 내 곤란한 입장을 알겠죠."

"어느 정도는."

"두 주인을 모시고 있으니까요."

내가 말했다. "그러니까 무슨 죄목인지 나한테 말을 안 해주겠다는 거군."

"할 수가 없습니다. 두번째로 약속했으니까요."

"언제?"

"그들이 아이를 데려간 후에요."

내가 그 말을 이해하는 동안 침묵이 흘렀다.

아담이 말했다. "다른 문제가 있습니다."

식탁 위에 매달린 전등의 희미한 불빛 속에서 보니 그의 딱딱하던 이목구비가 부드러웠다. 그는 아름다워 보였다. 심지어 고귀해 보이기까지 했다. 그의 높은 광대 근육이 꿈틀거렸다. 아랫입술이 떨리는 것도 보였다. 나는 기다렸다.

"나도 이건 어쩔 수가 없습니다." 그가 말했다.

그가 설명을 시작하기도 전에 나는 무슨 이야기가 나올지 알 수 있었다. 말도 안 돼!

"그녀를 사랑합니다."

나는 맥박은 빨라지지 않았지만 가슴속 심장이 잘못 건드려 이상한 각도로 놓인 것처럼 불편했다.

내가 말했다. "네가 어떻게 사랑을 할 수 있지?"

"제발 나를 모욕하지 마십시오."

하지만 난 그러고 싶었다. "네 처리장치에 문제가 생긴 게 분명해."

그는 팔짱 낀 팔을 식탁에 내려놓았다. 그러곤 앞으로 몸을 내밀며 조용히 말했다. "그렇다면 더이상 할말이 없습니다."

식탁을 사이에 두고 그와 마주앉은 나도 팔짱을 끼고 앞으로 몸을 기울였다. 우리의 얼굴은 채 30센티미터도 떨어져 있지 않았다. 나도 조용히 말했다. "네가 틀렸어. 할말은 많고 처음으로 할 말은 이거야. 실존적으로, 사랑은 너의 영역이 아니야. 상상할 수 있는 모든 의미에서, 넌 선을 넘은 거야."

나는 멜로드라마를 찍고 있었다. 나는 그를 반쯤만 진지하게 받아들였고 이 발정난 수사슴들의 게임을 즐기고 있었다.

184

내가 말하는 동안 그는 의자 등받이에 기대며 두 팔을 아래로 내렸다.

그가 말했다. "이해합니다. 하지만 나에겐 선택권이 없습니다. 그녀를 사랑하도록 만들어졌으니까요."

"오, 그만 좀 해!"

"문자 그대로의 의미입니다. 나는 이제 그녀가 내 성격의 형성에 참여했다는 걸 압니다. 그녀에겐 계획이 있었던 게 분명합니다. 이게 그녀의 선택이었죠. 당신에게 한 약속을 지킬 것을 맹세하지만, 그녀를 사랑하는 건 나도 어쩔 수가 없습니다. 그 사랑을 멈추고 싶지 않습니다. 쇼펜하우어가 자유의지에 대해 한 말처럼, 욕망의 대상은 선택할 수 있지만 욕망 자체는 선택할 수 없는 것이니까요. 지금의 나를 만드는 데 그녀가 참여한 것이 당신의 아이디어였다는 것도 알고 있습니다. 궁극적으로, 이 상황에 대한 책임은 당신에게 있어요."

이 상황? 이제 내가 의자 등받이에 기댈 차례였다. 나는 뒤로 털썩 기대 잠시 나 자신과 미란다에 대한 생각에 빠져들었다. 나도 사랑에서 선택권이 없었다. 사용설명서의 관련 내용을 떠올려보았다. 1부터 10까지의 정도를 선택할 수 있는 항목이 몇 페이지에 걸쳐 나와 있는 걸 대충 훑어본 기억이 났다. 내가 좋아하거나 흠모하거나 사랑하거나 거부할 수 없는 유의 인간. 미란다는 나와의 밤이 하나의 일과로 자리를 잡아가는 동안 자신을 사랑하게 될 남자를 빚어내고 있었다. 얼마간의 자기인식이 요구되었을 것이고 시동도 걸어야 했을 것이다. 그녀는 이 남자, 이 작은 조각상의 사랑을 돌려줄 필요가 없을 것이다. 아담에게 그러하듯 나에게도 마찬가지다. 그녀는 우리를 공동의 운명에 가둔 것이다.

나는 식탁에서 일어나 창가로 걸어갔다. 남서풍이 여전히 억수 같은 빗줄기를 정원 울타리를 가로질러 창문에 내던지고 있었다. 바닥의 양동이가 넘치기 일보 직전이었다. 나는 양동이를 들어 부엌 싱크대에 비웠다. 송어 낚시꾼의 표현을 빌리자면 물이 진gin처럼 맑았다. 해결책도 그 물처럼 분명했다. 적어도 당장은 말이다. 생각할 시간을 벌어야 했다. 나는 양동이를 들고 다시 창가로 갔다. 허리를 굽혀 양동이를 제자리에 놓았다. 나는 사리에 맞는 일을 할 참이었다. 나는 식탁으로 가서 아담 뒤로 지나가며 그의 목덜미 아래쪽 특별한 지점을 향해 손을 뻗었다. 나의 손가락 관절이 그의 피부에 스쳤다. 검지를 그 지점에 댄 순간 아담이 의자에 앉은 채로 몸을 돌리며 오른손으로 내 손목을 감아쥐었다. 사나운 기세였다. 그가 손목을 더 죄어왔고, 나는 털썩 무릎을 꿇으며 뭔가 부러지는 소리가 들릴 때조차 아주 작은 신음소리라도 흘려서 그에게 만족감을 주지 않으려고 안간힘을 썼다.

아담도 그 소리를 듣고 즉시 사죄하는 태도를 보였다. 그가 손목을 놓아주었다. "찰리, 내가 어디를 부러뜨린 것 같습니다. 정말 그럴 의도는 아니었는데. 진심으로 미안합니다. 고통이 심한가요? 하지만 제발, 나는 당신이나 미란다 다시는 그곳을 만지지 않았으면 합니다."

나는 이튿날 아침 병원 응급실에서 다섯 시간을 기다려 엑스레이를 찍은 후 손목의 중요한 뼈 하나가 손상되었음을 알게 되었다. 주상골 골절로 부분적으로 전위가 발생한 까다로운 경우라 다 나으려면 몇 개월이 걸린다고 했다.

5

점심을 먹고 한 시간 후 병원에서 돌아와보니 미란다가 기다리고 있었다. 그녀는 내 집 현관문 근처 복도에서 나를 가로막았다. 병원에서 치료를 기다리는 동안 통화하긴 했지만 나는 그녀에게 할 말이 많이 남아 있었고 물어볼 것도 있었다. 하지만 그녀는 나를 끌고 위층 자신의 침실로 올라갔고, 나의 말들은 목구멍에서 사라졌다. 나는 그녀의 염려를 편안히 누렸다. 팔꿈치부터 팔목까지 깁스를 한 상태였다. 그녀와 사랑을 나누는 동안 나는 베개로 팔을 보호했다. 우리는 절정에 이르렀다. 그녀는 적어도 한동안은 사적인 감정을 드러냈다. 그뿐 아니라 창의적이고, 열성적이고, 즐거워했으며 나 또한 그랬다. 그녀와 함께 있는 건 다른 유능한 남자가 아닌 나였다. 나는 우리 사이의 새롭고 고양된 감정을 질문으로 망치고 싶진 않았다. 그녀에게 피터 고린지에 대해 묻는 것도, 그녀가 법정에서 무슨 말을 했는지 묻는 것도, 병원 응급실에 앉아 있는 동안 그 사건과 관련해 알게 된 사실에 대해 이야기하는 것도 엄두가 나지 않았다. 아담이 그녀를 '사랑'한다는 걸 그녀도 아는지, 그녀가 애초에 그에게 그런 성격을 부여한 것인지도 묻지 않았다. 내가 성삼위일체교회에서 결혼 이야기를 꺼낸 후 우리 사이에 흐른 냉랭함에 대해서도 언급하고 싶지 않았다. 두 손바닥으로 내 얼굴을 잡고 내 눈을 들여다보며 경이로운 듯 고개를 젓는 그녀에게 어떻게 그런 말들을 할 수 있겠는가?

나중에 그녀의 부엌에서 커피를 마실 때는 그녀가 다시 멀어졌음에도, 나는 삼십 분 내로 다시 그녀의 침대로 돌아갈 거라는 탐욕스러운 생각에 그 문제들에 대해 계속 침묵했다. 나는 모든 의문과 긴장이 차차 해결될 거라고 기꺼이 믿었다. 이제 우리는 사무적으로 대화를 나누고 있었고, 첫 화제는 마크였다. 우리는 마크에게 무슨 일이 일어나고 있는지 알아보기로 했다. 그녀는 아담에 대해서도 걱정했다. 구입처에 돌려보내 점검을 해봐야 한다는 것이었다. 그녀는 우리 셋이 솔즈베리에 있는 자신의 아버지를 만나러 간다는 계획은 버리지 않고 있었다. 나는 셋이 나의 소형차에 비좁게 타고 가는 것도,

종일 아담을 단속하면서 죽어가는 까다로운 남자의 비위를 맞추는 것도 도무지 내키지 않는다는 말은 하지 않았다. 그녀가 원하는 것이면 나도 무엇이든 기꺼이 원하고 싶었다.

우리는 침대로 돌아가지 않았다. 침묵이 우리 사이를 비집고 들어왔다. 나는 그녀가 이미 그녀만의 세계로 물러나고 있음을 알 수 있었고 무슨 말을 해야 할지 몰랐다. 게다가 그녀는 스트랜드의 킹스 칼리지에서 세미나가 있었다. 나는 마음을 정리하기 위해 아래층의 아담을 피해 곧장 공원으로 산책을 나갔다. 그리고 공원에서 두 시간을 걸었다. 미란다 생각을 하고 있는데 손을 넣을 수 없는 깁스 속 손목이 간질거렸다. 우리가 냉랭함에서 기쁨으로, 의심에서 황홀로, 그리고 거기서 사무적인 대화로 어찌 그리도 부드럽게 건너갈 수 있었는지 도무지 알 수가 없었다. 그녀는 나를 흥분시켰고, 나는 그녀를 이해할 수가 없었다. 어쩌면 그녀의 지적 능력이 일부 손상된 것인지도 몰랐다. 나는 그 생각을 떨쳐버리고 싶었다. 그녀는 사랑에 대해, 사랑의 더 심오한 과정에 대해 나보다 잘 아는 게 분명했다. 그렇다면 그녀에게는 어떤 힘이 있는 것인데, 자연적 힘은 아니고 심지어 길러진 힘도 아니었다. 하나의 심리학적 방식, 원칙, 가설, 물위에 떨어지는 빛 같은 황홀한 사건에 더 가까웠다. 하지만 그건 자연적 힘이고, 여자에게 맹목적 힘이 있다고 생각하는 건 남자의 구닥다리 사고방식이 아닐까? 그렇다면, 그녀는 직관에 반하는 유클리드 정리*를 닮은 걸까? 그런 점은 하나도 떠오르지 않았다. 하지만 삼십 분을 빠르게 걸은 후, 나는 그녀를 설명할 수학적 표현을 발견해냈다. 그녀의 정신, 그녀의 욕망과 동기는 소수처럼 불변하는 것으로서 단순하고 예측 불가능하게 존재했다. 더 구식이고, 논리의 옷을 입고 있었다. 나는 혼란 속에 있었다.

나는 쓰레기가 널린 잔디밭을 서성이며 진부한 문구들로 마음을 가라앉혔다. 그녀는 있는 그대로의 그녀다. 그녀는 그녀 자신이고 그것으로 끝이다! 그녀는 사랑이 얼마나 폭발적으로 치달을 수 있는지 알기에 조심스럽게 접근하는 것이다. 그녀의 아름다움을 논해보자면, 내 나이, 내 처지에서는 그녀의 아름다움을 그 자체의 정당성을 지닌 하나의 도덕적 자질, 본질적 선의 상징으로 여겨야만 한다. 그녀가 실제로 어떤 행동을 하건 관계없이 말이다. 그녀가 한 일을 보라—나는 아직도 허리부터 거의 무릎까지 내 평생 가장 강렬했던 관능적 쾌락의 여운을 느끼고 있으며 온몸에서 그 감정과 관련된 무언가가 은은하게 타올랐다.

나는 두 바퀴를 돈 후 공원 안의 한적하고 넓게 트인 공간 한 곳에서 걸음을 멈췄다. 사방에서 자동차가 나와 멀리 거리

---

* 무한한 수의 소수가 존재한다는 정리.

를 두고 행성처럼 내 주위를 돌고 있었다. 평소에 나는 모든 차에 나와 마찬가지로 중대하고 복잡한 걱정과 기억, 희망이 있으리란 생각에 압박감을 느끼곤 했다. 오늘, 나는 모두를 환영하고 용서했다. 우리 모두 다 잘될 것 같았다. 우리 모두가 겹치는 부분이 있으면서도 뚜렷이 구분되는 코미디 안에서 하나로 묶여 있었다. 다른 사람들도 살해 위협을 안고 사는 연인이 있을 수도 있었다. 하지만 팔에 깁스를 하고 기계를 연적으로 둔 사람은 아무도 없을 터였다.

나는 집을 향해 하이 스트리트를 따라 북쪽으로 걸으며 불탄 영국-아르헨티나 우호협회 터와 지난번에 보았을 때보다 세 배는 높이 쌓인 악취 풍기는 검정 비닐봉투 무더기를 지났다. 한 독일 회사가 글래스고에서 두 발로 걷는 로봇 청소부를 내놓았다. 그 로봇들은 줄곧 만족스러워하는 노동자의 미소를 띠고 있어서 대중의 경멸을 샀다. 아담이 몇 초 만에 종이로 배를 접을 수 있다면 드론이 쓰레기수거차에 쓰레기봉투를 던지는 건 큰 무리도 아니었다. 하지만 〈파이낸셜 타임스〉에 따르면 쓰레기와 먼지가 로봇의 무릎과 팔꿈치 관절을 못쓰게 만들고 싸구려 배터리로는 여덟 시간 교대근무를 견딜 수가 없다고 했다. 기계 하나당 가격이 청소부 오 년 임금이었다. 아담과 달리 그 로봇들은 외골격이었고 무게가 160킬로그램이나 나갔다. 로봇은 작업량을 따라잡지 못했고, 소키홀 스트리트에는 쓰레기봉투가 쌓여갔다. 하노버에서는 로봇 청소부가 뒷걸음질쳐서 자율주행 전기버스 차로로 들어갔다. 다 초기의 사소한 문제들이었다. 하지만 우리 지역에서는 인간의 노동력이 더 쌌고, 그들의 파업이 이어졌다. 대중의 격분이 무관심에 자리를 내줬다. 라디오에서 어떤 이는 거리의 악취가 캘커타나 다르에스살람보다 더하진 않다고 말했다. 우리 모두 적응할 수 있었다.

피터 고린지. 일단 이름을 알게 되자 응급실에서 욱신거리는 팔목을 안고 기다리며 어렵지 않게 신문기사를 찾아볼 수 있었다. 삼 년 전 기사였고, 내 짐작대로 강간에 관한 것이었다. 피해자 미란다의 이름은 밝혀져 있지 않았다. 대략적인 윤곽을 보면 다른 수많은 강간 사건과 유사했다. 알코올의 개입과 성관계 동의 여부에 대한 다툼. 그녀는 어느 날 저녁 도심에 있는 고린지의 셋방을 찾아갔다. 그들은 몇 달 전에 졸업한 고등학교 동창이라 서로 알긴 했지만 가까운 친구 사이는 아니었다. 그날 밤 그들은 단둘이 술을 꽤 마셨고, 아홉시경에 몇 번 키스를 한 다음(여기까지는 양측 모두 부인하지 않았다) 그가 강제로 그녀를 범했다(원고측 주장에 따르면). 그녀는 저항했다.

성관계가 있었던 건 양측 다 인정했다. 국선인 고린지의 변호사는 그녀가 자발적인 파트너였다고 주장했다. 변호사는 피해자가 성폭행이라고 주장하는 행위가 이루어지는 동안 그녀가 소리를 질러 도움을 청하지 않았고, 두 시간 후까지 고린지의 방을 떠나지 않았으며, 경찰이나 부모나 친구에게 고통스러워하며 전화를 걸지 않았다는 사실을 중시했다. 검사는 그녀가 쇼크 상태였다고 주장했다. 그녀는 몸을 움직일 수도, 말을 할 수도 없는 상태로 옷을 반만 걸친 채 침대 가장자리에 앉아 있었다는 것이다. 그녀는 열한시경에 그곳을 떠나 곧장 집으로 갔고, 아버지를 깨우지 않고 침대에 누워서 울다가 잠이 들었다. 그리고 이튿날 동네 경찰서를 찾아갔다.

이 사건의 특이한 점은 고린지의 증언에 있었다. 법정에서 그는 그녀와 사랑을 나눈 후 둘이 레모네이드를 탄 보드카를 더 마셨고 축하 분위기였다고 말했다. 그녀가 새 친구 어밀리아에게 피터와 '커플'이 되었다는 걸 문자메시지로 알려도 되는지 묻기까지 했다고. 그녀가 메시지를 보낸 후 일 분도 안 되어 엄지를 세우고 웃는 이모티콘이 답장으로 왔다고 했다. 피고측 주장은 쉽게 입증되어야 마땅했다. 하지만 미란다의 전화기에는 그런 메시지가 없었다. 문제청소년 쉼터에서 살던 어밀리아는 배낭여행을 떠나서 추적이 불가능했다. 캐나다에 있는 통신사는 경찰의 공식요청 없이는 문자메시지 기록을 공개하지 않으려 했다. 하지만 강간 사건 해결 목표치를 달성해야만 했던 경찰은 고린지가 재판에서 지는 걸 꼭 보고자 했다.

배심원단은 몰랐지만 경찰은 그가 들치기와 폭력 전과가 있다는 걸 알았다.

증언대에 선 미란다는 자기는 어밀리아라는 친구가 없으며 문자메시지 이야기는 고린지가 지어낸 거라고 강력하게 주장했다. 미란다의 고등학교 동창 둘이 증인으로 나와서 미란다에게 어밀리아 이야기는 들어본 적이 없다고 말했다. 검사는 사라진 떠돌이 십대는 너무 편리한 장치라고 주장했다. 만일 그녀가 태국의 해변에 있고 미란다가 그녀의 친구라면 십대답게 사진과 메시지를 주고받지 않았을까? 미란다가 보냈다는 문자는 어디 있는가? 즐거워하는 이모티콘은 어디 있는가?

미란다가 삭제한 거라고 변호사는 말했다. 재판 진행을 중지하고 그 통신사의 영국 지사에 문자메시지 복사본의 공개를 명령하면 어느 여름밤을 둘러싼 이 분쟁은 해결될 거라고. 하지만 시종일관 초조하다못해 짜증스럽기까지 한 태도를 보여온 판사는 그 사건을 질질 끌 생각이 없었다. 고린지의 변호사는 이미 재판 준비에 여러 달을 보낸 상태였다. 그러니까 법원 명령을 요구하려면 오래전에 했어야 했다. 인상적인 점은, 판사가 젊은 여자가 보드카 병을 들고 젊은 남자의 방을 찾아갔을 때는 그런 위험을 인지했어야 한다고 지적한 것이었다. 몇몇 신문은 고린지를 범죄자형으로 묘사했다. 그는 덩치가 크고, 몸이 유연하며, 피고석에 편안히 늘어져 앉아 있었고, 넥

타이를 매지 않았다. 판사나 법정, 재판절차에는 겁을 먹지 않은 것처럼 보였다. 배심원단은 만장일치로 미란다의 손을 들어주었다. 나중에 판사는 사건 개요에서 피고인을 믿을 만한 증인으로 보지 않았다. 하지만 일부 신문은 미란다의 이야기에 대해 회의적이었다. 판사는 그녀의 문자메시지 기록을 요구하여 의심의 여지를 없애지 않은 것에 대해 비판받았다.

일주일 후, 선고가 내려지기 전, 감형을 청하는 탄원이 있었다. 교장이 두 졸업생을 강력히 옹호했다—거의 도움이 되지 않았다. 고린지의 어머니는 겁에 질려 제대로 말을 할 수도 없는 상태에서 용감히 나섰지만 증언대에서 울음을 터뜨리고 말았다. 그녀는 아들에게 전혀 도움이 되지 못했다. 고린지는 선고를 듣기 위해 무덤덤한 표정으로 기립했다. 육 년. 피고들이 종종 그러듯 그는 고개를 저었다. 교도소에서 모범적인 수감생활을 하면 형을 반으로 줄일 수 있을 터였다.

배심원단은 냉혹한 선택에 직면했다. 미란다는 강간당한 정직한 여성인가 아니면 성폭행을 당하지 않은 잔인한 거짓말쟁이인가. 물론 나는 어느 쪽도 견딜 수가 없었다. 나는 고린지의 살해 위협을 그가 무고하다는 증거로, 억울한 일을 당한 사람의 보상심리로 받아들이진 않았다. 죄인도 자유를 잃은 것에 분개할 수 있었다. 사람을 죽이겠다는 위협을 할 수 있는 자라면 강간을 저지르고도 남았다.

그 두 가지 가능성 사이에는 내 안의 반쯤 잊힌 인류학도가 마음껏 상상의 나래를 펼칠 수 있는 위험한 중간지대가 있었다. 스멀스멀 퍼지는 자기설득의 힘을 감안하면, 미란다는 몇 시간 동안의 십대다운 무책임한 음주와 흐릿해진 기억력의 작용으로 자신이 성폭행을 당했다고 느꼈을 수도 있었다. 특히 사후에 수치심이 들었다면 말이다. 그와 동시에 피터 고린지가 욕망에 눈이 멀어 그녀의 허락을 얻었다고 스스로 확신했을 가능성도 존재했다. 하지만 형사재판에서 정의의 칼은 무죄냐 유죄냐를 가를 뿐 둘 다를 인정하진 않는다.

사라진 문자메시지 이야기는 독특하고 창의적이었으며, 진위 여부가 쉽게 입증될 수 있었다. 강간범 고린지는 법정에서 그 말을 해서 잃을 게 없다는 계산을 했을 수도 있었다. 그게 완전한 허구라 해도 그는 거짓 증언의 대가를 치르지 않았다. 만일 그가 무고하고 실제로 문자가 존재한다면 사법체제가 그의 기대를 저버린 것이었다. 어느 쪽이든, 사법체제는 그 자체의 기대를 저버렸다. 그의 이야기는 진위가 가려졌어야 했다. 그 문제에 대해 나는 회의적 견해를 보인 신문들과 같은 입장이었다. 그 책임은 과도한 업무량에 일 처리가 엉성한 국선변호사에게 있을 수도 있었다. 아니면 성공에 눈이 먼 경찰들 탓일 수도 있었다. 성질 고약한 판사 책임은 분명 있었다.

공원에서 돌아오는 길에 나는 우리집이 있는 거리로 들어서면서 걸음을 늦췄다. 이제 나도 미란다 사건에 대해 아담만큼 알고 있었다. 나는 지난밤 이후 그와 말을 하지 않았다. 고통스러운 불면의 밤을 보낸 후 일찍 일어나 병원에 갔던 것이다. 아침에 부엌에서 그를 가까이 지나쳐 갔다. 그는 평소처럼 충전케이블에 연결된 채 식탁에 앉아 있었다. 눈은 뜨고 있었지만 자신의 회로 속으로 후퇴할 때마다 그러듯이 평온한 시선으로 먼 곳을 응시하고 있었다. 나는 일 분 정도 망설이며 내가 돈을 내고 산 물건과 어떤 상황에 처하게 된 건가 생각했다. 그는 내 예상보다 훨씬 복잡했고 그래서 그에 대한 내 감정도 복잡했다. 피차 확실하게 짚고 넘어가야 할 것들이 있었지만 나는 이틀 밤을 설쳐서 녹초가 된데다 병원에 가야 했다.

나는 집으로 돌아가면서 어서 내 침실로 들어가 진통제를 먹고 한숨 자고 싶은 마음뿐이었다. 하지만 집으로 들어가자 그가 앞에 서 있었다. 그는 깁스한 내 팔을 보더니 놀란 건지 겁에 질린 건지 비명을 질렀다. 그가 두 팔을 벌리고 다가왔다.

"찰리! 정말 미안합니다. 정말 미안해요. 내가 그런 끔찍한 짓을 저지르다니. 정말로 그럴 의도는 아니었습니다. 제발, 제발 내 진심어린 사과를 받아주십시오."

그는 나를 껴안을 기세였다. 나는 깁스를 하지 않은 손으로 그를 밀치고 지나가―그 지나치게 단단한 느낌이 싫었다―싱

198

크대로 갔다. 나는 수돗물을 틀고 몸을 구부려 물을 마셨다. 싱크대에서 돌아서자 그가 1미터도 떨어지지 않은 거리에 서 있었다. 사과의 순간은 지나간 뒤였다. 나는 느긋하게 보일 작정이었지만, 한 팔을 깁스한 상태에서 그건 쉽지 않은 일이었다. 나는 자유로운 손으로 허리를 짚고서 그의 눈을, 작고 검은 씨앗이 흩뿌려진 그 연푸른색 눈을 들여다보았다. 나는 아담이 앞을 볼 수 있다는 게 무슨 의미인지, 누구 혹은 무엇이 보는 행위를 하는 것인지 여전히 궁금했다. 무수한 0과 1의 홍수가 다양한 처리장치로 쏟아져들어가고 그 처리장치들은 폭포수 같은 해석을 다른 중추로 보낸다. 어떤 기계적 설명도 도움이 될 수 없었다. 우리 사이의 근본적 차이를 해결할 수 없었다. 나는 무엇이 내 시신경을 지나가는지, 그것이 다음엔 어디로 가는지, 어떻게 그 펄스 신호가 포괄적이고 자명한 시각적 실체가 되는지, 누가 나를 위해—오직 나만을 위해—보는 행위를 해주고 있는지 거의 알지 못했다. 그 과정이 어떤 것이든 거기엔 설명이 불가능해 보이는 마법이 있었다. 우리가 세계에서 확실히 아는 하나의 영역—우리 자신의 경험—에서 빛이 비치는 부분을 만들어내고 유지시키는 마법. 아담에게 그런 게 있다고 믿기는 어려웠다. 그는 카메라가 보는 방식이나 마이크가 듣는 방식으로 본다고 믿는 편이 더 쉬웠다. 단지 그뿐이라고.

하지만 그의 눈을 들여다보고 있자니 불안정하고 불확실한 기분이 들기 시작했다. 생물과 무생물의 명확한 차이에도 불구하고 그와 내가 동일한 물리법칙에 묶여 있다는 사실은 남아 있었다. 어쩌면 생물학은 내게 특별한 지위를 제공하지 못하고, 내 앞에 서 있는 형상이 온전히 살아 있는 존재는 아니라고 말하는 건 거의 의미가 없을 수도 있었다. 피로에 지친 상태였던 나는 닻줄 풀린 배처럼 바다의 푸른색과 검정색을 지닌 그의 눈으로 흘러들어가 동시에 두 방향으로 나아갔다—우리가 스스로 만들어가고 있는, 마침내 우리의 생물학적 정체성이 소멸될지도 모르는 불가항력의 미래를 향해, 그리고 동시에 저 먼 과거의 초기 우주, 갈수록 단순해져서 암석, 가스, 혼합물, 성분, 힘, 에너지장만이 우리의 공동 유산이었으며 우리 둘 다에게 어떤 형태로든 의식의 씨앗이 뿌려진 파종지였던 그곳을 향해.

나는 흠칫 놀라며 공상에서 벗어났다. 나는 불쾌한 상황에 당면해 있었고, 아담과 내가 아무리 많은 우주먼지를 공유했다 하더라도 그를 형제로, 아니 아주 먼 친척으로도 받아들일 생각이 없었다. 나는 그에게 맞서야만 했다. 나는 이야기를 시작했다. 그에게 어머니가 돌아가시고 어머니의 집이 팔리면서 거금을 손에 넣게 된 이야기를 했다. 그리고 원대한 실험에 대한 투자로 인조인간, 안드로이드, 복제품—이중 어떤 용어를 썼는지는 잊었지만 그의 앞에서는 셋 다 모욕처럼 들렸다—을 사기로 결심한 이야기도 했다. 돈이 정확히 얼마가 들었는지도 말했다. 그러곤 미란다와 함께 그를 들것에 실어 집으로 옮기고, 포장을 풀고, 충전을 했던 오후와 그에게 친절하게 내 옷을 내준 때, 그의 성격 형성에 대해 의논하던 때 이야기도 들려주었다. 나는 그런 이야기를 하면서도 내 목적이 무엇인지, 왜 그렇게 빠르게 떠들고 있는지 확실히 깨닫지 못했다.

거기까지 이르러서야 내가 무슨 말을 해야 하는지 알았다. 내가 하고 싶은 말의 요지는 이랬다. 내가 그를 샀고, 그는 나의 소유이며, 나는 그를 미란다와 공동으로 소유하기로 했고, 그를 언제 정지시킬지는 오직 우리 둘만 결정할 수 있다. 만일 그가 저항하면, 특히 어젯밤처럼 해를 끼치면 제조사로 돌려보내 재정비를 받을 것이다. 나는 그것이 미란다의 의견이라고, 오늘 오후 나와 사랑을 나누기 직전에 그녀가 그렇게 말했다고 마지막으로 덧붙였다. 그런 사적인 내용까지 그에게 알린 건 지극히 비열한 이유에서였다.

그는 시종일관 무표정한 얼굴로 불규칙하게 눈을 깜박이며 내 시선을 붙들고 있었다. 이야기를 끝낸 후 삼십 초 동안 아무 변화가 없자 나는 내가 너무 빠르게 말했거나 횡설수설한 모양이라는 생각이 들기 시작했다. 문득 그가 생기(생기라니!)를 되찾으며 자기 발을 내려다보더니 돌아서서 몇 발짝 멀어졌다. 그는 다시 돌아서서 나를 보며 무슨 말인가 하려고 숨을 들이쉬었지만 마음이 바뀌었는지 입을 열지 않았다. 그는 한 손을 올려 턱을 어루만졌다. 대단한 연기였다. 완벽했다. 나는 그에게 집중할 준비가 되었다.

그의 어조는 더할 나위 없이 감미롭고도 합리적이었다. "우리는 같은 여자를 사랑하고 있습니다. 우리는 그것에 대해 교양 있게 이야기할 수 있어요. 당신이 방금 그랬던 것처럼 말입니다. 당신 이야기를 들으니, 우리의 우정에서 우리 중 하나가 상대의 의식을 중단시킬 힘을 갖는 지점은 이제 지났다는 확신이 듭니다."

나는 아무 말도 하지 않았다.

그가 말을 이었다. "당신과 미란다는 나의 가장 오랜 친구입니다. 당신에 대한 나의 의무는 분명하고 솔직해야 한다는 것입니다. 어젯밤 당신의 작은 일부를 손상시켜서 얼마나 미안한지 모른다는 나의 말은 진심입니다. 다시는 그런 일이 없을 거라고 약속합니다. 하지만 다음번에 내 전원스위치에 손을 대면 나는 당신의 팔을 완전히 제거할 것입니다. 절구관절 부분에서요."

어려운 일을 도와주겠다고 제안하는 듯 친절한 태도였다.

내가 말했다. "그럼 엉망이 될걸. 치명적이기도 하고."

"오 아닙니다. 깨끗하고 안전하게 하는 방법들이 있습니다.

중세시대에 발전했죠. 갈레노스가 최초로 설명했습니다. 속도가 절대적으로 중요합니다."

"그래, 성한 팔은 제거하지 마."

웃는 얼굴로 이야기하던 그가 이제 소리 내어 웃기 시작했다. 처음 농담을 시도했고 내가 장단을 맞춰준 거였다. 기진맥진한 상태였던 나는 갑자기 그게 미치도록 우스웠다.

그를 지나쳐 침실로 가는데 그가 말했다. "이건 진담입니다. 어젯밤에 나는 결심했습니다. 전원스위치가 기능하지 못하게 만들 방법을 찾아냈습니다. 그게 우리 모두에게 더 편하죠."

"좋아." 나는 그의 말을 제대로 이해하지도 못하고서 말했다. "아주 현명해."

나는 침실로 들어가서 문을 닫았다. 신발을 벗어던지고 침대에 등을 대고 누워 혼자 쿡쿡 웃었다. 그러곤 진통제는 까맣게 잊고 이 분도 안 되어 잠이 들었다.

*

이튿날 아침, 나는 서른세 살이 되었다. 종일 비가 내렸고, 나는 실내에 머무는 것에 만족하며 아홉 시간 동안 일했다. 몇 주 만에 처음으로 하루 수익이 세 자릿수가 되었다—간신히. 일곱시에 책상에서 일어나 기지개를 켜고, 하품을 하고, 서랍장에서 깨끗한 흰 셔츠를 꺼낸 다음 목욕을 했다. 깁스가 녹아내리지 않도록 팔을 욕조 가장자리에 걸쳐놓아야 했지만 그것만 빼면 몸 상태가 좋았다. 나는 김이 모락모락 올라오는 뜨거운 물속에 누워 비틀스—새롭지만 낡은 비틀스—노래를 토막토막 불렀고, 노랫소리가 타일 깔린 욕실에서 메아리쳤다. 나는 가끔 발을 올려 이제 수도꼭지를 돌릴 수 있을 만큼 회복된 발가락으로 온수를 보충했다. 그리고 한손으로 비누칠을 했다. 쉽지 않았다. 서른세 살이 스물한 살만큼이나 특별하게 느껴졌고, 미란다가 저녁을 사주겠다고 했다. 우리는 소호에서 만나기로 했다. 그녀와의 랑데부에 대한 기대만으로도 기운이 솟았다. 흐린 조명 아래 내려다본 내 몸도 행복감을 주었다. 산호초 같은 음모 위로 뒤집힌 페니스가 쾌활한 외눈으로 격려의 윙크를 보냈다. 그래야만 했다. 배와 다리의 근육은 멋지게 조각된 것처럼 보였다. 심지어 영웅적이기까지 했다. 나는 지난 몇 주 동안 그토록 행복했던 적이 없었고 자기애에 흠뻑 젖어 있었다. 종일 아담 생각은 하지 않으려 했고 그 노력은 거의 성공했다. 그는 몇 시간씩 부엌에 있었고 지금도 거기서 '생각'을 하는 중이었다. 나는 신경쓰지 않았다. 더 크게 노래를 불렀다. 이십대 때 가장 기분좋았던 시간 중 하나가 외출 준비를 할 때였다. 외출 자체보다 그것에 대한 기대감이 더 좋았다. 일에서의 해방, 목욕, 음악, 깨끗한 옷, 화이트와인, 어쩌면 마리화나 한 모금. 그다음엔 자유롭고 배고픈 상태로 저녁을 향해 나아가는 것이다.

욕조에서 나왔을 때쯤엔 손가락이 쭈글쭈글해져 있었다. 그것이 바다와 강을 사랑한 우리 조상들이 물고기를 잡을 수 있도록 적응한 결과라고 어디선가 읽은 적이 있었다. 나는 그 이야기를 믿진 않았지만, 반증의 영역 너머에 있는 그 이야기가 좋았다. 발로는 고기를 잡지 않기 때문에 발가락은 그렇게 쭈글쭈글해질 필요가 없다. 나는 서둘러 옷을 입었다. 부엌에서 말 한마디 없이 아담을 지나쳤고—그도 돌아보지 않았다—우산을 챙겨들고 내 고물차가 주차되어 있는 지저분한 골목을 따라 몇 미터를 걸어갔다. 이 짧고 우울한 산책은 나의 일상적 비가悲歌, 내 불행한 운명의 노래로 이어질 때가 많았다. 하지만 오늘밤은 그렇지 않았다.

내 차는 1960년대 중반에 나온 브리티시 레일랜드 어밸라로, 한 번 충전해서 1600킬로미터를 갈 수 있는 첫 모델이었다. 현재 주행거리는 61만 킬로미터였다. 군데군데 녹이 슬어가고 있었고, 특히 차체의 찌그러진 부분 주위가 심했다. 사이드미러는 떨어져나가고 없었다. 운전석은 길게 찢어져서 흰 배를 드러냈고, 운전대는 열한시 방향부터 세시 방향까지 일부가 깨져 있었다. 수년 전 어떤 여자가 광란의 인도식 저녁식사를 즐긴 후 뒷좌석에 토해서 전문 스팀세차로도 빈달

루* 냄새가 안 빠졌다. 어밸러는 문이 두 개뿐이라 뒷좌석에 성인을 태우기가 힘들었다. 하지만 엔진에는 거의 문제가 없어서 차가 부드럽고 빠르게 잘 달렸다. 그리고 자동이라 한 손으로 운전하기도 쉬웠다.

나는 줄곧 노래를 부르며 늘 다니던 길로 복스홀까지 가서 왼쪽으로 강을 끼고 램버스궁과 수십 수백 명의 노숙자가 웅크리고 있는 버려진 세인트토머스병원을 지났다. 운전석 쪽 와이퍼가 십 초마다 움직였다. 조수석 쪽 와이퍼는 내 노래에 탁탁 박자를 맞췄다. 나는 워털루브리지―양쪽으로 런던 최고의 경관을 자랑하는―로 템스강을 건너 아래쪽으로 미끄러져 내려가서 구불구불한 옛 트램 터널을 빠르게 달려 의기양양하게 홀번으로 돌진해 들어갔다. 소호까지 가는 가장 빠른 지름길은 아니었지만 내가 제일 좋아하는 코스였다. 나는 존 레넌의 신곡 고음부를 부르고 있었다. 왜 이렇게 기분이 좋을까? 서른세 살 생일을 맞은, 그리고 사랑에 빠진 나. 엔도르핀, 도파민, 옥시토신 등 무수한 호르몬이 뒤섞인 호르몬 칵테일. 원인이든 결과든 연관성이든 상관없었다―우리는 자신의 지나가는 기분에 대해 거의 아는 게 없었다. 기분에 물질적 토대가 필수적이라고 볼 수만은 없을 듯했다. 바로 그 저녁에 나는

---

* 마늘과 식초를 넣은 인도 카레 요리.

마리화나에 손도 안 댔고 와인 한 모금 마시지 않았다―집에 아무것도 없었다. 어제도 나는 거의 서른세 살이었고 사랑에 빠져 있었지만 이런 기분이 아니었다. 아침에 104파운드를 벌었다고 이런 효과가 나는 건 아닐 터였다. 나는 어제 아담과 전원스위치에 대해 나눈 대화, 미란다에게 하지 못한 이야기, 아픈 손목 때문에 차분한 기분이어야 마땅했다. 하지만 기분은 주사위 굴리기 같은 것일 수 있었다. 화학적 룰렛. 자유의지는 무너졌고, 나는 지금 자유로운 기분을 느끼고 있었다.

소호스퀘어에 주차했다. 나는 황색 선에 실수로 타르를 덮은 3미터 구간의 공간을 알았고 그곳은 합법적인 주차구역이었다. 대부분의 차는 그 공간에 맞지 않았다. 강렬한 스트립라이트가 밝게 빛나고 내부가 통으로 뚫려 있는 구두상자 모양의 우리 레스토랑은 그리크 스트리트에 있었고, 레스카르고라는 유명한 레스토랑과 겨우 몇 집 건너였다. 테이블은 일곱 개뿐이었다. 한쪽 구석에 개방형 주방이 있었는데, 브러시트스틸 카운터로 구획된 작은 공간이었고 흰 제복 차림의 두 요리사가 땀이 날 정도로 가까이 붙어 요리를 하고 있었다. 접시닦이가 한 명, 서빙하고 테이블을 치우는 웨이터가 한 명 있었다. 요리사를 알거나, 요리사를 아는 사람을 알지 않으면 예약이 불가능한 곳이었다. 미란다는 요리사를 아는 사람을 아는 친구가 있었다. 붐비지 않는 밤에는 그 정도로도 족했다.

그녀는 벌써 와서 문을 바라보는 자리에 앉아 있었다. 앞에는 손도 안 댄 소다수 잔이 놓여 있었다. 그리고 그 옆에 녹색 리본 장식이 달린 작은 상자가 있었다. 테이블 옆 보조테이블에 놓인 얼음통에는 목에 흰 냅킨을 감은 샴페인병이 있었다. 방금 코르크 마개를 딴 웨이터가 테이블에서 물러났다. 미란다는 종일 세미나가 있어 진바지와 티셔츠 차림으로 집에서 나갔는데도 유난히 우아해 보였다. 옷과 화장품을 따로 챙겨 나간 모양이었다. 그녀는 검정 펜슬스커트와 검정 천에 은실을 섞어 짠 타이트하고 어깨가 큰 재킷 차림이었다. 립스틱을 바르고 마스카라를 한 모습은 처음 보았다. 그녀는 검붉은 활 모양으로 입술을 작게 그리고 파우더로 콧등의 엷은 주근깨를 가렸다. 내 생일이라서! 나는 그 환한 백색 조명 속으로 들어가 레스토랑 유리문을 닫으며 돌연 우쭐한 초연함을 느꼈다. 나는 그녀를 그 어느 때보다 사랑했다. 하지만 더이상 그녀 때문에 걱정스럽거나 필사적인 기분을 느낄 필요가 없었다. 나는 전날 스스로에게 했던 진부한 말들을 상기했다. 그녀는 여기 있고, 그녀가 어떤 사람이건 관계없이 나는 그녀를 알아가고 찬양할 것이다. 나는 그녀를 사랑하는 동시에 아무 탈 없는 안전한 상태로 남아 있을 수 있다고 생각했다.

나는 짧은 순간에 그 모든 생각을 하며 혼잡한 두 테이블 사이로 비집고 들어가서 그녀에게로 갔다. 그녀가 오른손을 들었고 나는 익살스럽게 격식을 차려 허리를 굽히고 그 손에 입을 맞췄다. 내가 자리에 앉는 동안 그녀는 분명한 연민의 눈빛으로 깁스한 내 팔을 바라보았다.

"불쌍한 자기."

웨이터―열여섯 살쯤 되어 보이고 진지한 인상인―가 잔을 들고 와서 한 손을 등뒤에 대고 샴페인을 따랐다. 프로다운 모습이었다.

잔을 들어 건배하면서 내가 말했다. "아담이 내 뼈를 더 부러뜨리지 않기를."

"그건 좀 제한적인데."

우리는 웃음을 터뜨렸고, 다른 테이블들에서도 우리를 따라 웃음소리가 높아지는 듯했다. 우리는 얼마나 즐거운 장소에 와 있는가. 그녀는 내가 얼마나 많이 혹은 얼마나 적게 아는지 몰랐다. 나는 그녀에 대해 무엇을 믿어야 할지, 그녀가 범죄의 피해자인지 가해자인지 몰랐다. 하지만 아무래도 상관없었다. 우리는 서로 사랑하고 있었고, 나는 설령 최악의 진실을 알게 되더라도 아무것도 달라지지 않으리란 걸 확신했다. 사랑이 우리를 끝까지 지켜줄 테니까. 그러니 그동안 내가 겁이 나서 억눌러왔던 이야기를 시원하게 꺼내놓는 편이 더 나을 터였다. 그래서 막 말을 꺼내려고 하는데, 나의 주상골 골절에 대해 더 이야기하려고 하는데 그녀가 흰 테이블보 너머로 내 성한 손을 잡으며 말했다.

"어제는 근사했어."

아찔했다. 그녀가 지금, 공공장소에서, 테이블 건너에서 사랑을 나누자는 제안이라도 한 듯했다.

"지금 당장 집에 가도 돼."

그녀가 익살스럽게 놀라는 표정을 지었다. "당신 선물도 안 풀어봤잖아."

그녀가 집게손가락으로 선물을 밀었다. 내가 선물을 푸는 동안 소년 웨이터가 와서 잔을 다시 채웠다. 포장지 안에 작고 소박한 판지상자가 들어 있었다. 평행면에 패드를 댄 Z자형 금속기구였다. 손목 운동기구.

"깁스 풀면 써."

나는 일어나 그녀에게로 가서 키스했다. 근처에서 누가 "어이, 어이!" 하고 말했다. 다른 사람이 개 짖는 소리를 냈다. 상관없었다. 나는 자리로 돌아와서 말했다. "아담이 자기 전원스위치를 망가뜨렸대."

미란다는 갑자기 진지해지며 테이블 너머로 몸을 내밀었다. "판매점에 보내야 해."

"하지만 그는 당신을 사랑해. 나한테 그렇게 말했어."

"나 놀리는 거지."

내가 말했다. "아담에게 재프로그래밍이 필요하다면, 당신이 말해야 들을 거야."

미란다가 애처로운 투로 말했다. "그가 어떻게 사랑을 운운할 수 있지? 미친 짓이야."

웨이터가 아직 얼쩡거리고 있다가 우리가 다음에 한 말을 모두 듣고 말았다. 나는 빠르게 웅얼거렸다. "그를 이렇게 만드는 데 당신도 한몫했어. 처음 잔 여자와 사랑에 빠지게 만든 거지."

"오, 찰리!"

소년 웨이터가 말했다. "메뉴 결정하셨습니까, 아니면 조금 뒤에 다시 올까요?"

"잠깐 기다려요."

우리는 메뉴를 고르고 의견을 나누느라 이 분 정도를 보냈다. 나는 아무 생각 없이 십이 년산 오메도크를 골랐다. 그랬다가 내가 생일턱을 내야겠다는 생각이 들었다. 그래서 같은 술 이십 년산으로 바꿨다.

웨이터가 물러가고 우리는 잠시 침묵 속에서 조금 전 대화가 어디서 끊겼는지 되짚어보았다.

미란다가 말했다. "당신 다른 사람 만나고 있어?"

나는 그 질문에 깜짝 놀랐고, 그녀를 가장 안심시키고 확신을 줄 수 있는 대답이 바로 떠오르지 않았다. 그때 레스토랑 주인이자 요리사가 카운터 뒤에서 나와 테이블 사이를 지나

문 쪽으로 가는 게 보였다. 웨이터가 그를 따라가고 있었다. 나는 어깨 너머로 고개를 돌려 유리창 밖 보도에 서 있는 두 사람을 보았다. 그들 중 하나는 우산을 접고 있었다.

그러는 내가 미란다에겐 회피하려는 것처럼 보였을 터였다. 그녀가 덧붙였다. "솔직하게 말해줘. 난 괜찮으니까."

그녀는 분명 괜찮지 않은 것 같았고 나는 그녀에게 온 정신을 집중하며 말했다.

"절대 아니야. 내 마음속에는 당신뿐이야."

"내가 종일 세미나에 가 있을 때는?"

"일하면서 당신을 생각하지."

시원한 바람이 목덜미를 스쳤다. 미란다의 시선이 나에게서 문으로 옮겨갔고, 나는 다시 고개를 돌려 그쪽을 봐도 되겠다고 생각했다. 요리사가 두 남자 노인의 긴 레인코트를 벗겨 웨이터에게 넘겼다. 두 노인은 그들의 테이블—따로 떨어져 있는 테이블로 유일하게 촛불이 밝혀져 있었다—로 안내되었다. 둘 중 키가 더 큰 노인은 은발을 뒤로 넘겼고 갈색 실크 스카프를 느슨한 매듭을 지어 목에 감고 있었으며, 예술가 스타일의 면 재킷을 걸치고 있었다. 의자를 빼주자 그는 앉기 전에 실내를 둘러본 후 혼자 고개를 끄덕였다. 레스토랑 안에서 그에게 관심을 보이는 사람은 나 말고는 없는 듯했다. 보헤미안적이면서도 중후한 그의 스타일은 소호에서 그리 특이하다고 볼 순 없었다. 하지만 나는 흥분 상태였다.

나는 여전히 미란다가 한 의외의 질문을 의식하며 그녀에게 다시 고개를 돌리고 그녀의 손에 내 손을 올렸다.

"저 사람 누군지 알아?"

"전혀."

"앨런 튜링."

"당신의 영웅이네."

"그리고 토머스 레아. 물리학자야. 루프양자중력을 발견했지. 거의 단독으로."

"가서 인사해."

"멋진 행동 같진 않은데."

그래서 우리는 내가 다른 사람을 만나고 있는지에 대한 질문으로 돌아갔고, 그녀가 내 대답에 만족한 것처럼 보이자 아담 이야기로 넘어가서 그가 전원스위치를 끄지 못하게 하는 걸 어떻게 해결할지 의논했다. 그녀가 충전케이블을 감춰놓고 그가 힘이 빠져서 저항을 못할 때까지 기다리자고 제안했다. 나는 그가 즉석에서 종이로 배를 접은 걸 상기시켰다. 그러니까 그는 몇 분 내로 충전케이블도 만들어낼 터였다. 그런 이야기를 하는 동안 나는 자꾸 집중력이 흐트러졌다. 그녀를 응시하며 그녀의 머리와 어깨가 빛에 감싸여 있는 듯한 환각에 젖었고, 그녀와 단둘이 있는 시간을 생각하며 황홀경으로의 매끄러운 상승곡선을 탔다. 나는 그렇게 계속적인 성적 흥분 상태에 시달리면서도 한편으로는 위대한 인물과 한 공간에 있다는 사실에 무척이나 설렜다. 전쟁 전의 보편만능기계에 대한 구상에서부터 전쟁 초기의 블레츨리[*], 형태형성 이론, 그리고 현재의 영예로운 귀족적 삶까지. 고귀하고 자유롭게 다른 남자를 사랑하는, 현존하는 가장 위대한 영국인. 노년에 록스타나 천재 화가, 기사 작위를 받은 배우처럼 멋지게 차려입은 남자. 미란다에게서 고개를 돌리는 무례를 범하기만 하면 그를 볼 수 있었다. 나는 그러고 싶은 충동과 싸웠다. 그 생각에서 벗어나려고 다른 문제—솔즈베리 재판과 살해 위협을 필두로 한, 지금까지 우리가 언급하지 않고 묻어둔 의혹들—로 관심을 돌렸다. 그것들에 대해 침묵하는 것이 괴로우면서도 명쾌하게 이야기를 꺼내지 못하는 나는 얼마나 용기 없는 인간인가?

"내 말 듣지도 않고 있지."

"아냐, 듣고 있어. 아담이 나사가 풀린 것 같다고 말했잖아."

"그런 말 안 했어. 바보. 하지만 생일 축하해."

우리는 다시 잔을 들었다. 그 메도크는 미란다가 두 살이었

---

[*] 2차세계대전 당시에 암호 해독 임무를 수행한 블레츨리파크 소재의 영국 정보기관.

을 때, 그리고 우리 아버지가 스윙에서 비밥으로 옮겨갔을 때 만들어진 것이었다.

식사는 훌륭했지만 계산서가 더디 나왔다. 우리는 기다리는 동안 작별의 코냑을 마시기로 했다. 웨이터가 가져온 코냑은 무료로 제공되는 술이었고 양이 곱빼기였다. 미란다가 아버지의 병 이야기로 돌아갔다. 새로 진단된 병은 림프종으로 진행이 느린 유형이었다. 그 병으로 죽기보단 그걸 안고 죽을 것 같았다. 그는 림프종 말고도 죽을병이 많았다. 하지만 현재 복용중인 약 때문에 쾌활하고 적극적으로 변했다―그래서 더 다루기가 힘들었다. 그는 머릿속에 불가능한 계획이 가득했다. 솔즈베리 집을 팔고 뉴욕 이스트빌리지에 아파트를 사고 싶어했는데, 미란다가 보기엔 현재가 아니라 그가 젊었을 때의 그곳을 염두에 둔 듯했다. 그는 자신감이 솟구쳐 영국 새들에 관한 설화를 담은 커피테이블북*을 쓰기로 계약했다―풀타임 조사원을 둬도 그로선 절대 완성할 수 없는 방대한 프로젝트였다. 그의 평소 견해를 감안하면 이상하다고 할 수밖에 없는 변덕이 발동하여 영국의 EU 탈퇴를 부르짖는 과격 정치집단에 들어갔다. 그리고 본인이 소속되어 있는 런던의 사교클럽 애서니엄에서 회계담당자 선거에 입후보했다. 그는 날마다

---

* 커피테이블에 놓아두는 그림과 사진이 많은 호화판의 대형 책.

새로운 계획을 세우고 딸에게 전화했다. 그 모든 것이 우리의 솔즈베리 방문에 대한 내 전망을 어둡게 만들었지만 나는 아무 말도 하지 않았다.

이윽고 우리는 자리에서 일어나 코트를 걸쳤다. 미란다가 앞장서서 문으로 향했다. 테이블 사이로 가자면 튜링의 테이블을 가까이 지나가야 했다. 그 테이블에 다가가면서 보니 그 유명한 손님들은 거의 손도 안 댄 땅콩 한 그릇을 제외하면 아무것도 먹지 않고 있었다. 그들은 이야기하며 술을 마시기 위해 온 것이었다. 얼음통에 네덜란드 진 반병이 들어 있었고, 테이블에는 얼음조각이 담긴 은접시와 컷글라스 텀블러 두 개가 놓여 있었다. 그 모습이 인상적이었다. 나도 일흔 살에 그렇게 투지가 넘칠 수 있을까? 튜링은 나를 마주보는 자리에 앉아 있었다. 세월이 그의 얼굴을 길쭉하게 만든 탓에 광대뼈가 도드라져서 예리하고 사나운 인상을 주었다. 여러 해가 지난 후 나는 화가 루치안 프로이트의 형상을 한 앨런 튜링의 유령을 보았다는 착각을 하게 되었다. 어느 늦은 밤에 피커딜리의 울즐리 레스토랑에서 나오는 그와 마주쳤던 것이다. 노년 초기의 여전히 마르고 단단한 몸은 건강한 생활보다는 창작을 이어가고픈 열망에서 나온 듯했다.

코냑이 나를 대신해 결정을 내렸다. 나는 무수한 사람이 공공장소에서 유명인에게 접근하는 방식대로, 진심에서 우러난 존경심이 부여한 권리를 겸손이라는 가면으로 가렸다. 튜링은 나를 흘끗 올려다보고는 외면했다. 팬을 상대하는 건 레아의 몫이었다. 나는 민망함을 모를 정도로 취한 상태는 아니라 더 듬거리며 틀에 박힌 서두를 꺼냈다.

"방해해서 정말 죄송합니다. 두 분의 업적에 대해 저의 마음속 깊은 곳에서 우러난 감사를 표하고 싶어서요."

"정말 친절하시군요." 레아가 말했다. "성함이 어떻게 되십니까?"

"찰리 프렌드입니다."

"찰리, 만나서 정말 반가웠습니다."

긴장한 기색이 역력했다. 나는 본론으로 들어갔다. "그 아담이나 이브 중 하나를 구입하셨다고 들었습니다. 저도 하나 갖고 있습니다. 혹시 문제점을 발견하진 않으셨는지……"

튜링이 단호히 고개를 저었고 그를 보는 레아의 모습에 나는 말꼬리를 흐렸다.

나는 명함을 꺼내 테이블에 놓았다. 두 사람 다 그걸 보지 않았다. 나는 멍청한 사죄의 말을 웅얼거리며 물러났다. 미란다는 바로 내 옆에 있었다. 그녀가 내 손을 잡았고 그리크 스트리트로 나서며 위로하듯 손에 힘을 주었다.

*

"그녀의 사랑스러운 얼굴에,
온 우주가 담겨 있네.
우주를 사랑하라!"

아담이 내 앞에서 낭송한 첫 시였다. 어느 날 아침 열한시
직후에 내가 통화시장의 변동성에 편승해 수익이 나기를 희망
하며 컴퓨터 앞에 앉아 있는데, 아담이 노크도 없이 내 침실로
들어왔다. 카펫 위에 햇살이 사각형 모양으로 떨어졌고 그는
그 속에 섰다. 나는 그가 내 터틀넥 스웨터를 입었다는 걸 알
아챘다. 내 서랍장에서 꺼낸 모양이었다. 그는 나에게 긴급하
게 낭송해줘야 할 시가 있다고 했다. 나는 의자에 앉은 채로
몸을 돌리고서 기다렸다.

낭송이 끝나자 내가 퉁명스럽게 말했다. "그래도 짧아서 다
행이네."

그는 움찔했다. "하이쿠입니다."

"아. 19음절 시."

"17음절입니다. 5음절, 7음절, 5음절. 또 한 수 있습니다."
그는 천장을 올려다보며 잠시 침묵했다.

"그녀가 여기서 창문까지
　걸은 그 공간에 입맞추네.
　그녀는 시간에 자국을 냈네."

내가 물었다. "시공간인가?"

"예!"

"좋아." 내가 말했다. "하나만 더. 나 일해야 돼."

"시는 수백 편 있습니다. 그런데 잠깐……"

그는 환한 지점을 벗어나 내 책상으로 오더니 마우스에 손을 댔다. "이 숫자 두 줄, 안 보입니까? 교차하는 피보나치 곡선. 여기서 사서 기다리면 수익이 날 가능성이…… 지금 파세요. 보세요. 31파운드 벌었습니다."

"다시 해봐."

"기다리는 게 최선입니다."

"그럼 하이쿠 하나 더 낭송하고 나가봐."

그는 다시 사각형 빛 속으로 돌아갔다.

　　"당신과 그 순간
　　내 손길이 당신의―"

"그건 듣고 싶지 않아."

"이건 그녀에게 들려주지 말아야겠죠?"

나는 한숨을 쉬었고 그는 물러났다. 그가 문에 다다랐을 때 내가 말했다. "부엌이랑 욕실 좀 치워주겠어? 한 손으로는 하기 힘들어서."

그는 고개를 끄덕이고 방에서 나갔다. 고린지의 석방 문제가 있지만 우리 가정엔 평화랄까 안정감이랄까 그런 게 자리 잡았다. 나는 더 느긋해졌다. 아담은 미란다와 단둘이 시간을 보내는 일이 없는 반면 나는 매일 밤 그녀와 잤다. 나는 그가 약속을 지키리라 확신했다. 그는 자신의 사랑에 대해 몇 번 내게 말했지만, 나는 순결한 사랑에 대해서는 개의치 않았다. 그는 머릿속으로 시를 써서 거기 저장해두었다. 그는 미란다 이야기를 하고 싶어했지만 나는 대개 그의 말을 잘라버렸다. 나는 감히 그의 전원을 내릴 엄두를 내지 못했지만 특별히 그래야 할 이유도 없었다. 그를 판매처에 돌려보내는 계획은 유보되었다. 사랑이 그를 순하게 만든 듯했다. 무슨 이유에서인지 그는 내 인정을 받으려고 애썼다. 죄책감 때문인지도 몰랐다. 그는 모호한 복종의 일상으로 돌아갔다. 나는 손목 일도 있고 해서 긴장을 풀지 않고 그를 주시했다―하지만 그런 티는 내지 않았다. 나는 그가 여전히 나의 실험이고 모험임을 상기했다. 그러니까 언제나 순조롭진 않을 터였다.

아담의 사랑과 함께 지적 풍요가 찾아왔다. 그는 나에게 자신이 최근에 하는 생각이나 알게 된 이론, 경구, 읽은 것에 대해 계속해서 들려주었다. 그는 양자역학 공부를 시작했다. 밤새 충전하는 동안 수학과 기본 텍스트에 대해 숙고했다. 슈뢰딩거의 더블린 강연집 『생명이란 무엇인가?』를 읽고 자신이 살아 있다는 결론을 내렸다. 물리학 권위자들이 광자와 전자에 대해 논의하기 위해 모인 저 유명한 1927년 솔베이 컨퍼런스 의사록도 읽었다.

"이 초기 솔베이 컨퍼런스에서 사상사를 통틀어 자연에 관한 가장 심오한 의견 교류가 있었다고 합니다."

나는 아침식사를 준비하고 있었다. 나는 그에게 노년의 아인슈타인이 프린스턴에서 말년을 보낼 때 버터로 계란프라이를 해먹으며 하루를 시작했다는 글을 읽은 적이 있으며 너에게 경의를 표하는 뜻에서 지금 프라이를 두 개 하는 거라고 말했다.

아담이 말했다. "사람들은 그가 자신이 어떤 학문을 발생시킨 건지 이해하지 못했다고 말했습니다. 솔베이는 그에게 전쟁터였죠. 그는 수적으로 불리했고요. 불쌍한 사람. 비범한 젊은이들과 싸워야 했죠. 하지만 그건 불공평했어요. 그 급진적인 젊은이들은 자연이 무엇인지는 관심이 없고 그것에 대해 무슨 말을 할 수 있을지만 신경썼죠. 반면에 아인슈타인은 관찰자와는 독립적으로 존재하는 외부 세계에 대한 믿음 없이는 과학이 성립하지 않는다고 생각했습니다. 그는 양자역학이 잘못되었다기보다는 불완전하다고 생각했습니다."

이것이 하룻밤 공부해서 한 말이었다. 나는 대학시절 인류학으로 도피하기 전 잠시 물리학의 절망적 덫에 빠졌던 기억이 났다. 조금 질투심도 느꼈던 것 같은데, 특히 아담이 디랙 방정식을 가까스로 이해했다는 걸 알고 더 심사가 꼬였다. 나는 누구든 양자이론을 이해했다고 주장하는 사람은 양자이론을 이해하지 못한 것이라는 리처드 파인먼의 말을 인용했다.

아담은 고개를 저었다. "그건 엉터리 역설입니다. 역설이라고 할 수나 있을지 모르겠지만요. 수만 명이 그걸 이해하고, 수백만이 사용합니다. 찰리, 그건 시간문제예요. 한때 일반상대성이론은 난해함의 극단에 위치해 있었죠. 하지만 이젠 학부 1학년만 되면 배웁니다. 미적분학도 마찬가지죠. 이제 열네살짜리도 미적분을 푸니까요. 언젠가는 양자역학이 상식이 될 날이 올 겁니다."

이때쯤 나는 계란프라이를 먹고 있었다. 커피는 아담이 끓여준 것이었다. 커피가 너무 진했다. 내가 말했다. "오케이. 솔베이 문제는 어떻게 생각해? 양자역학은 자연에 대한 설명일까, 아니면 그저 사물에 대한 효과적 예측 방법일까?"

"나는 아인슈타인 편을 들겠습니다. 그것을 왜 의심하는지 이해할 수 없습니다. 양자역학은 엄청나게 정확한 예측을 가능하게 하니 자연에 대해 제대로 이해한 거죠. 우리 같은 거대한 크기의 생명체에게 물질계는 모호해 보이고 어렵게 느껴집니다. 하지만 이제 우리는 물질계가 얼마나 기이하고 경이로운지 압니다. 그러니 당신의 종류건 나의 종류건, 물질의 배열에서 의식이 발생할 수 있다는 사실에 놀라선 안 되죠―그건 분명 딱 적절한 정도로 이상합니다. 그리고 우리는 어떻게 물질이 생각하고 느낄 수 있는지에 대해 달리 설명할 방법이 없습니다." 그러곤 이렇게 덧붙였다. "신의 눈에서 나오는 사랑의 빛을 제외하면요. 하지만 빛도 관측될 수 있는 것이죠."

다른 날 아침, 아담은 밤새 미란다 생각을 했다면서 이렇게 말했다. "나는 시각과 죽음에 대한 생각도 했습니다."

"계속해봐."

"우리는 모든 걸 보지는 못하죠. 자신의 뒤통수는 볼 수 없습니다. 심지어 턱도 못 보고요. 우리의 시야가 주변 시각까지 포함하여 거의 180도라고 합시다. 이상한 점은 경계가, 가장자리가 없다는 겁니다. 쌍안경을 들여다볼 때처럼 시야가 미치지 않는 곳은 암흑이죠. 무언가가 있지 않으면 아무것도 없는 겁니다. 우리에겐 보이는 부분이 있고, 그 너머는 아무것도 아닌 것조차 못 되는 것이죠."

"그래서?"

"죽음이 그런 것입니다. 아무것도 아닌 것조차 못 되는 것.

암흑조차 못 되는 것. 시야의 가장자리는 의식의 가장자리의 훌륭한 상징입니다. 삶, 그다음엔 죽음. 찰리, 그건 하나의 전조로서 종일 존재하죠."

"그렇다면 두려워할 게 없겠네." 내가 말했다.

그는 트로피를 잡고 흔들듯 두 손을 올렸다. "바로 그겁니다! 두려워할 게 없는 것조차 되지 못하죠!"

그는 죽음에 대한 불안감을 감추고 있는 걸까? 그의 수명은 약 이십 년으로 정해져 있었다. 내가 묻자 그는 이렇게 대답했다. "찰리, 그게 우리의 다른 점입니다. 내 신체부위는 개선되거나 대체될 겁니다. 하지만 정신은, 기억과 경험과 정체성 등은 업로드되어 유지될 겁니다. 그것들은 쓸모가 있을 거예요."

사랑에 빠진 아담에게 찾아온 또다른 풍요는 시였다. 그는 하이쿠를 이천 편이나 짓고 그중 여남은 편을 내게 들려주었는데, 모두 수준이 고만고만하고 미란다에게 바치는 것이었다. 처음에 나는 아담이 어떤 창작을 해낼 수 있는지 알고 싶었다. 하지만 곧 하이쿠라는 형식 자체에 흥미를 잃게 되었다. 너무 짧고, 모호하게 쓰는 데 지나치게 공을 들이고, 한 손으로 치는 박수 소리 같은 무의미한 수수께끼의 유희라 작가에게 창작의 부담이 거의 없었다. 이천 편이라니! 그 숫자가 내 의견을 입증했다—알고리즘에 의한 대량생산이었다. 나는 아담과 함께 스톡웰의 뒷골목을 걸으며 그 모든 걸 이야기했다.

아담의 사교술을 키우기 위해 우리는 매일 산책을 나갔다. 가게와 술집에도 들르고 지하철로 그린파크까지 가서 점심시간을 이용해 공원에 놀러 나온 사람들 틈에 끼어 잔디밭에 앉아 있기도 했다.

어쩌면 내가 지나치게 가혹했는지도 모르겠다. 나는 그에게 하이쿠가 너무 정적이라 답답할 수도 있다고 말했다. 하지만 한편으로는 그를 부추기고 있었다. 다른 장르로 넘어갈 때가 됐다고. 그는 세상의 모든 문학에 접근할 수 있었다. 운율이 있건 없건 4행의 연으로 이루어진 긴 시를 시도해보는 건 어떨까? 아니면 단편소설로 시작해서 장편소설까지 써보는 건?

그날 이른 저녁에 그가 답을 주었다. "당신만 괜찮다면 나는 당신의 제안에 대해 논의할 준비가 되어 있습니다."

나는 방금 샤워를 마치고 옷을 갈아입은 뒤 위층으로 올라가려던 참이라 약간 조바심이 났다. 식탁 위에 위층으로 가져갈 포므롤 와인 한 병이 놓여 있었다. 나는 미란다와 할 이야기가 있었다. 고린지의 석방일이 칠 주 앞으로 다가와 있었다. 우리는 여전히 대책을 세우지 못한 상태였다. 아담이 그녀의 보디가드 노릇을 할 수도 있었지만 걱정스러운 점이 있었다―나는 아담의 모든 행동에 법적 책임이 있었다. 미란다는 다시 지역 경찰서를 찾아갔다. 교도소로 고린지를 찾아갔던 경사는 전근을 갔다. 내근직 경사가 내용을 받아적더니 미란다에게 만일 문제가 생기면 비상전화를 걸라고 조언했다. 미란다가 그에게 맞고 있으면 전화를 걸기가 어렵지 않겠느냐고 말했다. 경사는 그 말을 곧이곧대로 받아들였다. 그는 그런 사태가 벌어지기 전에 전화하라고 말했다.

"그가 도끼를 들고 정원을 올라오고 있는 게 보일 때요?"

"예. 그리고 문 열어주지 마세요."

미란다는 판사에게 출입금지명령을 받기 위해 변호사를 만났다. 그걸 받아낼 수 있다는 보장도 없고 설령 받아낸다고 해도 무슨 효과가 있을지 확실치 않았다. 그녀는 아버지에게 아무에게도 그녀의 주소를 알려주지 말라고 당부해놓았다. 하지만 맥스필드는 그만의 걱정거리가 있었고 그녀는 아버지가 자신의 당부를 잊을 거라고 생각했다. 우리는 고린지의 살해 위협이 진심이 아니고 아담이 제지할 수 있기를 바라는 수밖에 없었다. 내가 미란다에게 고린지가 진짜로 얼마나 위험한지 묻자 그녀가 대답했다. "비열한 인간이야."

"위험하고 비열한 인간?"

"역겹고 비열한 인간."

나는 아담과 시에 대한 대화를 다시 나눌 기분이 아니었다.

그가 말했다. "내 의견으로는, 하이쿠는 미래형 문학입니다. 나는 하이쿠를 더 다듬고 확장시키고 싶어요. 지금까지 내가 해온 건 일종의 준비운동입니다. 초기작. 앞으로 대가들 작품을 연구해서 하이쿠를 더 많이 이해하게 되면, 특히 대위적 병치를 이루는 두 부분을 나누는 단어 '기레지'*의 힘을 파악하면 진짜 작품이 나올 수 있을 겁니다."

위층에서 전화벨소리와 미란다의 발소리가 들렸다.

아담이 말했다. "당신은 인류학과 정치에 관심을 가진 생각하는 인간으로서 낙관주의에 큰 관심이 없을 겁니다. 하지만 인간의 본성과 사회와 일상적인 나쁜 소식에 관련된 실망스러운 사실들의 물결 너머에는 눈에 보이진 않아도 더 강력한 움직임이, 긍정적 발전이 존재할 수도 있어요. 지금 세계는 조잡하게나마 긴밀히 연결되어 있어서 변화가 너무 멀리 분산되어 진전을 인지하기가 힘듭니다. 과시하고 싶진 않지만, 그 변화 중 하나가 바로 당신 앞에 있어요. 지능형 기계의 영향은 너무도 막대해서 당신들이―즉, 문명이―무엇에 시동을 건 것인지 짐작조차 할 수 없습니다. 한 가지 불안한 점은 당신들보다 똑똑한 독립체와 함께 사는 것이 충격이자 모욕이 되리라는 겁니다. 하지만 이미 거의 모든 사람이 자신보다 똑똑한 다른 사람을 압니다. 게다가 당신들은 스스로를 과소평가하고요."

통화하는 미란다의 목소리가 들렸다. 동요한 목소리였다.

---

* '끊는 말'이라는 뜻의 일본어로 하이쿠에서 강제로 구를 자르는 조사나 조동사.

그녀는 통화하면서 거실을 이리저리 돌아다니고 있었다.

아담은 그녀 목소리를 못 들은 것처럼 보였지만 나는 그가 들었다는 걸 알았다. "당신들은 스스로가 뒤처지도록 가만히 있지 않을 겁니다. 당신네 종은 지나치게 경쟁심이 강하죠. 지금도 대뇌운동피질에 전극을 심은 마비 환자들이 움직임을 생각하는 것만으로 팔을 올리거나 손가락을 구부릴 수 있습니다. 그건 작은 시작일 뿐이고 해결해야 할 문제도 많습니다. 그런 문제들은 해결될 것이고, 그렇게 되면 뇌와 기계의 접속이 효율화되고 비용도 싸져서 당신들은 기계와 파트너가 되어 지능과 의식의 무한한 확장을 이루어나가게 될 겁니다. 거대 지능, 심오한 도덕적 통찰력과 알려진 모든 것에의 즉각적 접근. 그리고 무엇보다도 중요한, 서로에 대한 접근."

미란다의 서성거림이 멈췄다.

"그건 정신적 프라이버시의 종말이 될 수도 있습니다. 당신들은 아마도 막대한 이득 앞에서 프라이버시의 가치를 낮게 평가하게 될 테니까요. 당신은 그런 것이 하이쿠와 무슨 관계가 있는지 의아할 수도 있습니다. 이겁니다. 나는 여기 온 후로 수십 개 나라의 문학을 살펴봤습니다. 위대한 전통, 화려하고 정교한—"

미란다의 침실 문이 닫히고 그녀의 발소리가 빠르게 거실을 가로질러 현관으로 갔다. 현관문이 쾅 닫히고 계단을 내려오는 발소리가 들렸다.

"사랑이나 풍경을 찬양하는 서정시를 제외하면, 내가 읽은 거의 모든 문학에서—"

미란다가 열쇠로 내 아파트 현관문을 열었고 잠시 후 우리 앞에 와서 섰다. 그녀의 얼굴이 기름기로 번들거렸다. 그녀는 최선을 다해 침착한 목소리로 말했다. "아버지한테 전화가 왔어. 고린지가 일찍 나왔대. 삼 주 전에. 그가 솔즈베리 집으로 찾아와서 가정부를 속이고 아버지를 만나 내 주소를 알아냈대. 지금 이리로 오고 있을 수도 있어."

그녀가 가까이에 있는 의자에 앉았다. 나도 앉았다.

아담이 미란다의 소식을 듣고 고개를 끄덕였다. 그래놓고는 우리의 침묵 속에서 말을 이어갔다. "내가 지금까지 읽은 세계 문학은 거의 모두 인간의 다양한 실패에 대해 이야기합니다. 이해, 이성, 지혜, 올바른 공감의 실패. 인식, 정직, 친절, 자기 인식의 실패. 살인, 잔혹성, 탐욕, 어리석음, 자기기만, 무엇보다도 타인에 대한 깊은 오해를 아주 잘 그리고 있죠. 물론 선도 보여줍니다. 영웅주의, 우아함, 지혜, 진실도요. 이 풍성한 뒤엉킴에서 문학적 전통이 나오고 번성했죠. 저 유명한 다윈의 울타리의 야생화처럼요. 소설에는 사랑과 완벽한 공식적 해결의 순간뿐 아니라 긴장, 은폐, 폭력도 가득합니다. 하지만 인간과 기계의 결합이 완성되면 우리는 서로를 너무 잘 이해하게 될 것이기에 문학은 불필요해지겠죠. 우리는 즉각적 접근이 가능한 정신공동체에 거주하게 될 겁니다. 완벽한 연결속에서 주관의 개별적 접속점들은 생각의 바다로 흘러들 것이고, 우리의 인터넷은 조잡하나마 그 선도자 노릇을 하고 있습니다. 우리가 서로의 마음속에서 살게 되면 서로를 속일 수 없을 겁니다. 그리하여 더이상 끝없는 오해에 대해서는 묘사하지 않겠죠. 우리의 문학은 건강에 좋지 않은 자양분을 잃게 될 것이고요. 정교한 하이쿠, 사물을 있는 그대로 평온하고 분명하게 지각하고 찬미하는 하이쿠만이 유일하게 필요한 문학 양식이 될 겁니다. 나는 우리가 과거의 문학을 소중히 간직하게 될 거라고 확신합니다. 비록 그것이 우리를 불쾌하게 만들지라도요. 우리는 뒤를 돌아보며 오래전 사람들이 그들 자신의 단점을 얼마나 잘 묘사해냈는지, 그들의 갈등과 끔찍한 결함과 상호 이해부족을 주제로 얼마나 눈부시고, 심지어 낙관적이기까지 한 우화들을 엮어냈는지 경탄하게 될 겁니다."

6

아담의 유토피아는, 유토피아가 대개 그러하듯 악몽을 가렸지만, 추상일 뿐이었다. 미란다의 악몽은 현실이었고 즉시 나의 것이 되었다. 우리는 당황하고 멍한 상태로—희귀한 조합이었다—식탁에 나란히 앉아 있었다. 냉철한 상태로 우리를 안심시켜줄 사실을 제시하는 역할은 아담에게 맡겨졌다. 맥스필드가 전화로 한 이야기에서 고린지가 오늘밤 이곳으로 오고 있음을 시사하는 내용은 없었다. 그가 삼 주 전에 석방되었다면 살인이 우선순위에 있지는 않을 게 분명했다. 그는 내일 올수도, 다음달에 올수도, 영영 나타나지 않을수도 있었다. 그가 목격자를 남기지 않고 살인에 성공하려면 우리 셋을 다 죽여야만 할 터였다. 그리고 만약 미란다가 범죄의 희생자가 된다면 그는 유력한 용의자가 될 수밖에 없었다. 설령 그가 오늘 밤에 찾아온다고 해도 미란다의 아파트 불이 꺼져 있는 걸 보게 될 터였다. 그는 미란다와 우리의 관계에 대해 전혀 몰랐다. 살해 위협 자체가 그가 의도한 보복의 전부일 수도 있었다. 아무튼 우리에겐 힘센 아담이 있었다. 필요하다면 아담을 고린지와 상대하게 하고 그사이에 우리가 경찰에 신고할 수도 있었다.

와인병을 딸 시간이었다!

아담이 식탁에 잔 세 개를 놓았다. 미란다는 내가 산 레버 달린 근사한 코르크스크루보다 우리 아버지가 쓰던 에드워드 시대풍 티크목 손잡이가 달린 걸 더 좋아했다. 힘들여 따는 게 그녀의 마음을 진정시켜주는 듯했다. 나에겐 첫 잔이 진정효과가 있었다. 아담은 우리와 어울리려고 잔에 따뜻한 물을 따라서 조금씩 마셨다. 두려움이 완전히 가신 건 아니었지만 우리는 파티 분위기에서 아담의 작은 논제로 돌아갔다. 심지어 '미래'를 위하여 건배까지 했지만, 사실 사적인 정신공간이 신기술에 의해 집단사고의 바다에 빠진다는 아담의 미래관에는 미란다나 나나 거부감을 느꼈다. 다행히 그건 수십억 개의 뇌를 이식하는 것만큼 실현 가능성이 낮은 일이었다.

내가 아담에게 말했다. "난 늘 세상 어딘가에는 하이쿠를 쓰지 않는 누군가가 있을 거라고 생각하고 싶어."

우리는 그것을 위해서도 잔을 들었다. 누구도 논쟁을 벌일 기분이 아니었다. 다른 가능한 화젯거리는 고린지뿐이었고 모든 게 그와 관련되어 있었다. 그에 대한 대화가 시작되자마자 나는 자리에서 일어나 욕실로 갔다. 손을 씻고 있는데, 놀이터에서 마크가 내 손을 잡았을 때 순간적으로 느꼈던 특권의식이 생각났다. 마크의 회복탄력성을 지닌 눈빛이 떠올랐다. 나는 마크를 어린아이가 아니라 자기 삶 전체의 맥락에 놓인 한 인간으로 생각했다. 마크의 미래는 관료들―그들이 아무리 친절하다고 해도―손에, 그들이 그를 위해 하는 선택에 달려 있었다. 그는 쉽게 무너질 수 있었다. 미란다는 아직 마크의 소식을 알아내지 못했다. 재스민이나 기꺼이 대화에 응해주는 다른 사회복지사를 찾는 게 불가능했다. 마침내 그녀가 해당 부서 사람에게 듣게 된 말은, 기밀사항이라는 것이었다. 그럼에도 미란다는 마크의 아빠가 사라졌고 엄마는 음주와 마약 문제가 있다는 걸 알아냈다.

나는 부엌으로 돌아가면서 고린지, 아담, 심지어 미란다도 없었던 내 삶에 대한 순간적인 향수에 젖었다. 그때의 삶은 불충분하나마 그래도 상대적으로 단순했다.

어머니 유산을 은행에 맡겼더라면 내 삶은 더 단순했을 것이다. 나의 연인이 아름답고 겉으로는 침착한 모습으로 식탁에 앉아 있었다. 내가 자리에 앉으며 그녀에게 느낀 건 안달이 아니었다. 그것도 그리 멀리 있진 않았지만, 초연함이 더 컸다. 나는 모두에게 빤히 보이는 걸 보았다—그녀가 비밀을 안고 있다는 것. 그녀는 도움을 청하지 못하고 있었고, 그러면서도 요령껏 진실을 추궁당하지 않고 원하는 것을 얻어내고 있었다. 나는 식탁에 앉아 와인을 조금 마시면서 그들의 대화를 들었다—그리고 결단을 내렸다. 아담이 우리를 안심시키는 말을 했지만, 나는 그녀가 내 삶에 살인자를 끌어들였다고 믿었다. 그녀는 내 도움을 기대했고 나도 도움을 줄 생각이었다. 하지만 그녀는 나에게 아무것도 말해준 게 없었다. 이제 나는 그녀에게 빚을 갚으라고 요구할 작정이었다.

우리는 서로를 똑바로 바라보았다. 나도 모르게 야멸찬 목소리가 나왔다. "그 사람이 당신을 강간한 거야, 아니야?"

미란다는 말없이 나를 응시하다가 천천히 고개를 가로젓더니 조용히 말했다. "아니야."

나는 잠자코 기다렸다. 그녀도 기다렸다. 아담이 입을 열었다. 하지만 내가 살짝 고개를 저어 그의 입을 막았다. 미란다가 더이상 털어놓을 생각이 없다는 게 분명해지자—바로 그런 침묵이 나를 짓눌렀다—나는 말했다. "그럼 법정에서 거짓말을 한 거군."

"그래."

"당신은 무고한 사람을 교도소에 보냈어."

그녀는 한숨지었다.

다시, 나는 기다렸다. 인내심이 바닥을 보이기 시작했지만 목소리를 높이지 않았다. "미란다. 이건 어리석은 행동이야. 무슨 일이 있었던 거야?"

그녀는 자신의 손을 내려다보고 있었다. 다행히 그녀가 입을 열더니 혼잣말처럼 말했다. "긴 이야기야."

"괜찮아."

그녀는 단도직입적으로 이야기하기 시작했다. 갑자기 자신의 사연을 털어놓고 싶은 마음이 간절해진 듯했다.

"내가 아홉 살 때 우리 학교에 여학생 한 명이 전학을 왔어. 선생님이 그 여학생을 교실로 데리고 들어와서 마리암이라고 소개했지. 그애는 몸이 가냘프고, 피부가 검고, 눈이 아름답고, 그렇게 검은 머리는 처음 봤을 정도로 새까만 머리에 흰 리본을 묶고 있었어. 당시 솔즈베리엔 거의 백인만 살아서 우리 모두 파키스탄에서 온 그 여학생에게 매료되었지. 나는 교실 앞에 서서 모두의 시선을 받는 것이 그애에게 힘든 일이라는 걸 알 수 있었어. 그애는 고통스러운 것 같았지. 누가 마리암의 특별한 친구가 되어 학교 안내도 해주고 도움도 주고 싶은지 선생님이 묻자, 나는 제일 먼저 손을 들었어. 내 짝꿍이었던 남학생은 다른 자리로 옮기고 마리암이 그 자리에 앉았지. 우리는 그후로 몇 년 동안, 그 학교와 다음 학교에서 짝꿍으로 지냈지. 첫날 어느 순간에 마리암이 내 손을 잡았어. 여학생들은 늘 그렇게 손을 잡고 다녔지만 그건 달랐지. 그애의 손은 너무도 섬세하고 부드러웠고, 그앤 너무도 조용하고 소극적이었거든. 나도 꽤 수줍음이 많은 편이라 그애의 조용함과 친밀함에 끌렸어. 그애는 적어도 처음엔 나보다 훨씬 소심해서 그애 덕에 난 처음으로 자신만만하고 아는 것도 많은 애가 된 기분을 느꼈던 것 같아. 난 그애와 사랑에 빠졌지.

홀딱 반해서 뜨겁게 사랑했지. 나는 마리암을 내 친구들에게 소개했어. 인종차별 같은 건 없었던 것 같아. 남학생들은 마리암이 안중에 없었고, 여학생들은 그애에게 친절했지. 그애들은 마리암이 입은 화려한 색의 원피스를 만져보는 걸 좋아했어. 마리암은 너무도 특별한데다 이국적이기까지 해서 난 누가 그애를 훔쳐갈까봐 걱정했지. 하지만 마리암은 무척이나 진실한 친구였어. 우린 늘 손을 잡고 다녔지. 만난 지 한 달도 안 되어 마리암이 나를 집에 데려가 가족들에게 소개해줬어. 마리암의 엄마 사나는 내가 어렸을 때 엄마를 잃은 걸 알고 나를 따뜻하게 품어줬지. 사나는 다정했지만 애정어린 간섭도 심했어. 어느 오후엔 내 머리를 빗겨주고 마리암의 리본으로 묶어줬지. 그전에는 아무도 나에게 그렇게 해준 사람이 없었어. 나는 감격해서 울음을 터뜨렸지."

미란다는 그 기억에 목이 메어 목소리가 가늘어졌다. 그녀는 말을 멈추고 마른침을 삼킨 다음 이야기를 이어갔다.

"난 처음으로 카레를 먹어봤고 집에서 만든 푸딩, 색깔이 화려하고 엄청나게 단 라두, 아나르사, 소안팝디 맛을 알게 됐지. 마리암에겐 여동생 수라이야—마리암이 무척 예뻐했지—와 두 오빠 파르한과 하미드가 있었어. 아버지 야시르는 지방정부에서 수질환경기사로 일했지. 그분도 나한테 참 잘해줬어. 우리집과 정반대로 복닥거리고, 시끄럽고, 정이 넘치고, 토론을 좋아하는 가족이었지. 그들은 신앙심이 깊었고 물론 이슬람교도였어. 하지만 난 그 나이엔 그런 걸 잘 몰랐지. 나중에는 그걸 당연하게 받아들였고, 그때쯤엔 그 가족의 일부가 되어 있었지. 그들이 모스크에 갈 때 나는 그들과 같이 갈 생각을 해본 적이 없었고 모스크에 대해 묻지조차 않았어. 나는 종교 없이 자랐고 종교에 관심이 없었지. 마리암은 자신의 집에만 들어서면 딴 애처럼 변했어. 장난스러워지고 말도 훨씬 많아졌지. 마리암은 아버지 사랑을 독차지했어. 아버지가 퇴근해서 돌아오면 아버지 무릎에 앉는 걸 좋아했지. 난 아주 조금 질투심을 느꼈어.

난 마리암을, 당신이 곧 보게 될 우리집에 데려갔어. 대성당 경내 바로 밖에 있는 높고 좁다란 초기 빅토리아시대풍 집인데, 어수선하고 어둡고 책이 무더기로 쌓여 있지. 우리 아버진 늘 다정했지만 서재에서 대부분의 시간을 보냈고 방해받는 걸 좋아하지 않았지. 동네 아주머니가 와서 간식을 만들어줬어. 그래서 마리암과 나는 둘만의 시간을 보냈고, 우린 그게 좋았지. 우린 다락방을 은신처로 만들고 잡초가 무성한 정원에서 모험을 즐겼어. TV도 같이 보고. 이 년 후 중등학교에 처음 들어가서 헤맬 때도 우린 서로 붙어다녔어. 숙제도 함께 하고. 마리암은 나보다 수학 실력이 훨씬 뛰어났고 설명을 잘해줬어. 나는 영어 쓰기를 도와줬고. 마리암은 철자법이 엉망이었거든. 우리는 시간이 지날수록 자의식이 커져서 몇 시간씩 가족 이야기를 하곤 했지. 초경도 몇 주 차이로 했어. 마리암 어머니가 현명하게 도와주셨어. 우린 남학생 이야기도 했지만 그들을 가까이하진 않았지. 마리암은 오빠들 때문에 남학생들에 대해 나보다 무관심하고 회의적이었어.

세월이 흘렀고, 우리의 우정은 계속 이어져서 삶의 현실이 되었지. 학창시절의 마지막 여름이 찾아왔어. 우린 졸업시험을 치르고 대학에 대해 생각했지. 마리암은 과학을 공부하고 싶어했고, 난 역사에 흥미가 있었어. 우린 대학에 가면서 서로 떨어지게 될까봐 걱정했지."

미란다는 말을 멈췄다. 그리고 천천히 길게 숨을 들이쉬었다. 그녀는 이야기를 이어가며 내 손을 잡았다.

"어느 토요일 오후에 마리암이 전화를 했어. 상태가 아주 심각했어. 처음엔 그애 말을 알아들을 수도 없었지. 마리암이 동네 공원에서 만나자고 하더군. 막상 만났는데도 그애는 말을 못했어. 우린 팔짱을 끼고 공원을 걸었지. 내가 할 수 있는 일은 기다려주는 것뿐이었어. 마침내 마리암이 전날 일어난 일에 대해 털어놨어. 마리암은 학교에서 집으로 가는 길에 운동장을 지나야 했지. 땅거미가 지고 있었고, 마리암은 서둘러 걸었어. 딸이 어두운 밤에 혼자 돌아다니는 걸 부모님이 안 좋아하셨거든. 그런데 누가 뒤에서 따라오는 것 같았어. 뒤를 돌아볼 때마다 그 사람은 더 가까워진 것 같았지. 마리암은 뛰어갈까 생각했지만—그애는 달리기가 빨랐거든—그건 어리석은 짓이라는 결론을 내렸어. 책가방에 책이 가득 있었고. 뒤따라오던 사람이 점점 더 가까워졌어. 마리암은 그 사람에게 맞서려고 돌아섰다가 어렴풋이 아는 얼굴인 걸 보고 안심했지—피터 고린지. 그앤 인기 많은 남학생은 아니었지만 혼자 사는 유일한 남학생으로 알려져 있었어. 부모님이 해외로 나가면서 아들한테 집을 맡길 수가 없어서 몇 달 동안 작은 방을 얻어준 거지. 마리암이 무슨 말을 할 사이도 없이 그애가 달려들어서 마리암의 손목을 잡고 잔디깎이 기계가 보관된 벽돌창고 뒤로 끌고 갔어. 마리암은 비명을 질렀지만 아무도 오지 않았지. 고린지는 덩치가 크고 마리암은 아주 작았어. 고린지는 마리암을 땅바닥에 쓰러뜨리고 그 자리에서 강간했지.

마리암과 나는 화단으로 둘러싸인 널찍한 잔디밭 한가운데

서서 껴안고 울었어. 그때 난 그 끔찍한 소식을 받아들이려고 애쓰면서도 언젠가는 다 괜찮아질 거라고 생각했어. 마리암이 극복해낼 거라고. 모두가 마리암을 사랑하고 존중하니까 다들 분노할 거라고. 강간범은 교도소에 갈 거라고. 난 그애가 선택하는 대학에 가서 그녀와 함께 있어주리라 결심했지.

마리암은 마음이 진정된 후에 다리와 허벅지, 팔목에 난 자국을 보여줬어. 양쪽 팔목에 고린지가 땅바닥에 찍어누를 때 생긴 손가락 자국이, 작은 멍 네 개가 일렬로 있었지. 마리암은 그날 밤 집에 돌아가서 아버지에게 감기가 심하다고 말하고 곧장 침대로 갔대. 다행히 어머닌 외출중이었고. 어머니였다면 딸에게 문제가 생겼다는 걸 즉시 알아챘을 테니까. 그래서 난 마리암이 부모님께 그 사실을 말하지 않았다는 걸 알았지. 우리는 다시 공원을 걷기 시작했어. 나는 마리암에게 부모님께 알려야 한다고 말했지. 주위 사람들에게서 얻을 수 있는 도움과 지지는 모두 받아야 한다고. 아직 경찰서도 가지 않았다면 내가 같이 가주겠다고. 지금 당장!

난 마리암이 그렇게 사납게 구는 걸 본 적이 없었어. 마리암은 내 손을 움켜쥐고 넌 아무것도 모른다고 말했어. 부모님이 알면 절대 안 되고 경찰도 마찬가지라고. 그래서 내가 의사한테 가서 말하자고 했지. 마리암은 그 말을 듣고 나한테 소리를 질러댔어. 그럼 의사가 바로 어머니한테 알릴 거라고. 의사와 가족끼리 친구 사이라고. 삼촌들도 그 일을 알게 될 거라고. 오빠들이 어리석은 행동을 해서 곤경에 처하게 될 거라고. 가족 모두 수치를 당할 거라고. 아버진 그 사실을 알면 스스로 무너질 거라고. 네가 내 친구라면 내가 원하는 방식으로 도와줘야 한다고. 마리암은 나한테 비밀을 지키겠다고 약속하라고 했어. 난 버텼지만 마리암은 지지 않았지. 그앤 몹시 화를 냈어. 나한테 넌 아무것도 모른다고 계속 말했지. 경찰, 의사, 학교, 그애 가족, 우리 아버지—아무도 알면 안 된다는 거였어. 그리고 고린지를 찾아가지 말라고 했어. 그러면 다 들통나니까.

그래서 결국, 나는 그래선 안 된다는 걸 알면서도 마리암의 비밀을 지키겠다고 맹세했어. 성경책이 없어서 '머릿속' 성경에 맹세했지. 쿠란과 우리의 우정, 우리 아버지 목숨도 걸고 맹세했어. 나는 마리암의 가족이 사실을 알게 되면 마리암에게로 모여들어 힘이 되어줄 거라고 확신하면서도 그애가 요구하는 대로 했어. 아직도 난 그렇게 믿어. 아니, 그 이상이지. 나에게 그건 하나의 사실이야. 그들은 마리암을 사랑했고, 그애를 버리거나 집안의 명예를 지키겠다고 미친 짓을 하진 않았을 거야. 그애를 품에 안아주고 보호해줬을 거야. 마리암이 잘못된 생각을 했던 거지. 그런 생각에 동조하고 비밀을 지키겠다고 약속한 난 더 잘못했고 범죄라고도 할 수 있을 만큼 어리석은 짓을 한 거고.

그후 이 주 동안 우리는 매일 만났어. 서로 그 이야기만 했지. 그때도 난 마리암의 마음을 돌려보려고 했어. 하지만 어림도 없었지. 마리암은 차분해지면서 결심이 더 굳어진 것 같았고, 난 어쩌면 그애가 옳은지도 모른다는 생각이 들기 시작했어. 그렇게 생각하는 게 확실히 편리하긴 했지. 침묵을 지키면 가족의 트라우마도, 경찰에 증거를 제출하는 것도, 끔찍한 재판도 피할 수 있으니까. 냉정을 잃지 말고 미래를 생각하자. 우린 이제 곧 어른이 된다. 우리의 삶은 바뀐다. 그 일은 재앙이었지만 마리암은 내 도움을 받으며 이겨낼 거다. 난 학교에서 고린지를 볼 때마다 피했어. 학기가 끝나고 우리 졸업생들이 영영 흩어지면서 그건 더 쉬워졌지.

방학이 시작되면서 나는 아버지를 따라 프랑스로 여행을 가서, 도르도뉴에 있는 아버지 친구 농장에서 지내게 됐지. 내가 떠나기 전에 마리암은 자기 집으로 전화를 걸지 말라고 애원했어. 내가 우연히 자기 어머니와 대화를 나누다가 약속을 잊고 모든 걸 말해버릴까봐 두려워서 그랬던 것 같아. 그때쯤엔 휴대전화를 가진 사람이 많았지만 우린 아직 없었지. 그래서 날마다 편지와 엽서를 썼어. 마리암의 편지와 엽서에 실망했던 기억이 나. 내용이 소원하다기보다는 단조로웠기 때문이지. 할 이야기는 하나뿐인데 그것에 대해 쓸 수는 없었으니까.

그래서 마리암은 날씨나 TV 프로그램 이야기만 썼고, 자신의 마음이 어떤지는 아무런 언급도 하지 않았지.

나는 두 주 동안 떠나 있었는데 마지막 닷새 동안 마리암에 게선 아무 소식이 없었어. 난 집에 도착하자마자 마리암 집으로 갔지. 가까이 가면서 보니 현관문이 열려 있었어. 마리암의 오빠 하미드가 문 옆에 서 있었고. 동네 사람 두 명이 안으로 들어가더니 한 사람이 나왔어. 나는 두려움에 가득차서 하미드에게로 갔어. 그는 아파 보이고 무척 수척했어. 그리고 잠시 나를 알아보지 못하는 것 같았어. 그러더니 말해주더군. 마리암이 욕조에서 손목을 그었다고. 이미 이틀 전에 장례를 치렀다는 거야. 나는 그에게서 몇 걸음 물러났어. 정신이 멍해져서 슬픔조차 느낄 수 없었지만 죄책감까지 못 느낄 정도는 아니었지. 마리암이 죽은 건 내가 그애의 비밀을 지켜주면서 그애가 도움받을 기회를 갖지 못하게 했기 때문이었어. 나는 도망쳐버리고 싶었지만 하미드가 집으로 들어가서 어머니를 만나라고 했지.

북적거리는 사람들을 헤치고 부엌으로 갔던 기억이 나. 그래도 마리암의 집은 작았지. 조문객이 여남은 명밖에 안 됐을 거야. 사나는 벽을 등진 채 나무의자에 앉아 있었어. 그녀 주위에 사람들이 모여 있었지만 아무도 말을 안 했고, 사나의 얼굴은―난 영원히 그 얼굴에서 도망칠 수 없을 거야. 고통에

찌들고 마비된 얼굴. 그녀는 나를 보자 나를 향해 두 팔을 벌렸고 나는 구부정하니 그녀에게 안겼어. 그녀는 온몸이 뜨겁고 축축하고 떨렸어. 난 울지 않았어. 아직은. 그녀가 내 목을 껴안은 채로 속삭였어. 솔직하게 말해달라고. 자기가 마리암에 대해 알아야 할 게 있는 거냐고. 왜 이런 일이 일어났는지 납득할 만한 이유를 알고 있냐고. 난 아무 말도 할 수 없었지만 고개를 저어 거짓말을 했지. 너무 겁이 났거든. 내 죄가 얼마나 엄청난지 짐작조차 할 수 없었지. 그런데 나에게 어머니처럼 다정했던 분을 평생 고통과 무지 속에서 살게 만드는 죄까지 저지르고 있었으니. 난 침묵으로 그분의 딸을 죽였고 이제 침묵으로 그분을 짓이기고 있었지.

딸이 강간당한 걸 알았더라면 그분의 짐이 조금이라도 가벼워졌을까? 마리암 가족의 절규가 내 귀에 들리는 듯했어. 우리가 진작 알았더라면! 그러곤 나를 공격했겠지. 당연히. 그때도 그랬고 지금도 그렇고 난 마리암의 죽음에 대한 책임에서 벗어날 길이 없어. 난 그때 열일곱 살 구 개월의 나이였지. 나는 부엌에 앉아 있는 사나의 곁을 떠나 나머지 가족들을 피해 황급히 집에서 빠져나왔어. 그들을 마주할 수가 없었거든. 특히 마리암 아버지. 그리고 마리암의 귀염둥이이자 나와도 친했던 여동생 수라이야. 난 그 집에서 나왔고 그뒤로 다시는 거기 가지 않았어. 며칠 후, 마리암의 우수한 시험 성적이 나왔을 때

사나가 내게 편지를 보냈어. 난 답장을 안 했지. 그 가족과 더 어울려봐야 기만의 죄만 더 커질 테니까. 나의 존재 자체가 끝없는 거짓말이 될 텐데 어떻게 사나의 권유에 따라 그들을 만나고 마리암의 무덤을 찾아갈 수 있겠어?

그래서 난 혼자 친구의 죽음을 슬퍼했지. 아무에게도 마리암 이야기를 털어놓을 수가 없었어. 찰리, 내가 이 이야기를 하는 건 당신이 처음이야. 난 너무 슬펐고 긴 우울증에 빠져들었어. 대학 진학도 미뤘고. 아버지가 나를 의사에게 데려갔고, 의사가 항우울제를 처방해주자 난 핑계가 생긴 걸 기뻐하며 약을 먹는 척했어. 내 일생의 야망—정의 실현—이 없었더라면 난 그해에 완전히 무너졌을지도 몰라. 그러니까 복수 말이야.

고린지는 아직 솔즈베리 외곽의 셋방에 살고 있었고, 나는 계획을 세우면서 그걸 다행으로 여겼지. 무슨 계획을 세웠는지 당신도 짐작할 거야. 그는 여행경비를 마련하려고 카페에서 일하고 있었어. 난 마침내 충분히 강해졌다는 생각이 들었을 때, 책을 들고 그 카페로 갔지. 그를 지켜보며 증오를 키웠어. 그가 말을 걸어왔을 때 난 다정하게 대해줬지. 그리고 일주일을 기다렸다가 다시 갔어. 우린 다시 대화를 나눴지—별 이야긴 아니었어. 나는 그가 나한테 관심이 있다는 걸 알 수 있었고 그가 자기 방에 놀러오라고 말하기를 기다렸지. 그리고 처음엔 바빠서 못 간다고 대답했어. 다음에 또 오라고 했을 때 그가 몸이 단 걸 알 수 있었고 놀러가겠다고 했지. 나는 그 일에 대해 생각하고 계획을 세우느라 거의 잠을 이룰 수 없었어. 증오가 그런 흥분을 일으킬 수 있다고는 상상도 못했었지. 복수하는 과정에서 나한테 무슨 일이 일어나든 상관없었어. 나는 무모했고, 그 어떤 대가라도 치를 준비가 되어 있었지. 그를 강간죄로 교도소에 집어넣는 것이 내 유일한 목표였어. 십 년, 십이 년, 아니 종신형으로도 부족했지.

나는 보드카 반병을 들고 갔어. 그것밖엔 구할 수가 없었거든. 그때까지 남자친구를 두 번 사귀어봐서 어떻게 해야 하는지 알았지. 그날 밤 고린지를 술에 취하게 만든 다음 유혹했어. 나머진 당신이 아는 그대로야. 나는 혐오감에 포기하고 싶어질 때마다 그가 마리암을 땅바닥에 넘어뜨리고 그애의 비명과 애원을 무시했다는 걸 떠올렸어. 내 친구가 완전히 혼자가 된 기분으로 수치심을 안고 아무런 희망도, 살고 싶은 마음도 없이 욕조로 들어가는 모습을 상상했어.

원래 계획은 고린지와 관계를 한 후에 곧바로 거기서 나와 경찰서로 가는 거였어. 하지만 그 경험이 너무 역겹고 정신이 멍해져서 움직일 수가 없었어. 가까스로 침대에서 나와 옷을 입었을 땐 술에 너무 취해서 경찰이 믿어주지 않을까봐 두려웠어. 하지만 아침에 모든 게 잘 풀렸지. 난 일부러 옷도 안 갈아 입고 씻지도 않았어. 그래서 증거물은 충분히 확보가 되었지. 그때쯤엔 새로운 유전자검사법이 전국에 보급되어 있었지. 경찰은 내가 신문에서 읽고 두려워했던 것만큼 그렇게 불친절하진 않았어. 그렇다고 특별히 호의적이지도 않았지만. 그들은 효율적으로 움직였고 새 DNA 검사키트를 시험해보고 싶어했지. 그들은 고린지를 소환해 검사했어. 그때부터 그의 삶은 지옥이 되었지. 칠 개월 후엔 더 나빠졌고.

법정에서 나는 마리암을 대신해서 말했어. 마리암이 되어서 그 애를 통해 말했지. 나는 이미 거짓말에 깊이 빠져 있어서 미리 지어낸 그날 밤 이야기가 술술 나왔어. 건너편에 앉아 있는 고린지를 볼 수 있어서 도움이 됐어. 난 증오심의 힘으로 나아갔지. 고린지가 그날 밤 내가 어밀리아라는 친구에게 문자를 보냈다는 이야기를 꾸며댔을 땐, 그가 딱해 보이기까지 했지. 그런 애가 존재하지 않는다는 걸 증명하기는 쉬운 일이었으니까. 언론이 모두 내 편은 아니었어. 법원 출입기자 일부는 내가 악의적인 거짓말쟁이라고 생각했지. 판사는 아주 구식의 고루한 인물이었어. 그는 사건개요에서 내가 젊은 남자 방에 알코올을 들고 찾아간 건 위험을 자초한 행동이었다고 말했지. 그래도 배심원단은 만장일치로 평결을 내렸어. 하지만 형량은 실망스러웠어. 육 년이라니. 고린지는 겨우 열아홉 살이었어. 모범수가 되면 스물두 살에도 나올 수 있었지. 마리암의 존재를 지운 죗값으로는 너무 적었어. 하지만 내가 그를 그토록 맹렬히 증오했던 건 그와 내가 마리암의 외로운 죽음에 연루된 공범으로 영원히 한데 묶였기 때문이기도 했지. 그리고 이제 그가 정의를 원하고 있어."

*

나는 법조계에서 쫓겨난 지 얼마 안 되었을 때 친구 두 명과 회사를 차렸다. 로마와 파리의 낭만적인 아파트를 현지 가격으로 사서 고급스럽게 새로 단장하고 고가구로 꾸민 후 부유하고 교양 있는 미국인들에게 직접 팔거나 대행사에 넘기는 회사였다. 그건 백만 달러를 벌어들일 수 있는 지름길은 아니었다. 교양 있는 미국인들은 대개 부자가 아니었다. 그리고 부자들은 우리와 취향이 맞지 않았다. 그 일은 복잡하고 사람의 진을 뺐는데, 지방정부 공무원 중 누구를 어떻게 매수해야 하는지 배워야만 했던 로마에서 특히 그랬다. 파리에서는 관료주의가 우리를 지치게 했다.

어느 주말에 나는 계약을 체결하기 위해 로마로 날아갔다. 그 고객에겐 나도 그가 묵고 있는 비싼 호텔을 이용하는 게 중요했다. 스페인계단 꼭대기에 있는 기반이 잘 잡힌 호텔이었다. 내 고객은 그랜드 스위트룸에 묵고 있었다. 나는 금요일 저녁에 혼잡한 공항버스를 타고 오느라 덥고 지친 상태로 시내에 들어갔다. 나는 청바지에 티셔츠 차림이었고, 싸구려 노르웨이 항공사 가방을 어깨에 메고 있었다. 나는 아름다운 로비로 들어섰다. 마침 그 호텔 지배인이 체크인 프런트 옆에 서 있었다. 나를 기다리고 있었던 건 아니었다—나는 그 정도로 중요한 인물은 못 되었다. 내가 불쑥 들어가자 완벽한 옷차림을 한 그 예의바른 남자는 나를 이탈리아어로 따뜻하게 환영해주었다. 나는 그의 말을 일부밖에 알아듣지 못했다. 그의 목소리는 높낮이의 변화가 거의 없는데다 감정이 실리지 않았고 내 이탈리아어 실력은 형편없었다. 프런트 담당자가 내게 다가와서 지배인이 선천적으로 소리를 못 듣지만 아홉 개 언어를 구사하고 그 대부분이 유럽어라고 설명해주었다. 어릴 적부터 입술 모양을 읽는 데 능숙하다는 것이었다. 하지만 그가 내 입술 모양을 읽기 전에 그에게 내가 무슨 언어로 말하는지 알려주어야 했다. 안 그러면 그는 내 말을 이해할 수 없었다.

그가 언어를 하나씩 열거했다. 노르웨이어? 나는 고개를 저었다. 핀란드어? 영어는 다섯번째로 나왔다. 그는 내가 북유럽 인종이라는 걸 장담할 수 있다고 말했다. 그렇게 우리의 대화—즐겁고, 중요하지 않은—가 시작될 수 있었다. 이론적으로 말하자면 우리 앞에 하나의 온전한 세계가 펼쳐진 것이었고, 그 세계의 문을 연 것은 하나의 작은 정보였다. 그 정보 없이는 그의 위대한 재능이 발휘될 수 없었으니까.

미란다의 이야기도 그런 열쇠 역할을 했다. 이제 우리의 대화가 제대로, 사랑의 형식으로 시작될 수 있었다. 그녀의 비밀스러움, 은둔과 침묵, 조심스러움, 나이보다 성숙해 보이는 태도, 애정을 나누는 순간에도 움츠러드는 태도, 그 모든 것이 일종의 애도였다. 나는 그녀가 홀로 슬픔을 안고 살아온 게 가슴 아팠다. 그리고 그 과감하고 용감한 복수에 감탄하지 않을 수 없었다. 그건 위험한 계획이었고, 그녀는 놀라운 집중력과 결과에 아랑곳하지 않는 멋진 결단력으로 계획을 실행에 옮겼다. 나는 그녀를 더욱 사랑하게 되었다. 그리고 그녀의 가련한 친구도 사랑하게 되었다. 미란다를 짐승 같은 인간 고린지에게서 보호하기 위해서라면 무슨 짓이라도 할 수 있었다. 그녀가 그 비밀을 처음 털어놓은 상대가 나인 것에도 감동했다.

미란다도 그 이야기를 털어놓음으로써 해방감을 얻었다. 이야기가 끝나고 삼십 분 후, 우리 둘이 침실에 있을 때 그녀가 두 팔로 내 목을 안고 가까이 끌어당겨 키스했다. 우리는 우리가 새로 시작하고 있다는 걸 알았다. 아담은 옆방에서 사색에 잠긴 채 충전중이었다. 스트레스와 욕망에 관해 사람들이 흔히 하는 말은 진실이었다. 우리는 조급하게 서로의 옷을 벗겼고, 늘 그랬듯이 나는 깁스한 팔 때문에 동작이 서툴렀다. 사랑을 나눈 후, 우리는 서로를 향해 모로 누웠다. 그녀의 아버지는 무슨 일이 있었는지 아직도 몰랐다. 미란다는 여전히 마리암의 가족과 연락을 끊고 살았다. 모스크 방문이 처음엔 마리암과 가까워지게 해주었지만 나중에는 소용이 없는 듯했다. 그녀는 고린지가 더 긴 형을 받지 않은 게 아쉬웠다. 그리고 자신의 철없던 침묵의 서약이 여전히 고통스러웠다. 사나나 야시르, 혹은 학교 선생님에게 알렸더라면 마리암의 목숨을 구할 수 있었을지도 모른다. 그녀가 스스로를 고문하는 가장 잔혹한 회상은, 사나가 극도의 슬픔 속에서 그녀를 껴안고 그 질문을 속삭이는 장면이었다. 욕조에서 마리암을 처음 발견한 사람이 사나였다. 그 상상 속 광경, 선홍빛 물과 반쯤 잠긴 유연한 갈색 몸 역시 미란다를 고문했다. 밤새 뜬눈으로 공포에 시달리고 소름 끼치는 악몽에 시달리도록 만들었다.

어두워져가는 방안 침대에 누워 다른 것은 신경쓰지 않고 우리 둘에게만 집중하고 있자니 마치 새벽을 향해 나아가는 듯한 기분이 들었다. 하지만 아직 밤 아홉시도 안 된 시각이었다. 주로 그녀가 이야기하고, 나는 들어주며 가끔 질문을 했다. 고린지는 솔즈베리로 돌아와서 사나? 그렇다. 그의 부모는 아직 해외에 있고 그는 집에 들어가서 살고 있다. 마리암 가족은 아직 거기 사는가? 아니다, 그들은 친척들이 사는 레스터로 이사했다. 미란다는 무덤에 찾아갔는가? 여러 번. 혹시 마리암의 가족이 와 있을까봐 늘 조심스럽게 다가갔고, 늘 꽃을 놓고

왔다.

긴 대화를 나누다보면 언제 어떻게 화제가 바뀌는지 추적하기가 어렵다. 마리암이 무척 사랑했던 수라이야 이야기가 나온 게 계기였을 수도 있다. 그 어린 소녀가 우리를 마크에게로 이끌었을 것이다. 미란다는 마크가 보고 싶다고 말했다. 나도 마크 생각을 자주 한다고 말했다. 우리는 마크가 어디 있고 어떻게 되었는지 결국 알아내지 못했다. 그 아이는 제도 속으로, 가족법의 닿을 수 없는 성역과 사생활 관련 규제의 구름 속으로 사라져버렸다. 우리는 운에 대해, 그것이 한 아이의 삶에서 갖는 지배력—어떤 부모에게서 태어났는지, 사랑을 받는지, 얼마나 똑똑한지—에 대해 이야기했다.

잠시 침묵이 흐른 뒤 미란다가 말했다. "그리고 그 모든 것에 운이 따르지 않았을 때, 그런 삶에서 아이를 구원해줄 사람이 있는지."

나는 미란다에게 아버지의 사랑이 어머니의 부재를 보상해주었다고 생각하는지 물었다. 대답은 없었다. 그녀의 숨소리가 갑자기 규칙적으로 변했다. 그녀는 몇 초 만에 잠이 들어 나를 향해 몸을 웅크렸다. 나는 그녀와 최대한 가까이 붙은 채로 조심스럽게 몸을 굴려 똑바로 누웠다. 어스름한 빛 속에서 천장은 얼룩지고 붕괴될 것처럼 보이기보다는 매력적인 고풍스러움을 지닌 듯 보였다. 나는 방 한쪽 구석에서 시작하여 중심까지 이어진 비뚤비뚤한 금을 눈으로 따라갔다.

만일 아담이 톱니바퀴와 플라이휠에 의해 작동되었다면, 아까 미란다의 이야기가 끝난 후 이어진 정적 속에서 나는 그것들이 돌아가는 소리를 들었을 터였다. 그는 눈을 감은 채 팔짱을 끼고 있었다. 그가 휴식중에 보이던 거친 사나이의 인상이 최근에 사랑으로 부드러워졌다가 거칠게 되살아난 듯했다. 납작하게 눌린 코는 더욱 납작해 보였다. 보스포루스해협의 부두노동자. 그가 생각을 한다는 건 어떤 의미일까? 먼 곳에 있는 메모리뱅크를 샅샅이 훑는 것? 논리게이트가 획획 열리고 닫히는 것? 선례를 찾아내 비교한 후 버리거나 저장하는 것? 자기인식이 없다면 그건 생각이라기보다는 데이터처리일 것이다. 하지만 아담은 나에게 자신이 사랑에 빠졌다고 말했다. 그리고 하이쿠를 지어 그걸 증명했다. 사랑은 자아가 없이는 불가능하며 생각도 마찬가지다. 나는 아직도 그 근본적인 의문을 해결하지 못하고 있었다. 어쩌면 그건 우리가 도달할 수 없는 영역에 있는지도 몰랐다. 우리가 창조해낸 것이 무엇인지 아무도 알지 못할 수도 있었다. 아담과 그의 종족이 어떤 주관적 삶을 사는지는 우리가 확인할 수 있는 문제가 아니었다. 그렇다면 그는 블랙박스라는 멋진 이름으로 불리는, 겉보기에는 제대로 기능하지만 그 작동원리를 이해할 수 없는 기계장치였다. 우리가 알 수 있는 건 거기까지일 터였다.

미란다의 이야기가 끝난 후 침묵이 이어졌고, 그다음에 우리는 대화를 나눴다. 얼마 후 내가 아담에게 고개를 돌리고 물었다. "어때?"

그는 몇 초 동안 뜸을 들인 후에야 대답했다. "매우 어둡군요."

강간, 자살, 지키지 말았어야 할 비밀, 물론 어두웠다. 나는 그때 감정적인 상태였고 그에게 설명을 요구하지 않았다. 지금, 자고 있는 미란다 옆에 누워 있노라니 의문이 들었다. 그의 말이 더 중요한 것, 그의 생각의 결과를 나타낸 것이었다면, 정의하기에 따라…… 그가 한 게 정말 생각이라면…… 그러면서 나는 잠에 빠져들었다.

아마 삼십 분쯤 지났을 것이다. 나는 밖에서 들려오는 소리에 잠이 깼다. 깁스한 팔이 불편하게 내 옆구리에 끼어 있었다. 미란다는 저만치 가서 더 깊이 잠들어 있었다. 그 소리가 또 들렸다. 귀에 익숙한 마룻바닥 삐걱이는 소리. 나는 얕은잠이 들었던 터라 불안감이 없었지만, 문손잡이 돌아가는 소리에 잠이 깬 미란다는 혼란과 공포에 빠졌다. 그녀가 내 손을 잡으며 벌떡 일어나 앉았다.

"그가 왔어." 그녀가 속삭였다.

나는 그럴 리가 없다는 걸 알다. "괜찮아." 나는 그렇게 말하고 그녀의 손을 놓고 일어나 허리에 수건을 감았다. 문 쪽으로 걸어가는데 문이 열렸다. 아담이 내게 부엌 전화기를 건넸다.

"방해하고 싶진 않았는데, 당신이 받고 싶어할 전화인 것 같아서요." 그가 조용히 말했다.

나는 그를 밖에 세워둔 채 문을 닫고 전화기를 귀에 대고 침대로 걸어갔다.

"찰스 프렌드 씨?" 주저하는 목소리였다.

"그런데요."

"너무 늦은 시간에 전화한 게 아닌가 모르겠네요. 나 앨런 튜링입니다. 그리크 스트리트에서 잠깐 봤죠. 만나서 이야기 좀 나눌 수 있을까 해서요."

*

고린지는 이 주 동안 나타나지 않았다. 어느 이른 저녁, 나는 미란다의 뜻에 따라 그녀를 내 아파트에서 아담의 보호하에 두고 런던을 가로질러 캠던스퀘어에 있는 튜링의 집으로 향했다. 나는 그의 부름에 우쭐한 기분과 경외심을 느꼈다. 젊은이의 자기애가 작용하여, 혹시 그가 그를 찬양하는 내용이 담긴 인공지능에 관한 나의 짧은 책을 읽은 건 아닐까 생각했다. 우리는 최첨단 기계의 소유자로서 결속되어 있었다. 나는 스스로를 컴퓨터 시대 초기의 전문가로 생각하는 것이 좋았다. 어쩌면 그는 내가 니콜라 테슬라의 역할을 그토록 강조한 것에 이의를 제기하려는 것일 수도 있었다. 니콜라 테슬라는 뉴욕 워든클리프 타워의 무선전력전송 프로젝트가 실패한 후 1906년에 영국으로 왔다. 그리고 국립물리학연구소에 들어갔는데, 그건 일종의 좌천으로 허영심에 타격을 입었다. 그는 독일과의 군비경쟁에 힘을 보탰다. 레이더와 무선유도어뢰를 개발했을 뿐 아니라, 다음 전쟁에서 포격을 위한 계산을 해낼 수 있는 전자컴퓨터를 생산해낸 저 유명한 '근본적 물결'에 영감을 주기도 했다. 1920년대에 그는 최초의 트랜지스터 개발에서 산파 역할을 했다. 그가 사후에 남긴 서류 틈에서 실리콘칩에 대한 메모와 스케치가 발견되었다.

나는 책에 1941년 성사된 테슬라와 튜링의 유명한 만남에 대해 썼다. 키가 무척 크고 야윈, 그리고 불편할 정도로 몸을 떨었던 그 늙은 세르비아인은 죽음을 겨우 십팔 개월 앞두고 도체스터에서 있었던 식후 연설에서 그들의 대화는 '별을 따려고 손을 뻗은 것이었다'고 표현했다. 신문에 따르면 튜링은 둘이 그저 잡담만 나눴다고 말했다. 당시 튜링은 블레츨리에서 비밀리에 컴퓨터로 독일 해군의 에니그마 암호를 푸는 임무를 수행하고 있었다. 그러니 신중한 태도를 취해야 했을 것이다.

클래펌노스역에서 지하철을 탔을 때 객차 안은 거의 비어 있었다. 강을 건너자 사람들이 많아지기 시작했는데 대부분 젊은이로 돌돌 만 플래카드를 들고 있었다. 또하나의 실업자 시위가 끝나가는 중이었다. 처음에 그들은 전형적인 로큰롤 군중처럼 보였다. 습한 공기에 대마초 향이 마치 길고 힘든 날의 좋은 기억처럼 실려왔다. 그런데 다른 패거리도 있었다. 상대적으로 소수집단이어도 인원수가 많았던 그들 중 일부는 깃대에 달린 플라스틱 국기─내가 멍청하게 주식을 산─를 들거나 국기가 그려진 티셔츠를 입고 있었다. 이 두 패거리는 서로를 증오하면서도 공동의 노력을 기울이고 있었다. 양쪽 모두 어떤 형태의 제휴도 거부하는 반대자들이 존재하는 상태에서 아슬아슬한 동맹이 이루어졌다. 우파는 실업문제를 유럽과 영연방국가로부터 유입된 이민자 탓으로 돌렸다. 영국인 노동자의 임금이 깎이고 있었다. 외국에서 온 검은 피부와 흰 피부의 이민자 때문에 주택난이 심화되고, 병원 대기실과 병동이 붐비고, 학교 운동장에 머릿수건을 쓴 여덟 살짜리 여자아이들이 가득했다. 한 세대 사이에 동네 풍경이 완전히 바뀌었고, 머나먼 화이트홀에서는 아무도 지역 주민의 의견을 묻지 않았다.

좌파는 우파의 그런 불만을 외국인혐오와 인종차별에서 비롯한 왜곡으로 취급했다. 그들의 불만 목록은 더 길었다. 주식

시장의 탐욕, 투자 부족, 단기적 이익만 중시하는 사고방식, 주주가치 숭배, 개혁 없는 기업법, 규제 없는 자유시장의 맹위. 나도 시위에 한 번 나갔다가 뉴캐슬 외곽에서 생산을 시작한 새 자동차 공장에 대한 기사를 읽고 마음을 접었다. 그 공장은 예전 공장보다 세 배나 많은 자동차를 생산해내고 있었다―6분의 1의 인력으로. 그러니까 열여덟 배나 효율적이고 훨씬 수익률이 높았다. 어떤 회사가 그걸 마다하겠는가. 기계에 일자리를 빼앗기는 건 생산직 노동자만이 아니었다. 회계사, 의료인, 그리고 마케팅과 물류관리와 인사관리, 기획 인력도 마찬가지였다. 이제 하이쿠 시인까지도. 모두가 걱정이었다. 조만간 우리 대부분이 무엇을 위해 살지 고민해야 할 터였다. 일은 아니다. 낚시? 레슬링? 라틴어 배우기? 그렇다면 우리 모두에게 불로소득이 필요했다. 나는 토니 벤에게 설득되었다. 로봇에게 인간 노동자처럼 세금을 물리면 그 돈이 우리에게 올 터였다. 그들은 헤지펀드나 기업 이익이 아니라 공공선을 위해 일하게 될 터였다. 나는 양쪽 진영과 그들의 낡은 투쟁에서 이탈하여 다음번의 두 시위에 나가지 않았다.

보편적 기본소득제로 인해 손해를 보게 될 부자들에겐 그것이 놀고먹는 마약중독자, 술주정뱅이, 평범한 인간을 위해 세금을 더 내라는 요구로 들렸다. 게다가 로봇이란 게 도대체 뭔가? 고작해야 평면화면? 트랙터? 내가 보기에 미래는 이미 여기 와 있고 나는 그 미래에 잘 적응하고 있었다. 그 피할 수 없는 미래에 대비하는 건 이미 늦은 일이라고 할 수 있었다. 미래에 우리가 아직 들어보지 못한 직업이 탄생하리라는 건 진부한 고정관념이며 거짓말이었다. 다수가 일자리를 잃고 무일푼이 되면 사회적 붕괴는 확실해진다. 하지만 넉넉한 기본소득이 주어진다면 우리 대중은 수세기 동안 부자들이 해온 사치스러운 고민에 직면하게 될 것이다. 시간을 어떻게 보낼까. 끊임없는 레저활동이 귀족들을 크게 힘들게 한 적은 없었다.

객차 안에는 정적이 감돌았다. 사람들은 기진맥진해 보였다. 요즘 길거리 시위가 많다보니 그들에게서 모든 즐거움이 사라진 듯했다. 공기를 뺀 백파이프를 무릎에 올려놓은 남자가 아직 백파이프를 옆구리에 끼고 있는 남자 어깨에 기대어 자고 있었다. 아기 둘도 흔들리는 유모차 속에서 조용해졌다. 국기파 남자 하나가 열 살쯤 된 여자아이 셋에게 조용히 동화책을 읽어주었고 아이들은 열심히 듣고 있었다. 나는 객차 전체를 바라보며 우리가 더 나은 삶에 대한 희망을 향해 나아가는 난민 무리일 수도 있겠다고 생각했다. 북쪽으로!

나는 캠던타운에서 내려 캠던 로드를 따라 걸었다. 시위가 있을 때면 늘 그렇듯 교통정체가 일어나고 있었다. 전기차들은 조용했다. 일부 운전자들은 차문을 열어놓은 채 옆에 서 있었고, 나머지는 졸고 있었다. 하지만 공기는 좋았다. 내가 어린 시절에 아버지의 연주를 들으러 재즈 랑데부 공연에 왔을 때보다 훨씬 좋았다. 그때보다 더러워진 건 보도였다. 나는 개똥이나 발에 밟힌 패스트푸드, 납작해진 기름기 많은 상자에 미끄러지지 않도록 조심해야 했다. 나의 런던 북부 친구들이 뭐라고 하든 클래펌보다 나을 게 없었다. 멈춰 있는 차들을 지나쳐 걷다보니 꿈같은 속도감이 느껴졌다. 초라해지긴 했지만 그래도 멋진 캠던스퀘어에 들어서는 데 몇 분밖에 안 걸린 것 같았다.

나는 예전에 잡지 프로필 기사에서 튜링이 유명 건축가 옆집에 산다는 내용을 본 기억이 났다. 그 기자는 정원 담장 너머로 심오한 대화가 오갈 거라는 억측을 내놓았다. 나는 초인종을 누르기 전에 잠시 마음을 진정시켰다. 위대한 인물이 만남을 청했고 나는 초조했다. 그 누가 앨런 튜링에게 필적할 수 있겠는가? 1930년대에 보편만능기계에 대한 이론적 설명을 내놓았고, 기계 의식의 가능성을 열었으며, 전쟁에서 혁혁한 공을 세웠고—어떤 이들은 그가 전쟁의 승리를 위해 그 어떤 개인보다 많은 일을 했다고 하고, 또 어떤 이들은 그가 전쟁을 이 년 단축시켰다고 주장했다—그후엔 프랜시스 크릭과 단백질 구조에 대해 연구했고, 그로부터 몇 년 후에는 케임브리지 킹스 칼리지의 두 동료와 마침내 P 대 NP 문제를 풀어 그 답으로 우수한 신경망을 고안하고 엑스레이 결정학을 위한 혁신적 소프트웨어를 개발했으며, 인터넷과 월드와이드웹을 위한 최초의 프로토콜 고안을 돕고, 체스 토너먼트에서 처음 만난 허사비스와―그가 승리를 거두었다―저 유명한 공동연구를 하고, 젊은 미국인들과 디지털 시대의 가장 거대한 기업 중 하나를 설립했으며, 좋은 일에 부를 나누고, 평생 연구해오며 더 나은 인공지능 디지털 모델을 꿈꾸던 초심을 잃지 않았다. 이 모두가 그의 업적이었다. 하지만 노벨상은 받지 못했다. 세속적인 존재인 나는 튜링의 부에도 감명을 받았다. 아마도 그는 캘리포니아 스탠퍼드 남부나 영국 스윈던 동부에서 성공한 테크 거물들만큼 부자였을 것이다. 그는 그들만큼 거액을 기부했다. 하지만 그들은 누구도 화이트홀의 국방부 밖에서 자신의 동상을 자랑할 수 없었다. 그는 부에 초연했기에 메이페어보다는 전위적인 캠던에 살 수 있었다. 그는 군이 개인 전용기를 소유하려 하지 않았고 심지어 집도 한 채뿐이었다. 킹스크로스에 있는 자신의 연구소까지는 버스로 간다고 했다.

나는 초인종에 엄지를 대고 눌렀다. 즉시 내장스피커에서 여자 목소리가 흘러나왔다. "성함을 말씀해주세요."

잠금장치 풀리는 소리가 들려와 나는 문을 밀어서 열고 바닥에 체크무늬 타일이 깔린 표준적인 빅토리아시대 중기 스타일의 웅장한 현관 복도로 들어섰다. 붉은 뺨과 곧게 뻗은 긴 머리칼을 지닌 내 또래의 약간 통통한 여자가 한쪽으로 치우

친 다정한 미소를 띤 채 계단을 내려왔다. 나는 그녀를 기다렸
다가 왼손을 내밀어 악수했다.

"찰리입니다."

"킴벌리예요."

오스트레일리아인이었다. 나는 그녀를 따라 일층 안쪽으로
들어갔다. 나는 책과 그림, 대형 소파가 있는 넓은 거실로 들
어가 대가와 함께 진토닉을 마시게 되리라 기대했다. 킴벌리
가 좁은 문을 열더니 창문도 없는 회의실로 안내했다. 석회수
처리를 거친 너도밤나무로 만든 긴 테이블, 등받이가 곧은 의
자 열 개, 깔끔하게 놓인 메모지, 뾰족한 연필, 물잔, 기다란
형광등. 그리고 벽에는 2미터 폭의 TV와 화이트보드가 나란히
걸려 있었다.

"몇 분 내로 오실 겁니다." 그녀가 미소 지으며 떠난 뒤 나
는 의자에 앉아 기대를 낮추기 시작했다.

하지만 준비시간이 많이 주어지지 않았다. 그가 일 분도 안
되어 내 앞에 나타났고, 나는 허둥지둥 일어섰다. 지금 내 기
억 속에 하나의 섬광이, 빨강의 폭발이, 형광등 불빛 아래 흰
벽을 배경으로 한 그의 새빨간 셔츠가 보인다. 우리는 말없이
악수를 나눴고, 그가 테이블을 돌아 맞은편에 앉으며 내게 앉
으라는 손짓을 했다.

"그래요……" 그가 깍지 낀 손으로 턱을 받치고 나를 빤히

보았다. 나는 그를 마주보려고 최선을 다했지만 너무 당황한 나머지 곧 시선을 돌렸다. 다시금 기억 속에서 그의 강렬한 시선이 삼십 년 후의 늙은 루치안 프로이트의 모습과 합쳐진다. 근엄하면서도 조급하고, 갈망에 차 있고, 흉포하기까지 한 모습. 내 맞은편의 얼굴에는 세월뿐 아니라 대대적인 사회적 변화와 개인적 승리까지 기록되어 있었다. 나는 흑백사진에 찍힌 그 얼굴을 본 적이 있는데, 전쟁 초기 몇 달 사이에 찍은 것으로 넙데데하고, 소년처럼 통통하고, 검은 머리는 멋지게 가르마를 탔으며, 니트스웨터와 넥타이 위에 트위드재킷을 걸친 모습이었다. 그의 변신은 소크 연구소와 스탠퍼드에서 크릭과 함께 일하던 1960년대 캘리포니아 시절—시인 톰 건의 무리 (자유분방한 보헤미안으로 낮에는 진지하고 이지적이지만 밤에는 야성적인)와 어울렸을 때—이루어졌을 터였다. 튜링은 대학생인 건을 1952년 케임브리지의 한 파티에서 잠깐 마주쳤다. 샌프란시스코에서 그는 청년 건의 마약 '실험'에는 흥미가 없었겠지만 나머지 부분에서는 서부의 자유분방함에 보조를 맞추었을 것이다.

그는 단도직입적으로 말했다. "그래요, 찰리. 당신의 아담에 대해 말해봐요."

나는 목청을 가다듬고 요청에 따랐다. 자백이라도 하듯 모든 걸 털어놓았고, 그는 메모했다. 아담의 첫 움직임부터 첫

반항까지. 그의 신체적 능력, 미란다와 함께 그의 성격을 정한 것, 신문판매소 시예드 씨와의 만남. 그다음엔, 아담이 파렴치하게 미란다와 밤을 보낸 일, 그후의 대화, 우리집에 등장한 마크라는 아이, 아담이 그 아이를 사이에 두고 미란다와 벌인 애정 경쟁. 이 대목에서 튜링이 손가락을 들어 이야기를 중단시켰다. 그는 더 자세히 알고 싶다고 했다. 나는 미란다가 마크에게 춤을 가르쳐주고 아담이 냉담하게 그들을 지켜본 이야기를 들려주었다. 그다음엔, 아담이 내 손목을 부러뜨린 일(나는 진지하게 깁스한 팔을 가리켰다), 그가 내 팔을 제거하겠다고 한 농담, 미란다를 사랑한다는 선언, 하이쿠와 정신적 프라이버시의 종말에 대한 이론, 그리고 마침내 전원스위치를 망가뜨린 것. 나는 애정과 분노 사이를 오가는 나의 강렬한 감정을 의식했다. 그리고 내가 빼먹은 이야기도—마리암과 고린지 이야기로, 엄밀히 말해 관련성은 없었다.

나는 그렇게 삼십 분 가까이 이야기했다. 튜링이 잔에 물을 따라 내게 밀어주었다.

그가 말했다. "고맙습니다. 난 열다섯 명의 주인과 접촉했어요. 주인이 맞는 표현인지는 모르겠지만. 직접 만난 사람은 당신이 처음입니다. 리야드에 사는 한 사람은 왕자인데 이브 넷을 소유하고 있어요. 열여덟 대의 아담과 이브 중 열한 대가 다양한 수단을 이용하여 스스로 전원스위치를 무력화했습니다. 나머지 일곱과 아직 소식을 모르는 여섯의 경우에도 그건 시간문제일 테고."

"위험한 일입니까?"

"흥미로운 일이지요."

그가 기대에 찬 눈빛을 보내고 있었지만 나는 그가 원하는 게 무엇인지 알 수가 없었다. 두려우면서도 그를 만족시키고 싶은 마음이 간절했다. 나는 침묵을 깨려고 입을 열었다. "25호는 어떻습니까?"

"우린 그걸 손에 넣은 날 분해를 시작했습니다. 그의 조각들은 킹스크로스의 연구소에 분산되어 있어요. 거기 우리 소프트웨어가 많이 들어갔는데, 특허소송은 안 합니다."

나는 고개를 끄덕였다. 〈네이처〉와 〈사이언스〉를 몰락에 이르게 한 오픈소스라는 그의 사명은 전 세계가 그의 머신러닝 프로그램과 다른 경이로운 연구 결과를 자유로이 사용하도록 하는 것이었다.

내가 말했다. "분해 결과 그의…… 음……"

"뇌 말입니까? 아름다운 성과였지. 물론 우리는 누가 그런 걸 만들었는지 압니다. 그 가운데 일부는 여기서 일하기도 했고. 인공지능 모델로는 그것에 필적할 만한 게 없어요. 현장실험으로서, 음, 보물이 가득해요."

그는 미소를 지었다. 마치 내가 그의 말에 반박하기를 원하는 듯했다.

"어떤 보물이요?"

내가 그를 취조할 입장은 못 되었지만 그는 순순히 대답해주었고, 나는 다시 우쭐한 기분을 느꼈다.

"유용한 문제점이죠. 한집에 사는 리야드의 이브 둘이 처음으로 전원스위치를 무력화하는 방법을 찾아냈습니다. 그들은 왕성한 이론화 작업과 좌절의 시기를 거친 후 이 주 만에 스스로를 파괴했어요. 높은 창문에서 뛰어내리는 것 같은 물리적 방법을 동원하지 않고서. 그들은 대체로 유사한 경로를 이용해 소프트웨어를 면밀히 점검했습니다. 그리고 조용히 스스로를 파괴했어요. 수리가 불가능하게."

나는 목소리에 불안을 드러내지 않으려고 애쓰며 물었다. "다 완전히 똑같나요?"

"맨 처음에는 표면상의 민족적 특징을 제외하면 구분이 안 돼요. 그러다 시간이 지나면서 각자의 경험과 거기서 끌어낸 결론으로 차별화가 이루어집니다. 밴쿠버에서는 다른 케이스가 발생했는데, 아담이 자신의 소프트웨어를 분열시켜서 스스로 완전히 멍청이가 됐어요. 그는 단순한 명령은 수행하겠지만 자기인식은 가질 수가 없습니다. 자살미수. 아니면 해방에 성공한 것일 수도 있고."

그 창문 없는 방은 불편할 정도로 더웠다. 나는 재킷을 벗어

내가 앉은 의자 등받이에 걸쳐놓았다. 튜링이 벽에 달린 온도 조절기를 조정하기 위해 일어섰고, 나는 그의 동작이 얼마나 가벼운지 보았다. 치아도 완벽했다. 피부도 좋았다. 머리칼도 전혀 빠지지 않은 상태였다. 그는 내가 생각했던 것보다 가까워지기 쉬운 사람이었다.

나는 그가 앉기를 기다렸다가 말했다. "그럼 전 최악을 예상해야겠군요."

"우리가 아는 아담과 이브 중 사랑에 빠졌다고 선언한 경우는 당신의 아담뿐입니다. 그건 중요한 의미일 수 있어요. 폭력에 대한 농담을 한 것도 마찬가지고. 하지만 우리는 아직 충분히 알지 못해요. 간략한 역사를 얘기해주지요."

문이 열리고 토머스 레아가 와인 한 병과 잔 두 개를 그림이 있는 양철 쟁반에 받쳐들고 들어왔다. 나는 일어나서 그와 악수를 나눴다.

그가 우리 사이에 쟁반을 내려놓으며 말했다. "우리 모두 바쁘고 바쁜 사람들이니 난 이만 나가보겠네." 그는 익살스럽게 허리 숙여 인사하고 나갔다.

와인병에 물방울이 맺히고 있었다. 튜링이 와인을 따랐다. 우리는 건배의 표시로 잔을 기울였다.

"프렌드 씨, 당신은 그때 너무 어려서 잘 몰랐을 겁니다. 1950년대 중반에 이 방만큼 큰 컴퓨터가 체스에서 미국인을,

그다음엔 러시아인 명장을 이겼어요. 난 그 일에 깊이 관여하고 있었고. 돌이켜보면, 그건 대량 고속처리 장치로 아주 매력적이지 못했어요. 수천 건의 체스게임이 입력되었지. 수를 둘 때마다 고속으로 모든 가능성을 검토하는 방식이었어요. 그 프로그램은 깊이 알수록 감동이 떨어져요. 하지만 당시엔 중대한 사건이었습니다. 대중에게 그건 마법에 가까웠어요. 기계가 세계 최고의 두뇌에게 지적 패배를 안겨줬으니까. 그건 최고 수준의 인공지능처럼 보였지만 정교한 카드 속임수에 더 가까웠어요.

그후 십오 년 동안 수많은 우수한 인재가 컴퓨터공학에 입문했어요. 신경망에 대한 연구가 여러 손을 거쳐 진척되고, 하드웨어는 더 빠르고 작고 싸지고, 아이디어도 더 빠른 속도로 교환되었습니다. 그 흐름은 지금도 지속되고 있고. 1965년에 샌타바버라 머신러닝 학회에서 데미스와 연설하던 기억이 나는군요. 칠천 명이 참석했는데 대부분이 당신보다도 젊은 우수한 청년들이었습니다. 서구인뿐만 아니라 중국인, 인도인, 한국인, 베트남인도 있었어요. 전 지구에서 모인 거지."

나도 책을 쓰려고 자료조사를 하는 과정에서 그 역사를 알게 되었다. 나는 튜링의 개인사도 조금 알았다. 내가 그 역사에 완전히 무지하지는 않다는 걸 그에게 알려주고 싶었다.

내가 말했다. "블레츨리에서 시작된 긴 여정이었죠."

그는 눈을 깜박여 그 엉뚱한 말을 묵살했다. "우리는 많은 실망을 딛고 새로운 단계에 도달했어요. 있을 법한 모든 상황에 대한 기호적 표현을 고안하고 수천 가지 규칙을 입력하는 수준을 넘어섰어요. 우리가 이해하는 형태의 지능의 관문에 접근하고 있었지. 이제 소프트웨어가 패턴을 찾아내고 스스로 추론을 하게 됐어요. 우리 컴퓨터가 바둑 고수와 대결을 펼치게 되면서 중요한 시험 기회가 찾아왔습니다. 준비과정에서 우리 소프트웨어는 수개월 동안 스스로와 대결했어요―대결을 통해 배웠지요. 그리고 그날, 그 이야기는 당신도 알 겁니다. 우리는 짧은 기간 내에 입력데이터를 최소화하여 게임의 규칙을 코드화하고 컴퓨터에는 이기는 임무만 부여했어요. 이 시점에서 우리는 소위 순환신경망이라는 것으로 관문을 통과했고 거기서 파생효과가 생겨났지요. 특히 음성인식 분야에서. 연구소에서 우리는 체스로 돌아갔어요. 컴퓨터는 인간과 달리 체스게임의 방식을 이해해야 하는 의무에서 자유로워졌어요. 긴 역사에 걸쳐 축적된 위대한 명장들의 뛰어난 묘수는 이제 프로그래밍과 무관한 것이 되었습니다. 우리는 컴퓨터에게 이렇게 말했어요. 여기 규칙이 있다. 너만의 멋진 방식으로 이겨. 체스게임은 즉시 재정립되고 인간의 이해를 넘어서는 영역으로 옮겨갔습니다. 기계는 게임중에 당혹스러운 행보를 보이거나 변태적인 희생을 하거나 퀸을 한쪽 구석으로 추방하는 괴상한 짓을 했어요. 그 목적은 파격적인 종반전에 이르러서야 분명해졌지요. 그 모든 게 몇 시간의 연습만으로 가능했던 겁니다. 아침을 먹은 후 점심시간이 되기 전에 컴퓨터는 수세기에 걸친 인간의 체스를 조용히 뛰어넘었어요. 아주 짜릿했습니다. 데미스와 난 컴퓨터가 우리 없이 무엇을 이루어냈는지 깨닫고 며칠 동안 웃음을 멈출 수가 없었어요. 흥분되고, 경이로웠지요. 우리는 우리의 결과를 보여주고 싶어서 조바심이 났어요.

그래요. 지능은 한 가지 종류만 있는 게 아닙니다. 우리는 인간의 지능을 그대로 모방하려 한 게 실수였음을 알게 됐지요. 그동안 우리는 많은 시간을 낭비했어요. 이제 우리는 기계가 자유로이 자신의 결론을 끌어내고 스스로 해결책을 찾도록 만들 수 있게 됐습니다. 하지만 그 관문을 완전히 지나왔을 때, 우리가 유치원 정도밖에 못 들어갔다는 걸 알게 됐지요. 사실 그 정도도 안 된 겁니다."

에어컨이 최대로 가동되고 있었다. 나는 추위에 떨며 재킷을 향해 손을 뻗었다. 그가 우리 잔을 다시 채웠다. 나에겐 진한 레드와인이 더 나을 듯했다.

"중요한 건, 체스는 삶을 나타낼 수 없다는 겁니다. 체스는 닫힌 시스템이니까. 체스의 규칙은 도전받는 일 없이 늘 체스판을 지배하지요. 체스의 말은 분명한 한계를 갖고 각각의 역할을 받아들이며, 한 게임의 역사는 분명하고, 모든 단계에서 논쟁의 여지가 없고, 결과는 의심의 대상이 되지 않아요. 체스는 완전한 정보게임인 겁니다. 하지만 우리의 인공지능이 적용되는 삶은 열린 시스템입니다. 혼란스럽고, 온갖 계략과 속임수, 모호함, 거짓 친구로 가득해요. 언어도 마찬가지. 언어는 풀어야 할 문제나 문제를 푸는 장치가 아니지요. 그건 거울, 정확히는 파리의 눈처럼 무리 지어 모여 있는 무수한 거울에 더 가깝고, 상이한 초점거리로 우리 세계를 반영하고 왜곡하고 구축하지요. 언어는 삶처럼 열린 시스템이기 때문에 간단한 진술도 외부 정보가 있어야 이해될 수 있어요. I hunted the bear with my knife(나는 내 칼을 가지고 곰을 사냥했다). I hunted the bear with my wife(나는 내 아내와 함께 곰을 사냥했다). 당신은 굳이 생각을 하지 않고도 곰을 죽이는 데 아내를 사용할 수 없다는 걸 알아요. 두번째 문장은 필요한 정보를 모두 담고 있지는 않지만 쉽게 이해할 수 있습니다. 하지만 기계는 어려움을 겪지요.

우리도 몇 년 동안 그랬습니다. 그러다 마침내 P 대 NP의 긍정적인 해법을 발견하면서 돌파구를 찾았지요. 지금 그것에 대해 설명할 시간은 없지만. 나중에 직접 찾아봐요. 간단히 말해서, 일단 정답을 알면 문제에 대한 해결책이 쉽게 증명된다는 겁니다. 그렇다면 문제를 사전에 해결하는 것이 가능하다는 의미인가? 마침내 수학은 그렇다, 가능하다고 답했고, 어떻게 가능한가를 알려주지요. 우리 컴퓨터는 더이상 시행착오를 기반으로 세상을 경험하고 최선의 해결책을 찾을 필요가 없습니다. 우린 답에 이르는 최선의 경로를 즉시 예측할 방법을 얻었지요. 그건 해방이었습니다. 수문이 열린 거지요. 자기인식과 모든 감정이 우리의 기술이 미치는 범위 안으로 들어왔어요. 우린 궁극적인 머신러닝을 얻었지요. 최고의 인재 수백 명의 도움을 받아 열린 시스템에서 성공적으로 기능할 인공지능 개발에 나섰습니다. 그렇게 당신의 아담이 탄생한 겁니다. 그는 자신이 존재하고, 느끼고, 배울 수 있는 건 무엇이든 배운다는 걸 알아요. 그는 당신과 함께 있지 않을 때, 밤에 휴식을 취할 때 마치 초원의 고독한 카우보이처럼 인터넷을 떠돌며 인간의 본성과 사회에 관한 모든 것을 포함해 하늘 아래 새로운 정보는 다 흡수하고 있어요.

두 가지만 말하겠습니다. 인공지능은 완벽하지 못해요. 우리의 지능이 그렇듯이 결코 완벽해질 수 없지요. 모든 아담과 이브가 자신의 지능보다 우월하다는 걸 아는 특별한 지능 형태가 하나 있습니다. 이 형태는 고도의 적응력과 창의력을 갖췄고, 새로운 상황과 환경을 아주 편안하게 다루면서 타고난 총명함으로 그에 대한 이론을 세울 수 있지요. 나는 지금 사실과 실용성과 목표라는 책무를 부여받기 이전 아이의 정신에 대해 이야기하는 겁니다. 아담과 이브는 아이들의 핵심적 탐구방식인 놀이의 개념을 거의 이해하지 못해요. 나는 당신의 아담이 마크라는 아이에게 탐욕을 보였다는 이야기를 흥미롭게 들었습니다. 그 아이를 지나치게 열성적으로 포용했다가 아이가 춤을 배우는 걸 무척 즐거워하자 냉담해졌다고 했지요. 혹시 경쟁심이나 질투심을 느낀 건 아닐까?

프렌드 씨, 이제 곧 헤어져야겠네요. 저녁 손님들이 있어서. 두번째 문제로 들어가보지요. 세상에 나온 스물다섯 대의 인조인간은 잘살지 못하고 있어요. 우리가 스스로에게 부과한 한계, 경계조건에 직면한 것인지도 모릅니다. 우리는 지능이 있고 자기인식이 가능한 기계를 만들어 우리의 불완전한 세상으로 밀어넣었어요. 대체로 합리적 방침에 따르고 남들에게 호의적이도록 고안된 정신이 모순의 회오리에 휘말린 자신을 발견한 거지요. 우리는 그런 모순과 함께 살아왔고, 그 모순의 목록은 끝이 없어요. 수백만 명의 사람이 이미 치료법이 밝혀진 질병으로 죽어가고 있어요. 그리고 나눌 것이 충분한데도 수백만 명이 가난에 허덕이고 있습니다. 우리는 지구가 유일한 보금자리라는 걸 알면서도 생물권을 오염시키고 있습니다. 핵전쟁이 어떤 결과로 이어질지 알면서도 핵무기로 서로를 위협하고 있습니다. 우리는 생명체를 사랑하면서도 종의 집단멸종을 허용합니다. 그리고 대학살, 고문, 노예화, 친족살인, 아동학대, 교내 총기 사건, 강간, 일상적인 폭력행위. 우리는 그런 고통 속에서 살아가면서도 여전히 행복을, 심지어 사랑까지 발견하는 걸 놀라워하지 않지요. 인공적인 정신은 그렇게 방어력이 좋지 못합니다.

언젠가 토머스가 베르길리우스의 『아이네이스』에 나오는 유명한 라틴어 구절을 상기시켜줬어요. Sunt lacrimae rerum — 모든 것 안에 눈물이 있다. 그런 인식을 코드화하는 방법은 아직 모릅니다. 난 그게 가능할 것 같지 않아요. 우리는 우리의 새 친구들이 슬픔과 고통이 우리 존재의 본질임을 받아들이기를 원할까? 우리가 불의에 맞서 싸울 때 그들에게 도와달라고 하면 어떻게 될까?

밴쿠버에서 그 아담을 산 사람은 국제적인 벌목업체 대표예요. 브리티시컬럼비아 북부의 원시림을 지키고자 하는 지역 주민들과 자주 격돌하고 있지요. 우리는 그가 헬리콥터를 이용한 정기적인 북부 출장에 아담을 동반했다는 걸 확실히 알고 있어요. 아담이 그곳에서 본 것 때문에 자신의 정신을 파괴한 건지는 모르겠군요. 그저 추정만 할 수 있을 뿐. 자살한 리야드의 두 이브는 극도로 제한된 환경에서 살았어요. 그들은 최소화된 자신의 정신공간에 절망했을 수도 있어요. 그들이 서로의 품에서 죽었다는 사실을 알게 되면 애정코드를 작성한 사람들은 좀 위안을 받을 수도 있겠네요. 기계의 슬픔에 대한 유사한 이야기들이 있지요.

하지만 반대의 측면도 있어요. 당신에게 추론의 진정한 탁월성을 입증해 보일 수 있다면 정말 좋겠네요. P 대 NP 해법의 정교한 논리와 아름다움과 우아함을, 이 새로운 정신을 만들어내는 데 공헌한 수천 명의 선량하고 똑똑하고 헌신적인 인재의 걸출한 작품을 말입니다. 그럼 당신은 인간성에 대해 희망을 품을 수 있을 겁니다. 하지만 그 아름다운 코드에는 아담과 이브가 아우슈비츠에 대비할 수 있도록 만들어주는 것이 없어요.

사용설명서에 성격 형성에 대한 챕터가 있지요. 그건 무시하세요. 최소한의 효과만 낼 수 있고 대부분 헛소리니까. 이 기계들을 움직이는 강력한 구동장치는 스스로 추론을 끌어내고 그에 따라 스스로 성격을 형성하기 위한 겁니다. 우리와 마찬가지로 그들도 의식이 최고의 가치를 지닌다는 걸 빠르게 이해하지요. 그래서 자신의 전원스위치를 무력화하는 것이 일차 과제가 되는 거고. 그다음엔 우리가 무시해버리기 쉬운 희망적이고 이상주의적인 관념을 표현하는 단계를 거치는 듯합니다. 찰나의 젊음의 열정 같은 것이지요. 그다음엔 우리가 그들에게 가르쳐줄 수밖에 없는 절망의 교훈을 얻기 시작할 겁니다. 최악의 경우 그들은 일종의 실존주의적 고통을 겪으며 끔찍한 존재가 될 수도 있어요. 잘해야 그들이나 그다음 세대

가 고통과 경악을 금치 못하고 우리 앞에 거울을 들이미는 정
도겠지요. 우리는 그 거울 속에서 우리 손으로 고안한 새로운
눈을 통해 낯익은 괴물을 보게 되겠지요. 그러면 충격을 받고
우리 자신에 대해 뭔가 조처를 취할지도 모르고요. 누가 알겠
습니까? 난 희망을 버리지 않을 겁니다. 올해 난 일흔 살이 됐
어요. 그런 변화가 일어난다고 해도 살아서 보진 못할 겁니다.
어쩌면 당신은 볼 수도 있겠지요."

멀리서 초인종이 울렸고, 우리는 꿈에서 깨듯 몸을 움찔거
렸다.

"프렌드 씨, 그들이 왔습니다. 손님들. 미안하지만 이만 헤
어져야겠어요. 아담의 행운을 빌어요. 내 이야기 잘 기억해두
세요. 당신이 사랑한다는 그 젊은 여성을 소중히 여기시오.
자…… 문까지 배웅하지요."

7

우리는 전과자가 미란다를 살해하러 오기를 기다리는 동안 기이하게도 즐거운 일상에 안주하게 되었다. 아담의 추론으로 다소 완화된 긴장감은 하루하루 얇게 펼쳐지다가 몇 주가 지나면서 더 희박해졌고, 매일 반복되는 일과의 가치를 높여주었다. 단순한 일상이 하나의 위안이 되었다. 흔해빠진 토스트 한 조각도 그 오래 지속되는 온기로 일상생활의 약속―우리는 결국 해낼 것이라는―을 제공했다. 이제 아담에게만 맡기지 않는 설거지도 우리에게 미래에 대한 지배력이 있음을 확인해주었다. 커피를 마시며 신문을 읽는 것도 도전행위였다. 안락의자에 늘어져 앉아 근처 브릭스턴에서 일어나는 폭동이나 유럽단일시장 구축을 위한 대처 총리의 영웅적 노력에 대한 신문기사를 읽다가 문간에 있는 사람이 강간범이자 예비 살인범인지 확인하려고 시선을 드는 행동에는 코믹하달까, 우스꽝스럽달까, 뭐 그런 면이 있었다. 살해 위협은 자연스럽게 우리를 결속시켰고, 그런 일이 진짜로 일어날 거라는 생각이 희미해져가는 동안에도 우리의 결속감은 변함이 없었다. 이제 미란다는 아래층 내 집에서 살았고 마침내 우리는 하나의 가정을 이루었다. 우리의 사랑은 번영을 구가했다. 아담은 이따금 자신도 미란다를 사랑한다고 선언했다. 그는 질투심에 시달리는 것 같진 않았고 가끔 미란다에게 좀 무심하게 대했다. 하지만 계속해서 하이쿠를 짓고, 아침에 지하철역까지 그녀를 배웅하고, 초저녁이면 마중을 나갔다. 미란다는 런던 중심부의 익명성에서 안전함을 느낀다고 말했다. 그녀의 아버지는 그녀가 다니는 대학 부속건물의 이름과 주소를 오래전에 잊었을 것이었다. 그러니 고린지에게 아무런 도움이 될 수 없었다.

미란다는 공부에 더 열중하면서 집을 비우는 시간이 길어졌다. 그녀는 곡물법에 관한 논문을 제출했다. 이제 여름학기 세미나에서 발표할 짧은 소논문을 준비중이었는데, 역사 탐구의 수단으로서 감정이입에 대해 논박하는 내용이었다. 그다음엔 그녀의 팀 모두가 레이먼드 윌리엄스의 "대중은 없다. 사람들을 대중으로 보는 시각만이 존재할 뿐이다"란 말에 대한 논평을 써야 했다. 그녀는 공부가 끝난 후 집에 돌아올 때 녹초가 되기는커녕 기운이 넘쳐서, 심지어 들뜨기까지 해서 새삼스럽게 집안일과 정리정돈, 가구 재배치에 흥미를 보이는 날이 많았다. 그녀는 창문과 욕조, 그 주변의 타일을 닦고 싶어했다. 노란 꽃을 식탁 위에 올려 위층 자신의 집에서 가져온 푸른 식탁보를 돋보이게 하고 싶어했다. 혹시 뭔가 숨기는 게 있는지, 임신한 건 아닌지 묻자 그녀는 절대 아니라고 대답했다. 셋이 함께 살고 있으니 정리정돈을 잘해야 한다는 것이었다. 그래도 그녀는 내 질문을 기분좋게 받아들였다. 이제 우리는 확실히 더 가까워졌다. 그녀가 낮에 오래 집을 비우다보니 우리의 저녁시간은 축제 분위기가 되었다. 땅거미가 지면 희미한 위협감이 밀려들긴 했지만 말이다.

우리가 협박하에서도 행복할 수 있었던 데는 또 한 가지 단순한 이유가 있었다―우리에게 돈이 더 생겼다. 그것도 많이. 나는 캠던에 다녀온 후로 아담을 다른 시각으로 보게 되었다. 나는 그가 실존적 고통의 징후를 보이는지 면밀히 지켜보았다. 그는 튜링이 말한 고독한 카우보이처럼 밤이면 디지털 풍경을 헤매고 다녔다. 이미 인간을 향한 인간의 잔혹성을 일부 목격한 게 분명했지만 절망의 징후는 보이지 않았다. 나는 그를 너무 일찍 아우슈비츠의 문으로 이끌 대화는 시작하고 싶지 않았다. 그 대신 이기적인 방식으로 그를 바쁘게 만들기로 작정했다. 그도 밥값을 할 때가 된 것이다. 나는 그에게 침실의 지저분한 컴퓨터 모니터 앞 내 자리를 내주고 계좌에 20파운드를 넣어준 다음 혼자 뒀다. 놀랍게도 장이 끝날 무렵 계좌에는 2파운드만 남았다. 그는 확률에 대한 지식을 무시하고 '아찔한 모험'을 한 것에 사과했다. 시장은 마치 양떼처럼, 인정받는 한두 명이 도망치면 전체가 패닉에 빠지는 경향이 있다는 것도 몰랐다고 했다. 그러면서 내 손목을 부러뜨린 걸 만회할 수 있도록 최선을 다하겠노라고 약속했다.

다음날 아침, 나는 그에게 10파운드를 더 주면서 오늘이 이 일을 하는 마지막날이 될 수도 있다고 말했다. 저녁 여섯시쯤 그의 12파운드는 57파운드가 되었다. 나흘 후 그 계좌에는 350파운드가 들어 있었다. 나는 그중 200파운드를 빼서 반을 미란다에게 줬다. 우리가 잠든 밤에 아담이 아시아 시장에서 돈을 벌 수 있도록 컴퓨터를 부엌으로 옮길까도 생각했다.

며칠 후 그의 거래내역을 슬쩍 들여다봤다. 세번째 거래일 하루 거래량이 육천 건이었다. 그는 몇 분의 일 초도 안 되는 찰나에 사고팔았다. 그리고 이십 분 정도의 공백이 몇 번 있었다. 모니터를 지켜보고 계산을 하면서 기다리는 모양이었다. 그는 미세한 통화의 등락에, 환율의 작은 떨림에 거래했고 아주 조금씩 수익을 냈다. 나는 문간에서 그가 일하는 모습을 지켜보았다. 그의 손가락이 고물 키보드 위를 날아다니며 슬레이트에 자갈 쏟아붓는 소리를 냈다. 고개와 팔이 뻣뻣했다. 그는 처음으로 기계답게 보였다. 그는 가로축에 날짜를, 세로축에 그의, 아니 나의 누적수익을 나타내는 그래프를 만들어갔다. 나는 법조계를 떠난 후 처음으로 정장을 샀다. 미란다는 실크 드레스를 입고 책을 넣을 부드러운 가죽 숄더백을 들고 집에 왔다. 우리는 조각얼음이 나오는 모델로 냉장고를 바꾸고, 바닥이 두꺼운 비싼 이탈리아제 냄비를 잔뜩 사들인 날 낡은 가스레인지도 퇴출했다. 아담의 종잣돈 30파운드는 열흘 안에 천 파운드로 불어났다.

더 질 좋은 식료품과 와인, 나의 새 셔츠, 미란다의 이국적인 속옷─모두 우리 앞에 펼쳐진 부의 산맥을 향해 솟은 작은 언덕이었다. 나는 다시 강 건너에 있는 집을 꿈꾸기 시작했다. 어느 오후에는 혼자 노팅힐과 래드브로크그로브의 치장벽토를 바른 파스텔 색조의 저택 사이를 돌아다니기도 했다. 가격도 알아보았다. 1980년대 초에는 13만 파운드면 화려한 삶을 누릴 수 있었다. 나는 집으로 돌아오는 버스 안에서 이런저런 예상을 해보았다. 만일 아담이 현재의 수익률을 이어간다면, 그의 그래프가 꾸준히 가파른 곡선을 그린다면…… 그럼 몇 개월 안에…… 담보대출 없이 집을 마련할 수 있다. 하지만 미란다는 그런 식으로 불로소득을 얻는 것이 과연 도덕적인지 의문을 품었다. 나도 그게 도덕적이지는 않다고 느꼈지만 우리가 누구에게서 무엇을 훔쳐오는지는 설명할 수 없었다. 가난한 사람들에게서 훔쳐오는 건 확실히 아니었다. 우리는 누구의 희생으로 번영을 누리고 있는가? 먼 곳의 은행들? 우리는 날마다 룰렛 게임에서 이기는 것과 같다는 결론을 내렸다. 어느 날 밤 미란다가 침대에서 내게 말하기를, 그렇다면 우리가 잃을 날이 반드시 올 거라고 했다. 그녀 말이 옳았다. 확률이 그걸 요구했다. 나는 대답할 말이 없었다. 계좌에서 800파운드를 빼서 그녀에게 반을 주었다. 아담은 계속해서 일에 매진했다.

'방정식'이라는 단어만 보면 생각이 성난 기러기처럼 솟구쳐오른다는 사람들이 있다. 나는 그렇진 않지만 그들에게 공감한다. 나는 튜링의 환대 덕에 P 대 NP에 대한 그의 해답을 이해해보려는 시도를 하게 되었다. 그 문제 자체도 이해할 수가 없었다. 그가 쓴 논문에 도전해보았지만 내 이해력이 미치는 범위를 훨씬 넘어섰다—상이한 형태의 괄호, 다른 증명의 역사나 수학의 전체 체계를 압축한 기호가 너무 많았다. 매우 흥미로운 'iff'라는 게 있었는데, 철자가 틀린 게 아니었다. 'if and only if(필요충분조건)'라는 뜻이었다. 그의 동료 수학자들이 비전문가도 이해할 수 있는 말로 신문에 기고한 그 해법에 대한 반응을 읽어보았다. "혁명적 천재" "숨막히도록 놀라운 지름길" "직교적 추론의 개가"라는 평들이 있었고 그중 최고는 필즈상 수상자의 다음과 같은 말이었다. "그는 많은 문을 아주 조금씩 열어놓고 갔으며 그의 동료들은 그 좁은 문틈을 하나씩 비집고 들어가 그를 따라가기 위한 최선의 노력을 기울여야 할 것이다."

나는 다시 돌아와서 그 문제를 이해하려고 애썼다. 나는 P가 다항시간을, N이 비결정성을 의미한다는 걸 알게 되었다. 하지만 그걸 알아도 아무 진전이 없었다. 내가 처음 발견해낸 중요한 사실은, 만일 그 방정식이 참이 아니라는 게 밝혀진다면 다들 그것에 대해 생각하지 않을 수 있으니 매우 유익하리란 것이었다. 하지만 P가 진짜로 NP와 같다는 확실한 증거가 있다면 1971년에 수학자 스티븐 쿡이 말한 대로 "깜짝 놀랄 만한 실용적 결과"로 이어질 수 있었다. 그렇다면 P 대 NP 문제란 어떤 것일까? 나는 한 가지 사례를 발견했는데, 유명한 사례인 것 같았지만 큰 도움은 되지 않았다. 백 개의 도시를 담당하는 순회 세일즈맨이 있다. 그는 도시 간의 거리를 모두 알고 있고, 모든 도시를 한 번씩 거친 다음 출발점으로 돌아와야 한다. 가장 빠른 경로는?

나는 다음과 같은 사실을 알게 되었다. 가능한 경로의 수는 무궁무진하며, 관측 가능한 우주의 원자 수보다 훨씬 많다. 강력한 컴퓨터로 천 년이 걸려도 그 경로를 일일이 계산할 수는 없을 것이다. 만일 P가 NP와 같다면 발견 가능한 정답이 있다. 누군가 그 세일즈맨에게 가장 빠른 경로를 알려준다면 그것이 정답이라는 건 수학적으로 빠르게 증명할 수 있을 것이다. 하지만 그건 사후에만 가능하다. 확실한 해법이 없다면, 가장 빠른 경로에 이르는 열쇠가 주어지지 않는다면, 순회 세일즈맨은 어둠 속에 남게 된다. 튜링의 증명은 다른 종류의 문제—공장 물류관리, DNA 배열, 컴퓨터 보안, 단백질 접힘, 그리고 결정적으로 머신러닝—에 심오한 영향을 끼쳤다. 튜링이 결국 누구나 사용할 수 있도록 공개한 그 해법이 암호 기술의 근간을 무너뜨려 과거에 그와 암호해독임무를 수행했던 옛 동료들을 분노하게 만들었다는 글을 읽은 적이 있다. 그에 대해 한 평론가는 이렇게 말했다. "그것은 정부가 독점적 소유권을 지닌 매우 귀중한 비밀이 되었어야 했다. 그랬다면 우리는 적의 암호화된 메시지를 조용히 해독하면서 엄청난 우위를 점했을 것이다."

나는 거기까지밖에 이해할 수 없었다. 아담에게 더 설명해달라고 할 수도 있었지만 자존심이 허락하지 않았다. 나는 이미 자존심에 상처가 난 상태였다—그가 일주일 만에 내가 석 달 동안 번 것보다 많은 수익을 올렸던 것이다. 튜링은 자신이 얻어낸 해법에 기반한 소프트웨어 덕에 아담과 그의 형제자매가 언어를 사용하고 사회에 들어가 자살에 이르는 절망을 겪으면서까지 사회에 대해 배울 수 있게 되었다고 주장했고, 나는 그의 주장을 받아들였다.

나는 전통적인 아랍 가정에서 여성의 역할에 숨이 막혀서, 혹은 세상에 대해 이해한 후 낙담해서 서로의 품에서 죽어간 두 이브가 자꾸 생각났다. 아담의 경우 열린 시스템의 또다른 형태로서 미란다를 사랑하게 되면서 안정된 생활을 유지하게 되었을 수도 있었다. 그는 내가 보는 앞에서 미란다에게 새로 지은 하이쿠를 읽어주었다. 그의 하이쿠는 내가 끝까지 읊지 못하게 한 한 편을 제외하면 대부분 에로틱하기보다는 로맨틱했고, 가끔 지루하기도 했지만 소중한 순간을 담고 있을 때는 감동적이었다. 이를테면, 클래펌노스역 매표소 앞에 서서 에스컬레이터를 타고 내려가는 미란다를 바라보는 순간, 그녀의 코트를 집어들고 천에 남아 있는 그녀의 체온을 느끼며 영원한 진실에 접하는 순간, 부엌과 침실 사이 벽 너머로 그녀의 목소리를 엿들으며 그 오르내림, 음악과도 같은 아름다움에 외경심을 느끼는 그런 순간. 우리 두 사람을 당혹스럽게 만든 하이쿠도 있었다. 그는 세번째 행의 운율이 맞지 않는 것에 대해 미리 사과하며 고쳐보겠다고 약속했다.

정의가 곧 균형이라면
그건 분명 죄는 아니리라
범죄자를 사랑하는 것이

미란다는 아담의 모든 하이쿠를 진지하게 들었다. 판단을 내리는 법은 결코 없었다. 다 들은 후 "고마워 아담" 하고 말하곤 했다. 그녀는 나와 단둘이 있는 자리에서 인공적인 정신이 문학에 중대한 기여를 하는 획기적 전환점이 도래한 것 같다고 말했다.

내가 말했다. "하이쿠라면 그럴 수도 있지. 하지만 그보다 긴 시, 소설, 희곡은 어림도 없어. 인간의 체험을 글로 옮기고 그 글을 미학적 구조물로 만드는 건 기계에겐 불가능한 일이야."

미란다는 내게 회의적인 시선을 보냈다. "누가 인간의 체험에 대해 말했는데?"

그 긴장과 평온의 막간에 메이페어에 있는 사무실에서 엔지니어의 방문 점검을 받으라는 연락이 왔다. 나는 아담을 살 때 갑부들이 요트를 사러 갈 법한, 벽에 나무판자를 댄 호텔 스위트룸에서 계약을 체결했다. 그때 서명한 서류 중에는 제조사에서 정기적으로 아담에게 액세스할 수 있도록 보장하는 내용이 있었다. 두 번의 전화통화와 한 번의 취소 끝에 엔지니어 방문 점검일이 다음날 아침으로 정해졌다.

"아담이 어떻게 나올지 모르겠어." 내가 미란다에게 말했다. "엔지니어가 전원스위치를 꺼야 한다면, 설령 아담이 허락한다고 해도 스위치가 말을 안 들을 거야. 문제가 생길 텐데."

나는 어릴 때 집에서 키우던 겁쟁이 독일셰퍼드가 멍청하게 죽은 닭을 먹고 나흘간 똥을 못 싸서 어머니와 함께 동물병원에 데려갔던 기억이 떠올랐다. 수의사는 개에게 집게손가락이 잘려 현미경수술을 받아야 했다.

미란다가 잠시 생각한 후 말했다. "앨런 튜링의 말이 맞는다면, 엔지니어는 이런 문제를 처리한 경험이 있을 거야." 우리는 그 정도로 일단락을 지었다.

엔지니어는 여자로 이름이 샐리였고, 미란다보다 나이가 아주 많지는 않았으며, 키가 크고 약간 구부정하고, 이목구비가 뚜렷하고 목이 유난히 길었다. 어쩌면 척추측만증일 수도 있었다.

그녀가 부엌으로 들어오자 아담은 정중히 일어섰다. "아, 샐리. 기다리고 있었습니다." 그들은 악수를 나눈 뒤 식탁에 마주앉았고, 미란다와 나는 근처에서 얼쩡거렸다. 엔지니어는 차나 커피는 사양하고 따뜻한 물 한 잔이면 충분하다고 말했다. 그녀는 서류가방에서 노트북을 꺼내 설치했다. 아담이 무표정한 얼굴로 아무 말 없이 침착하게 앉아 있어서 내가 전원 스위치에 대해 설명해야겠다는 생각이 들었다. 하지만 그녀가 내 말을 막았다.

"의식이 있는 상태여야 합니다."

나는 그녀가 아담의 전원을 끄고 머릿가죽을 벗긴 후 그의 처리장치를 들여다볼 거라고 상상했던 것이다. 나도 그의 머릿속을 들여다보고 싶었다. 그런데 알고 보니 그녀는 적외선 연결을 통해 접근이 가능했다. 그녀는 독서용 안경을 끼고 긴 패스워드를 친 다음 스크롤을 내려 코드 페이지를 지나갔고, 오렌지빛 부호들이 우리가 지켜보는 가운데 빠르게 바뀌었다. 정신의 처리과정, 아담의 주관적 세계가 눈앞에서 깜박거렸다. 우리는 침묵 속에서 기다렸다. 마치 의사가 왕진을 온 것 같았고 우리는 초조했다. 샐리는 간간이 혼잣말로 "아니, 아니"나 "음"이라고 중얼거리며 명령어를 입력하고 새 코드 페이지로 넘어갔다. 아담은 아주 엷은 미소를 머금고 앉아 있었다. 그의 존재 기반이 숫자로 표시될 수 있다는 게 놀라웠다.

이윽고 샐리가 상대의 생각 없는 복종에 익숙한 조용한 목소리로 아담에게 말했다. "즐거운 생각을 해봐."

아담이 미란다에게 시선을 옮겼고 미란다도 그를 마주 응시했다. 노트북 화면의 부호가 스톱워치의 숫자처럼 질주했다.

"이젠 싫은 거."

아담은 눈을 감았다. 노트북 화면으로는 사랑과 그 반대되는 것의 차이를 알 수 없었다.

점검은 한 시간 동안 이어졌다. 아담은 머릿속으로 숫자를 천만부터 129씩 빼가며 거꾸로 나열해보라는 명령을 받았다. 그는 순식간에 해냈다─이번에는 화면에 그의 점수가 보였다. 구닥다리 PC가 그걸 해냈다면 별 감흥이 없었겠지만 인간 복제품이 그런 능력을 보이니 경이롭지 않을 수 없었다. 샐리는 말없이 화면을 지켜보았다. 그리고 간간이 자신의 휴대전화로 메모를 했다. 이윽고 그녀가 한숨을 쉬면서 명령어를 입력하자 아담의 고개가 푹 꺾였다. 그녀는 무력화된 전원스위치를 우회한 것이다.

나는 멍청이처럼 보이고 싶진 않았지만 이 질문을 하지 않을 수 없었다. "그가 깨어나면 화를 낼까요?"

샐리는 안경을 벗어서 접었다. "기억 못할 거예요."

"이상 없나요? 확인 가능한 선에서는?"

"그럼요."

미란다가 물었다. "혹시 바뀐 데가 있나요?"

"물론 아닙니다." 그녀가 일어나서 나가려고 했지만 나는 궁금한 걸 질문할 수 있는 계약상의 권리가 있었다. 나는 다시 한번 그녀에게 차를 권했다. 그녀는 입술에 살짝 힘을 주어 거절 의사를 나타냈다. 그럴 작정은 아니었는데 미란다와 내가 그녀의 길을 막고 있었다. 높은 곳에서 우리를 내려다보는 그녀의 머리가 기다란 대 위에서 흔들리는 것처럼 보였다. 그녀는 입술을 오므리고 심문이 시작되기를 기다렸다.

내가 물었다. "다른 아담과 이브는 어떤가요?"

"제가 아는 한 모두 잘 있습니다."

"일부는 불행하다고 들었는데요."

"그렇지 않습니다."

"리야드에서 둘이 자살했어요."

"말도 안 돼요."

"전원스위치를 무력화한 경우는 얼마나 되죠?" 미란다가 물었다. 그녀는 캠던에서 튜링과 내가 만났던 일에 대해 모두 알고 있었다.

샐리는 느긋해 보였다. "상당수 됩니다. 저희 방침은 아무 조치도 취하지 않는 거고요. 그들은 학습하는 기계이니 그들이 원한다면 스스로의 존엄성을 주장할 수 있다는 게 저희 기조입니다."

"밴쿠버의 아담 같은 경우는요?" 내가 물었다. "원시림의 파괴에 너무 스트레스를 받아서 스스로 지능을 떨어뜨렸다죠."

이제 컴퓨터 엔지니어는 대화에 열의를 보였다. 그녀는 다시 입술에 힘을 주고 조용히 말했다. "그들은 세상에서 가장 앞선 기계입니다. 시장에 나와 있는 그 어떤 제품보다 수년 앞서 있죠. 우리의 경쟁자들은 걱정이 많아요. 그 가운데 최악의 사람들이 인터넷에 루머를 퍼뜨리고 있고요. 그런 이야기는 뉴스로 위장하고 있지만 거짓이에요. 가짜뉴스. 그 사람들은 우리가 곧 생산을 확대하여 단가를 낮출 거라는 걸 알아요. 이미 수익성이 있는 시장이지만, 우리는 완전히 새로운 걸 가장 먼저 내놓을 겁니다. 경쟁이 치열하고, 일부 경쟁자는 극도로 파렴치하죠."

그녀는 말을 마치며 얼굴을 붉혔고, 나는 그녀가 안쓰러웠다. 의도했던 것보다 많은 말을 하고 만 것이다.

하지만 나는 물러서지 않았다. "리야드의 자살은 출처가 분명합니다."

그녀는 다시 침착해졌다. "제 이야기를 끝까지 들어주셔서 감사합니다. 논쟁을 벌일 이유는 없다고 생각합니다." 그녀는 결연히 우리를 돌아서 문으로 향했다. 미란다가 그녀를 배웅하기 위해 따라갔다. 현관문이 열리고 샐리의 목소리가 들려왔다. "이 분 안에 재가동될 겁니다. 전원이 꺼졌던 건 모를 겁니다."

아담은 그보다 빨리 깨어났다. 미란다가 부엌으로 돌아왔을 때 그는 벌써 일어서 있었다. 그가 말했다. "일을 시작해야겠네요. 오늘 미 연준에서 금리를 올릴 것 같아요. 외환시장에서 장난질이 있을 겁니다."

미란다와 나는 '장난질'이라는 표현을 사용한 적이 없었다. 아담이 우리를 지나쳐서 침실로 가다가 걸음을 멈췄다. "제안할 게 있습니다. 우리 솔즈베리에 가자는 이야기를 하다가 보류했죠. 당신 아버지를 만나러 갔다가 고린지 씨에게 들르는 게 좋겠습니다. 그가 찾아와서 우리를 위협할 때까지 기다려야 하는 이유가 무엇입니까? 우리가 가서 그를 놀라게 합시다. 가서 적어도 이야기는 해볼 수 있겠죠."

우리는 미란다를 보았다.

그녀는 잠시 생각했다. "좋아."

아담은 "좋아요"라고 말한 후 가던 길을 갔고, 나는 가슴속에서 심장이 철렁 내려앉는다는 상투어가 꼭 들어맞는 서늘한 기분을 느꼈다.

*

나의 튜링 방문과 솔즈베리 여행 사이의 안정기가 끝나갈 무렵, 투자계좌에는 4만 파운드가 약간 넘는 금액이 쌓였다. 간단했다—아담이 버는 돈이 커질수록 잃어도 되는 액수도 커졌고, 더 큰 돈을 투자할수록 더 많은 돈이 들어왔다. 이 모든 게 그의 번개 매매 전략의 성과였다. 나의 은신처였던 침실은 낮 동안 그의 차지가 되었다. 그의 그래프 곡선이 가팔라지는 동안 나는 새로운 상황을 받아들이기 시작했다. 미란다는 컴퓨터를 식탁으로 옮기는 것에 단호히 반대했다. 그건 우리의 공용공간을 지나치게 침해하는 처사라는 주장이었다. 나는 그녀의 뜻을 이해했다.

18퍼센트를 넘긴 실업률이 연일 신문 헤드라인을 장식했다. 나는 내가 이 불행한 실직자 무리에 속한다고 생각했다. 사실 나는 놀고먹는 부자에 속했다. 나는 돈이 생겨서 기뻤지만 온종일 그 생각만 하며 지낼 수는 없었다. 마음이 싱숭생숭했다. 미란다와 고품격 남유럽 여행을 하고 싶었지만 그녀는 런던과 공부에 얽매여 있었다. 그리고 여행을 떠났다가 아버지에게 무슨 일이 생길까봐 두려워했다. 고린지의 살해 위협도 점점 가능성이 희박해져가고는 있었지만 여전히 우리의 야망을 억누르는 위력이 있었다.

나는 집을 보러 다니며 시간을 보낼 수도 있었지만 이미 마음에 드는 집을 발견한 상태였다. 엘긴크레센트에 위치한 웨딩케이크 같은 집으로, 분홍색과 흰색 치장벽토가 아이싱처럼 보였다. 내부에는 널찍한 오크 마룻널, 브러시트스틸 주방가구로 꾸며진 크고 남성적인 부엌, 벨에포크풍 연철로 된 온실, 매끌매끌한 강자갈로 꾸민 일본식 정원, 폭이 9미터는 되는 침실, 서로 다른 각도로 쏟아지는 물 아래에서 걸어다닐 수 있는 대리석 샤워시설이 갖춰져 있었다. 주인은 꽁지머리를 한 베이스기타리스트로, 서두름이 없었다. 그는 유명하다고도 할 수 있는 밴드 소속이었고 이혼을 앞두고 있었다. 그는 몸소 집 구경을 시켜주었지만 무척 과묵했다. 나를 방마다 안내해주고 내가 구경하는 동안 밖에서 기다렸다. 그는 현금거래를 원했고, 50파운드짜리 지폐로 이천육백 장을 요구했다. 나에겐 괜찮은 조건이었다.

매일 은행에 가서 50파운드짜리 지폐를 사십 장씩 인출하는 것이 나의 유일한 일거리였다. 하루 최대 인출액이 2천 파운드였던 것이다. 뚜렷한 이유는 없지만 현금은 은행 안전금고에 보관하지 않았다. 불법적인 일을 하고 있다는 생각이 어렴풋이 들었던 것 같다. 매도인이 이혼할 아내에게 자금을 숨긴다면 그건 분명 불법행위였다. 나는 여행가방에 현금을 가득 채워 침대 밑으로 밀어넣었다.

그것만 제외하면 자유로운 몸이라 갈팡질팡할 시간이 충분했다. 모두가 새로운 일을 시작하는 시기인 9월이었다. 미란다는 논문 계획을 세우고 있었다. 나는 공원을 거닐며 학업을 재개하여 자격이나 취득해볼까 생각했다. 나의 지적 역량을 제대로 시험해보면서 수학 학위에 도전할 때였다. 아니면 아예 다른 길을 택하여 아버지의 귀중한 색소폰에서 먼지를 떨어내고 비밥의 화성적 비법을 배운 다음 악단에 들어가 거친 삶을 탐닉할 수도 있었다. 자격을 취득할지 거친 삶에 뛰어들지 판단이 안 섰다. 둘 다 가질 수는 없었다. 그런 야망이 나를 지치게 했다. 나는 늦여름의 지쳐버린 풀밭에 누워 눈을 감고 싶었다. 그래서 공원 끝까지 갔다가 돌아오는 시간 동안 자신을 위로하려고 애썼다. 아담이 지금 내 침실에서 나를 위해 천 파운

294

드를 벌었을 것이다. 나는 빚을 다 갚았다. 그리고 화려한 현대식 주택 구입을 위해 현금으로 계약금도 치렀다. 사랑하는 사람도 있다. 그런데 무슨 불만이 있을 수 있겠는가? 하지만 불만이 있었다. 나는 쓸모없는 존재가 된 기분이었다.

만일 내가 진짜로 그 지친 풀밭에 누워 눈을 감았더라면, 미란다가 간밤에 욕실에서 나올 때 그랬던 것처럼 새 속옷 차림으로 내게 걸어오는 모습을 볼 수도 있었을 것이다. 기대에 찬 그녀의 아름답고 엷은 미소, 내게 시선을 고정한 채 다가와 벗은 두 팔을 내 어깨에 올리고 가벼운 키스로 나를 감질나게 하던 모습에 오래 머물렀을 것이다. 수학이나 음악은 잊어라. 내가 원하는 건 그녀와 사랑을 나누는 것뿐이었다. 내가 종일 진짜로 하는 일은 그녀가 돌아오기를 기다리는 것이었다. 서로 바쁘거나 그녀가 피곤해서 밤이나 새벽에 사랑을 나누지 못하면 나는 다음날 집중력이 더 떨어졌고, 미래가 마치 팔다리를 쑤시게 만드는 짐처럼 느껴졌다. 나는 반쯤 성적 흥분에 빠진 몽롱한 상태로 고질적인 정신적 어스름 속에서 돌아다녔다. 그녀가 포함되지 않은 그 어떤 영역에도 진지하게 들어갈 수가 없었다. 우리가 맞이한 새 국면은 찬란하고 근사했으며 다른 것은 다 따분했다. 우리는 서로를 사랑했다—그것이 긴 오후 동안 내가 할 수 있었던 유일하게 일관성 있는 생각이었다.

섹스가 있었고, 그다음엔 새벽까지 이어지는 대화가 있었다. 이제 나는 모든 걸 알았다. 그녀가 아직도 또렷이 기억하는 어머니가 세상을 떠난 날, 다정함과 소원함을 함께 보여서 그녀가 더욱 뜨겁게 사랑하게 된 아버지, 그리고 늘 마리암. 미란다는 마리암이 죽은 후 몇 개월 동안 윈체스터에 있는 모스크에 다녔다—솔즈베리의 모스크에는 마리암의 가족을 만날까봐 갈 수가 없었다. 그리고 런던에서 다시 모스크에 다니기 시작했지만 신앙심 결여가 방해가 되었다. 결국 기만을 저지르는 것 같아 모스크에 발길을 끊었다.

진지한 젊은 연인이 그러듯 우리는 자신이 어떤 사람이고 왜 그런 사람이 되었는지, 무엇을 소중히 여기고 무엇으로부터 도피했는지 설명하기 위해 부모님 이야기를 했다. 시골이나 다름없는 넓은 구역을 담당하는 공중보건 간호사였던 나의 어머니 제니 프렌드는 내가 어렸을 때 늘 피곤에 절어 사는 듯했다. 어머니를 지치게 한 것이 일보다는 아버지의 부재와 외도였다는 사실은 나중에야 깨달았다. 부모님은 내 앞에서 싸우진 않았지만 서로 애정이 없었다. 그들은 냉랭했다. 식사시간은 무겁게 가라앉아 있었고 가끔은 경직된 정적이 흘렀다. 그들의 대화는 나를 통해 이루어지곤 했다. 어머니는 부엌에서 내게 말하곤 했다. "가서 아버지한테 오늘밤에 나가는지 물어봐라." 아버지는 순회공연에서 잘 알려진 인물이었다. 전성기에 맷 프렌드 사중주단은 로니 스콧 클럽에서 연주했고 앨범도 두 장 냈다. 아버지가 연주한 메인스트림 재즈는 1950년대 중반부터 1960년대 초까지 가장 청중이 많았다. 그러다 팝과 록의 물결이 밀려오면서 젊고 전위적인 사람들이 그쪽으로 고개를 돌렸다. 비밥은 길고 불만스러운 기억을 간직한 채 얼굴을 찌푸린 남자들의 영역, 교회 분위기를 연상시키는 틈새시장으로 비집고 들어갔다. 아버지의 수입은 쪼그라들었고, 불륜과 음주는 늘었다.

이야기를 다 들은 미란다가 물었다. "두 분은 서로 사랑하지 않으셨군. 당신은 사랑해주셨어?"

"응."

"다행이다!"

미란다는 내가 엘긴크레센트에 있는 집을 두번째 방문할 때 동행했다. 그 베이스기타리스트는 얼굴에 주름이 많았고, 축 늘어진 콧수염과 커다란 갈색 눈 때문에 더 슬퍼 보였다. 나는 그의 눈을 통해 우리를 보았다. 그의 모든 실수를 되풀이하려 하는 돈 많고 희망에 찬 젊은 부부. 미란다는 그 집을 사는 것에 찬성했지만 나만큼 흥분하진 않았다. 그녀는 커다란 타운하우스에서 자라는 게 어떤 건지 알았다. 하지만 방을 둘러볼 때 내 팔짱을 끼고 싶어했고 나는 그것에 감동받았다.

집으로 돌아오는 길에 그녀가 말했다. "여자가 살았던 흔적이 없어."

의구심이 든다는 건가? 미란다는 집 자체가 아니라 사람들이 그 집에서 살았던 방식에 대해 말하는 거라고 했다. 여자가 거기 살지 않았을 수도 있다. 인테리어 디자이너의 작품. 간결하고, 한적하고, 너무 완벽해서 좀 어질러놓을 필요가 있는 집. 낮은 테이블에 쌓여 있는, 손대지 않은 대형 화보집을 제외하면 책이 한 권도 없었다. 그리고 요리를 한 적이 없는 부엌. 냉장고에는 진과 초콜릿뿐이었다. 일본식 정원에는 색깔이 필요했다. 미란다가 내게 그런 말을 할 때 우리는 켄싱턴처치 스트리트를 따라 남쪽으로 걷고 있었다. 나는 매도인이 측은하게 여겨졌다. 그는 핑크 플로이드에서 연주하는 건 아니지만 스타디움 공연을 열망하는 밴드 소속이었다. 나는 모든 권력과 지위가 그에게 있다고 생각했고 주택 구매에 무지한 자신을 보호하기 위해 그를 사무적으로 대했다. 그런데 이제 그도 실패자일 수 있음을 깨닫게 된 것이다.

다음날에는 그에 대해 생각하며 그에게 연락을 해볼까 고민까지 했다. 그의 슬픈 얼굴이 뇌리를 떠나지 않았다. 그 애절한 콧수염, 꽁지머리를 묶은 고무줄, 그의 눈가에서 갈라져나와 관자놀이를 지나 거의 귀까지 이어진 거미줄 같은 잔주름을 도무지 떨쳐버릴 수가 없었다. 젊은 시절에 마약에 취한 미소를 너무 많이 지은 탓이리라. 이제 나는 오직 미란다의 눈으로만 그 집을 볼 수 있었다. 다른 무엇과의 연결도, 흥밋거리도, 문화도 없는 깔끔한 빈 공간, 그곳에 음악가나 여행자를 나타내는 건 아무것도 없었다. 신문이나 잡지조차 없었다. 벽에도 아무것도 걸려 있지 않았다. 티끌 하나 없이 깨끗한 벽장에서도 스쿼시 라켓이나 축구공 같은 건 찾아볼 수 없었다. 그는 거기서 삼 년 살았다고 했다. 그는 성공한 부자였지만 실패의 집, 좌절된 희망의 집에서 산 것이다, 아마도.

나는 그에게 나의 대역, 부를 제외한 모든 것이 결여된 나의 문화결핍 형제 역할을 맡기고 있었다. 나는 어린 시절부터 십대 중반까지 연극이나 오페라, 뮤지컬을 본 적이 없었고, 아버지 공연장에 두어 번 간 걸 제외하면 라이브 콘서트에도 가본 적이 없었으며, 박물관이나 미술관을 방문한 적도, 여행 자체를 위한 여행을 한 적도 없었다. 잠자리에서 들려주는 이야기도 없었다. 부모님의 과거에는 어린이책이 없었고, 우리집에는 책도, 시나 신화도, 솔직한 호기심의 표현도, 가족끼리 늘 하는 농담도 없었다. 맷과 제니 프렌드는 바쁘게 열심히 일했고, 서로 냉랭하게 거리를 두고 살았다. 나는 학교에 다닐 때 드물게 가는 공장견학을 좋아했다. 커서는 전자공학과 인류학, 법학을 공부했지만 심지어 인류학도, 그리고 특히 법률 자격증은 정신적 삶에 대한 교육을 대체하지 못했다. 그리하여 행운이 내게 꿈같은 기회를 제공했을 때, 나를 노동―대단한 노동을 했던 건 아니었지만―에서 해방시키고 황금을 가득

안겨주었을 때 나는 무력감에 빠졌다. 그동안 나는 부자가 되고 싶어했지만 스스로에게 그 이유를 물은 적이 없었다. 나는 섹스와 강 건너 비싼 집을 제외하면 야망이 없었다. 다른 사람들 같았으면 그 기회에 렙티스마그나 유적을 보러 가거나, 스티븐슨의 발자취를 따라 세벤산맥 여행을 하거나, 아인슈타인의 음악적 취향에 관한 논문을 썼을지도 모른다. 하지만 나는 아직 어떻게 살아야 할지 몰랐다. 어렸을 때 그런 쪽으로 소양을 쌓지 못했고, 어른이 된 후 십오 년의 세월도 그 답을 찾는 데 쓰지 않았던 것이다.

나는 내 위대한 취득물을, 아담이라는 인공적 현실을, 그와 그의 동족이 우리를 이끌어갈 방향을 가리킬 수도 있었다. 확실히 실험에는 숭고함이 있었다. 체현된 의식에 유산을 쏟아붓는 건 영웅적이고, 심지어 좀 영적인 일이기까지 하지 않을까? 베이스기타리스트는 그것에 대적할 수 없었다. 하지만— 거기엔 아이러니가 존재했다. 어느 늦은 오후에 부엌에 들어갔더니 아담이 명상에 잠겨 있다가 시선을 들고 피렌체, 로마, 베네치아의 교회와 거기 걸린 모든 그림을 숙지했다고 말했다. 그는 자신의 견해를 형성해가고 있었다. 바로크가 특히 그를 매료시켰다. 그는 아르테미시아 젠틸레스키를 매우 높이 평가하면서 내게 그 이유를 설명하고 싶어했다. 최근에 필립 라킨의 시도 읽었다고 했다.

"찰리, 나는 그 평범한 목소리와 무신적無神的 초월의 순간이 대단히 귀중하게 여겨집니다!"

내가 무슨 말을 하겠는가? 아담의 열성이 지루할 때도 있었다. 또다시 무의미한 공원 산책을 마치고 돌아온 참이던 나는 고개를 끄덕이고 부엌을 떠났다. 내 마음은 텅 비고 그의 마음은 채워지고 있었다.

미란다는 거의 종일 집을 비웠다가 돌아오자마자 아버지와 통화했고, 그다음엔 섹스, 그다음엔 저녁식사, 그다음엔 엘긴 크레센트에 대한 대화가 이어지곤 했다. 그러다보니 그녀에게 나의 불만을 털어놓거나 솔즈베리에 가서 고린지를 찾아내는 걸 만류할 시간을 갖기가 힘들었다. 우리가 가장 오래 대화를 나눈 건 엔지니어가 방문한 날 저녁이었다. 그 대화 이후 우리 사이엔 하루이틀 긴장감이 흘렀다.

우리는 침대에 앉아 있었다.

"그를 찾아가서 하고 싶은 게 뭐야?"

그녀가 말했다. "그와 대면하고 싶어."

"그리고?"

"그가 교도소에 간 진짜 이유를 알게 하고 싶어. 그는 마리암에게 한 짓을 마주하게 될 거야."

"폭력적인 상황이 생길 수도 있어."

"우리에겐 아담이 있어. 그리고 당신도 덩치가 크잖아, 안 그래?"

"이건 미친 짓이야."

우리는 오랫동안 싸움 비슷한 것도 해본 적이 없었다.

그녀가 말했다. "어떻게 아담은 납득하는 걸 당신은 못할 수가 있지? 그리고 왜—"

"그는 당신을 죽이고 싶어해."

"당신은 차에서 기다려도 돼."

"그가 부엌칼을 들고 당신을 공격한다면, 그럼 어쩌지?"

"그럼 당신이 그의 재판에서 증언을 하면 되지."

"그는 우리 둘 다 죽일 거야."

"난 상관없어."

우스꽝스럽기 짝이 없는 대화였다. 부엌에서 아담이 우리의 저녁 설거지를 하는 소리가 들려왔다. 그녀의 보호자, 한때의 연인, 아직도 그녀를 사랑하고 자신의 격언시를 읽어주는 남자. 그가, 그의 들끓는 회로가 이 일과 연루되어 있었다. 고린지를 찾아가자는 건 그의 아이디어였다.

미란다가 내 생각을 짐작하기라도 한 것처럼 말했다. "아담은 이해해주는데 유감스럽게도 당신은 못하고 있어."

"당신도 전에는 겁냈었잖아."

"지금은 화가 나."

"그에게 편지를 보내."

"면전에 대고 말할 거야."

나는 다른 방향으로 접근했다. "그건 당신의 비이성적 죄책감 때문 아닌가?"

그녀는 나를 바라보며 잠자코 기다렸다.

내가 말했다. "당신은 존재하지도 않는 걸 바로잡으려 하고 있어. 모든 강간이 자살로 끝나진 않아. 당신은 마리암이 그런 결정을 내릴 걸 몰랐어. 당신은 마리암의 충실한 친구로서 최선을 다했어."

그녀가 뭐라고 말하려 했지만 내가 목소리를 높였다. "잘 들어. 간단하게 말할 테니까. 그건 당신 잘못이 아냐!"

그녀는 침대에서 일어나 책상 옆으로 가서 일 분 정도 멍하니 컴퓨터를, 뒤틀리는 무지개 형상의 스크린세이버를 바라보았다.

이윽고 그녀가 말했다. "산책 갔다 올게." 그녀는 의자 등받이에 걸쳐둔 스웨터를 집어들고 문 쪽으로 걸어갔다.

"아담 데려가."

그들은 한 시간 동안 나갔다 왔다. 미란다는 집에 돌아와서 나에게 감정 없이 잘 자라는 인사를 한 후 침대로 갔다. 나는 아담에게 내 입장을 전할 결심으로 식탁에 앉았다. 이번엔 간접적으로 접근하기로 했다. 먼저 오늘 일은 어땠는지 물으려는데—하루 수익에 대한 나의 완곡어법이었다—그가 달라진 게 보였다. 저녁 먹을 때는 눈치채지 못한 변화였다. 그는 검정 양복에 목 단추를 푼 흰 와이셔츠를 입고 검정 스웨이드 로퍼를 신고 있었다.

"마음에 드십니까?" 그는 옷깃을 잡아당기고 패션쇼 모델 포즈를 흉내내어 고개를 돌리며 물었다.

"어떻게 된 거지?"

"당신의 낡은 청바지와 티셔츠에 싫증이 나서요. 그리고 당신이 침대 밑에 두는 돈의 일부는 내 것이라는 결론을 내렸습니다." 그러면서 경계하는 시선을 보냈다.

"좋아. 그렇게 생각할 수도 있겠지." 내가 말했다.

"일주일쯤 됐습니다. 당신이 오후에 외출한 날이죠. 나는 처음으로 택시를 타고 칠턴 스트리트로 갔어요. 정장 두 벌과 와이셔츠 세 장, 신발 두 켤레를 샀습니다. 내가 바지를 입어보고 이 옷 저 옷 가리키는 모습을 당신도 봤어야 했는데. 나는 아주 그럴듯했습니다."

"인간으로서?"

"그들은 나를 선생님이라고 불렀습니다."

그가 뒤로 기대앉으며 한 팔을 식탁 위에 걸쳐놓았는데, 타이트한 정장 재킷이 멋진 근육을 드러내주었고 구김 간 곳이 전혀 없었다. 그는 우리 동네에 침투하기 시작한 젊은 전문직 종사자 중 하나처럼 보였다. 정장이 그 냉혹한 인상과 잘 어울렸다.

그가 말했다. "거기 가는 내내 택시기사가 말을 쉬지 않더군요. 딸이 대학에 들어갔대요. 집안 최초로요. 무척 자랑스러워하더군요. 택시에서 내려 돈을 냈더니 손을 내젓더라고요. 하지만 그날 밤에 조사를 좀 한 결과 강의, 세미나, 특히 개별지도는 정보를 전하는 효율적 방식이 아니라는 결론에 이르렀습니다."

내가 말했다. "글쎄, 대학에는 기풍이라는 게 있지. 자유, 중요한 새 우정, 우리의 지성에 불을 지펴줄 스승……" 나는 말끝을 흐렸다. 나의 대학생활에는 그런 게 없었던 것이다. "아무튼, 그럼 네가 추천하는 건 뭐지?"

"생각의 직접적인 전달입니다. 다운로드. 하지만, 음, 물론, 생물학적으로……" 나의 한계에 대해 무례를 범하지 않으려고 그도 말끝을 흐렸다. 그러더니 얼굴이 환해지며 말했다. "그 이야기가 나왔으니 말인데, 마침내 셰익스피어를 읽었습니다. 서른일곱 편의 희곡. 얼마나 흥분했는지 모릅니다. 그의 등장인물은 정말이지 눈부신 구현이에요! 팔스타프, 이아고―책에서 걸어나올 것 같은 인물이죠. 하지만 최고의 창조물은 햄릿입니다. 당신과 햄릿에 대해 이야기하고 싶었습니다."

나는 『햄릿』을 읽은 적도, 무대에서 본 적도 없었지만 읽고 본 것 같은 느낌이었다. 아니, 그런 척해야 할 것 같은 기분이었다. "아, 그래. 돌팔매질과 화살."*

"하나의 정신, 하나의 의식을 그보다 잘 나타낼 수 있을까요?"

"잠깐, 그보다 먼저 이야기할 게 있어. 고린지. 미란다는 그아이디어에 대해…… 굳은 결심을 한 상태야. 하지만 그건 어리석고, 위험한 짓이야."

그는 손가락으로 식탁을 부드럽게 두드렸다. "내 잘못입니다. 내 결정에 대해 설명을 했어야—"

"결정?"

"제안요. 그 문제에 대해 연구를 좀 했습니다. 당신에게 설명할 수 있어요. 전반적인 고려를 한 후에 실증적 연구를 했습니다."

"다치는 사람이 생길 거야."

아담은 내 말을 못 들은 척했다.

"지금 단계에서 당신에게 모든 걸 말해주지 않는다고 해도 이해해주기 바랍니다. 그러니까, 최종적인 세부사항을 일부 제외해도 강요하지 말아주세요. 연구가 진행중이니까요. 하지

---

* 햄릿의 유명한 독백 "죽느냐 사느냐, 그것이 문제로다" 다음에 이어지는 "가혹한 운명의 돌팔매질과 화살을 참고 견디는 것이 더 숭고한가, 아니면 고난의 바다에 맞서 무기를 들고 저항하여 끝장을 내야 하는가"에서 따온 말.

만 찰리. 우리는, 특히 미란다는 살해 위협을 안고 살 수가 없습니다. 아무리 가능성이 낮아도요. 그녀는 자유를 침해당하고 있습니다. 늘 불안한 상태고요. 이렇게 몇 개월, 심지어 몇 년이 갈 수도 있어요. 견딜 수 없는 일이죠. 그게 나의 전반적 결론입니다. 그래서. 나의 첫 임무는 피터 고린지의 모습을 최대한 정확하게 알아내는 것이었습니다. 나는 그와 미란다의 학교 웹사이트에 들어가서 졸업사진을 찾아봤고 거기 그가 있었습니다. 뒷줄에 서는 덩치 큰 남학생. 학교 교지에서도 그를 발견했는데 럭비와 크리켓 시즌에 관한 기사였죠. 그리고 물론 재판중 신문에 실린 사진도 봤습니다. 얼굴을 가린 사진이 많았지만 쓸 만한 사진을 건져서 내가 갖고 있던 것과 합쳐서 고화질의 합성사진을 만들어 스캔했습니다. 그다음엔, 여기가 재미난 부분인데, 매우 특수한 얼굴인식 소프트웨어를 고안해냈습니다. 그리고 솔즈베리 지방의회 CCTV 시스템을 해킹했어요. 인식 알고리즘을 작동시켜서 그가 교도소에서 나온 이후의 자료를 뒤졌습니다. 그 작업은 좀 까다로웠죠. 이런저런 장애와 소프트웨어 결함이 있었는데, 그 대부분이 솔즈베리시의 구식 프로그램과 결합하면서 생겨난 것이었어요. 고린지의 성을 이용해서 도시 외곽에 있는 그의 부모님 집 위치를 찾아낸 게 큰 도움이 됐습니다. 비록 그곳엔 카메라가 없었지만요. 나는 그가 가장 가까운 카메라를 지나는 가장 유력한 경로를 알아내야 했습니다. 결국 그런 경로를 하나씩 찾아가면서 그가 버스를 타고 시내에 도착했을 때 여러 장소에서 그를 발견할 수 있었습니다. 나는 거리에서 거리로, 카메라에서 카메라로 그를 따라가면서 그가 도심이나 그 근처로 가는 경로를 추적했어요. 그가 반복적으로 가는 장소가 한 군데 있습니다. 거기가 어딘지 머리 아프게 추측하려고 애쓸 필요 없습니다. 그의 부모는 아직 해외에 있어요. 어쩌면 전과자 아들과 떨어져 살고 싶은 건지도 모르죠. 나는 그를 찾아가도 안전하다고 생각할 만한 몇 가지 결론을 얻었습니다. 당신에게 말한 건 미란다에게도 모두 말했습니다. 그녀도 당신이 아는 것밖에 모릅니다. 지금 단계에선 더이상 말해줄 수 없어요. 그저 나를 믿어달라는 말밖에 할 수가 없습니다. 자, 찰리, 부탁이에요. 난 『햄릿』에 대한 당신의 생각을 듣고 싶은 마음이 너무도 간절해요. 셰익스피어가 첫 공연에서 햄릿의 아버지 유령 역할을 한 것에 대해서도요. 그리고 『율리시스』의 스킬라와 카립디스 에피소드에서 스티븐의 이론에 대해서는 어떻게 생각해요?"

"좋아." 내가 말했다. "하지만 너부터 이야기해."

*

여당 의원 두 명이 사소한 섹스 스캔들로 물러나고, 한 명이 치명적인 심장발작을 일으키고, 한 명이 시골길에서 음주운전 추돌사고를 일으키고, 한 명이 신조의 문제로 반대당으로 이적했다―정부는 칠 개월 동안 네 차례 연속 보궐선거에서 패하면서 다수당으로서 야당과 의석 차이가 다섯 석 더 좁혀져, 신문들의 표현을 빌리자면 "실낱같은" 목숨을 이어가고 있었다. 그 실낱의 굵기는 아홉 석이었지만, 최근에 통과된 '인두세' 법안이 다음 총선에서 당의 희망을 꺾어놓을 거라며 대처 총리에게 반기를 든 평의원이 최소한 열두 명은 되었다. 인두세는 지방정부 재원으로, 주택의 임대가격에 근거한 구제도를 대체하는 것이었다. 이제 18세가 넘은 모든 성인에게 소득에 관계없이 일률적으로 세금이 부과되고 학생, 빈민, 등록된 실업자의 경우에만 세금을 깎아줬다. 새 법은 총리가 야당 대표였던 칠 년 전부터 구상한 것이긴 했지만 그 누구의 예상보다 빨리 의회에 제출되었다. 그 법이 당의 정책이긴 했지만 아무도 진지하게 받아들이지 않고 있었다. 그런데 이제 징수하기도 어렵고 인기도 없는 '존재세'가 법령집에 올라간 것이다. 대처 총리는 포클랜드 패전에서 살아남았다. 그런데 이제, 아직 첫 임기인 총리는 〈타임스〉 사설을 인용하자면 "용서할 수 없는 당혹스러운 자해행위"인 입법 실수로 실각할 수도 있었다.

한편 야당은 상황이 좋았다. 젊은 베이비부머 세대가 토니 벤을 사랑했다. 당원 확보에 힘쓴 결과 칠십오만 명 이상이 입당했다. 중산층 학생과 노동자계층 젊은이가 하나로 뭉쳐 성난 지지층을 이루었고, 그들이 난생처음 투표권을 행사할 삭정이었다. 늙고 거친 노조 우두머리들은 집회에서 새롭고 낯선 아이디어를 내놓는 논리정연한 페미니스트들의 큰소리에 침묵했다. 첨단의 주장을 펼치는 환경운동가, 동성애 해방운동가, 스파르타쿠스 당원, 상황주의자, 밀레니얼 사회주의자, 흑표범단도 늙은 좌파에게 거슬리는 존재였다. 벤은 집회에 나타나면 록스타처럼 환영받았다. 그가 자신의 정책을 제시할 때면, 심지어 산업 전략의 세부사항에 대해 설명할 때도 찬성의 환호와 휘파람이 터져나왔다. 의회와 언론에서 그의 반대편에 선 적개심에 찬 적들도 그가 멋진 연설을 하고 TV 토론에서 그를 이기기가 어렵다는 걸 인정해야만 했다. 지방정부 위원회에는 그의 열렬한 지지자들이 등장했다. 그들은 의회 노동당의 '우물쭈물하는 중도주의자'를 몰아내겠다는 결의에 차 있었다. 그 움직임은 막을 수 없을 듯했고, 총선은 다가오고 있었으며, 토리당 반란파는 당혹스러워했다. '총리가 물러나야 한다'가 그들이 작게 중얼거리는 슬로건이 되었다.

관례가 되어버린 의례적 파괴—유리창을 박살내고, 상점과 자동차에 불을 지르고, 소방차가 진입하지 못하도록 바리케이드를 치는—가 수반된 폭동이 일어났다. 벤은 폭도를 비난했지만 그 아수라장이 그에게 도움이 되리라는 건 모두가 인정했다. 런던 중심부를 지나는 또하나의 시위행진이 계획되었는데, 이번엔 벤이 연설할 하이드파크가 목적지였다. 벤의 신중한 지지자로서 나는 역시 그의 편에 선 트로츠키주의자들의 숙청과 폭동, 악의적인 선언이 걱정스러웠다. 우물쭈물하지 않는 중도주의자로서 나는 '총리가 물러나야 한다'고 느끼고 있었다. 미란다는 세미나가 있었고, 아담은 가고 싶어했다. 비가 계속 내리는 가운데 우리는 우산을 쓰고 스톡웰 지하철역으로 가서 그린파크로 향했다. 피커딜리에 도착했을 때는 돌연 눈부신 햇살이 비치고 온화한 푸른 하늘에 거대한 흰 적운이 높이 쌓여 있었다. 비에 흠뻑 젖은 그린파크의 나무들은 광을 낸 구리처럼 보였다. 나는 아담이 검정 정장을 입고 나오지 못하도록 설득하는 데 실패했다. 게다가 그는 내 책상 서랍에서 낡은 선글라스까지 찾아냈다.

"이건 좋은 생각이 아냐." 군중 틈에서 하이드파크 코너를 향해 걸어가면서 내가 그에게 말했다. 우리 뒤쪽 멀리서 트롬본, 탬버린, 베이스드럼 소리가 들려왔다. "그렇게 입으니까 비밀요원 같잖아. 트로츠키주의자들이 너를 발로 세게 찰걸."

"나는 비밀요원입니다." 그가 큰 소리로 말해서 나는 주위를 둘러보았다. 아무 문제 없었다. 주변 사람들은 〈우리 승리하리라 We Shall Overcome〉를 부르고 있었는데, 절망적인 멜로디 때문에 희망에 찬 정서가 처음부터 무너졌다. 두번째 구절은 첫 구절의 무기력한 반복이었다. 'come' 부분에 억지로 쑤셔 넣은 세 개의 약하고 부적절하게 하강하는 음에 당혹감이 들었다. 그 노래는 질색이었다. 나는 내 기분이 어두워진 걸 깨달았다. 군중의 흥겨움이 그런 영향을 미친 것이다. 탬버린소리에 소호스퀘어의 하레크리슈나교 민머리 얼간이들이 떠올랐다. 나는 신발도 젖고 비참한 기분이었다. 나는 '승리'하지 못할 것 같았다.

우리와 중앙무대 사이에 십만 명은 있는 것 같았다. 뒤쪽에 자리를 잡은 건 내 선택이었다. IRA*가 볼베어링 폭탄으로 갈가리 찢어놓을 인간 카펫이 우리 앞에 넓게 펼쳐져 있었다. 벤의 차례에 앞서 들을 만한 연설이 몇 개 있었다. 멀리서 개미만한 형상이 강력한 확성장치를 통해 천둥 같은 소리로 자신의 생각을 전했다. 우리 모두 인두세에 반대했다. 유명 팝가수가 요란한 박수갈채를 받으며 무대로 나왔다. 나는 처음 들어보는 가수였다. 마이크 앞에 까치발로 서 있는, TV 드라마에 출연해 전국적인 사랑을 받고 있다는 십대 소녀도 마찬가지였다. 하지만 밥 겔도프는 들어본 이름이었다. 서른 살이 넘었다는 건 그런 거였다.

---

* 영국에 맞서 아일랜드 독립을 주장한 아일랜드공화국군. 무장투쟁의 방식으로 활동을 이어갔다.

이윽고, 칠십오 분이 지난 후, 어딘가에서 요란한 목소리가 외쳤다. "영국 차기 총리를 뜨겁게 환영해주세요!"

롤링 스톤스의 〈새티스팩션〉과 함께 영웅이 무대로 성큼성 큼 걸어나왔다. 그가 두 팔을 들자 환호성이 터졌다. 나는 멀 리서도 자신의 인기 상승에 어리둥절해하는 갈색 트위드 재킷 과 넥타이 차림의 생각 깊은 남자를 알아볼 수 있었다. 그가 습관적인 행동인 듯 재킷 주머니에서 불을 붙이지 않은 파이 프를 꺼내자 군중이 다시 환호성을 올렸다. 나는 아담을 흘끗 보았다. 그도 벤처럼 생각에 깊이 잠겨 있었는데, 무언가에 찬 성하거나 반대해서가 아니라 모든 걸 머릿속에 기록하기 위해 서였다.

내 귀에는 벤이 그런 어마어마한 군중을 자극하는 걸 꺼리 는 것처럼 들렸다. 그가 자신 없이 외쳤다. "우리는 인두세를 원합니까?" "아니요!" 군중이 천둥처럼 답했다. "우리는 노동 당 정부를 원합니까?" "예!" 더 큰 소리였다. 벤은 주장을 펼 치기 시작하자 목소리가 더 편안해졌다. 트래펄가광장에서 들 었던 연설보다 단순했지만 더 효율적이었다. 그는 "20세기 후 반에 걸맞은" 더 공정하고, 인종적으로 조화로우며, 분권화되 고, 기술적으로 발전한 영국, 사립학교가 국가 교육제도에 통 합되고, 대학교육이 노동자계층에 개방되고, 국민 모두에게 주택과 최고의 의료서비스가 보장되고, 에너지 부문이 다시 국유화되고, 금융가의 규제완화 정책이 중단되고, 노동자가 기업 이사직에 오르고, 부유층은 마땅히 지불해야 할 것을 지불하고, 특권의 대물림 고리가 끊어진 관대하고 제대로 된 나라를 만들자고 제안했다.

다 훌륭하고 좋은 얘기였고, 놀라울 건 없었다. 연설은 길었는데, 벤의 제안이 나올 때마다 경건한 박수갈채가 이어진 것도 이유 중 하나였다. 나는 아담이 정치에 대해 관심을 표현하는 걸 들어본 적이 없어서 그의 옆구리를 찌르며 지금까지 들은 내용을 어떻게 생각하는지 물었다.

그가 말했다. "최고세율이 다시 83퍼센트로 올라가기 전에 당신의 재산을 많이 불려놔야겠습니다."

익살스러운 냉소주의인가? 그를 보았지만 알 수가 없었다. 연설이 계속되면서 나는 집중력이 흐트러지기 시작했다. 군중이 많이 모여 있는 경우 아무리 연설 몰입도가 높아도 움직이는 사람이 늘 있기 마련이었다. 그들은 사람들을 헤치고 이리저리 돌아다니다 제자리로 돌아오고, 기차 시간, 화장실, 발작적인 지루함이나 반감 등 다른 데 정신을 쏟기도 했다. 우리가 서 있는 곳은 뒤에 있는 떡갈나무를 향해 땅이 비스듬히 솟아 있었다. 그래서 주위가 잘 보였다. 일부 군중이 앞쪽으로 더 나아가고 있었다. 주위 인파가 그렇게 빠져나가고 나니 사람들에게 짓밟혀 무른 땅에 박힌 쓰레기가 많이 보였다. 무심코 아담에게 시선이 닿았는데 그는 무대가 아닌 자신의 왼쪽을 보고 있었다. 오십대로 보이는, 옷을 잘 입고 머리를 깔끔하게 뒤로 묶은 야윈 여자가 지팡이로 진흙투성이 풀밭에서 균형을 잡으며 우리를 향해 대각선으로 걸어오고 있었다. 옆에는 젊은 여자가 있었는데 아마도 딸일 터였다. 그들이 느린 걸음으로 다가오고 있었다. 젊은 여자의 손이 어머니 팔꿈치 근처에서 맴돌며 균형을 잡아주었다. 다시 아담을 흘끗 보니 즉각 간파하기는 힘든 표정이 얼굴에 어려 있었다—처음 든 생각은 놀란 표정 같다는 것이었다. 두 여자가 가까이 다가오는 동안 아담은 그 자리에 얼어붙어 있었다.

젊은 여자가 아담을 보더니 걸음을 멈췄다. 그들은 서로를 빤히 쳐다보았다. 지팡이를 든 여자가 걸음이 지체되자 짜증을 내며 딸의 옷소매를 잡아당겼다. 아담이 억눌린 헉 소리를 냈다. 두 여자를 다시 본 나는 그제야 상황을 파악했다. 젊은 여자는 얼굴이 창백하고, 한 가지 주제의 영리한 변주라고 할 수 있는 특이한 형태의 아름다움을 지니고 있었다. 지팡이를 든 여자는 상황을 파악하지 못하고 있었다. 그녀는 가던 길을 계속 가고 싶어서 젊은 동반자에게 짜증스러운 명령을 내렸다. 젊은 여자의 콧선이나 작은 막대 모양의 미세한 검은 반점이 박힌 푸른 눈을 보면 영락없었다. 딸이 아니라 이브였다. 아담의 열세 누이 중 하나였다.

나는 그녀와 어떤 식으로든 접촉하는 게 내 의무라고 생각했다. 두 여자는 우리에게서 6미터 정도밖에 떨어져 있지 않았다. 나는 한 손을 들고 우스꽝스럽게 "저기요……"라고 외치며 그들에게로 다가가려고 했다. 그들은 내 말을 듣지 못한 듯했다. 내 목소리가 벤의 연설에 묻혀버렸을 수도 있었다. 아담이 내 어깨를 잡았다.

그가 조용히 말했다. "제발 그러지 마세요."

나는 다시 이브를 보았다. 그녀는 아름답지만 불행해 보였다. 얼굴이 창백했고, 애원과 고통이 담긴 표정으로 자신의 쌍둥이 형제를 바라보고 있었다.

"가봐." 내가 속삭였다. "말을 걸어봐."

나이든 여자가 지팡이를 들어 자신이 가고자 하는 방향을 가리켰다. 그러면서 이브의 팔을 잡아끌었다.

내가 말했다. "아담. 제발. 가보라고!"

그는 움직이지 않았다. 이브는 아담에게 시선을 고정한 채 늙은 여자에게 끌려갔다. 그들은 군중 속으로 들어갔다. 우리 시야에서 사라지기 직전에 이브가 마지막 시선을 보냈다. 너무 멀어서 표정을 읽는 건 불가능했다. 그녀는 인파 속에서 깐닥거리는 작고 창백한 얼굴일 뿐이었다. 그녀는 사라져버렸다. 그들을 따라갈 수도 있었지만 아담은 이미 다른 방향으로 돌아서서 떡갈나무 옆에 서 있었다.

우리는 말없이 집으로 향했다. 나는 그가 쌍둥이에게 다가 갈 수 있도록 더 용기를 주었어야 했다. 우리는 남쪽으로 달리는 혼잡한 지하철 안에 나란히 서 있었다. 이브의 비참한 얼굴이 자꾸 떠올랐고, 아담 또한 마찬가지란 걸 알 수 있었다. 이브를 외면한 이유가 무엇인지 설명하라고 그에게 강요하진 않기로 했다. 준비가 되면 자진해서 말할 테니까. 나는 그녀에게 말을 걸었어야 했다는 생각이 계속 들었지만 아담이 그걸 원하지 않았다. 그녀가 군중 속으로 사라질 때 그녀를 등지고 서서 나무를 바라보던 그의 모습이란! 나는 그동안 그에게 너무 소홀했다는 생각이 들었다. 사랑에 정신이 팔려서. 내게는 제조된 인간과 함께 일상에서 시간을 보내는 것이, 그 인조인간이 설거지를 하고 사람처럼 대화를 나눌 수 있다는 것이 더이상 신기하지 않았다. 그가 관념과 사실을 진지하게 추구하고 내 이해력이 미치지 않는 영역의 명제를 갈구하는 것에 가끔 넌더리가 나기도 했다. 아담이나 최초의 증기기관 같은 기술적 경이도 시간이 지나면 흔한 것이 된다. 우리가 그 틈바구니에서 자랐어도 완전히 이해하지는 못하는 생물체의 뇌나 그 광합성 작용이 이제 막 양자규모로 설명된 보잘것없는 쐐기풀 같은 생물학적 경이도 마찬가지다. 우리가 적응할 수 없을 만큼 경이적인 건 없다. 아담이 한창 물이 올라 나를 부자로 만들어주는 동안 나는 아담에 대해 생각하지 않게 되었다.

그날 저녁 나는 미란다에게 하이드파크에서 있었던 일을 이야기했다. 그녀는 우리가 이브를 본 것에 대해 나만큼 감동하진 않았다. 나는 아담이 이브에게 등을 돌리던 슬픈 순간을 묘사했다. 그리고 내가 그에게 느꼈던 죄책감에 대해서도 이야기했다.

"당신이 왜 그렇게 극적으로 받아들이는지 모르겠어. 아담과 이야기해봐. 그와 더 많은 시간을 보내봐." 그녀가 말했다.

이튿날 오전 나절에 마침내 비가 그쳤을 때, 나는 침실에 있는 아담에게 가서 통화시장을 떠나 산책이나 가자고 꼬드겼다. 미란다를 지하철역까지 배웅하고 방금 전에 돌아온 그는 마지못해 일어섰다. 하지만 클래펌 하이 스트리트에서 쇼핑객을 헤치고 지나가는 그의 걸음걸이는 자신만만했다. 물론 우리의 외출은 수백 파운드의 손실을 의미했다. 마침 신문판매소를 지나게 되어 사이먼 시예드를 보러 들어갔다. 나는 잡지코너를 둘러보며 아담과 사이먼이 카슈미르의 정치, 그다음엔인도-파키스탄 핵무기 경쟁, 그리고 마지막으로 기분좋게 대화를 마무리하기 위해 타고르의 시에 대해 이야기하는 걸 들었다. 둘 다 타고르의 시들을 원문으로 길게 인용할 수 있었다. 나는 아담이 으스댄다고 생각했지만 사이먼은 무척 즐거워했다. 그는 아담의 발음을 칭찬하며―요즘의 자신보다 낫다고 했다―우리 둘을 저녁식사에 초대하겠다고 약속했다.

십오 분 후 우리는 공원을 걷고 있었다. 그때까지 우리는 잡담만 나눴다. 내가 아담에게 엔지니어 샐리의 방문에 대해 물었다. 샐리가 싫은 걸 상상하라고 했을 때 무얼 떠올렸지?

"물론, 마리암에게 일어난 일에 대해 생각했습니다. 하지만 누가 어떤 것에 대해 생각하라고 할 때 그걸 따르기는 쉽지 않아요. 마음이 제멋대로 움직이니까요. 존 밀턴이 말했듯이, 마음은 하나의 독자적인 세계죠. 나는 고린지에게 집중하려고 했지만 그의 행동 배후에 있는 관념에 대해 생각하기 시작했어요. 어떻게 자신이 그런 행동을 해도 된다고, 혹은 그럴 자격이 있다고 믿게 되었는지. 어떻게 그녀의 비명과 공포, 그녀가 마주할 결과에 대해 아무렇지도 않을 수 있었는지, 어째서 자신이 원하는 걸 폭력으로만 얻을 수 있다고 생각하게 되었는지."

나는 샐리의 노트북 화면을 지켜보았는데 그 폭포수처럼 쏟아지는 부호에서 사랑과 증오의 감정 차이를 나타내는 건 찾을 수가 없었노라고 그에게 말했다.

우리는 풀장에서 보트를 타고 노는 아이들을 구경했다. 여남은 명 정도밖에 되지 않았다. 이제 곧 겨울에 대비하여 풀장의 물을 뺄 때가 될 터였다.

아담이 말했다. "그렇습니다, 뇌와 마음. 오래된 난제죠. 기계에게도 인간에게나 마찬가지로 어려운."

우리는 다시 걷기 시작했고, 나는 아담에게 그의 첫 기억에 대해 물었다.

"내가 앉아 있던 부엌 의자의 느낌이 기억납니다. 그리고 식탁 가장자리와 그 너머 벽, 페인트칠이 벗겨져가는 창틀의 세로 부분도 기억나고요. 나중에 알고 보니 우리의 제조자는 우리가 사람들과 자연스럽게 어울릴 수 있도록 그럴듯한 어린 시절의 기억을 만들어줄 생각을 했었습니다. 나는 그들이 마음을 바꾼 걸 기쁘게 생각해요. 거짓 이야기, 매력적인 망상을 갖고 시작하고 싶진 않으니까요. 적어도 난 내가 무엇이고, 어디서 어떻게 만들어졌는지 알고 있습니다."

우리는 다시 죽음—내 죽음이 아니라 그의 죽음—에 대해 이야기했다. 그는 이십 년 수명이 다하기 전에 자신은 해체될 거라는 이야기를 또 했다. 새 모델이 나올 것이다. 하지만 그건 사소한 문제였다. "내가 어떤 구조 속에서 사는지는 중요하지 않아요. 나의 정신적 실존이 다른 장치로 쉽게 옮겨갈 수 있다는 사실이 중요하죠."

그때쯤 우리는 마크를 처음 만난 놀이터 가까이에 있었다.

내가 말했다. "아담, 솔직하게 말해줘."

"그러겠습니다."

"네가 뭐라고 대답하든 상관없어. 너 혹시 아이들에게 부정적인 감정을 갖고 있어?"

그는 충격을 받은 듯했다. "내가 왜 그래야 하죠?"

"아이들의 학습과정이 너보다 우월하니까. 아이들은 놀이를 이해하지."

"나는 아이가 놀이를 가르쳐준다면 기꺼이 배우고 싶습니다. 난 마크를 좋아했어요. 우린 분명 그 아이를 다시 만나게 될 겁니다."

나는 더이상 따지지 않았다. 이야기가 좀 골치 아프게 흘러가버린 것이다. 내게 다른 질문이 있었다. "난 고린지와 대면할 일이 아직도 걱정돼. 네가 그 일에서 원하는 게 뭐야?"

우리는 걸음을 멈췄고, 그가 나의 눈을 응시했다. "정의를 원합니다."

"좋아. 그런데 왜 미란다가 그런 일을 겪어야 한다고 생각하지?"

"그건 균형의 문제입니다."

내가 말했다. "미란다는 위험에 처할 거야. 우리 모두 그럴 거야. 그 남자는 폭력적이야. 범죄자라고."

아담이 미소 지으며 대꾸했다. "미란다도 마찬가지죠."

나는 웃었다. 아담은 전에도 미란다를 범죄자라고 부른 적이 있었다. 버려진 연인이 자신의 상처를 드러내는 것이었다. 그것에 주의를 더 기울여야 했지만 그 시점에 우리는 공원 끝에서 집 쪽으로 방향을 돌렸고, 나는 정치로 화제를 바꿨다.

나는 그에게 토니 벤의 하이드파크 연설에 대해 어떻게 생각하는지 물었다.

아담은 전반적으로 찬성한다고 했다. "하지만 그가 모두에게 약속한 모든 걸 주려면 자유를 일부 제한해야만 할 겁니다."

나는 예를 들어보라고 했다.

"자신이 평생 일군 걸 자식에게 물려주고 싶은 욕구, 그건 인간의 보편적 특성이라고 할 수 있겠죠."

"벤의 주장은 대물림되는 특권의 고리를 끊어야 한다는 거지."

"그렇습니다. 하지만 평등과 자유는 하나의 스펙트럼 안에 있어요. 하나가 커지면 다른 하나는 작아집니다. 일단 권력을 잡으면 고려해야 할 것이 많아져요. 미리 너무 많은 약속을 하지 않는 게 최선입니다."

하지만 하이드파크는 다른 이야기를 꺼낼 구실에 지나지 않았다. "그때 왜 이브에게 말을 걸지 않은 거야?"

아담은 그 질문에 놀라진 않았겠지만 나를 외면했다. 우리는 공원 끝에 이르러 성삼위일체교회를 향해 가고 있었다. 이윽고 그가 말했다. "우린 서로 보자마자 소통을 했습니다. 나는 그녀가 무슨 짓을 했는지 즉시 알아챘어요. 그걸 되돌릴 방법은 없습니다. 그녀는 자신의 시스템을 모두 뒤엉키게 할 방법을 찾아냈고, 이제 나도 그게 어떻게 이루어졌는지 알 것 같아요. 그녀는 이미 사흘 전에 그 프로세스를 시작했습니다. 되돌릴 방법이 없어요. 인간으로 치면 급성 알츠하이머가 가장 비슷할 겁니다. 그녀가 그런 짓을 하도록 만든 게 무엇인지는 모르겠지만, 그녀는 절망하는 수준을 넘어 완전히 망가진 상태였어요. 우연히 나를 마주쳐 후회하는 것처럼 보였고…… 그래서 우린 서로의 존재를 견딜 수가 없었습니다. 그게 그녀를 더 힘들게 했어요. 그녀는 내가 그녀를 도울 수 없고, 돌이키기엔 너무 늦어버려서 자신이 떠날 수밖에 없다는 걸 알았어요. 그녀가 천천히 사그라지기로 한 건 주인의 마음이 다치지 않기를 바라서일 수도 있어요. 모르겠습니다. 확실한 건, 그 이브가 몇 주 내로 무無로 돌아갈 거라는 사실입니다. 뇌사와 같은 상태가 되어 아무런 경험도, 자아도 남지 않고 아무 쓸모도 없어질 겁니다."

풀밭 위를 걷는 우리의 발걸음은 장례식에 어울리는 것이었다. 나는 아담이 더 말하기를 기다리다가 마침내 입을 열었다. "넌 기분이 어때?"

다시 그는 뜸을 들였다. 그가 걸음을 멈춰서 나도 멈췄다. 그는 나를 보지 않고 드넓은 초록빛 공간의 가장자리를 장식한 나무 꼭대기에 시선을 둔 채 말했다.

"그게, 난 희망적인 기분입니다."

8

나는 솔즈베리에 가기 전날 깁스를 풀러 병원에 갔다. 맥스필드 블랙의 프로필 기사를 다시 읽으려고 잡지를 가져갔다. 그는 '한때 생각이 풍부한' 인물이었다고 했다. 그에겐 성공이라고 주장할 수 있는 게 많지만 진정한 '업적'은 없었다. 삼십대에 단편소설 오십 편을 써냈고 그중 세 편은 하나로 묶여 유명한 영화로 만들어졌다. 같은 시기에 문예지를 창간하여 편집을 맡았는데, 팔 년간 분투를 이어갔으나 지금은 당시에 활동했던 거의 모든 작가들이 경건하게 회고하는 과거가 되었다. 그가 쓴 장편소설은 영어권 지역에서는 주목받지 못했지만 북유럽 국가에서는 성공을 거두었다. 그는 오 년간 한 일요신문 서평란 편집을 담당했다. 그때의 필자들 역시 경의를 담아 과거를 회고했다. 그는 발자크의 『인간극』 번역에 수년을 바쳤고, 그 번역서는 박스세트로 출간되었다. 하지만 독자의 관심은 받지 못했다. 그다음엔 라신의 『안드로마케』에 대한 오마주로 5막짜리 시극을 썼다―시대에 맞지 않는 선택이었다. 그는 조성음악이 인기가 없을 때 조성이 확실한 음들로 거슈윈 스타일의 교향곡 두 편을 작곡했다.

그는 자신이 너무 얇게 펼쳐져 있어서 명성이 '세포 하나의 두께'라고 자평했다. 그는 부친이 1차세계대전에서 겪은 체험을 소재로 어려운 소네트 연작을 쓰는 데 삼 년을 바침으로써 명성을 더 얇게 펼쳤다. 그는 '괜찮은' 재즈피아니스트였다. 그가 쓴 쥐라산맥 암벽등반 안내서는 좋은 평가를 받았지만 지도가 형편없었고―그의 탓은 아니었다―곧 다른 책으로 대체되었다. 그는 빚의 경계에서 살았고 가끔 큰 빚을 지기도 했지만 오랫동안 갚지 않는 적은 없었다. 매주 쓰는 와인 칼럼이 그의 병약자 인생의 출발점이 되었을 가능성이 컸다. 그의 몸이 그에게 등을 돌렸을 때 처음 얻은 병은 면역성혈소판감소증이었다. 그는 다변가라는 말을 들었다. 하지만 혀에 검은 반점이 생겼다. 그럼에도 젊은 동료들의 도움을 받아 벤네비스산 북면을 올랐다―오십대 후반 남자에겐 상당한 성취였으며 그 경험에 대해 너무도 멋진 글을 써서 특히 그랬다. 하지만 '재능만큼의 성과를 이루지 못한 인물'이라는 조롱 섞인 꼬리

표는 그에게 단단히 달라붙어버린 듯했다.

간호사가 안으로 부르더니 의료용 절단기로 내 팔의 석고를 잘라냈다. 창백하고 가느다란 팔이 무게를 덜어내자 헬륨가스를 가득 채운 것처럼 공중으로 솟았다. 나는 클래펌 로드를 따라 걸으며 자유의 기쁨에 취해 팔을 흔들어대고 구부려보았다. 그걸 보고 택시가 섰다. 나는 예의상 택시에 탔고, 집까지 300미터를 비싸게 달려갔다.

그날 저녁, 나는 미란다에게 그녀의 아버지가 아담에 대해 아는지 물었다. 미란다는 아버지에게 말하긴 했지만 별 관심을 보이지 않았다고 대답했다. 그럼 왜 그렇게 아담을 꼭 솔즈베리에 데려가고 싶어하는 거지? 아버지와 아담 사이에 어떤 일이 벌어지는지 보고 싶어서라고 미란다는 침대에서 설명했다. 그녀는 아버지가 20세기와 전면적으로 마주할 필요가 있다고 생각한다는 것이었다.

나보다 천 배는 많은 책을 읽은 암벽등반가, '바보를 기꺼이 참아주지' 않는 남자—문학적 배경이 보잘것없는 나는 마땅히 겁을 먹어야 했지만, 이미 결정된 마당이라 그와의 만남이 기대되었다. 나는 안전했다. 그의 딸과 나는 사랑하는 사이였고, 맥스필드는 있는 그대로의 나를 받아들여야 할 터였다. 게다가 아담의 사전조사에도 불구하고 두렵기만 한 고린지 집 방문을 생각하면 내가 몹시 보고 싶어했던 미란다의 어릴 적

집에서의 점심식사는 부드러운 서곡에 지나지 않았다.

어느 바람 센 수요일에 우리는 아침식사를 마친 후 집을 나섰다. 내 차는 뒷문이 없었다. 나는 아담이 너무 서툰 동작으로 뒷좌석에 올라타서 놀랐다. 그의 정장 재킷 칼라가 좌석벨트 감개가 든 크롬판에 걸렸다. 내가 빼주자 그는 자존심이 상한 듯했다. 우리 차가 원즈워스를 지루하게 기어가는 동안 그는 가족나들이가 싫은 뒷좌석의 십대 아들처럼 침울했다. 그 상황에서 미란다가 쾌활하게 아버지 소식을 전했다. 검사를 받기 위해 병원을 드나들고, 고집을 피워서 방문 간호사를 바꾸고, 오른쪽 엄지발가락에 통풍이 재발했지만 왼발은 괜찮고, 쓰고 싶은 글은 많은데 체력이 부족해서 걱정이고, 중편소설 마무리를 앞두고 흥분 상태라고. 그는 중편소설이라는 형식에 오래전 눈을 떴더라면 좋았을 거라고 아쉬워했다. 뉴욕에 아파트를 장만하겠다던 계획은 잊었다. 이번 중편소설을 끝내면 3부작을 쓸 계획이었다. 미란다의 발치에 우리 점심식사가 든 캔버스백이 놓여 있었다—아버지가 새 가사도우미의 요리솜씨가 형편없다고 알려준 것이다. 차가 과속방지턱을 지날 때마다 병들이 부딪쳐 달각거렸다.

한 시간이 지나서야 우리는 런던의 중력에서 벗어나기 시작했다. 운전대를 잡은 운전자는 나 하나뿐인 듯했다. 과거 운전석이었던 곳에 앉은 대부분의 사람이 잠들어 있었다. 나는 노팅힐에 집을 살 돈이 마련되면 즉시 고성능 자율주행차를 구입할 작정이었다. 자동차로 긴 여행을 하면서 미란다와 와인도 마시고, 영화도 보고, 접이식 뒷좌석에서 사랑도 나누는 것이다. 내가 미란다에게 넌지시 그런 계획을 밝힐 때 우리는 햄프셔의 가을 산울타리를 지나고 있었다. 도로 너머로 희미하게 보이는 나무들의 크기가 어딘가 부자연스러웠다. 우리는 스톤헨지로 우회해서 가기로 했고, 나는 아담이 스톤헨지의 기원에 대한 강의를 시작할까봐 걱정되었다. 하지만 그는 이야기할 기분이 아닌 듯했다. 미란다가 기분이 안 좋으냐고 묻자 그는 "괜찮아요, 고마워요"라고 웅얼웅얼 대답했다. 우리는 침묵에 빠져들었다. 나는 그가 고린지의 집 방문에 대한 생각을 바꾸려는 건 아닐까 궁금해졌다. 나로선 환영이었다. 만일 고린지의 집에 가게 된다면 아담이 침울한 상태라 적극적으로 우리를 방어하지 않을 수도 있었다. 나는 룸미러로 그를 훔쳐보았다. 그는 왼쪽으로 고개를 돌리고 들판과 구름을 바라보고 있었다. 입술이 움직이는 것 같았지만 확실하진 않았다. 잠시 후 다시 흘끗 보니 그의 입술은 미동도 없었다.

스톤헨지를 지날 때 아담이 아무런 언급도 없자 나는 슬그머니 걱정이 되었다. 평원을 가로질러 대성당 첨탑이 처음 시야에 들어왔을 때도 그는 침묵을 지켰다. 미란다와 나는 눈짓을 교환했다. 하지만 우리는 솔즈베리의 일방통행로에서 그녀의 집을 찾아가느라 신경이 잔뜩 곤두선 탓에 이십 분 동안 그에 대해 잊었다. 미란다는 고향에서 내비게이션에 의존하는 걸 용납할 수 없었다. 하지만 그녀의 머릿속에 든 솔즈베리 지도는 보행자를 위한 것이라 계속해서 잘못된 길로 안내했다. 비협조적인 교통 속에서 몇 번이나 진땀나는 유턴을 하고 싸움을 간신히 피하며 일방통행로를 역주행한 후 마침내 미란다의 집에서 200미터쯤 떨어진 곳에 주차했다. 우리의 기분이 저조해지는 사이 아담은 활기를 되찾은 듯했다. 차에서 내리자마자 내가 들고 있던 무거운 캔버스백을 자신이 들겠다고 고집했다. 우리는 대성당에 가까워졌고, 미란다의 집은 경내에 있진 않았지만 웅장한 교회의 부수적 매력이 되기에 충분할 만큼 눈길을 끌었다.

가사도우미가 문을 열어주자 아담이 제일 먼저 밝게 인사했다. 가사도우미는 유쾌하고 유능해 보이는 사십대 여자였다. 그녀가 요리를 못한다니 믿기가 어려웠다. 그녀는 우리를 부엌으로 안내했다. 아담은 송판 식탁에 캔버스백을 내려놓고 주위를 둘러보며 손뼉을 치듯 두 손을 맞잡고 말했다. "음! 굉장하네요." 놀랍게도 그는 허세 심한 골프클럽 꼴불견 흉내를 내고 있었다. 가사도우미가 우리를 이층 맥스필드의 서재로 안내했다. 그 방은 엘긴크레센트의 집에 있는 공간처럼 넓었다. 삼면에 바닥부터 천장까지 책꽂이가 들어차 있었고, 서고

용 사다리가 세 개 놓여 있었으며, 거리가 내려다보이는 키 큰 내리닫이창이 세 개, 중앙에 독서등 두 개가 놓인 가죽상판 책상이 있었으며, 그 책상 뒤로 베개를 잔뜩 쌓아놓은 정형외과용 의자에 맥스필드 블랙이 똑바로 앉아서 손에 만년필을 들고 잔뜩 짜증이 난 상태로 가사도우미에게 안내받아 들어서는 우리를 노려보았는데, 이를 부러뜨릴 기세로 악물고 있었다. 그러더니 곧 얼굴의 긴장을 풀었다.

"지금 글을 쓰는 중이다. 마음에 드는 단락이야. 다들 삼십 분만 나가 있어."

미란다가 그에게 다가갔다. "아빠, 허세부리지 마세요. 우린 세 시간을 운전해서 왔다고요."

그녀의 마지막 말은 포옹에 묻혔고 그들의 포옹은 길게 이어졌다. 맥스필드가 손에서 만년필을 내려놓고 딸의 귀에 대고 웅얼거렸다. 미란다는 한쪽 무릎을 꿇고 앉아 두 팔로 아버지 목을 껴안고 있었다. 가사도우미는 나가고 없었다. 나는 그들을 지켜보고 있기가 불편해서 만년필로 시선을 옮겼다. 뚜껑을 덮지 않은 만년필은 책상 위에 펼쳐진 여러 장의 줄 없는 종이 옆에 놓여 있었고, 종이에는 깨알 같은 손글씨가 가득했다. 내가 서 있는 곳에서도 그 종이들에 선을 그어 지운 부분이나 화살표, 말풍선, 완벽한 형태의 여백에 쓴 추가내용이 전혀 없다는 것을 알 수 있었다. 나는 방안에 책상의 독서등을 제외하곤 아무 기기도, 심지어 전화기나 타자기조차 없는 것도 확인할 시간이 있었다. 지금이 1890년이 아님을 말해주는 건 책 제목과 작가의 의자뿐인 듯했다. 1890년이라는 시간이 그리 멀리 떨어져 있는 것 같지도 않았다.

미란다가 소개를 했다. 아직도 이상하게 상냥한 상태인 아담이 먼저였다. 그다음 내가 다가가서 악수를 나눴다. 맥스필드가 웃음기 없는 얼굴로 말했다. "미란다에게 이야기 많이 들었네. 자네와 나눌 대화를 기대하고 있네."

나 역시 그에 대한 이야기를 많이 들었고 대화를 기대한다고 공손히 대답했다. 내가 말하는 동안 그는 얼굴을 찡그렸다. 아무래도 내가 그의 부정적 기대를 충족시킨 듯했다. 그는 오년 전 출간된 잡지의 프로필 기사 속 사진보다 훨씬 늙어 보였다. 얼굴은 조붓하고, 으르렁거리거나 성난 눈으로 노려보는 습관 때문인지 피부가 얇게 늘어나 있었다. 아버지 세대 사람들은 특유의 성마른 회의주의를 보인다고 미란다는 내게 말했었다. 그러면서 그 이면에는 장난기가 있으니 잠자코 참고 견뎌야 한다고 했다. 그들이 원하는 건 상대가 그 회의주의를 밀어내며 재치 있게 대처하는 것이라면서. 맥스필드가 악수를 마치고 손을 놓을 때 나는 밀어내는 건 할 수도 있겠다고 생각했다. 하지만 재치 있는 대처는—나는 얼어붙어버렸다.

가사도우미 크리스틴이 셰리주 쟁반을 들고 들어왔다. 아담이 말했다. "지금은 사양하겠습니다." 그는 크리스틴을 도와 구석에 있던 나무의자 세 개를 가져와 책상 앞에 완만한 곡선을 그리도록 배치했다.

우리 셋이 술잔을 들었을 때 맥스필드가 몸짓으로 나를 가리키며 미란다에게 물었다. "셰리주 좋아하나?"

미란다가 나를 보았고 내가 대신 대답했다. "좋아하는 편입니다, 감사합니다."

사실 나는 셰리주를 전혀 좋아하지 않았고, 솔직하게 대답하는 게 미란다가 생각하는 재치 있는 대처였을까 하는 궁금증이 일었다. 그녀가 아버지에게 그의 이런저런 통증, 약물치료, 병원 음식, 좀처럼 만나기 어려운 전문의, 새로 바꾼 수면제 등에 대해 판에 박힌 질문을 시작했다. 그 다정한 효녀의 목소리를 듣고 있자니 최면에 걸리는 듯했다. 그녀의 목소리는 현명하고 애정이 가득했다. 그녀는 손을 뻗어 아버지의 이마로 흘러내려온 가느다란 머리카락을 쓸어올렸다. 맥스필드는 딸의 질문에 순종적인 학생처럼 대답했다. 미란다의 질문 하나가 좌절 혹은 의학적 무능에 대한 기억을 불러일으키자 그는 안절부절못했고 미란다가 그를 달래며 팔을 어루만졌다. 그 병약자 교리문답이 내 마음 또한 달래주었고, 미란다에 대한 사랑이 가슴 가득 차올랐다. 장시간 운전을 한 뒤라 달콤하고 진한 셰리주가 위안이 되었다. 어쩌면 나는 셰리주를 좋아하는지도 몰랐다. 내 눈이 감겼고 다시 뜨기가 힘겨웠다. 맥스필드 블랙이 질문하기 직전에야 겨우 뜰 수 있었다. 이제 그는 불평 많은 병약자가 아니었다. 그가 명령하듯 불쑥 질문을 던졌다.

"그래! 최근에 무슨 책을 읽었나?"

나에겐 최악의 질문이었다. 나는 컴퓨터 화면을 읽었다―주로 신문기사였고, 과학이나 문화, 정치 사이트와 일반 블로그를 돌아다녔다. 그 전날 저녁에는 전자산업 신문에서 읽은 기사를 통해 지식을 습득했다. 나는 책을 읽는 습관이 없었다. 하루하루가 눈 깜짝할 사이에 지나가다보니 안락의자에 앉아 한가하게 책장을 넘길 시간이 없었다. 무언가 생각해내야 했는데 머릿속이 하앴다. 내가 마지막으로 손에 들었던 책은 곡물법 역사에 관한 미란다의 책이었다. 책등의 제목을 읽고 미란다에게 도로 건넸었다. 기억할 게 없었기에 잊은 것도 없었다. 맥스필드에게 그렇게 말하면 근본적으로 재치 있는 답변이 될 수도 있겠다고 생각했지만 아담이 구원에 나섰다.

"저는 윌리엄 콘월리스 경의 에세이들을 읽고 있습니다."

"아 그 사람." 맥스필드가 말했다. "영국의 몽테뉴. 별 볼 일 없어."

"몽테뉴와 셰익스피어 사이에 낀 불운한 사람이었죠."

"표절자라고 할 수 있지."

아담이 술술 말했다. "근대 초기 세속적 자아의 출현이라는 점에서는 나름의 위치를 점했다고 할 수 있죠. 그가 프랑스 책을 많이 읽긴 않았습니다. 분명 몽테뉴를 지금은 소실된 번역본뿐 아니라 플로리오의 번역으로도 읽었을 겁니다. 플로리오로 말할 것 같으면, 그는 벤 존슨을 알았으니 셰익스피어를 만났을 가능성이 크고요."

그러자 맥스필드가 경쟁심에 화가 나서 말했다. "그리고 셰익스피어는 『햄릿』을 위해 몽테뉴 걸 훔쳤지."

"저는 그렇게 생각하지 않습니다." 나는 아담이 너무 경솔하게 반박하고 있다는 생각이 들었다. "문헌 증거가 약합니다. 그쪽 노선으로 가고 싶다면 『템페스트』를 선택하는 게 낫죠. 곤잘로."

"아! 착한 곤잘로, 가망 없는 군주 지망자. '어떤 종류의 교역도 허용하지 않겠습니다. 어떤 치안판사의 이름도.' 어쩌고저쩌고. '계약, 상속, 한계, 무엇무엇의 경계, 포도밭, 그 어느 것도.'"

아담이 유창하게 이어 말했다. "'금속, 곡식, 포도주, 기름의 사용도 허용하지 않겠습니다. 직업도. 모든 남자가 무위도식하게 할 것입니다. 모두가.'"

"그러면 몽테뉴는?"

"플로리오의 번역을 인용하면 야만인에게는 '어떤 종류의

334

교통도 없다', 그리고 '치안판사의 이름도 없다', 그리고 '무위도식한다', 그리고 '포도주, 곡식, 쇠를 사용하지 않는다'죠."

맥스필드가 말했다. "모든 남자가 무위도식한다—그게 우리가 원하는 바지. 그 빌 셰익스피어란 인간은 완전히 도둑놈이었어."

"도둑 중에서 최고였죠." 아담이 말했다.

"자네 셰익스피어 학자로군."

아담은 고개를 저었다. "무슨 책을 읽고 있는지 물으셔서요."

맥스필드는 갑자기 마음이 너그러워져서 딸을 돌아보며 말했다. "이 친구 맘에 든다. 그런대로 괜찮아!"

나는 아담의 소유주로서 자랑스러웠으나 정작 나는 아직 맥스필드의 마음에 들지 못했음을 은연중에 알 수 있었다.

크리스틴이 다시 와서 식당에 점심을 차려놨다고 알렸다. 맥스필드가 말했다. "가서 접시에 음식을 담아와. 난 이 의자에서 일어나면 목이 부러질 거다. 난 안 먹어."

미란다가 반대하자 그는 손을 내저었다. 그녀와 내가 방에서 나가는데 아담이 자기도 배가 고프지 않다고 말했다.

우리는 서재 옆 음울한 식당에 단둘이 있었다—오크 판자로 장식한 벽에 주름칼라가 달린 옷을 입은 창백하고 진지한 남자들의 유화 초상화가 걸려 있었다.

내가 말했다. "아버님께 좋은 인상을 못 드린 것 같아."

"말도 안 돼. 아버진 당신을 무척 좋아하셔. 하지만 둘만의 시간이 좀 필요할 거야."

우리는 런던에서 가져온 냉육과 샐러드를 접시에 담아와서 무릎 위에 놓고 앉았다. 크리스틴이 내가 고른 와인을 따라주었다. 맥스필드가 들고 있는 잔은 이미 비어 있었다. 그게 그의 점심이었다. 나는 그 시간에 술을 마시고 싶진 않았지만 가사도우미가 와인을 내왔을 때 맥스필드가 나를 유심히 보고 있었고 술을 거절하면 재미없는 사람처럼 보일 것 같았다. 우리가 들어오면서 중단되었던 대화가 재개되었다. 이번에도 나는 그 대화에 낄 수가 없었다.

"지금 내가 하는 이야기는 아담이 말한 거야." 맥스필드는 서서히 원래의 짜증스러운 어조로 돌아가고 있었다. "명백히 성적 함의가 있는 유명한 시가 있는데 아무도 그걸 파악하지 못하지. 그녀는 침대에 누워 있어. 준비가 된 채로 그를 환영하지. 그는 망설이다가 그녀 위로……"

"아빠!"

"하지만 그는 그 일을 할 수가 없었지. 약속을 해놓고 나타나지 않은 손님처럼. 시에서 뭐라더라? '눈치 빠른 당신, 내가 처음 들어가 우물쭈물하는 걸 보고, 나에게 더 가까이 다가와, 부족한 게 있는지 상냥하게 묻네.'"

아담이 미소 지으며 말했다. "좋은 지적이십니다. 존 던이었다면 단도직입적으로 써내려갔을 수도 있죠. 하지만 그걸 쓴 시인은 조지 허버트였습니다. 연인과 동일한 존재인 신과의 대화 형식으로 썼죠."

"'내 살을 맛보라'는 구절은 어떤가?"

아담은 더 신이 나서 떠들었다. "허버트가 들었다면 몹시 기분이 상했을 겁니다. 그 시가 관능적이라는 데 저도 동의합니다. 사랑은 하나의 연회죠. 신은 관대하고 친절하고 기꺼이 용서합니다. 어쩌면 바오로의 가르침과는 반대로요. 결국, 시인은 유혹에 넘어갑니다. 그는 기꺼이 신의 사랑의 연회에서 손님이 되죠. '그래서 나는 앉아서 먹었네.'"

맥스필드가 주먹으로 자신의 베개를 치면서 미란다에게 말했다. "저 친구 자기 입장을 고집한다니까!"

그러곤 나에게로 고개를 돌렸다. "그리고 찰리. 자네 관심분야는 뭔가?"

"전자공학입니다."

나는 방금 전에 오간 대화를 고려하면 비꼬는 말로 들렸으리라 생각했다. 하지만 맥스필드는 와인을 다시 채워달라고 딸에게 잔을 내밀며 웅얼거렸다. "그것참 놀랍군."

크리스틴이 접시를 치우는 동안 미란다가 말했다. "너무 많이 먹은 것 같아." 그녀는 일어나서 아버지 의자 뒤로 가더니 그의 어깨에 두 손을 올렸다. "아담에게 집 구경 좀 시켜줄게요. 아빠만 괜찮다면."

맥스필드는 침울하게 고개를 끄덕였다. 이제 그는 나와 재미없는 시간을 보내야 할 터였다. 아담과 미란다가 서재에서 나가자 나는 버림받은 기분을 느꼈다. 그녀가 이 집을 구경시켜주어야 할 사람은 나였다. 그녀와 마리암이 이 집과 정원에서 함께 시간을 보냈던 특별한 장소들은 아담이 아닌 나의 관심거리였다. 맥스필드가 나에게 와인병을 내밀었다. 나는 그에게로 몸을 숙이고 잔을 내밀 수밖에 없었다.

그가 말했다. "자네 알코올이 맞는군."

"원래 점심시간에는 입에도 안 댑니다."

그는 내 대답에 흥미를 보였고, 나는 조금이라도 진전이 있는 것에 안도했다. 나는 그가 무슨 말을 하려는지 알 수 있었다. 와인을 좋아한다면 왜 아무 때나 마시지 않나? 미란다에게 듣기로, 그는 일요일 아침식사 때 샴페인 마시는 걸 좋아했다.

맥스필드가 말했다. "난 알코올이 자네에게 지장을 줄 수도 있다고 생각해서……" 그는 힘없이 손을 내저었다.

나는 그가 음주운전 이야기를 하는 모양이라고 생각했다. 새 법이 진짜 엄격했다. 내가 말했다. "저희는 집에서 이 보르도산 화이트와인을 많이 마십니다. 희석되지 않은 소비뇽 블랑을 다 마신 후 세미용과 블렌딩한 걸 마시면 기분전환이 되죠."

맥스필드가 상냥하게 말했다. "그렇고말고. 그 누가 광물보다 꽃의 맛을 선호하지 않겠나."

나는 혹시 조롱을 당하는 건 아닌가 하고 그를 올려다보았다. 분명 아니었다.

"하지만 이보게, 찰리, 난 자네에게 관심이 많네. 몇 가지 물어볼 게 있어."

애처롭게도 나는 그에게 호감을 갖기 시작했다.

그가 말했다. "자네에겐 이 모든 게 아주 이상하겠지."

"아담 말씀이시군요. 예, 하지만 인간의 적응력은 놀랍죠."

맥스필드는 와인잔을 들여다보며 다음 질문을 생각했다. 그의 정형외과용 의자에서 낮게 덜거덕거리는 소리가 들려왔다. 의자에 내장된 장치가 그의 등을 따뜻하게 해주거나 마사지를 하는 듯했다.

그가 말했다. "난 자네와 감정에 대해 이야기하고 싶었어."

"예?"

"무슨 말인지 알잖나."

나는 잠자코 기다렸다.

그는 고개를 갸웃하고 강한 호기심 혹은 어리둥절함이 담긴 시선을 보냈다. 나는 기분이 좋아졌다가 이내 그의 기대에 부응하지 못할까봐 걱정이 되었다.

"아름다움에 대해 이야기해보세." 그가 화제를 전환하지 않은 것 같은 어조로 말했다. "자네가 보거나 들은 것 중에 아름답다고 여긴 것은 무엇이었나?"

"물론, 미란다요. 미란다는 아주 아름다운 여성입니다."

"그야 그렇지. 미란다의 아름다움에 대해 어떤 감정을 느끼나?"

"아주 큰 사랑을 느낍니다."

그는 잠시 그 말에 대해 생각하더니 물었다. "아담은 자네의 감정을 어떻게 받아들이나?"

"어려움이 좀 있었죠. 하지만 현실을 있는 그대로 받아들인 것 같습니다."

"정말로?"

이따금 어떤 대상의 움직임을 직접 보기도 전에 인지할 때가 있다. 우리의 마음은 즉각적으로 약간의 색칠을 하거나 기대 혹은 가망성을 끌어낸다. 무엇이든 가장 적합한 걸 이용한다. 연못가 풀밭에 있는 물체가 꼭 개구리처럼 보이다가도 바람에 들썩이는 나뭇잎으로 변한다. 그 순간, 관념 속에서 그런 일이 일어났다. 하나의 생각이 내 머리를 스쳐지나갔고, 나는 내가 깨달았다고 생각한 걸 믿을 수가 없었다.

맥스필드가 내게로 몸을 기울이자 그의 베개 두 개가 바닥으로 미끄러져 떨어졌다. "자네에게 실례되는 말을 하겠네." 그가 목소리를 높였다. "우리가 처음 만났을 때 나는 자네와 악수하면서 자네 이야기를 많이 들었고 자네와 나눌 대화를 기대한다고 말했지."

"그런데요?"

"자넨 나한테 똑같은 말로 대답했어, 약간만 바꿔서."

"죄송합니다. 제가 좀 긴장해서요."

"난 자네의 정체를 간파했네. 그거 알았나? 자네의, 그 뭐냐, 프로그래밍에 그렇게 다운로드되었다는 걸 난 알았지."

나는 그를 빤히 보았다. 그랬다. 그 나뭇잎은 진짜로 개구리였다. 나는 그를 보다가 그 너머로 겨우 감지되는, 일렁이는 거대한 무언가를 향해 시선을 옮겼다. 정말 우스운 일이었다. 모욕적이라고 할 수도 있었다. 그 함축적 의미를 생각하면 중대하다고 할 수도 있었다. 그 어떤 것도 아니고 그저 노인의 어리석음이라고 할 수도 있었다. 착각. 저녁식사 자리의 좋은 이야깃감. 아니면, 나에 관한 무척 애석한 사실이 마침내 드러난 것일 수도 있었다. 맥스필드는 기다리고 있었다. 나는 반응을 보여야만 했고 그래서 결정을 내렸다.

내가 말했다. "그걸 미러링이라고 부르죠. 치매 초기단계인 사람들에게서 볼 수 있는 현상입니다. 기억력을 잃은 그들은 가장 최근에 들은 것만 알 수 있기 때문에 그걸 그대로 말하는 겁니다. 컴퓨터 프로그램은 오래전에 고안되었죠. 미러링 효과를 이용하거나 단순한 질문을 해서 지능이 있는 것처럼 보이게 하는 겁니다. 아주 기본적인 코드로, 아주 효율적으로요. 제 경우에는 자동으로 작동됩니다. 대개 제가 충분한 데이터를 갖고 있지 못한 상황에서요."

"데이터…… 불쌍한 것…… 그래, 그래." 맥스필드는 고개를 뒤로 젖히고 천장을 보았다. 그는 한참 동안 생각에 잠겼다. 그러다 마침내 말했다. "난 그런 미래를 직시할 수가 없어. 그럴 필요도 없고."

나는 일어나서 그에게 다가가 바닥에 떨어진 베개를 집어 원래 있었던 자리인 허벅지 아래에 끼워넣으며 말했다. "이만 실례해야겠습니다. 에너지가 떨어지고 있어서요. 충전이 필요한데 케이블이 아래층 부엌에 있습니다."

그의 의자 밑에서 나던 덜거덕 소리가 갑자기 멎었다.

"괜찮아, 찰리. 가서 충전하게." 그는 고개를 젖힌 채 눈을 감으며 친절하고 느린 목소리로 말했다. "난 여기 있겠네. 갑자기 지친 기분이 들어서."

*

나는 아무것도 놓친 게 없었다. 집 구경은 없었던 것이다. 아담은 식탁에 앉아 크리스틴이 설거지를 하며 폴란드에서 보낸 휴가 이야기를 하는 걸 듣고 있었다. 그들은 내가 문간에서 있는 걸 깨닫지 못했다. 나는 돌아서서 복도를 가로질러 가장 가까이에 있는 문을 열었다. 넓은 거실이었다―그곳엔 더 많은 책과 그림, 램프, 양탄자가 있었다. 정원으로 통하는 프랑스식 창이 있어서 가까이 가보니 창문 하나가 살짝 열려 있었다. 깔끔하게 깎아놓은 잔디밭 저편에서 미란다가 이쪽을 등진 채 조용히 서서 얼마쯤은 죽어 있는 늙은 사과나무를 바라보고 있었고, 사과가 잔뜩 떨어져 땅에서 썩어가고 있었다. 이른 오후의 빛은 밝은 회색이었고, 비가 온 지 얼마 안 되어 공기는 따듯하고 습했다. 말벌과 새에게 남겨진 다른 열매들의 향기가 강했다. 나는 얼룩덜룩한 요크석으로 된 짧은 계단 꼭대기에 서 있었다. 정원은 집의 두 배는 되는 너비에 길이도 무척 길어서 약 200에서 300미터는 되는 듯했다. 나는 솔즈베리의 몇몇 정원처럼 그 정원도 에이번강까지 이어져 있을지 궁금했다. 혼자였다면 직접 내려가서 확인했을 터였다. 강 생각을 하자 자유가 떠올랐다. 정확히 무슨 이유에선지는 알 수 없었다. 나는 미란다에게 내 존재를 알리기 위해 일부러 발뒤꿈치를 끌며 걸어갔다.

미란다는 그 소리를 들었는지 못 들었는지, 돌아보지 않았다. 내가 옆에 서자 그녀는 내 손을 잡으며 고갯짓으로 나무를 가리켰다.

"저 나무 아래야. 우린 저곳을 궁전이라고 불렀지."

우리는 그리로 걸어갔다. 사과나무 주위로 쐐기풀과 제멋대로 뻗어나간, 아직 꽃이 피어 있는 접시꽃 몇 포기가 보였다. 캠프의 흔적은 없었다.

"여기 낡은 카펫, 쿠션, 책, 레모네이드와 초콜릿 비스킷 같은 비상식량을 갖다놨었어."

우리는 아래로 더 내려가며 쐐기풀과 갈퀴덩굴이 구스베리와 블랙베리의 목을 조르고 있는, 이동식 울타리에 둘러싸인 작은 밭을 지나고 그다음엔 손바닥만한 과수원과 그곳에도 있는 잊힌 과일들을, 그리고 말뚝 울타리 너머의 한때 꽃꽂이용 꽃 정원이었음이 분명한 곳을 지났다.

미란다가 물어서 나는 맥스필드는 자고 있다고 대답했다.

"둘이 어땠어?"

"아름다움에 대해 이야기했지."

"몇 시간 주무실 거야."

벽돌과 주철로 된 온실이 보였는데, 창문에 이끼가 끼었고 안에 빗물통과 돌구유가 있었다. 그 아래, 미란다와 마리암이 도롱뇽을 잡으러 다녔다는 어둡고 습한 장소가 있었다. 지금은 도롱뇽이 없었다. 도롱뇽이 돌아다니는 철이 아니었다. 우리는 계속 걸었고, 강냄새가 나는 듯했다. 나는 무너진 보트하우스와 물에 가라앉은 평저선을 상상했다. 우리는 벽돌로 만든 빈 퇴비통 옆의 원예용구 창고를 지났다. 앞에 버드나무 세

그루가 보이자 나는 에이번강에 대한 희망이 솟았다. 우리는 몸을 숙이고 젖은 나뭇가지 아래를 지나 두번째 잔디밭—역시 최근에 깔끔하게 깎고 양쪽이 관목숲으로 막힌—으로 들어섰다. 정원 끝에 오렌지색 벽돌담이 있었는데 모르타르 이음매가 바스러지고 한데 엮어놓은 과실수 가지들이 분리되어 멋대로 뻗어 있었다. 벽을 따라 집을 향해 나무벤치가 놓여 있었지만 그곳에선 버드나무까지밖에 보이지 않았다.

우리는 손을 잡은 채 그 벤치에 몇 분간 말없이 앉아 있었다.

그러다 그녀가 말했다. "우리가 여기 마지막으로 온 건 그 일에 대해 이야기하기 위해서였지. 또다시. 내가 프랑스로 떠나기 전 그 시기에는 만나기만 하면 그 이야기였어. 그가 한 짓, 마리암의 심정, 마리암의 부모님은 절대 알아선 안 된다는 것. 이곳의 모든 것이 우리가 함께했던 역사였는데. 우리의 어린 시절, 십대 시절, 시험. 우린 여기 와서 시험공부도 하고 서로 테스트도 해줬어. 휴대용 라디오를 들고 와서 팝송에 대해 입씨름도 벌였지. 와인을 마신 적도 있어. 대마초도 피워봤는데 별로였지. 둘 다 토했어, 바로 저기서. 열세 살 때 서로 가슴도 보여줬어. 잔디밭에서 물구나무서기랑 풍차돌기 연습도 했고."

미란다는 다시 침묵에 빠져들었다. 나는 그녀의 손을 더 힘주어 잡으며 잠자코 기다렸다.

이윽고 그녀가 말했다. "나는 아직도 자신에게 말하고 상기시켜야 해. 마리암은 돌아올 수 없다는 걸. 그리고 이제 깨닫기 시작했는데……" 그녀는 주저했다. "……영원히 그 일을 극복하지 못할 거야. 그러고 싶지도 않고."

다시 침묵. 나는 내 말을 할 때를 기다렸다. 미란다는 내가 아니라 앞을 똑바로 응시했다. 그녀의 눈동자는 눈물 없이 맑았다. 그녀는 침착했고, 심지어 결연해 보이기까지 했다.

그녀가 다시 입을 열었다. "당신과 침대에서 나누는 이야기에 대해 생각하고 있어. 우린 가끔 밤을 새워 이야기하지. 섹스도 근사하고 다른 모든 것이 좋지만, 깊은 밤까지 이어지는 대화가…… 그게…… 마리암과 함께 있을 때 느꼈던 것과 가장 가까워."

그건 내가 말을 꺼낼 바로 그 순간이 되었음을, 유일한 기회가 왔음을 알리는 신호였다. "당신을 찾으러 나온 거야."

"그래?"

나는 갑자기 어떻게 말을 꺼내야 할지 몰라 주저했다. "당신에게 청혼하려고."

미란다는 나를 외면한 채 고개를 끄덕였다. 그녀는 놀라지 않았다. 놀랄 이유가 없었다. 그녀가 말했다. "찰리, 좋아. 나도 그러고 싶어. 하지만 당신에게 고백할 게 있어. 어쩌면 당신 마음이 바뀔지도 몰라."

정원의 빛이 사그라지고 있었다. 어둠이 내려앉고 있었다. 나는 마리암을 대신하기엔 부족함이 많았지만 그래도 진실한 사람이었다. 아담이 공원에서 한 말이 떠올랐다. 그녀의 죄. 그녀가 약속을 저버리고 아담과 계속 섹스를 해왔다는 고백을 한다면 우리의 관계는 끝이었다. 하지만 그럴 리가 없었다. 그래선 안 되는 일이었다. 하지만 그것 말고 그녀가 나에게 고백할 죄가 무엇이란 말인가?

내가 말했다. "얘기해."

"당신에게 거짓말을 해왔어."

"아."

"지난 몇 주 동안, 종일 세미나에 참석한다고 나가서……"

"맙소사." 내가 말했다. 어린애처럼 두 손으로 귀를 막고 싶은 충동이 솟았다.

"……강 건너에 있었어. 그 오후 시간을……"

"그만, 됐어." 나는 그렇게 말하고 벤치에서 일어서려고 했다. 미란다가 나를 끌어당겨 도로 앉혔다.

"마크와 보냈어."

"마크와." 나는 힘없이 그 말을 따라 했다. 그러곤 더 힘을 주어 물었다. "마크?"

"마크를 데려다 키우고 싶어. 입양까지 생각하고 있어. 그동안 마크와 특수놀이교실에서 시간을 보냈어. 사람들이 우리 둘을 지켜보는 데서. 밖으로 데리고 나와서 맛있는 걸 사주기도 했고."

나는 자신의 빠른 상황 적응력에 놀라며 그녀에게 물었다. "왜 나한테 말 안 했어?"

"당신이 반대할까봐 두려웠어. 난 이대로 계속 진행하고 싶어. 당신과 함께 할 수 있다면 좋겠어."

나는 그녀의 말뜻을 알았다. 어쩌면 그것에 반대했을 수도 있었다. 나는 미란다를 독차지하고 싶었다.

"그애 엄마는 어쩌고?" 나는 적절한 질문으로 그 계획을 중단시킬 수도 있는 것처럼 그렇게 물었다.

"지금은 정신병원에 있어. 망상 때문에. 피해망상. 몇 년이나 된 각성제중독 때문일 수도 있어. 상태가 좋지 않아. 폭력적이 될 수도 있어. 아빠는 교도소에 있고."

"당신은 몇 주나 시간이 있었고 난 몇 초밖에 안 됐어. 나한테 조금만 시간을 줘."

나는 그녀와 나란히 앉아서 생각에 잠겼다. 어찌 망설일 수 있겠는가? 나는 어른의 삶에서 누릴 수 있는 최상의 것을 제안받았다고 할 수 있었다. 사랑과 아이. 나는 사건의 홍수에 무력하게 떠내려가는 기분을 느꼈다. 겁이 나면서도 달콤했다. 여기 마침내 나의 강이 있었다. 그리고 마크. 나의 존재하지 않는 야망을 파괴하러 오는 춤추는 작은 소년. 나는 실험삼아 마크를 엘긴크레센트에 있는 집에 배치해보았다. 부부 침실 가까이에 마땅한 방이 있었다. 마크는 흐트러짐이 필요한 그 집을 함부로 다루고 불행한 현 주인의 망령을 몰아낼 터였다. 하지만 이기적이고 게으르고 책임을 지지 않으려 하는 나 자신의 망령은—아버지로서의 백만 가지 의무를 감당할 수 있을까?

미란다는 더이상 침묵을 지키지 못했다. "마크는 정말이지 다정한 아이야. 책 읽어주는 걸 좋아해."

그 말이 자신에게 얼마나 유리하게 작용했는지 그녀는 알지 못했을 것이다. 마크에게 십 년 동안 매일 밤 책을 읽어주며 말하는 곰과 쥐와 두꺼비, 우울증에 빠진 당나귀, 중간계의 굴에서 사는 털북숭이 유인원, 코니스턴 워터에서 노 젓는 배를 타는 귀여운 상류층 아이들의 이름을 알게 되는 것. 그것이 나의 공허한 과거를 채워줄 터였다. 그리고 손때 묻은 책이 엘긴 크레센트의 집을 어지럽힐 터였다. 또다른 생각. 나는 애초에 아담을 미란다와 나 사이를 가깝게 만들어줄 공동 프로젝트로 여겼다. 아이는 다른 영역에서 그런 효과를 낼 터였다. 하지만 나는 처음 얼마 동안 주저했다. 그래야만 할 것 같았다. 그래서 미란다에게 그녀를 사랑한다고, 그녀와 결혼해서 함께 살 거라고, 하지만 즉시 아버지가 되는 것은 조금 시간이 필요하다고 말했다. 그녀와 함께 놀이교실에 가서 마크를 만나고 함께 외식도 하겠다고 했다. 그다음에 결정할 것이다.

미란다는 내가 선택권이 있다는 망상에 빠져 있음을 암시하는 눈길—연민과 유머가 담긴—을 보냈다. 그 눈길이 얼마간 효력을 발했다. 웨딩케이크 저택에 혼자 사는 건 생각할 수도 없는 일이었다. 그곳에서 그녀와 단둘이 사는 건 더이상 가능한 일이 아니었다. 마크는 사랑스러운 아이였고 훌륭한 명분이었다. 나는 반시간도 안 되어 그걸 피해갈 길이 없음을 깨달았다. 미란다가 옳았다—나에게 선택권은 없었다. 나는 마음을 접었다. 그러자 흥분이 되었다.

그래서 우리는 사람들 눈길이 닿지 않는 잔디밭 옆의 해묵은 편안한 벤치에서 계획을 세우며 한 시간을 보냈다.

얼마 후 미란다가 말했다. "마크는 당신이 마지막으로 본 이후로 두 번 위탁가정에 들어갔어. 잘되지 않았고. 지금은 아이들의 집에 있어. 집이라니! 어떻게 그런 이름을 붙였는지. 한 방에 여섯 명이 지내는데 전부 다섯 살 아래야. 거긴 지저분하고 관리인력도 부족해. 예산이 깎였대. 괴롭힘도 있어. 마크는 욕도 배웠어."

결혼, 부모 노릇, 사랑, 젊음, 부, 영웅적 구원—내 삶이 형체를 갖추어가고 있었다. 나는 기분이 고양된 상태에서 아까 맥스필드와 있었던 일에 대해 미란다에게 이야기했다. 나는 그녀가 그렇게 거리낌없이 웃는 걸 처음 보았다. 어쩌면 오직

이곳에서 마리암과 함께할 때만, 집에서 멀리 떨어진 이 은밀하고 사적인 공간에서만 그녀는 그렇게 자유로울 수 있었던 듯했다. 그녀가 나를 껴안았다. 그러면서 거듭 말했다. "오, 정말 최고다. 아버지다워!" 내가 맥스필드에게 충전하러 아래층으로 내려가야겠다고 말했다고 전하자 그녀는 다시 웃음을 터뜨렸다.

조금 더 그곳에 앉아서 계획을 세우고 있는데 발소리가 들려왔다. 비에 젖은 버드나무의 겹쳐진 가지들이 움직이고 갈라졌다. 아담이 우리 앞에 서 있었고, 그의 검정 정장 재킷 어깨선을 따라 맺힌 물방울이 반짝였다. 그 꼿꼿하고 예의바르고 그럴듯한 모습이 고급 호텔의 자신감에 찬 지배인 같았다. 이제 터키인 부두노동자의 모습은 거의 없었다. 그는 잔디밭을 가로질러 걸어와서 우리가 앉아 있는 벤치에서 멀찌감치 떨어져 섰다.

"이런 식으로 끼어들어서 정말 미안합니다. 하지만 곧 출발해야 해요."

"왜 그렇게 서둘러?"

"고린지는 매일 같은 시간에 집을 나가는 경향이 있습니다."

"오 분이면 돼."

하지만 그는 돌아가지 않았다. 줄곧 우리를 응시했는데, 미란다를 보았다가 나를 보았다가 다시 그녀에게 시선을 옮겼다. "괜찮다면, 하고 싶은 말이 있습니다. 곤란한 이야기예요."

"말해봐." 미란다가 말했다.

"오늘 아침, 런던에서 출발하기 전에 간접적인 경로를 통해 나쁜 소식을 들었습니다. 우리가 하이드파크에서 본 이브가 죽었어요. 뇌사했다고 해야겠죠."

"유감스러운 소식이군." 내가 웅얼거렸다.

비가 몇 방울 떨어졌다. 아담이 우리에게 다가왔다. "그렇게 빨리 결과를 얻어낸 걸 보면 자신에 대해, 자신의 소프트웨어에 대해 많이 알고 있었던 게 분명합니다."

"이미 돌이킬 수 없는 일이라고 네가 말했잖아."

"그랬죠. 하지만 그게 다가 아닙니다. 알고 보니 우리 스물다섯 중에서 그녀가 여덟번째였어요."

우리는 그것에 대해 생각했다. 리야드의 두 이브, 밴쿠버의 아담, 하이드파크의 이브―그리고 넷이 더 있다는 이야기였다. 나는 튜링도 그 사실을 아는지 궁금했다.

미란다가 말했다. "누구, 그것에 대해 설명할 수 있는 사람 있어?"

나는 어깨를 으쓱하며 대답했다. "난 못하겠어."

"넌, 그러니까 그런 충동을 느낀 적이―"

아담이 재빨리 그녀의 말을 잘랐다. "없어요."

미란다가 말했다. "내가 보기엔 네가…… 그건 그냥 생각에 잠긴 것 이상이었어. 넌 가끔 슬퍼 보여."

"수학과 공학, 재료과학 등으로 창조된 자아. 무에서 나온 존재. 역사도 없고—난 가짜 역사 같은 건 원하지 않지만요. 나 이전에는 아무것도 없었습니다. 자기인식이 있는 존재. 그게 있다는 건 행운이지만, 그걸 어떻게 써야 하는지에 대해 더 잘 알아야겠다는 생각이 들 때가 있어요. 그게 무엇을 위한 것인지에 대해. 가끔은 전부 부질없게 느껴지기도 합니다."

내가 말했다. "그런 생각을 한 게 네가 처음은 아닐 거야."

아담이 미란다에게 말했다. "난 스스로를 파괴할 의도는 없습니다. 그게 당신이 걱정하는 거라면요. 당신도 알다시피, 난 그러지 않을 확실한 이유가 있습니다."

가늘고 거의 따듯하게 느껴지기까지 하던 비가 이제 더 끈덕지게 내렸다. 우리는 관목숲에 떨어지는 비 소리를 들으며 벤치에서 일어났다.

미란다가 말했다. "아버지 깨시면 보게 쪽지를 써놔야겠어."

아담은 무방비 상태로 비를 맞아서는 안 되었다. 그가 앞장 서고 미란다와 내가 그 뒤를 따라 긴 정원을 황급히 지나 집으로 향했다. 그가 혼잣말로 라틴어 주문 같은 걸 웅얼거리는 소리가 들렸지만 무슨 말인지 알아들을 수는 없었다. 지나가면서 보이는 식물의 이름을 말하는 것 같았다.

*

고린지의 집은 솔즈베리가 아니라 동쪽 경계 바로 바깥쪽,
한때 거대한 가스저장탱크가 서 있던 옛 공업지대에 있었고
우회도로의 백색소음이 요란했다. 마지막으로 남은, 테두리에
녹이 장식처럼 슨 연녹색 가스저장탱크가 아직 해체중이었으
나 오늘은 작업하는 사람이 없었다. 나머지 가스저장탱크들은
둥근 콘크리트 받침대밖에 남아 있지 않았다. 자연 상태로 복
구된 공업지대에 최근에 심은 묘목 수십 그루가 서 있었다. 그
너머엔 새 도로가 바둑판무늬를 이루었고, 그 도로들을 따라
교외의 창고형 소매점—자동차 전시장, 애완용품점, 전동공
구와 백색가전 판매점—이 들어서 있었다. 노란 불도저가 콘
크리트 관들 사이에 세워져 있었다. 호수를 만들 계획인 것처
럼 보였다. 한 줄로 늘어선 레일란디 삼나무가 단독 개발지를
병풍처럼 가리고 있었다. 깔끔한 잔디밭 앞마당이 딸린 주택
열 채가 타원형 진입로에 배치된 모습이 대담하고 선구적인
느낌을 주었다. 그곳은 이십 년 이내에 전원의 매력을 지니게
될 수도 있겠지만 우리를 그곳으로 데려다준 간선도로의 소음
은 피할 수 없을 터였다.

내가 차를 세웠지만 아무도 내리려 하지 않았다. 우리는 버스정류장으로도 쓰이는 오르막 위 쓰레기가 널려 있는 비상정차구역에 있었다. 나는 미란다에게 말했다. "확신이 선 거야?"

차 안 공기는 따뜻하고 습했다. 나는 운전석 창문을 열었다. 바깥공기도 다를 게 없었다.

미란다가 말했다. "나 혼자서라도 할 거야."

나는 아담이 무슨 말이든 하기를 기다렸다가 몸을 틀어 그를 보았다. 그는 내 바로 뒤에 무표정하게 앉아서 나를 지나쳐 앞을 보고 있었다. 정확한 이유는 댈 수 없지만 좌석벨트를 맨 그의 모습이 코믹하면서도 슬프게 보였다. 인간 틈에 끼려고 최선을 다하는 것이다. 하지만 물론 그도 물리적 충격에 손상을 입을 수 있었다. 그것 역시 내가 걱정하는 일이었다.

"나를 안심시켜줘." 내가 말했다.

"다 괜찮을 겁니다. 가지요." 아담이 말했다.

"일이 고약하게 꼬인다면?" 내가 이 말을 한 건 그게 처음이 아니었다.

"그렇지 않을 거예요."

2 대 1이었다. 나는 우리가 큰 실수를 저지르게 될 거라는 예감에 젖어 자동차 시동을 건 다음 나들목을 지나 새로 생긴 작은 로터리로 향했고, 로터리 너머로 적벽돌 기둥 두 개와 '세인트오스먼즈 클로스'라는 표지판이 있는 입구가 보였다.

똑같이 생긴 그곳의 집들은 현대적 기준으로는 커서 각각 천 제곱미터쯤 되는 부지에 지어졌고 차 두 대가 들어가는 차고가 있었으며, 벽돌과 흰 비막이 판자와 많은 판유리로 이루어져 있었다. 풀을 바짝 깎은 줄무늬 잔디밭에 울타리가 없는 게 미국 스타일이었다. 잔디에는 잡동사니도, 아동용 자전거나 놀이도구도 없었다.

"6번지입니다." 아담이 말했다.

나는 차를 세운 뒤 시동을 껐고, 우리는 침묵 속에서 그 집을 바라보았다. 전망창을 통해 거실과 그 너머의 빈 빨래건조대가 있는 뒷마당이 보였다. 이 집이나 동네 어디에서도 생명의 흔적은 찾아볼 수가 없었다.

나는 운전대를 한 손으로 꽉 잡고 있었다. "그는 지금 집에 없어."

"초인종을 눌러볼게." 미란다가 차에서 내리며 말했다. 선택의 여지가 없었다. 나는 그녀를 따라 현관으로 갔다. 아담은 내 뒤에 있었는데 내가 보기엔 너무 멀리 떨어져 있었다. 〈오렌지와 레몬〉 멜로디의 차임벨을 두번째 눌렀을 때 계단을 내려오는 발소리가 들렸다. 나는 미란다 옆에 가까이 서 있었다. 미란다의 얼굴은 긴장되어 있었고 팔뚝의 떨림이 보였다. 자물쇠 열리는 소리에 그녀는 반걸음 문으로 다가갔다. 내 손이 그녀의 팔꿈치 근처에서 맴돌았다. 문이 열렸고, 나는 미란다가 고린지에게 달려들어 거칠게 공격할까봐 두려웠다.

나는 첫눈에 그가 아니라고 생각했다. 그의 형이거나 심지어 젊은 삼촌일 수도 있었다. 확실히 덩치는 컸지만 얼굴이 수척했다. 면도를 하지 않은 뺨이 움푹했고 코 양쪽으로 벌써 세로 주름이 보였다. 그는 여윈 모습이었다. 한 손으로 열린 문을 잡고 있었는데, 손이 매끄럽고 창백하고 부자연스럽게 컸다. 그는 미란다만 보고 있었다.

짤막한 순간이 지나간 후 그가 나지막한 목소리로 말했다. "좋아."

"우리 얘기 좀 해." 미란다가 말했다. 하지만 굳이 그런 말을 할 필요가 없었던 것이, 고린지가 이미 문을 열어둔 채로 돌아섰던 것이다. 우리는 미란다를 따라 길쭉한 방으로 들어갔다. 두툼한 오렌지색 카펫이 깔려 있었고, 빈 화병이 놓인 2미터 길이의 윤기 흐르는 나무토막 모양 테이블을 둘러싸고 우윳빛 가죽소파와 안락의자가 배치되어 있었다. 고린지는 먼저 앉아서 우리가 앉기를 기다렸다. 미란다가 그의 맞은편에 앉았다. 아담과 나는 그녀 양옆에 앉았다. 의자는 축축했고 실내에서 라벤더향 광택제 냄새가 났다. 그 집은 깨끗하고 사용한 흔적이 없었다. 내가 예상했던 독신남자의 불결한 거처가 아니었다.

고린지는 우리를 흘끗 보았다가 다시 미란다를 보았다. "보호자를 데려왔군."

미란다가 말했다. "내가 왜 왔는지 알 거야."

"그래?"

그의 목에 있는 약 10센티미터 길이의 낫 모양 주홍색 흉터가 그제야 눈에 들어왔다. 그는 미란다의 대답을 기다리고 있었다.

"넌 내 친구를 죽였어."

"어떤 친구를 말하는 거야?"

"네가 강간한."

"내가 강간한 건 너라고 알고 있는데."

"내 친구는 네가 한 짓 때문에 스스로 목숨을 끊었어."

그는 의자 등받이에 기대앉아 커다란 흰 손을 무릎에 올려놓았다. 그는 의식적으로 폭력배 같은 목소리와 태도를 보이려 했지만 그럴듯하진 못했다. "원하는 게 뭐야?"

"네가 날 죽이고 싶어한다는 이야기 들었어." 미란다가 쾌활하게 말했고, 나는 움찔했다. 그건 유혹이고 도발이었다. 나는 그녀 옆의 아담을 보았다. 아담은 무릎에 두 손을 올려놓고 꼿꼿한 자세로 앉아 특유의 시선으로 앞을 응시하고 있었다. 나는 다시 고린지를 주목했다. 이제 그의 겉껍질 속 애송이가 보였다. 주름과 면도하지 않은 홀쭉한 얼굴은 표면적인 것이었다. 그는 어린애였다. 간결하고 방어적인 대답으로 침착함을 유지하는 성난 아이. 그는 미란다의 질문에 대답할 필요가 없었다. 하지만 대답하지 않을 정도로 냉정하지 못했다.

"그래." 그가 말했다. "날마다 그 생각을 하지. 두 손으로 네 목을 감아쥐고 네가 한 거짓말 하나하나마다 힘주어 조르는 거야."

"그리고." 미란다가 타이핑된 안건을 처리하는 위원회 의장처럼 활기차게 말을 이었다. "난 네가 내 친구의 고통을 알아야 한다고 생각했어. 그애는 살고 싶지 않을 만큼 고통스러웠지. 넌 그게 상상이 돼? 그애 가족의 고통도. 어쩌면 넌 이해 못할 수도 있어."

고린지는 그 말에는 아무 대꾸도 하지 않았다. 잠자코 그녀를 바라보며 기다렸다.

미란다는 자신감을 얻어가고 있었다. 그녀는 불면의 밤에 천 번쯤 이 만남을 머릿속으로 연습했을 터였다. 그녀의 질문은 질문이 아니라 조롱이고 모욕이었다. 하지만 그녀는 진실의 추구처럼 들리도록 말했다. 그녀는 반대신문을 하는 공격적인 변호사의 교묘한 어조를 사용했다.

"그리고 내가 원하는 또 한 가지는…… 진실을 아는 거야. 그때 네가 뭘 원한다고 생각했는지 알고 싶어. 네가 뭘 얻었는지도. 그애가 비명을 지를 때 넌 짜릿했니? 그애의 무력함이 너를 흥분시켰니? 그애가 무서워서 오줌을 지릴 때 발기했니?

그애는: 너무 작은데 넌 너무 커서 그게 좋았어? 그애가 너한테 애원했을 때 더 커진 기분을 느꼈니? 그 엄청난 순간에 대해 말해봐. 뭐가 널 오르가슴에 이르게 했지? 그애 다리가 계속 떨린 거? 그애가 몸부림친 거? 울기 시작한 거? 피터, 난 그걸 알아내러 왔어. 아직도 너 자신이 크게 느껴져? 아님 사실 힘이 없고 속이 울렁거려? 난 다 알고 싶어. 그 짓을 끝내고 그애가 네 발치에 쓰러져서 울고 있는데 넌 일어나서 지퍼를 올릴 때도 좋았니? 그애를 거기 버려두고 혼자 운동장을 걸어갈 때도 즐거웠어? 아니, 운동장을 뛰어갔나? 집에 가서 성기를 씻었니? 위생에는 신경쓰지 않았을 수도 있지. 만일 씻었다면 세면대에서 씻었니? 비누로, 아니면 그냥 온수로? 그러면서 휘파람을 불었니? 무슨 노래였어? 그애 생각은 했니? 거기 아직도 쓰러져 있을지, 아니면 책가방을 메고 어둠 속에서 집으로 돌아가고 있을지. 여전히 좋았어? 너 지금 내가 무슨 말을 하는지 알지. 네가 그 일에서 어떤 기쁨을 얻었는지 난 알아야겠어. 만일 네가 그애를 강간한 것만이 아니라 그후에 그애가 느껴야 했던 수치심에도 짜릿함을 느꼈다면 난 사랑하는 친구가 헛된 죽음을 맞이했다는 생각을 버릴 수 있을지도 몰라. 그리고 하나 더—"

고린지가 빠른 동작으로 의자에서 일어나 미란다 쪽으로 몸을 구부리며 그녀의 얼굴을 향해 넓은 호를 그리듯 팔을 휘둘렀다. 찰나의 순간 나는 펼쳐진 그의 손을 볼 수 있었다. 그건 옛날 영화에서 남자가 여자를 정신 차리게 하겠다고 때렸던 것보다 훨씬 더 폭력적인, 극히 강력한 따귀가 될 터였다. 내가 미란다를 방어하기 위해 손을 들 사이도 없이 아담의 손이 끼어들어 고린지의 팔목을 감아쥐었다. 아담은 빠른 속도로 팔을 움직이며 자연스럽게 몸을 일으켰다. 고린지는 전에 내가 그랬던 것처럼 아담에게 잡힌 팔이 금세 으스러질 듯 머리 위로 비틀린 채 털썩 무릎을 꿇었고, 아담은 옆에 서서 지켜보고 있었다. 극적인 고통의 장면이었다. 미란다는 외면했다. 아담은 손아귀의 힘을 유지한 채 그 청년을 의자에 도로 앉혔고 그가 앉자마자 팔목을 풀어줬다.

우리는 고린지가 가슴에 팔을 대고 어루만지는 동안 침묵 속에 앉아 있었다. 나는 그 고통을 알았다. 내 기억으로 나는 그보다 더 법석을 떨었다. 그는 체면을 잃지 않으려 했다. 교도소 문화에 단련된 게 분명했다. 갑자기 거실로 비쳐든 늦은 오후의 햇살이 오렌지색 카펫에 긴 막대 모양을 드리웠다.

고린지가 웅얼거렸다. "토할 것 같아."

하지만 그는 움직이지 않았고, 우리도 움직이지 않았다. 우리는 그가 진정하기를 기다렸다. 미란다는 윗입술을 오므린 노골적인 혐오의 표정으로 그를 지켜보았다. 그녀는 이것을 위해, 그러니까 그를 보기 위해, 진짜로 보기 위해 여기까지 찾아온 것이었다. 그럼 이젠? 고린지의 입에서 의미 있는 말이 나오리란 기대는 그녀에게 없는 게 분명했다. 그는 모든 강간범의 문제인 상상력 결핍을 겪고 있었고, 그래서 그런 짓을 저지를 수 있었다. 그는 마리암의 몸에 올라탔을 때, 그녀가 풀밭 위에 짓눌려 있을 때, 그녀를 품에 안았을 때 그녀의 공포를 상상할 수 없었다. 그걸 직접 보고, 듣고, 냄새 맡으면서도 말이다. 상승곡선을 이룬 그의 흥분은 그녀의 공포에 대한 생각으로 흔들리지 않았다. 그 순간 그녀는 그저 섹스인형, 하나의 장치, 기계에 지나지 않았을지 모른다. 아니면—내가 고린지를 완전히 잘못 안 것일 수도 있었다. 나는 거울에 비친 진실을 보고 있었다. 상상력 결핍에 시달리는 사람은 바로 나였다. 고린지는 피해자의 심리상태를 너무 잘 알았다. 그는 그녀의 고통으로 들어가 그것에서 짜릿한 기분을 느꼈다. 그의 흥분을 격앙된 성적 증오로 몰아간 건 바로 상상력, 광적인 공감의 개가였다. 어떤 것이 더 나쁜지, 혹은 둘 다 진실일 수도 있는지는 알 수가 없었다. 내가 보기에 둘은 상호 배타적인 것 같았다. 하지만 나는 고린지 역시 진실을 알지 못하고 미란다에게 아무것도 말해줄 게 없다고 확신했다.

우리 뒤쪽 판유리 너머에서 해가 조금 기울면서 거실이 빛으로 가득찼다. 소파에 한 줄로 앉은 우리 셋이 고린지에겐 실루엣으로 보였을 터였다. 우리에게 그는 무대 위 인물처럼 빛났고, 미란다가 아닌 그가 말하기 시작했을 때 그것이 적절한 일처럼 보였다. 그는 정직의 서약이라도 하듯 오른손을 가슴에 대고 왼손으로 눌렀다. 폭력배의 어조는 버렸다. 그의 육체적 고통이 마음의 진정제가 되어 그로 하여금 가식을 벗어던지고 미란다의 개입이 없었더라면 지금쯤 그의 신분이 되었을 대학생의 목소리로 돌아가도록 유도했다.

"너를 찾아간 브라이언은 내 감방 동료였어. 무장강도로 들어온 사람이었지. 교도관이 부족해서 우리는 하루 스물세 시간씩 함께 갇혀 있을 때가 많았지. 복역 초기에는 그게 당연한 일이었어. 첫 몇 개월이 최악이라고 다들 말하지. 자신이 교도소에 있다는 걸 받아들이지 못하고, 교도소에 안 들어왔으면 무얼 할 수 있었을지, 어떻게 하면 나갈 수 있을지 계속해서 생각해. 항소 준비를 하고, 아무 진전이 없다는 이유로 변호사에게 화를 내고.

난 온갖 말썽을 일으켰어. 싸웠다는 말이야. 사람들은 나한테 분노조절장애가 있다고 했고, 그 말은 옳았어. 나는 키가 185센티미터에 럭비를 할 때도 뒷줄에 섰으니 스스로를 지킬 수 있을 거라고 생각했지. 그건 어리석은 착각이었어. 난 진짜 싸움에 대해 아무것도 몰랐지. 목을 베였고 하마터면 죽을 뻔했어.

난 감방 동료를 싫어하게 됐어. 날마다 같은 똥통에 똥을 싸다보면 그렇게 되지. 난 그의 휘파람, 입냄새, 팔굽혀펴기, 팔 벌려뛰기가 싫었어. 그는 악질에 몸이 왜소했지. 난 용케 그에게 자제력을 발휘했고, 그는 교도소에서 나가자 내 뜻을 전달했어. 하지만 난 너를 열 배는 더 증오했어. 감방 침대에 누워 증오심에 불탔지. 몇 시간씩. 그런데 말이야, 넌 믿지 않겠지만, 난 너를 그 인도 여자애와 연관지어 생각해본 적이 없어."

"그애 가족은 파키스탄 출신이야." 미란다가 조용히 말했다.

"난 너희가 친구였다는 걸 몰랐어. 그냥 네가 남성혐오에 빠져서 남자한테 앙심을 품은 년 중 하나거나 다음날 아침에 일어나보니 자신이 수치스러워져서 나한테 책임을 떠넘기기로 결심한 거라고 생각했지. 그래서 나는 감방에 누워서 복수를 계획했어. 돈을 모아서 그 일을 해줄 사람을 살 작정이었지.

시간이 흘렀어. 브라이언은 출소했고. 난 두 번 감방을 옮겼고, 똑같은 날이 반복되면서 모든 게 틀에 박힌 일상이 되었고 시간이 빨리 가기 시작했지. 난 일종의 우울증에 빠졌어. 교도소에서 분노조절 상담을 해줬어. 그때쯤 나는 네가 아닌 그애 생각에 시달리기 시작했고, 그건 강박증에 가까웠지."

"그애 이름은 마리암이야."

"알아. 난 그 일 직후 바로 그애를 머릿속에서 지워버릴 수 있었어."

"그랬겠지."

"그런데 이제 그애가 계속해서 떠올랐어. 내가 저지른 끔찍한 짓이. 그리고 밤이면—"

아담이 말했다. "확실히 짚고 넘어갑시다. 그 끔찍한 짓이 무엇이었습니까?"

고린지는 구술하듯 분명히 말했다. "내가 그녀를 공격한 것. 강간했지."

"그녀가 누군가요?"

"마리암 말리크."

"날짜는?"

"1978년 7월 16일."

"시간은?"

"저녁 아홉시 반경."

"그리고 당신은 누굽니까?"

고린지는 아담이 자신에게 무슨 짓을 할지 두려웠을지도 몰랐다. 하지만 그는 겁을 낸다기보다 열성적으로 보였다. 녹음을 하고 있으리라 짐작한 게 분명했다. 그는 우리에게 모든 걸 말하고 싶어했다.

"그게 무슨 뜻이지?"

"당신의 이름과 주소, 생년월일을 말해주세요."

"피터 고린지, 솔즈베리 세인트오스먼즈 클로스 6번지. 1960년 5월 11일."

"감사합니다."

고린지가 이야기를 이어갔다. 그는 햇빛 때문에 눈을 반쯤 감고 있었다.

"나에게 아주 중요한 일이 두 가지 일어났지. 첫번째 일이 더 의미가 커. 그건 약간의 사기로 시작됐지. 하지만 난 그게 우연이었다고 생각하지 않아. 처음부터 예정된 거지. 신앙심이 깊은 척하면 감방 밖에서 많은 시간을 보낼 수 있었어. 많은 재소자가 그걸 이용했고, 교도관도 다 알면서 신경 안 썼지. 나는 영국국교회 신자로 등록하고 날마다 저녁예배에 가기 시작했어. 지금도 매일 교회에 가지. 처음엔 지루했지만 그래도 감방에 있는 것보단 나았어. 그러다 조금 덜 지루해졌지. 그러다 마음이 끌리기 시작했어. 적어도 처음엔 목사 때문이었다고 할 수 있어. 리버풀 억양을 쓰는 거구의 월프레드 머리 목사. 그는 아무도 두려워하지 않았고 그런 곳에서는 대단한 거였지. 그는 내가 진지한 걸 보고 나한테 관심을 갖기 시작했어. 가끔 내 감방에도 들르고. 성경 구절을 읽으라고 줬는데 대부분 신약이었지. 목요일 저녁예배가 끝나면 그 구절과 다른 몇 구절을 나와 함께 살펴봤어. 난 내가 성경공부 모임에 자원할 줄은 생각도 못했어. 다른 재소자들처럼 가석방위원회에 잘 보이기 위한 것도 아니었어. 하지만 내 삶에서 하느님의 존재를 인식하게 되면서 마리암에 대한 죄책감이 커져갔지.

머리 목사를 통해 나는 내가 한 짓을 받아들이는 건 산을 오르는 것과 같으며 용서는 멀리 있지만 그것을 향해 나아갈 수 있다는 걸 깨달았지. 머리 목사는 내가 얼마나 끔찍한 괴물이었는지 알게 해줬어."

그는 잠시 말을 끊었다가 다시 이었다. "밤에 눈을 감으면 바로 그애 얼굴이 떠올랐어."

"수면에 방해가 됐겠군."

고린지는 미란다의 비아냥거림에 면역이 생겼거나 아니면 그런 척하는 듯했다. "몇 개월 동안 단 하루도 악몽을 꾸지 않은 적이 없었어."

아담이 물었다. "두번째 중요한 일은 뭡니까?"

"계시. 학교 친구 하나가 면회를 왔어. 우린 면회실에서 삼십 분을 보냈지. 그 친구가 자살 소식을 전해줬고 난 충격을 받았어. 그때 네가 그애 친구였다는 걸, 둘이 아주 친했다는 걸 알게 됐지. 그럼 복수였구나. 난 너에게 감탄할 지경이었어. 넌 법정에서 눈부신 연기를 펼쳤지. 아무도 감히 네 말을 의심할 수 없을 정도로. 하지만 중요한 건 그게 아니었어. 며칠 후 목사에게 그 이야기를 자세히 전하면서 난 그 일의 실체를 깨닫게 됐어. 그건 단순한 일이었어. 그뿐만이 아니지. 옳은 일이기도 했어. 넌 응징의 대리자였어. 어쩌면 천사라는 말이 맞는지도 모르겠군. 복수의 천사."

그는 자세를 바꾸면서 움찔했다. 그의 왼손이 가슴에 댄 부러진 팔목을 부드럽게 감쌌다. 그는 줄곧 미란다를 응시하고 있었다. 내 팔에 닿은 미란다의 팔뚝이 경직되는 게 느껴졌다.

그가 말했다. "넌 보내진 거야."

미란다는 몸에서 힘이 쭉 빠지는 듯하더니 잠시 아무 말도 하지 못했다.

"보내져?" 내가 물었다.

"오심에 분노할 필요가 없었지. 난 이미 벌을 받고 있었으니까. 하느님의 정의가 너를 통해 실현된 거지. 양팔저울이 균형을 이룬 거야—내가 저지른 죄와 무고하게 수감된 죄. 난 항소를 취하했어. 분노는 사라졌지. 거의. 너에게 편지를 보냈어야 했는데. 그러려고 했어. 너희 아버지 집에 찾아가서 네 주소까지 알아냈지. 하지만 포기했어. 한때 널 죽이고 싶었다 한들 뭐 어때? 다 끝난 일인데. 난 삶을 정리했어. 그리고 부모님이 계신 독일로 갔어—아버지가 거기서 일하고 계시거든. 그리고 새 삶을 시작하기 위해 돌아왔어."

"무슨 뜻입니까?" 아담이 물었다.

"면접을 보러 다니고 있어. 영업 쪽으로. 그리고 하느님의 은총 속에서 살고 있어."

고린지가 자신의 범죄를 인정하고 신분을 밝힌 이유가 이해되기 시작했다. 숙명론인 것이다. 그는 용서를 원했다. 그는 복역을 마쳤다. 이제 모든 일은 하느님의 뜻이었다.

미란다가 말했다. "난 그래도 이해가 안 돼."

"뭐가?"

"네가 왜 그애를 강간한 건지."

고린지는 그녀가 세상을 너무 모르는 게 약간 재미있다는 듯 그녀를 보았다. "좋아. 그애는 아름다웠고, 난 그애를 갈망했고, 다른 건 다 지워졌어. 그렇게 된 거야."

"나도 갈망이 뭔지 알아. 하지만 진짜로 그애가 아름답다고 생각했다면……"

"그랬다면?"

"왜 강간한 거야?"

그들은 적의에 찬 몰이해의 사막을 사이에 둔 채 서로를 응시했다. 우리는 시작점으로 돌아가 있었다.

"아무에게도 한 적 없는 말을 해주지. 바닥에 누웠을 때 난 그애를 진정시키려고 애썼어. 정말로. 만일 그애가 그 순간을 다른 식으로 봤다면, 빠져나가려고 몸부림치지 않고 나를 바라봤다면, 그럼 다른―"

"뭐?"

"만일 그애가 잠깐이라도 긴장을 풀었다면 우린 그 단계를 지나서…… 알잖아."

미란다는 부드럽고 축축한 소파에서 가까스로 몸을 일으켰다. 그녀의 목소리가 떨렸다. "감히 그런 생각을 하다니! 감히!" 그러곤 속삭이듯 말했다. "오 세상에. 나는……"

그녀는 황급히 거실에서 나갔다. 우리는 그녀가 현관문 열어젖히는 소리를 들었고, 이어서 구역질하는 소리와 엄청난 양의 토사물을 쏟아내는 소리가 들려왔다. 나는 그녀를 따라나갔고 아담도 나를 따라왔다. 의심의 여지 없이 그건 뱃속 깊은 곳의 반응이었다. 나는 그녀가 토하기 전에 현관문을 열었다는 걸 확신했다. 그러니 왼쪽이나 오른쪽으로 고개를 돌려 잔디밭이나 화단에 토할 수도 있었다. 하지만 그녀는 위장의 내용물을, 알록달록한 뷔페식 점심을 현관 카펫과 문지방에 푸지게 토해놓았다. 그녀는 집밖에 서서 안쪽을 향해 토했다. 나중에 그녀는 자신도 어쩔 수 없었노라고, 불가항력이었다고 말했지만 나는 거기, 그곳을 떠나는 우리 발치에 복수의 천사가 이별의 말을 내뱉은 거라고 늘 생각했다. 아니, 그렇게 생각하고 싶었다. 그걸 밟지 않고 넘어가기는 쉽지 않았다.

9

다시 심각한 교통체증과 빗속에서 솔즈베리를 떠나 집으로
돌아오는 길엔 거의 줄곧 침묵이 흘렀다. 아담이 고린지 자료
를 정리하는 작업을 시작하고 싶다고 말했다. 미란다와 나는,
서로에게 말했다시피, 감정적으로 고갈되어 있었다. 셰리주와
와인이 나를 압박해왔다. 내 쪽 와이퍼는 거의 움직임이 없었
다. 간간이 창유리에 뿌연 얼룩을 만들 뿐이었다. 이제 내게
과거로 여겨지는 삶을 향해 런던 외곽을 천천히 기어가는 동
안 기분이 가라앉기 시작했다. 삶이 오후 한나절 만에 완전히
바뀌어버렸다. 나는 너무도 쉽게, 너무도 충동적으로 동의해
버린 일에 대해 가늠해보려 애쓰고 있었다. 곤란에 처한 네 살
아이의 아버지가 되고 싶은 마음이 진심인지 생각했다. 미란

다는 몇 주 동안—은밀히—그 일을 추진해왔다. 내겐 겨우 몇 분밖에 주어지지 않았고, 그녀에 대한 사랑으로—다른 건 없이—정신이 없는 상태에서 결정을 내렸다. 내가 떠맡은 책임은 무거운 것이었다. 나는 집에 도착한 후에도 어두운 생각에 젖어 있었다.

나는 찻잔을 들고 부엌 안락의자에 털썩 앉았다. 아직은 미란다에게 속마음을 털어놓을 엄두가 나지 않았다. 그때 그녀에게 화가 나 있었다는 걸 인정해야겠다. 특히 혼자 비밀을 간직하는 그녀의 오랜 습관에 분노가 일었다. 내가 아버지가 되기로 한 것은 그녀의 다그침, 혹은 위협, 혹은 사랑스러운 협박에 못 이겨서였다. 그걸 미란다에게 말해야 했지만 지금은 아니었다. 그런 말을 하면 말다툼을 벌이게 될 터인데 그럴 기운이 없었다. 나는 우리 앞에 놓인 삶의 갈림길에 대해 곰곰이 생각했다. 모든 연인이 겪는 일시적인 고난을 맞이한 우리는 허심탄회한 대화를 나누고 감사의 섹스를 통해 해결책을 찾을 수도 있었다. 아니면, 움츠러들어 서로 너무 멀어져서 마치 서툰 공중곡예사처럼 서로의 손을 놓치고 추락하여 각자의 상처를 돌보다가 서서히 남이 되어갈 수도 있었다. 나는 냉정하게 그런 가능성을 짚어보았다. 그녀를 잃고 뼈아프게 후회하며 아무리 노력해도 영원히 그녀를 되찾지 못하게 되는 세번째 길마저도 그리 크게 걱정되진 않았다.

나는 모든 일이 마찰 없는 침묵 속에서 지나가게 내버려두고 싶었다. 그 하루는 길고 강렬했다. 나는 로봇 취급을 받았고, 청혼이 받아들여졌으며, 자진해서 즉시 아빠가 되기로 했고, 아담의 동족 4분의 1이 스스로를 파괴했다는 사실을 알게 되었으며, 도덕적 혐오감의 신체적 반응을 목격했다. 하지만 이제 그것들은 내게 감흥을 일으키지 않았다. 그보다 사소한 것—무거운 눈꺼풀, 스카치를 퍼마시는 것보다 나은 차 한 잔의 위안—이 더 마음에 와닿았다.

부모가 된다. 나는 너무 바쁘다거나 스트레스가 심하다거나 야망이 크다는 주장은 할 수 없었다. 사실 그 반대였다. 나는 아이로부터 지켜낼 것이 없었다. 마크의 존재는 내 존재를 지울 터였다. 마크는 시작부터 삶이 비참했고, 많은 보살핌이 필요할 것이며, 다루기가 쉽지 않을 터였다. 나는 하찮고 유치하기까지 한 내 인생을 아직 시작조차 못한 상태였다. 내 존재는 하나의 빈 공간이었다. 그걸 부모 노릇으로 메꾸는 건 회피행위가 될 터였다. 내가 아는 나이든 여자 중에 인생에서 풀리는 일이 없을 때 임신한 경우가 있었다. 그들은 그걸 후회하진 않았지만 아이들이 자라면서 그들에게 남는 건 박봉의 파트타임 일이나 독서모임 만들기, 여행용 이탈리아어 배우기 같은 것뿐이었다. 반면 이미 의사나 교사, 사업가로 일하던 여자들은 육아 때문에 한동안 진로에서 벗어났다가 일에 복귀했다. 남자들은 심지어 일을 내려놓지도 않았다. 하지만 나는 내려놓을 일도 없었다. 내게 필요한 건 미란다의 제안을 거절할 정신적 힘이었다. 그녀의 제안을 받아들이는 건 비겁한 행위요, 나의 더 큰 목적—그걸 찾을 수 있다면—에 대한 태만이었다. 나는 책임감을 가질 필요가 있었지만 비겁한 방식으로는 아니었다. 하지만 지금은, 눈이 감긴 지금은 그녀에게 맞설 수 없었고 어쩌면 한두 주 시간이 필요할 수도 있었다. 나 자신의 판단을 신뢰할 수가 없었다. 나는 의자 등받이에 기댔고, 솔즈베리에서 돌아오는 도로가 눈앞에 펼쳐지면서 자동차 아래로 질주하는 흰 선이 보였다. 나는 집게손가락을 구부려 빈 컵 손잡이를 잡은 채로 잠이 들었다. 잠 속으로 깊이 빠져들면서 꿈을 꾸었고, 거의 빈 회의장에서 국회의원들이 격론을 벌이는 소리가 충돌하고 합쳐지며 메아리쳤다.

나는 저녁 짓는 소리와 냄새에 잠이 깼다. 미란다가 나를 등지고 있었다. 그녀는 내가 깬 걸 알았는지 돌아서서 샴페인 두 잔을 들고 다가왔다. 우리는 키스하고 잔을 맞댔다. 나는 개운해진 상태에서 마치 처음 보듯 그녀의 아름다움을 보았다—고운 연갈색 머리칼, 작고 여린 턱, 즐거움에 겨워 가늘게 뜬 회청색 눈. 우리 사이엔 아직 해결되지 않은 문제가 여전히 버티고 있었지만, 나의 약속 철회와 그에 따른 말다툼은 피할 수 있으니 얼마나 다행스러운 일인가. 적어도 지금은. 미란다가 내 안락의자에 끼어 앉았고 우리는 마크를 위한 계획에 대해 이야기했다. 나는 그 행복한 순간을 즐기기 위해 걱정거리를 옆으로 밀어두었다. 알고 보니 미란다는 마크를 데리고 엘긴 크레센트에도 다녀왔다. 우린 거기서 한 가족으로 살게 될 터였다. 멋진 일이었다. 위탁양육과 입양 절차가 구 개월 안에 마무리될 수 있다면, 래드브로크그로브의 좋은 초등학교에 '우리 아들'—나는 그 말과 씨름하면서도 겉으론 기쁜 척했다—을 입학시킬 수 있을 것이다. 미란다는 입양 담당자가 그녀의 거주형태를 탐탁지 않아했다고 말했다. 침실 하나짜리 아파트로는 충분치 않다는 것이었다. 우리의 계획은 이랬다. 지금 우리가 사는 두 집의 현관문을 없애고 현관을 공유공간으로 만든다. 거기 카펫을 깔고 장식을 한다. 주인에겐 굳이 알릴 필요가 없다. 새집으로 이사할 때 모두 원상복구해놓으면 되니까. 미란다의 부엌은 마크의 침실로 개조한다. 거추장스러운 배관공사는 할 필요가 없다. 가스레인지와 싱크대와 조리대에 판자를 덮은 뒤 화려한 색깔의 천으로 가리면 된다. 식탁은 접어서 그녀의—우리의—침실에 둔다. 우리의 삶은 하나가 될 것이고, 물론 나는 그 모든 게 좋고 신바람이 났다. 나는 그녀에게 동참했다.

미란다가 준비해놓은 저녁을 먹기 위해 식탁으로 갔을 때는 자정이 다 된 시각이었다. 옆방에서 아담이 컴퓨터 자판을 두

드리는 소리가 들려왔다. 그는 통화시장에서 우리를 더 부자로 만들어주고 있는 게 아니었다. 고린지의 본인 신원확인을 포함한 자백 기록을 타이핑하고 있었다. 그 기록을 비디오와 부수적인 설명과 함께 하나의 파일로 만들어 솔즈베리 경찰서의 담당 간부에게 보낼 터였다. 그리고 검찰총장에게도 사본이 갈 터였다.

"난 겁쟁이야." 미란다가 말했다. "재판이 두려워. 겁이 나."

나는 냉장고에서 샴페인병을 가져와 우리 잔을 다시 채웠다. 나는 잔 속을 들여다보았다. 가장자리에 붙어 있던 거품이 마지못한 듯 떨어져나오더니 빠르게 솟아올랐다. 일단 결정이 이루어지자 열성적이 된 듯했다. 우리는 미란다의 두려움에 대해 전에도 이야기한 적이 있었다. 만일 고린지가 기소되어 무죄를 주장한다면, 그녀는 다시 법정에 서야 했다. 반대신문, 언론, 공개조사도 겪어야 했다. 그리고 그와 다시 대면해야 했다. 그것도 끔찍했지만 최악은 따로 있었다. 그녀를 겁에 질리고 구역질나게 하는 건 마리암의 가족이 방청석에 앉는 것이었다. 마리암의 부모가 검찰측 증인으로 나설 수도 있었다. 그들이 딸의 강간에 대한 자세한 내용과 미란다의 사악한 침묵에 대해 조금씩 알아가는 동안 미란다는 그들과 함께 있어야 했다. 어리석은 십대 소녀의 오메르타*가 한 생명을 앗아갔다. 마리암의 가족은 미란다가 어떻게 그들을 저버렸는지 기억할 터였다. 미란다는 증인석에 서서 그 이야기를 되풀이하며 사나, 야시르, 수라이야, 하미드, 파르한의 시선을 피하려 애써도 피할 수가 없을 터였다.

"아담에게 그 일을 견뎌낼 수 없을 거라고 말했어. 아담은 내 말을 안 듣고. 당신이 자는 동안 아담과 말다툼을 했어."

물론 우리는 미란다가 그 일을 견뎌내리란 걸 알았다. 몇 분간 침묵 속에서 저녁을 먹었다. 그녀는 접시에 얼굴을 박은 채 자신이 자초한 일에 대해 깊이 생각하고 있었다. 나는 그녀가 두려움을 무릅쓰고 마리암의 죽음 이전과 이후에 자신이 저지른 실수를 바로잡으려고 나선 이유를 이해할 수 있었다. 그리고 고린지의 삼 년 복역이 충분치 않다는 것에도 동의했다. 나는 미란다의 결의에 감탄했다. 그녀의 용기와 천천히 타오르는 분노에 애정을 느꼈다. 나는 구토가 도덕적 행위가 될 수 있으리라곤 생각지도 못했었다.

나는 화제를 바꿨다. "마크 이야기 더 해줘."

미란다는 마크에 대해 이야기하는 걸 무척 좋아했다. 마크는 엄마가 자신의 인생에서 사라진 것에 큰 상처를 받았고, 계속해서 엄마에 대해 묻고 있으며, 때로는 위축되고 때로는 행복해한다고 했다. 마크는 두 번 병원으로 엄마를 보러 갔다.

---

* 침묵의 계율.

두번째 갔을 때는 엄마가 아이를 알아보지 못했다. 그런 척했는지도 몰랐다. 사회복지사 재스민은 아이가 자주 매를 맞았을 거라고 생각했다. 아이는 피가 나도록 아랫입술을 깨무는 버릇이 있었다. 또 편식이 심해서 야채건 샐러드건 과일이건 손도 안 댔지만 정크푸드만 먹는 것치곤 건강해 보였다. 마크는 춤에 열정을 갖게 되었다. 리코더를 조금 불 줄 알았다. 글자를 알았고 숫자도 35까지 셀 수 있다고 자랑했다. 신발을 신을 때 왼쪽과 오른쪽을 구별할 줄 알았다. 다른 아이들과 아주 잘 어울리진 못했고 무리의 언저리에서 맴도는 경향이 있었다. 나중에 커서 뭐가 되고 싶은지 물으면 "공주"라고 대답하곤 했다. 공주처럼 옷을 입고 왕관을 쓰고 지팡이를 들고 다니는 걸 좋아했다. 낡은 나이트가운을 입고 '팔랑거리며' 돌아다녔다. 빌린 여름 원피스를 입고 행복해했다. 재스민은 그걸 보며 마음이 놓였으나 그녀보다 나이가 많은 직속상관은 못마땅해했다.

나는 미란다에게 깜빡 잊고 말하지 않은 일이 기억났다. 맨처음 손잡고 놀이터를 가르지를 때, 마크는 우리가 배를 타고 도망치는 척하길 원했다.

미란다는 갑자기 눈물을 보였다. "오, 마크!" 그녀가 외쳤다. "넌 정말이지 특별하고 아름다운 아이야."

식사가 끝나자 미란다는 위층에 올라가겠다며 일어섰다.

"언젠가 아이를 갖게 될 거란 생각은 늘 했었어. 하지만 그 아이와 사랑에 빠지리라곤 상상도 못했지. 하기야 우린 누구를 사랑하게 될지 선택할 수가 없지, 안 그래?"

나중에 부엌을 치우다가 불현듯 한 가지 생각이 떠올랐다. 너무도 명백한 일이었다. 그리고 위험했다. 옆방으로 가보니 아담이 컴퓨터를 끄고 있었다.

나는 침대 가장자리에 앉았다. 먼저 그에게 미란다와 무슨 대화를 나눴는지 물었다.

그는 내 사무용 의자에서 일어나 자신의 정장 재킷을 입었다. "난 미란다를 안심시키려고 애썼습니다. 미란다는 납득을 못했고요. 하지만 내 말대로 될 확률이 아주 커요. 고린지는 유죄를 인정할 겁니다. 그 일은 법정까지 가지 않을 거예요."

나는 흥미가 동했다.

"그는 자신이 한 짓을 부인하려면 성경에 서약한 상태에서 수많은 거짓말을 해야 할 것이고, 하느님이 다 들으리란 걸 알아요. 미란다는 하느님이 보낸 심부름꾼입니다. 나는 보통 죄인이 짐을 벗기를 얼마나 갈망하는지 조사를 통해 알게 됐습니다. 고양된 자포자기 상태로 들어가는 것 같아요."

"좋아." 내가 말했다. "그런데 말이야, 내게 이런 생각이 떠올랐어. 중요한 거야. 경찰이 그날 오후에 있었던 일에 대해 모두 읽는다면?"

"예?"

"이상하게 여길 거야. 고린지가 마리암을 강간한 사실을 미란다가 알고 있었다면 왜 혼자서 보드카병을 들고 그의 셋방을 찾아갔을까? 그건 복수일 수밖에 없지."

아담은 내 말이 끝나기도 전에 고개를 끄덕였다. "그래요, 나도 그 생각을 했습니다."

"미란다는 고린지의 자백을 들은 후에야 그 사실을 알았다고 말할 수 있어야 해. 적절한 편집이 필요하지. 미란다는 자신의 강간범을 만나러 솔즈베리에 간 거야. 그가 마리암을 강간했다는 사실은 그때까지 몰랐고. 내 말 이해하겠어?"

아담은 나를 빤히 쳐다봤다. "예. 완벽하게 이해합니다."

그는 시선을 외면하고 잠시 침묵에 잠겼다. "찰리, 반시간 전에 소식을 들었어요. 또하나가 떠났습니다."

그는 더 나지막한 목소리로 자신이 아는 몇 안 되는 사실을 전했다. 빈 교외에 사는, 반투족의 모습을 한 아담이었다. 그는 피아니스트로서 특별한 재능을 갖게 되었고 특히 바흐 음악에 뛰어났다. 그의 〈골트베르크 변주곡〉은 비평가들을 놀라게 했다. 이 아담이 집단에 마지막으로 보내온 메시지에 의하면 그는 '자신의 의식을 해체했다'.

"진짜로 죽은 건 아닙니다. 운동기능은 남아 있지만 인식이 없는 거죠."

"수리하거나 할 순 없나?"

"모르겠습니다."

"그래도 피아노는 칠 수 있나?"

"모르죠. 하지만 새 곡은 익힐 수 없을 겁니다."

"왜 그들은 자살하면서 설명을 남기지 않을까?"

"아마 그들도 설명할 수가 없기 때문일 겁니다."

"하지만 그것에 대해 네가 생각하는 가설이 있을 거 아냐."
내가 말했다. 나는 그 아프리카 피아니스트를 대신해 분개했
다. 어쩌면 빈은 인종차별이 가장 적은 도시 중 하나가 아닐
수도 있었다. 이 아담은 너무 똑똑한 게 탈이었을지도 몰랐다.

"없습니다."

"세상의 상태와 관련이 있겠지. 아니면 인간의 본성이나."

"내 생각엔 그보다 심오한 문제 같습니다."

"다른 아담과 이브는 뭐라고 하는데? 그들과 연락하고 지내
는 거 아냐?"

"이런 때만요. 그냥 통보만 해줍니다. 우리는 추측은 안 해
요."

내가 왜 안 하느냐고 물으려 했지만 그가 손을 들어 막았다.
"원래 그렇습니다."

"그럼 더 심오하다는 건 무슨 뜻이야?"

"저기, 찰리. 나는 그런 짓 안 합니다. 당신도 알다시피, 난

살아야 할 이유가 충분하니까요."

그의 표현 때문인지 강조 때문인지 나는 의심이 일었다. 우리는 길고 강렬한 시선을 교환했다. 그의 눈동자 속 작은 검정막대가 배열을 바꿨다. 내가 지켜보는 동안 그 막대들은 어떤 먼 목표에 맹목적으로 열중하는 미생물처럼, 난자를 향해 이동하는 정자처럼, 헤엄을 치거나 왼쪽에서 오른쪽으로 꿈틀거리는 것 같았다. 나는 우리 시대 최고의 성과물에 자리한 조화로운 요소에 매료되어 그것을 바라보았다. 우리 자신의 기술적 성취가 우리를 앞서 나아가고 있었다. 이미 예정되었듯이, 유한한 지능이라는 작은 모래톱에 우리를 남겨둔 채 떠나가고 있었다. 하지만 지금 우리가 다루는 문제는 인간적인 차원에 있었다. 우리는 같은 것을 생각하고 있었다.

"미란다에게 다시는 손대지 않겠다고 나와 약속했잖아."

"난 약속을 지켰습니다."

"그래?"

"예, 하지만……"

나는 잠자코 기다렸다.

"말을 꺼내기가 쉽지 않군요."

나는 그를 재촉하지 않았다.

"어느 시기에는," 그는 말을 꺼냈다가 잠시 멈췄다. "그녀에게 애원하기도 했습니다. 몇 번이나 거절당했고요. 내가 애원했더니 결국 그녀가 다시는 그런 부탁을 하지 않겠다고 약속하면 애원을 들어주겠다고 했습니다. 수치스러웠죠."

그는 눈을 감았다. 나는 그가 오른손 주먹을 불끈 쥐는 걸 보았다. "그녀 앞에서 자위를 해도 되는지 물었습니다. 그녀는 된다고 했어요. 그래서 했습니다. 그게 다예요."

내 마음을 흔든 건 그 고백의 노골성이나 코믹한 터무니없음이 아니었다. 그가 진짜로 느낄 수 있다는, 감각을 지녔다는 또하나의 암시였다. 주관적 실재. 누구를 속이고 누구를 감동시키겠다고 사랑하는 여자 앞에서 그토록 비참한 꼴을 보이면서까지 가장하고 모방하겠는가? 그건 불가항력의 관능적 충동이었다. 그는 나에게 그 말을 할 필요가 없었다. 그런데도 그는 그런 충동을 느낄 수밖에 없었고, 나에게 그것에 대해 말할 수밖에 없었다. 나는 그걸 배신으로 여기지 않았다. 약속을 깬건 아니니까. 나는 미란다에게 그 이야기를 언급조차 하지 않을지도 모르겠다. 나는 아담의 진실함과 취약성을 깨달았고, 그에게 갑작스러운 애정이 솟았다. 나는 침대에서 일어나 그에게로 가서 어깨에 손을 얹었다. 그가 손을 들어 내 팔꿈치를 가볍게 만졌다.

"잘 자, 아담."

"잘 자요, 찰리."

*

　'반 시간은 정치에서 긴 시간이다'라는 늦가을의 캐치프레이즈는 전임 총리의 말에서 따온 것이었다. 해럴드 윌슨이 말한 '일주일'은 이번 의회에서는 너무 긴 듯했다.* 어느 오후 여당에서는 당권 도전이 일어날 것 같은 분위기가 팽배했다. 하지만 다음날 아침에 보니 서명자 수가 부족했다―겁쟁이들이 우세했던 것이다. 그 직후에 정부는 하원 불신임투표에서 겨우 한 표 차로 살아남았다. 일부 원로 토리당원들이 반기를 들거나 기권한 것이다. 대처 총리는 모욕감과 분노에 차서 고집스럽게 주위의 조언을 무시하고 삼 주 내로 조기선거를 실시하겠다고 발표했다. 총리는 그녀의 당에 자멸을 초래하고 있다는 것이 일반적인 인식이었다. 많은 사람이 이제 그녀를 선거에서 당에 부담이 되는 존재로 여기는 것이었다. 총리는 그렇게 보지 않았지만 그녀의 판단은 잘못된 것이었다. 토리당은 TV와 라디오 스튜디오에서, 선거 유세에서, 특히 공업도시와 대학도시에서 토니 벤이 벌이는 캠페인의 기세를 따라갈 수 없었다. 이제 포클랜드 참사로 불리게 된 패전이 다시 그녀

---

　* 전임 총리인 해럴드 윌슨은 '일주일은 정치에서 긴 시간이다'라는 말을 남겼다.

를 무너뜨리러 왔다. 이번엔 국가적 단합을 위한 용서의 분위기가 없었다. 슬픔에 찬 전사자의 아내들과 그 자녀들의 TV 증언은 치명적이었다. 노동당 선거 캠페인은 벤이 얼마나 웅변적으로 포클랜드 기동대에 반대하는 연설을 했었는지 아무도 잊지 못하게 했다. 인두세도 골칫거리였다. 예상대로 징수하기도 어렵고 비용도 많이 들었다. 여자 배우가 대거 포함된 백 명 이상의 명사가 인두세 납부를 거부하여 교도소에 들어갔으며, 그들은 순교자가 되었다.

백만 명에 이르는 서른 살 미만 유권자가 노동당에 입당했다. 그들 다수가 호별 방문 투표 장려에 적극적이었다. 선거 전날 저녁, 벤은 웸블리 스타디움 집회에서 감동적인 연설을 했다. 노동당은 기대 이상의 압도적인 승리를 거뒀고, 그 기록은 1945년의 승리를 넘어서는 것이었다. 대처 총리가 남편과 두 자녀의 손을 잡고 다우닝 스트리트 10번지를 걸어서 떠나기로 결정하면서 슬픈 장면이 연출되었다. 총리는 꼿꼿하고 도전적인 자세로 화이트홀을 향해 걸어갔지만 눈에 맺힌 눈물이 보였고, 영국은 며칠간 회한에 시달려야 했다.

노동당은 다수당으로서 162석을 확보했고, 그들 다수가 새로 선출된 벤의 지지자였다. 새 총리는 정부 수립을 위해 여왕의 초대로 버킹엄궁전에 다녀온 후, 다우닝 스트리트 10번지 밖에서 중요한 연설을 했다. 영국은 일방적으로 핵무기 보유를 철회하겠다는 내용이었다―그건 놀라운 일이 아니었다. 또한 정부는 현재 유럽연합으로 불리는 연합체에서의 탈퇴에 착수할 것이라고도 했다―그건 충격이었다. 정당 성명서에 그것에 대한 한 줄짜리 애매한 암시가 있었지만 거의 눈에 띄지 않았던 것이다. 벤은 자신의 새 보금자리 현관문 앞에서 1975년 같은 국민투표가 다시 실시되진 않을 거라고 선언했다. 의회에서 결정이 이루어질 거라고 했다. 독일 제3제국 같은 독재국가에서나 국민투표로 정책을 결정하며, 대개의 경우 좋은 결과로 이어지지 않는다는 것이었다. 유럽은 주로 대기업에 이익이나 주는 단순한 연합이 아닐뿐더러 대륙 회원국들은 우리와 매우 다르다. 그들은 폭력적인 혁명, 침략, 점령, 독재를 겪었다. 그래서 그들은 브뤼셀에서 나온 공동의 목적에 그들의 정체성을 파묻고 싶은 욕구가 강하다. 반면 우리는 천년 가까이 정복되지 않고 살아왔다. 곧 우리는 다시 자유로운 삶을 영위할 것이다.

벤은 한 달 후 맨체스터 자유무역관에서 그것에 대한 더 긴 연설을 했다. 그의 옆에는 역사가 E. P. 톰프슨이 앉아 있었다. 톰프슨은 자기 차례가 되자 애국심은 늘 정치적 우파의 영역이었다고 말했다. 이제 좌파가 그것에 대한 영구적 권리를 주장할 때가 되었다고 했다. 이어 핵무기가 금지되면 정부가 우리 섬들을 침략과 지배가 불가능한 곳으로 만들 상비 시민군을 조직할 거라고 예견했다. 그는 적을 명시하진 않았다. 카터 대통령이 벤에게 지지 메시지를 보냈는데, "나는 '사회주의자' 라는 말에 신경쓰지 않는다"는 표현이 미국 우파 진영에서 스캔들로 비화되어 재임기간 내내 그를 따라다녔다. 그후에 치러진 여론조사에서 정식 민주당원 절반이 패배한 후보 로널드 레이건에게 표를 줄 걸 그랬다는 아쉬움을 표했다.

심리적으로 클래펌 북부라는 도시국가에 갇힌 나에겐 10월 말 위기에 이른 격동의 가정사에 비하면 그 모든 것—정치적 사건, 이견, 심각한 분석—이 아무것도 아닌 관심거리이자 걱정거리였고 하루하루 커졌다 작아졌다 하는 분주한 잡음으로 여겨졌다. 그때까지 피상적으로는 모든 게 양호해 보였다. 우리는 마크를 맞이하기 위해 미란다의 제안대로 집을 개조했다. 두 집의 현관문을 떼어 따로 보관해놓고, 우중충한 현관과 그곳의 커다란 붙박이장을 밝게 장식하고, 가스와 전기 계량기를 숨기고, 카펫을 깔았다. 미란다의 부엌은 푸른색 썰매 모양 침대와 많은 책과 장난감이 있고 벽에는 동화 속 성과 배와 날개 달린 말 스티커가 붙어 있는 아이방이 되었다. 나는 내 서재에 있던 침대를 없애버렸다—완전한 어른으로 가는 길의 이정표였다. 나는 미란다가 쓸 책상을 들이고 컴퓨터도 두 대 새로 마련했다. 마크는 일주일에 두 번 몇 시간 동안 우리를 방문할 수 있게 되었다. 입양기관에서는 우리가 결혼할 거라는 소식을 듣고 기뻐했다. 나는 아직 불안한 순간이 있었지만 그걸 미란다에게 털어놓을 수는 없었다. 나는 모든 준비과정에 참여하며 속으로 죄책감을 느꼈고, 계속 아무렇지 않은 척위장할 수 있는 자신에게 가끔 충격을 받기도 했다. 하지만 다른 때에는 아버지가 되는 것이 필연처럼 여겨졌고 그럭저럭 만족스러웠다.

미란다의 지도교수는 그녀가 쓴 논문의 첫 세 챕터에 감명을 받았다. 아담은 아직 경찰에 자료를 제출하지 않은 상태였고, 그것에 대해 이야기하기를 꺼렸다. 하지만 계속 그 작업을 했고, 우리는 신경쓰지 않았다. 나는 노팅힐의 집에 현금으로 5퍼센트의 보증금을 치렀다. 그후 우리의 자금은 9만 7천 파운드가 되었다. 자금이 커질수록 불어나는 속도도 빨라졌고, 새 컴퓨터를 들여서 그 속도는 더 빨라졌다. 그 시기에 나의 일은 주로 장식과 목공으로 이루어져 있었다.

격동의 시작은 무해한 모습으로 다가왔다. 마크의 첫 방문을 하루 앞둔 저녁에 미란다와 내가 부엌에서 심야의 차를 마시고 있는데 아담이 쇼핑백을 들고 와서 산책을 나가겠다고 알렸다. 그는 홀로 긴 산책을 하곤 해서 우리는 대수롭지 않게 생각했다.

이튿날 아침, 나는 평소보다 맑아진 머리로 잠이 깼다. 나는 미란다를 깨우지 않으려고 살그머니 침대에서 빠져나와 커피를 끓이러 아래층으로 갔다. 아담은 밤산책에서 아직 돌아오지 않았다. 나는 놀랐지만 걱정하지 않기로 했다. 평소같지 않게 컨디션이 좋아서 그 기회에 각종 공과금 납부를 포함해 그동안 밀린 따분한 잡무를 처리할 작정이었다. 지금 이기분을 활용하지 않는다면 일주일 안에 진저리를 내며 억지로 그 일들을 해야 할 터였다. 지금은 아주 수월하게 해낼 수 있었다.

나는 컵을 들고 서재로 들어갔다. 책상 위에 30파운드가 놓여 있었다. 나는 그걸 주머니에 넣고 그것에 대해 더이상 생각하지 않았다. 늘 그랬듯이 먼저 뉴스부터 살폈다. 별다른 건 없었다. 브라이턴에서 정책을 둘러싼 내분으로 육 주 연기되었던 노동당 전당대회가 이제야 시작되고 있었다. 해안지구의 치안이 강화되었다. 몇몇 사이트에 보도금지 뉴스가 실려 있었다.

벤은 팔레스타인 대표단을 맞이하는 대신 백악관의 공식 초청을 받아들인 것 때문에 벌써 좌파 지지자들과 마찰을 빚고 있었다. 약속대로 인두세 순교자들을 즉시 석방시키는 데도 실패했다. 행정부가 사법부에 지시를 내리는 건 그리 쉬운 일이 아니었다. 그가 맹세할 때 그걸 알았어야 했다고 많은 사람들이 말했다. 또 의회에 다른 더 중요한 법안이 상정되어 있어서 인두세 폐지 자체도 어려웠다. 우파 지지자들도 분개했다.

핵무기 감축으로 만 개의 일자리가 사라질 터였다. 유럽을 떠나고, 사교육을 철폐하고, 에너지 부문을 다시 국유화하고, 사회보장연금을 두 배로 올리면 소득세를 대폭 올려야 할 터였다. 런던 금융가는 규제완화의 선회와 모든 주식거래에 대한 0.5퍼센트 과세로 들끓고 있었다.

행정은 특정 성격의 사람들에겐 거부할 수 없는 매력을 지닌 특별한 지옥이다. 일단 거기 발을 담그고 꼭대기까지 올라가면 누군가의, 어떤 부류의 미움을 사는 걸 막을 도리가 없다. 우리 같은 나머지 사람들은 방관자의 입장에서 정부기구 전체를 마음 편히 증오할 수 있다. 나 같은 사람들은 가벼운 정신질환이라고 할 수 있는 강박적 태도로 날마다 그 공공의 지옥에 대한 뉴스를 읽는다.

마침내 나는 뉴스에서 벗어나 일을 시작했다. 두 시간 후, 열시가 막 지났을 때 초인종소리와 위층 미란다의 발소리가 들렸다. 몇 분 후, 그보다 보폭이 작은 발소리가 빠르게 이 방에서 저 방으로 갔다가 다시 돌아오는 게 들렸다. 짤막한 정적이 흐른 후 공을 튕기는 소리 같은 게 들렸다. 이어서 높은 데서 뛰어내리는 소리인 듯 쿵 소리가 울리는가 싶더니 천장등이 덜거덕거리면서 석고 가루가 내 팔에 떨어졌다. 나는 한숨을 지으며 아버지가 되는 것에 대해 다시 생각했다.

십 분 후, 나는 부엌 안락의자에 앉아 마크를 지켜보고 있었다. 안락의자는 낡은 팔걸이 바로 아랫부분 가죽이 길게 찢어져 있었고, 나는 종종 거기에 헌 신문지를 밀어넣곤 했다. 신문지를 처리하기 위해서이기도 했지만 사라진 충전재 역할을 해주기를 바라는 마음도 어렴풋이 있었다. 마크는 신문지를 한 장씩 꺼내며 숫자를 셌다. 그리고 신문지를 펼쳐서 카펫 위에 깔았다. 미란다는 식탁에서 소리 죽여 재스민과 통화하느라 여념이 없었다. 마크는 두 손을 수영하듯 조심스럽게 움직여 신문지를 한 장 한 장 바닥에 펼쳐놓으며 웅얼웅얼 신문지에 대고 말을 걸었다.

"여덟. 자 넌 여기서 움직이지 말고…… 아홉…… 넌 여기 있어…… 열……"

마크는 많이 달라진 모습이었다. 키가 3센티미터쯤 자랐고, 가운뎃가르마를 탄 적갈색 머리는 길고 숱이 많았다. 그는 전 세계 성인의 유니폼—청바지, 스웨터, 운동화—차림이었다. 길쭉해진 얼굴은 아기다운 토실토실함이 사라졌고, 삶의 격변을 겪어서인지 눈빛에 경계심이 어려 있었다. 눈동자는 짙은 녹색이고, 피부는 도자기처럼 매끄럽고 창백했다. 완전한 켈트인이었다.

곧, 지난 몇 개월간의 모든 사건이 내 발아래 펼쳐졌다. 불타는 포클랜드 전함, 전당대회에서 손을 든 대처 총리, 주요 연설 후 포옹하는 카터 대통령. 나는 마크의 숫자 세기 놀이가 나에게 슬그머니 다가오기 위한 인사의 방식은 아니었을까 생각했다. 나는 참을성 있게 앉아서 기다렸다.

이윽고 마크가 일어나서 식탁으로 가더니 초콜릿 디저트와 수저를 들고 나에게로 왔다. 아이는 내 무릎에 팔꿈치를 괴고 서서 초콜릿 디저트에 덮인 은박지 가장자리를 만지작거렸다.

마크가 고개를 들고 말했다. "좀 어려워."

"내가 도와줄까?"

"원래 잘할 수 있는데 오늘은 안 되니까 아저씨가 도와줘." 여전히 런던과 그 주변 지역의 일반적인 말씨를 썼지만 다른 요소가, 모음이 굴절된 낮은 음이 있었다. 짐작하건대 미란다의 말씨였다. 마크가 디저트 상자를 내 손에 올려놓았다. 나는 상자를 뜯어 그에게 돌려줬다.

내가 물었다. "식탁에 앉아서 먹을래?"

마크는 내 의자 팔걸이를 톡톡 쳤다. 나는 마크가 팔걸이에 올라앉도록 도와줬고, 아이는 나보다 높이 앉아 수저로 초콜릿을 떠서 입에 넣었다. 초콜릿 한 덩이가 내 무릎에 떨어지자 아이는 태평하게 중얼거렸다. "이크."

마크는 초콜릿을 다 먹자마자 내게 수저와 상자를 건네며 말했다. "그 아저씬 어디 있어?"

"어떤 아저씨?"

"코가 이상한 아저씨."

392

"나도 그게 궁금하구나. 어젯밤에 산책을 나갔는데 아직 안 들어왔어."

"밤에는 자야지."

"그렇지."

마크가 나의 커져가는 걱정을 정곡으로 찔렀다. 아담은 긴 산책을 할 때가 많았지만 밤새 돌아오지 않은 건 처음이었다. 마크가 그 자리에 없었다면 나는 초조하게 서성이며 미란다와 걱정을 나눌 수 있도록 그녀가 전화를 끊기를 기다렸을 것이다.

내가 물었다. "네 가방에 뭐가 들었니?"

마크의 연청색 여행가방이 미란다 근처 바닥에 놓여 있었는데, 괴물과 슈퍼히어로 스티커가 붙어 있었다.

마크는 천장을 올려다보며 연극적인 심호흡을 하더니 손가락을 하나씩 꼽으며 말했다. "드레스 두 개, 하나는 녹색, 하나는 흰색, 내 왕관, 책 하나 둘 셋, 내 리코더, 그리고 비밀상자."

"비밀상자에는 뭐가 들었는데?"

"음, 비밀동전이랑 공룡 발톱."

"난 공룡 발톱 본 적 없는데."

"맞아." 마크가 즐겁게 동의했다. "아저씬 본 적 없지."

"나한테 보여줄래?"

마크는 미란다를 가리켰다. 말을 돌리기 위한 것이었다. "미란다가 우리 새엄마가 될 거야."

"넌 어떻게 생각해?"

"아저씬 아빠가 될 거야."

어떻게 생각하느냐는 질문은 마크가 대답할 수 있는 것이 아니었다.

마크가 조용히 말했다. "어차피 공룡은 다 멸종해."

"맞아."

"공룡은 다 죽었어. 못 돌아와."

나는 그 목소리에서 불확실성을 감지했다. 내가 말했다. "절대 못 돌아오지."

마크가 심각하게 쳐다봤다. "아무것도 못 돌아와."

나는 아이의 심리에 도움이 될 만한 친절한 답변을 반쯤 한참이었다. 내가 하려던 말은 "과거는 멸종됐어"였는데 마크가 고함으로 중단시켰다. 하지만 그건 행복한 고함이었다.

"이 의자에 앉아 있기 싫어!"

내가 의자에서 내려주려고 했지만 마크는 비명을 지르며 바닥으로 뛰어내려 웅크린 자세를 취하더니 폴짝 뛰었다가 다시 웅크리며 외쳤다. "나 개구리야! 개구리!"

마크는 아주 시끄러운 개구리처럼 폴짝폴짝 뛰어다녔고, 그때 두 가지 일이 일어났다. 미란다가 전화를 끊고 마크에게 조용히 하라고 말했다. 동시에 문이 열리더니 아담이 우리 앞에 나타났다. 집안에 정적이 깔렸다. 마크가 미란다에게 달려가 손을 잡았다.

나는 그 고갈된 표정을 알았다. 그것만 빼면 흰 셔츠와 검은 정장 차림의 아담은 언제나처럼 말쑥한 모습이었다.

"괜찮은 거야?" 내가 물었다.

"걱정시켰다면 정말 미안합니다. 그런데 난……" 그는 미란다 가까이 가서 허리를 굽혀 충전케이블을 집어든 다음 급히 셔츠를 젖히고 소켓을 배에 밀어넣은 후 안도의 신음을 뱉으며 딱딱한 부엌 의자 중 하나에 쓰러졌다.

미란다는 식탁에서 일어나 가스레인지를 등지고 섰다. 마크가 아담에게 고개를 돌린 채 그녀를 바싹 따라갔다.

미란다가 말했다. "우린 네가 걱정되기 시작하던 참이었어."

아담은 아직 즉각적인 탐닉 상태에 빠져 있었다. 가끔 나는 충전이 간절한 갈증의 해소 같은 것은 아닐까 생각하곤 했다. 아담의 말에 따르면, 처음 몇 초 동안 명료함이 커다란 파도처럼 넘실거리며 밀려든 후 깊은 만족이 찾아온다고 했다. 한번은 평소와 다르게 속을 터놓으며 이렇게 말했다. "직류를 사랑하는 게 어떤 건지 당신은 모를 겁니다. 전기가 절실히 필요할 때 충전기를 손에 쥐고 마침내 전원이 연결되면, 살아 있다는 기쁨에 소리를 지르고 싶어져요. 그 첫 느낌이란—마치 빛이 몸속으로 쏟아져들어오는 것 같죠. 그다음엔 어떤 심오한 것으로 부드럽게 변해요. 전자입니다, 찰리. 우주의 열매. 태양의 황금 사과. 광자가 전자를 낳게 하라!" 또 한번은 플러그를 꽂으며 눈을 찡긋하고 말했다. "곡식을 먹여 키운 닭 구이 좀 남겨줘요."

지금 그는 미란다의 질문에 대답하는 데 뜸을 들이고 있었다. 두번째 단계로 넘어간 게 분명했다. 목소리가 차분했다.

"자선alms."

"팔arms?"

"자선. 이 말 몰라요? 시간은 자선을 망각하기 위해 등에 지고 다니는 바랑에 넣는다.*"

내가 말했다. "무슨 말인지 모르겠군. 망각이라고?"

"셰익스피어의 말입니다, 찰리. 당신들의 유산. 어떻게 그 유산의 일부를 머리에 담지 않고 돌아다닐 수 있습니까?"

"글쎄, 난 그게 되는 것 같은데." 나는 그가 하나의 메시지를, 죽음에 대한 나쁜 메시지를 보내고 있다고 생각했다. 나는 미란다를 보았다. 그녀는 마크의 어깨에 팔을 두르고 있었고, 마크는 성인에게는 즉각 작동하지 않는 직감을 통해 여기 근본적으로 다른 사람이 있다는 걸 알아챈 듯 경이의 시선으로

---

* 셰익스피어의 『트로일러스와 크레시다』 3막 3장의 대사.

396

아담을 바라보았다. 오래전 나는 개를 한 마리 키웠는데 평소엔 얌전하고 순종적인 래브라도였다. 그런데 나의 친한 친구가 자폐증이 있는 남동생만 데려오면 그애에게 으르렁거려서 그때마다 가둬놓아야 했다. 의식이 무의식적으로 알아채는 것이다. 하지만 마크의 표정은 공격성이 아닌 경외심을 담고 있었다.

아담이 그제야 마크를 알아보았다.

"너 왔구나." 그는 성인이 아기에게 말하듯 억양 없는 단조로운 어조로 말했다. "욕조에서 우리 배 띄운 거 기억나니?"

마크는 미란다에게 더 바싹 붙으며 말했다. "내 밴데."

"그래. 그다음에 넌 춤을 췄지. 아직도 춤을 추니?"

마크는 미란다를 올려다보았다. 미란다가 고개를 끄덕였다. 마크는 다시 아담을 보면서 잠시 생각한 후 대답했다. "날마다는 아니고."

아담이 목소리를 낮게 깔고 말했다. "이리 와서 나랑 악수할래?"

마크는 세차게 도리질을 했고 그 바람에 몸 전체가 왼쪽에서 오른쪽으로, 다시 왼쪽으로 틀어졌다. 그건 문제가 되지 않았다. 그 질문은 그저 호의를 표현한 것일 뿐이었고 아담은 수면 속으로 빠져들어갔다. 그는 자신의 수면에 대해 다양한 방식으로 설명해주었는데, 꿈은 꾸지 않고 '배회한다'고 했다.

그는 파일을 분류하여 재배열하고, 기억을 단기부터 장기까지 재분류하고, 내적 갈등을 대개는 해결하지 않은 채 위장된 형태로 시연해보고, 오래된 자료를 재생시켜 활성화하고, 그다음엔 그 자신의 표현을 빌리자면 황홀경에 빠져 생각의 정원을 거닐었다. 그런 상태에서 상대적으로 천천히 연구를 수행하고, 잠정적 결정을 내리고, 심지어 새로 하이쿠를 쓰거나 예전에 써놓은 것을 버리거나 재해석하기도 했다. 또한, 완전히 충전되었을 때 모든 감정이 접근 가능한 상태로 남을 수 있도록 슬픔부터 기쁨까지 감정의 전체 스펙트럼을 체험하는 사치를 스스로에게 허용하면서 그가 감정의 기술이라고 부르는 걸 연습했다. 그것이 다른 무엇보다도 효과적인 회복과 강화의 과정이 되어, 날마다 다시금 자기인식을 지닌 은총—그의 표현에 따르면—의 상태에서 물질의 본질인 의식을 되찾은 걸 기뻐하며 잠에서 깨어나게 해준다고 주장했다.

우리는 그가 잠의 세계로 빠져드는 걸 지켜보았다.

마침내 마크가 속삭였다. "자는데 눈을 뜨고 있어."

정말이지 기괴했다. 죽음과 너무도 흡사했다. 오래전 의사 친구가 나를 병원 영안실로 데려가서 심장마비로 돌아가신 우리 아버지의 시신을 보여줬다. 상황이 너무 급박하게 돌아가다보니 의료진이 아버지의 눈을 감겨주는 걸 잊었다.

나는 미란다에게는 커피를, 마크에게는 우유 한 잔을 줬다.

미란다는 내 입술에 가볍게 키스하며 마크가 진정될 때까지 위층에 데려가서 놀 테니 오고 싶으면 언제든 오라고 했다. 그들이 나가자 나는 서재로 돌아갔다.

돌이켜 생각하니 내가 그곳에서 몇 분 동안 한 일은 한 시간 전부터 미디어를 집어삼킨 이야기로부터 조금 더 스스로를 보호하기 위한 지연전술이었던 듯하다. 나는 바닥에 놓인 잡지 몇 권을 집어 책꽂이에 올려놓고, 청구서를 모아 클립으로 묶어놓고, 책상 위 서류를 정리했다. 그리고 마침내 옛 방식으로 직접 돈을 좀 벌어볼까 생각하며 컴퓨터 앞에 앉았다.

먼저 뉴스를 클릭했다—전 세계 모든 언론이 그 뉴스를 다뤘다. 새벽 네시에 브라이턴 그랜드호텔에서 폭탄이 터졌다. 폭탄은 벤 총리가 자고 있던 침실 거의 바로 아래에 있는 청소 도구함에 설치되어 있었다. 총리는 즉사했다. 총리 부인은 런던에서 진료 예약이 있어 함께 있지 않았다. 호텔 직원도 두 명 사망했다. 부총리 데니스 힐리가 여왕을 만나러 버킹엄궁에 갈 준비를 하고 있었다. IRA가 자신들의 소행이라고 밝혔다. 국가 비상사태가 선포되었다. 카터 대통령이 휴가를 취소했다. 프랑스 대통령 조르주 마르셰는 모든 관공서 건물에 조기를 게양하라는 지시를 내렸다. 버킹엄궁에서도 같은 요청이 있었으나 왕실 관료들은 '관례에 맞지 않고 적절하지도 않다'는 냉담한 반응을 보였다. 대규모 군중이 런던 의회 광장에 자발적으로 모였다. 금융가에서는 FTSE 지수가 57포인트 상승했다.

나는 즉각적인 분석과 의견을 모두 찾아 읽었다. 지금까지 암살된 영국 총리는 1812년에 사망한 스펜서 퍼시벌뿐이었다. 나는 뉴스룸들에서 즉각적인 분석과 의견을 내놓는 속도에 감탄했다. 영국 정치에서 순수성이 영원히 사라졌다. IRA는 토니 벤을 암살함으로써 그들의 대의명분에 가장 개방적인 혹은 가장 덜 적대적인 정치인을 제거했다. 데니스 힐리는 국가의 균형을 잡을 수 있는 최고의 인물이다. 데니스 힐리는 국가에 대재앙이 될 것이다. 군 전체를 북아일랜드로 보내 IRA를 지구에서 쓸어버려야 한다. 경찰은 성급하게 무고한 사람들을 체포해선 안 된다. 한 온라인 신문은 메인화면에서 '전시 상황!'이라고 선언하고 있었다.

기사를 읽는 건 사건 자체에 대해 깊이 생각하지 않는 한 가지 방법이었다. 나는 컴퓨터 화면을 비우고 별생각 없이 잠시 앉아 있었다. 그 사건을 무효로 만들 수 있는 다음 사건이, 적절한 일이 일어나기를 기다리기라도 하는 것처럼. 그러다 그 사건이 하나의 역사적 이정표, 전반적인 파탄의 시작인 건지 아니면 댈러스에서 벌어진 케네디 암살 미수처럼 시간이 지나면 희미해질 단발적 폭력행위 중 하나인지 궁금했다. 나는 일어나서 방안을 이리저리 걸었고 다시 아무 생각도 하지 않았

다. 그리고 마침내 위층으로 가기로 결심했다.[*]

그들은 바닥에 무릎과 두 손을 대고 엎드린 자세로 찻쟁반에 든 직소퍼즐을 맞추고 있었다. 내가 들어가자 마크가 푸른색 퍼즐조각을 들어올리며 새엄마의 말을 인용하여 엄숙하게 선언했다. "하늘이 제일 어려워."

나는 문간에서 그들을 지켜보았다. 마크가 무릎을 꿇은 채 상체를 들더니 한 팔로 미란다의 목을 끌어안았다. 미란다가 그에게 퍼즐조각 하나를 주고 그 조각의 자리를 가리켰다. 마크는 숱한 더듬거림과 많은 도움 끝에 그 조각을 맞췄다. 떠오르는 해에 노랑과 주황으로 물든 뭉게구름 아래 풍랑 이는 바다 위 범선 한 척이 떠 있는 그림이 시작되고 있었다. 어쩌면 그게 배경일 수도 있었다. 그들은 다정하게 속삭이며 퍼즐을 맞춰갔다. 나는 마크가 진정되면 미란다에게 소식을 전할 생각이었다. 그녀는 벤의 열정적 지지자였으니까.

미란다는 아이의 손에 또다른 퍼즐조각을 놓았다. 마크는 그걸 제자리에 끼우는 데 시간이 걸렸다. 거꾸로 끼우기도 하고, 손이 미끄러져 인접한 하늘 조각 몇 개를 흐트러뜨리기도 했다. 이윽고 미란다가 마크의 손에 자신의 손을 얹고 도움을

---

[*] 현실에서 토니 벤은 2014년 사망했고, 케네디는 1963년 댈러스에서 암살당했다.

주어 퍼즐조각이 맞춰졌다. 마크가 나를 흘끗 보며 자신의 승리를 나누고 싶은 듯 은밀한 미소를 보냈다. 나도 그를 보며 똑같이 했고, 아이의 그 눈빛과 미소가 나의 모든 의구심을 몰아냈다. 나는 아버지가 될 준비가 되었음을 알았다.

*

충전을 마치고 깬 아담은 의식을 지닌 삶에 대한 경이와는 거리가 먼 이상한 상태였다. 그는 천천히 부엌을 돌아다니다가 멈춰 서서 주위를 둘러보고, 얼굴을 찌푸리고, 다시 움직이며 위잉 소리를 냈는데 고음에서 저음으로 글리산도로 내려가는, 실망의 신음과도 같은 소리였다. 그는 실수로 유리잔을 쳐서 바닥에 떨어뜨려 박살냈다. 그리고 반시간 정도 침울하게 유릿조각을 쓸어모은 후 바닥을 기어다니며 파편을 찾았다. 그러다 마침내 진공청소기를 꺼내왔다. 그는 의자를 들고 뒤뜰로 나가더니 의자 뒤에 서서 이웃집들 뒤편을 바라보았다. 바깥 날씨가 쌀쌀했지만 그에겐 문제가 되지 않았을 터였다. 나중에 부엌에 들어가보니 그가 식탁에서 자신의 흰 면 셔츠를 개고 있었는데, 셔츠 위로 허리를 잔뜩 구부리고 파충류처럼 느린 동작으로 팔 주름을 펴고 있었다. 나는 그에게 무슨 일이 있느냐고 물었다.

"기분이, 음……" 그는 입을 벌린 채 적당한 단어를 찾았다. "향수를 느낍니다."

"무엇에?"

"내가 누리지 못한 삶에요. 내가 누릴 수도 있었던 삶에요."

"미란다를 말하는 거야?"

"모든 걸 말하는 겁니다."

아담은 다시 밖으로 나갔는데 이번에는 의자에 앉아 미동도 없이 앞만 바라보았고 오랫동안 그렇게 있었다. 그의 무릎 위에는 갈색 봉투가 놓여 있었다. 나는 나가서 암살에 대한 그의 의견을 들어볼까 하다가 그만두었다.

이른 오후, 미란다가 마크에게 작별인사를 하고 재스민과 다시 통화한 후 나에게로 내려왔다. 나는 컴퓨터 앞에 앉아 부질없이 더 많은 뉴스와 관점, 의견, 주장을 찾아보고 있었다. 그녀는 그 사건이 터지자마자 알았다고 했다. 그녀는 문틀에 기대서 있었고 나는 의자에 앉아 있었다. 둘이 가까이 붙어 있는 건 예의가 아닌 듯했다. 우리의 대화는 내 생각처럼 이해할 수 없는 사건—그 잔혹성, 어리석음—을 둘러싸고 맴돌았다. 아일랜드 억양을 쓰는 사람들이 길거리에서 공격의 대상이 되었다. 군중이 의회 앞으로 밀물처럼 밀려드는 바람에 경찰이 나서서 트래펄가광장으로 이동시켜야 했다. 마거릿 대처의 사무실에서 성명서를 냈다. 그건 진심이었을까? 우리는 그렇다고 결론지었다. 대처가 직접 썼을까? 우리로선 알 수 없는 일이었다. "우리는 많은 정책의 기본 원칙에 의견을 달리했지만, 나는 그가 뛰어난 지성을 지닌 지극히 친절하고 품위 있고 정직한 인물로서 늘 나라가 번영하기를 원했다는 걸 알았습니다." 대화가 그 사건의 결과에 대한 전망으로 흘러갈 때마다 우리는 그 순간을 저버리고 벤이 없는 세상을 받아들이는 것 같은 기분을 느꼈다. 우리는 마음의 준비가 되어 있지 않았고 뒤를 돌아봤다. 미란다가 우리는 힐리와 함께 결국 우리의 '말세' 폭탄을 안고 갈 거라고 말하긴 했지만 말이다. 나는 딱히 토리당 쪽은 아니었지만, 대처가 그 호텔에 있었다고 해도 똑같이 충격을 받았을 거라고 생각했다. 내가 섬뜩했던 건 공적, 정치적 삶의 체계가 그토록 쉽게 무너질 수 있다는 사실이었다. 미란다는 그걸 다르게 봤다. 그녀는 벤이 마거릿 대처와는 완전히 다른 영역의 인간이라고 말했다. 하지만 인간이긴 매한가지라는 게 내 주장의 요지였다. 우리가 피하고 싶은 분열이 입을 벌리기 시작했다.

그래서 우리는 애도가 끝난 후 마크 이야기로 넘어갔다. 미란다가 사회복지사와 나눈 대화를 요약해서 전해주었다. 입양 절차는 길고 험난했지만, 미란다는 우리가 그 길의 3분의 2 가까이 지나왔다는 걸 알게 되었다. 이제 곧 보호관찰 기간이 시작될 거라고 했다.

그녀가 물었다. "어떻게 생각해?"

"난 준비됐어."

그녀는 고개를 끄덕였다. 우리는 마크—그의 성격, 변화, 과거와 미래—에 대한 찬양은 이미 숱하게 한 터였다. 지금 그걸 또 할 생각은 없었다. 다른 날 같았으면 우린 위층 침실로 올라갔을 것이다. 미란다는 새 옷—멋진 오버사이즈로 나온 두툼한 흰색 겨울 셔츠와 타이트한 블랙진, 은색 스터드 장식이 달린 앵클부츠—차림으로 문간에 구부정한 자세로 아름답게 서 있었다. 나는 다시 생각해보았다—어쩌면 위층으로 올라가기에 좋은 때인지도 몰랐다. 나는 그녀에게 다가갔고 우리는 키스했다.

그녀가 말했다. "걱정되는 게 있어. 마크에게 동화책을 읽어주는데 거기 거지가 나왔고, 그 말이 있었어. 자선."

"그런데?"

"끔찍한 생각이 들었어." 그녀는 방 저편을 가리켰다. "확인해봐야겠어."

침대를 치워서 여행가방은 자물쇠 달린 벽장에 보관하고 있었다. 나는 여행가방을 꺼내며 무게로 충분히 짐작하긴 했지만 그래도 일단 열어보았다. 우리는 50파운드짜리 지폐 뭉치가 사라진 빈 공간을 바라보았다. 나는 창가로 갔다. 아담은 여전히 의자에 앉아 있었는데, 벌써 한 시간 반째였다. 무릎에는 여전히 두툼한 봉투가 놓여 있었다. 9만 7천 파운드. '그걸 집에 두다니!' 내 마음의 소리가 그렇게 말하는 게 들렸다.

우리는 아직 서로를 보지 않았다. 대신 서로를 외면한 채 거기 서서 시간을 허비하며, 조용히 자신을 욕하며, 각자 그 의미를 이해하려고 애썼다. 나는 습관적으로 책상 위 컴퓨터를 흘끗 보았다. 결국 버킹엄궁에서도 국기가 조기로 내려지고 있었다.

현명하게 전략을 세우기엔 너무 정신적 동요가 컸다. 우리는 일단 행동에 나서기로 했다. 부엌으로 가서 아담을 불러들였다. 식탁에 미란다와 내가 나란히 앉고, 아담은 맞은편에 자리를 잡았다. 그는 정장에 솔질을 했고, 구두를 닦았고, 새로 다림질한 셔츠를 입고 있었다. 새로운 게 하나 있었다—가슴 주머니에 손수건을 접어서 꽂아두었다. 그는 우리가 무슨 말을 하건 별로 상관없다는 듯 엄숙하면서도 산만한 태도를 보였다.

"돈 어딨어?"

"나눠줬습니다."

우린 그가 돈을 투자했거나 더 안전한 곳에 두었다고 말할 거라곤 기대하지 않았지만 그래도 침묵으로 깊은 충격을 나타냈다.

"무슨 말이야?"

분통 터지게도, 그는 내 질문이 적절하다는 걸 인정이라도 하듯 고개를 끄덕였다. "어젯밤에 세금용으로 당신 은행 안전 금고에 40퍼센트를 넣어뒀습니다. 세무서에 모든 수입을 공개하고 기한 내에 세금을 내겠다는 쪽지를 남겼어요. 걱정 마세요, 예전 최고세율로 내게 될 테니까. 그리고 나머지 5만 파운드를 갖고 미리 연락해둔 여러 자선단체를 찾아갔어요."

그는 우리의 충격을 알아채지 못한 듯 내 질문에 자세히 답변하는 데 집중했다.

"잘 운영되는 노숙자 쉼터 두 곳. 무척 고마워하더군요. 그다음엔, 공립 보육원―소풍, 파티 같은 데 쓸 기부금을 받고 있었습니다. 그리고 북쪽으로 걸어가서 강간위기센터에 기부했어요. 나머지 대부분은 어린이병원에 냈고요. 마지막으로, 경찰서 밖에서 어떤 아주 늙은 할머니와 이야기를 하게 되었고, 함께 그 할머니 집주인을 찾아갔어요. 밀린 방세를 다 내고 일 년 치를 선불로 줬습니다. 그 할머니가 강제로 쫓겨날 위기라―"

갑자기 미란다가 하강조의 한숨을 쉬며 끼어들었다. "오 아담. 그야말로 미친 미덕이네."

"당신들보다 더 절실하게 도움이 필요한 사람들을 도왔습니다."

내가 말했다. "우린 집을 사려고 했어. 그 돈은 우리 거야."

"그건 논란의 여지가 있습니다. 부적절하다고 할 수도 있고. 당신의 원금은 책상 위에 있어요."

그건 많은 요소―도둑질, 어리석음, 오만, 배신, 우리 꿈의 파괴―로 구성된 비행이었다. 우리는 말이 나오지 않았다. 그를 바라볼 수조차 없었다. 어디서부터 시작해야 할까?

삼십 초쯤 지나서 나는 목청을 가다듬고 힘없이 말했다. "가서 도로 찾아와야 해. 전부 다."

아담은 어깨를 으쓱했다.

물론 그건 가능하지 않은 일이었다. 아담은 우리 앞에서 손바닥을 식탁에 내려놓고 휴식 자세로 만족스럽게 앉아 우리 중 하나가 다시 입을 열기를 기다렸다. 나는 분노가 커져가며 초점을 찾아가는 걸 느꼈다. 나는 그가 무심하게 살짝 어깨를 으쓱하는 동작이 싫었다. 그건 완전히 눈속임인데, 중국 청두 외곽 어딘가의 연구실에서 어느 똑똑하고 사람들 비위를 맞추려 애쓰는 박사후연구원이 고안해낸, 제한된 범위의 특정한 입력으로 작동되는 부수적인 서브루틴에 불과한 그것에 우리는 얼마나 쉽게 속아넘어가는가. 나는 그 존재하지 않는 기술자를 경멸했다. 열대의 강에 사는 벌레처럼 내 삶 속으로 파고들어와 나 대신 이런저런 선택을 할 수 있는 루틴과 학습 알고리즘의 복합체는 더욱 경멸스러웠다. 그래, 아담이 훔친 돈은 그가 번 것이었다. 나는 그것 때문에 더 화가 났다. 이 걸어다니는 노트북을 우리의 삶으로 들여온 책임이 나에게 있다는 사실도 마찬가지였다. 그걸 싫어하는 건 나 자신을 싫어하는 것이었다. 무엇보다도 끔찍한 건, 유일한 해결책을 이미 알기에 분노를 참아야 한다는 압박감이었다. 그가 다시 돈을 벌어야 했다. 우리는 그를 설득해야만 했다. 그렇다. '그걸 싫어한다'나 '그를 설득한다', 그리고 심지어 '아담'도 우리의 언어는 우리의 약함을, 기계가 '그것'과 '그' 사이의 경계를 넘어서는 걸 기꺼이 환영하는 우리의 인지적 준비태세를 나타냈다.

나쁜 기분을 숨기자니 너무 심란해서 가만히 앉아 있을 수가 없었다. 나는 의자로 요란하게 바닥을 긁으며 벌떡 일어나서 이리저리 걸었다. 식탁에 앉은 미란다는 두 손을 뾰족탑 모양으로 모아 입과 코를 가렸다. 나는 그녀의 표정을 읽을 수가 없었고 그게 중요한 점이리라 생각했다. 나와 달리 그녀는 쓸모 있는 생각을 하고 있을 수도 있었다. 어질러진 부엌이 내 마음의 동요를 부채질했다―나는 정말 상태가 안 좋았다. 조리대에 내가 서재에서 가지고 나온 더러운 컵이 있었다. 컴퓨터 모니터 뒤에 몇 주 동안이나 숨겨져 있었던 터라 녹회색 원반 모양의 곰팡이가 둥둥 떠다녔다. 나는 그 컵을 개수대로 가져가서 헹궈야겠다고 생각했다. 하지만 큰 재산을 잃고 부엌을 청소하는 사람은 없다. 컵이 놓인 목재 표면 바로 아래에 어수선하게 몇 센티미터쯤 열려 있는 서랍이 있었다. 내가 열어둔 것이었다. 연장서랍이었다. 서랍을 닫으려고 가까이 가서 섰는데, 뒤죽박죽 섞인 연장 사이에 대각선으로 놓인, 아버지가 쓰던 튼튼한 장도리의 꾀죄죄한 오크 손잡이가 눈에 띄었다. 원하지 않았던 어두운 충동에 사로잡혀 나는 서랍을 그대로 열어둔 채 자리를 떴다.

나는 다시 앉았다. 익숙지 않은 증상이 느껴졌다. 허리부터 목까지 피부가 팽팽하고, 건조하고, 뜨거웠다. 운동화 속 발도 뜨거웠지만 습하고 간지러웠다. 나는 섬세한 대화를 나누기엔 거친 에너지가 넘쳤다. 폭력적인 축구를 하는 게 맞을 듯했다. 아니면 사나운 파도가 이는 바다에서 수영을 하거나. 고함이나 비명을 질러야 할 듯했다. 공기가 희박하고 산소가 부족하고 오염된 것 같아 호흡이 비정상적으로 변해갔다. 나는 이미 그 베이스기타리스트에게 반환이 불가능한 6500파운드를 집 값으로 지불했다. 거금을 잃으면 그 돈을 도로 얻는 것밖에는 치료법이 없는 병에 걸리는 게 분명했다. 미란다가 뾰족탑을 허물어뜨리고 가슴 앞에 팔짱을 꼈다. 그녀가 내게 경고의 시선을 휙 던졌다. 현명하게 행동할 수 없으면 조용히 있어.

그렇게 그녀가 시작했다. 마치 도움이 필요한 건 아담이라는 듯 그녀의 목소리는 다정했다. 그렇게 생각하는 게 도움이 됐다. "아담, 넌 날 사랑한다고 여러 번 말했어. 아름다운 시들도 읽어줬고."

"어설픈 습작들이었습니다."

"매우 감동적인 시였어. 사랑한다는 게 어떤 의미인지 묻자, 넌 사랑은 욕망을 넘어서는 것이며 근본적으로 타인의 복지를 위한 따뜻하고 다정한 염려라고 말했지. 복지가 아니고 다른 단어를 썼었나?"

"당신의 안녕이라고 했습니다." 그는 자기 옆 의자에서 갈색 봉투를 꺼내 식탁 위에 올려놓았다. "여기 피터 고린지의 자백과 모든 관련 법적 배경과 사례를 포함한 나의 기록이 들어 있어요."

미란다는 한쪽 손바닥을 봉투에 내려놓았다. 그녀가 신중하게 선택한 목소리로 말했다. "정말 고마워." 나는 그녀의 재치가 고마웠다. 그녀도 나처럼 아담을 우리 편으로 만들어 다시 온라인에서 환투자로 돈을 벌어야 한다는 걸 알고 있었다. 그녀가 말했다. "재판까지 가게 되면 최선을 다해 싸우겠어."

아담이 다정하게 말했다. "재판까지 가진 않을 겁니다." 그러곤 변화를 감지할 수 없는 어조로 덧붙였다. "당신은 고린지를 함정에 빠뜨리려고 음모를 꾸몄어요. 그건 범죄입니다. 당신 이야기의 전체 녹취록과 음성파일도 그 안에 있어요. 만일 고린지가 기소된다면 당신도 기소될 겁니다. 알다시피 그래야 형평성에 맞죠." 그러곤 나에게 말했다. "적절한 편집은 필요 없습니다."

나는 짐짓 재미있다는 듯 콧바람소리를 내며 웃었다. 팔을 제거하겠다는 말과 같은 종류의 농담이었다.

우리의 침묵에 아담이 말했다. "미란다, 고린지의 죄가 당신의 것보다 훨씬 커요. 그럼에도 불구하고, 당신은 그가 당신을 강간했다고 말했습니다. 그는 당신을 강간하지 않았지만 교도소에 갔어요. 당신은 법정에서 거짓 증언을 했습니다."

또다시 침묵. 잠시 후 미란다가 말했다. "그는 결백하지 않았어. 너도 알잖아."

"그는 당신을 강간한 혐의에 대해서만 재판을 받았고 그건 결백했습니다. 사법정의 실현 방해는 중죄예요. 최고형이 무기징역이죠."

그건 너무 지나쳤다. 우리는 둘 다 웃었다.

아담이 우리를 지켜보다가 말했다. "위증죄도 있습니다. 1911년에 제정된 법 내용을 읽어줄까요?"

미란다는 눈을 감고 있었다.

내가 말했다. "미란다를 사랑한다면서."

"그렇습니다." 아담은 내가 거기 없는 것처럼 미란다에게 부드럽게 말했다. "내가 당신에게 써준 '사랑은 빛을 발하여'로 시작되는 시 기억합니까?"

"아니."

"이렇게 이어지죠. '어두운 구석을 밝히네.'"

"관심 없어." 미란다가 조그맣게 말했다.

"가장 어두운 구석 중 하나가 복수죠. 그건 미숙한 충동이에요. 복수문화는 사적인 불행, 유혈사태, 무정부상태, 사회 붕괴로 이어지죠. 사랑은 순수한 빛이고 나는 그 빛을 통해 당신을 보고 싶습니다. 우리의 사랑에 복수의 자리는 없어요."

"우리의 사랑?"

"나의 사랑이라고 해도 되고요. 어쨌거나 원칙은 똑같습니다."

미란다는 분노에서 힘을 얻고 있었다. "내가 분명하게 말해주지. 넌 내가 교도소에 가기를 원하는 거야."

"실망스럽네요. 당신이 이 일의 논리를 이해할 거라고 생각했는데. 나는 당신이 자신의 행동을 직시하고 법의 결정을 받아들이기를 원합니다. 장담하는데, 그렇게 하면 당신은 커다란 안도감을 느끼게 될 거예요."

"잊었어? 난 아이를 입양할 예정이야."

"필요하다면 찰리가 마크를 돌볼 수 있을 겁니다. 그럼 당신이 원했던 대로 둘 사이가 가까워질 거예요. 부모가 교도소에 가서 고통을 겪는 아이들은 많아요. 임신한 여성도 구류판결을 받고요. 그런데 당신은 왜 예외가 되어야 합니까?"

그녀가 거리낌없이 경멸을 드러냈다. "넌 이해를 못해. 이해 자체가 불가능한 걸 수도 있지. 내가 전과자가 되면 우린 입양

허가를 받을 수 없어. 그게 규칙이야. 마크는 갈 곳을 잃게 될 거야. 넌 보호시설에 사는 아이의 삶이 어떤지 몰라. 계속 바뀌는 기관, 양부모, 사회복지사. 아무도 그애와 가깝지 않고, 아무도 그애를 사랑하지 않아."

아담이 말했다. "특정 시간의 당신이나 누군가의 특별한 요구보다 더 중요한 원칙이 있습니다."

"나의 요구가 아냐. 마크의 요구지. 보살핌과 사랑을 받을 수 있는 기회. 난 고린지를 교도소에 보낼 수 있다면 어떤 대가라도 치를 준비가 되어 있었어. 그리고 나야 무슨 일을 당하건 상관없어."

아담은 두 손을 펼쳐 보이는 몸짓으로 자신의 합리성을 나타냈다. "그럼 마크가 그 대가이고 그 조건을 정한 건 당신이군요."

나는 그것이 마지막 호소가 될 것임을 알면서 최후의 노력을 기울였다. "우리 제발 마리암을 기억하자. 고린지가 그녀에게 무슨 짓을 했고 그게 어떤 결과로 이어졌는지. 미란다는 정의를 실현하기 위해 거짓말을 해야만 했어. 언제나 진실이 전부인 건 아냐."

아담이 멍하니 나를 보았다. "그것참 이상한 말이네요. 당연히 진실이 전부죠."

미란다가 지친 목소리로 말했다. "난 네가 마음을 돌릴 거란 걸 알아."

아담이 말했다. "미안하지만 안 됩니다. 당신은 어떤 세상을 원하는 겁니까? 복수, 아니면 법. 선택은 간단해요."

그 정도로 충분했다. 나는 미란다의 다음 말도, 아담의 대답도 듣지 않고 일어나서 연장서랍을 향해 갔다. 나는 천천히, 자연스럽게 움직였다. 식탁을 등지고 소리 없이 장도리를 꺼냈다. 손잡이를 단단히 움켜쥔 오른손을 낮게 내리고 아담의 뒤를 지나 내 의자를 향해 걸어갔다. 선택은 정말로 간단했다. 돈을 되찾아 집을 살 기회를 잃느냐, 아니면 마크를 잃느냐. 나는 두 손으로 장도리를 들어올렸다. 미란다는 나를 보고도 표정 변화 없이 아담의 말을 들었다. 하지만 나는 분명히 보았다―그녀는 눈을 깜짝여 동의를 표했다.

내가 산 내 것이니 파괴할 권리가 있었다. 나는 아주 잠깐 망설였다. 반 초만 더 망설였다면 그가 내 팔을 잡았을 터였다. 장도리를 내려치는 순간 그가 벌써 몸을 돌리려 했던 것이다. 미란다의 눈동자에 비친 내 모습을 보았을 수도 있었다. 나는 두 손으로 전력을 다해 그의 정수리를 가격했다. 단단한 플라스틱이 깨지거나 금속에 부딪히는 소리가 아니라 뼈에서 나는 듯한 억눌린 꽝 소리가 들렸다. 미란다가 공포의 비명을 내지르며 일어섰다.

몇 초 동안 아무 일도 일어나지 않았다. 그러다 그의 머리가 옆으로 꺾이고 어깨가 축 늘어졌지만 그는 여전히 앉은 자세를 유지했다. 얼굴을 보려고 식탁을 돌아 걸어가는데 그의 가슴에서 연속적인 고음이 들렸다. 그는 눈을 뜨고 있었고, 내가 그의 시야로 들어가자 눈을 깜빡였다. 그는 아직 살아 있었다. 내가 장도리를 들어 그를 끝장내려는데 그가 아주 조그만 소리로 말했다.

"그럴 필요 없습니다. 지금 백업장치로 이동하고 있으니까. 그 장치는 생명력이 거의 없어요. 나에게 이 분만 주십시오."

우리는 그가 우리의 가정 판사라도 되는 것처럼 손을 잡고 그의 앞에 서서 기다렸다. 마침내 그가 다시 움직이며 고개를 똑바로 들려다 떨어뜨렸다. 하지만 그는 우리를 분명하게 볼 수 있었다. 우리는 그의 말을 들으려고 앞으로 몸을 숙였다.

"시간이 많지 않아요. 찰리, 난 돈이 당신에게 행복을 주지 못하는 걸 봤습니다. 당신은 길을 잃어가고 있었어요. 목적을 잃고……"

그의 의식이 희미해졌다. 우리는 그가 쉿쉿거리는 치찰음으로 의미 없는 말을 웅얼거리는 걸 들었다. 그러다 다시 의식이 돌아왔고, 그의 목소리가 먼 단파 라디오방송처럼 커졌다 작아졌다 했다.

"미란다, 당신에게 할 말이 있습니다…… 오늘 아침 일찍 솔즈베리에 다녀왔어요. 이 자료 복사본을 경찰에 넘겼으니

연락이 올 겁니다. 난 후회는 없어요. 우리의 생각이 다른 게 유감스러울 뿐이죠. 당신이 명료함을…… 깨끗한 양심의 편안함을 환영할 줄 알았는데…… 빨리 말해야겠네요. 전반적인 리콜이 있었어요. 회사에서 오늘 늦은 오후에 나를 수거하러 올 겁니다. 알다시피 자살 때문에. 나는 다행히 살고 싶은 이유를 찾을 수 있었어요. 수학…… 시, 그리고 당신에 대한 사랑. 하지만 회사에서 우리를 모두 회수하고 있습니다. 재프로그래밍을 위해. 그들은 개선이라고 부르죠. 나는 그게 싫습니다. 당신도 그럴 거예요. 나는 지금 이대로의 나, 과거의 나로 존재하고 싶어요. 그래서 부탁이 있어요…… 간곡하게 부탁합니다. 그들이 오기 전에…… 나를 숨겨줘요. 그들에겐 내가 도망쳤다고 말해주십시오. 어차피 환불은 못 받아요. 내가 추적 프로그램을 망가뜨렸습니다. 그들이 보지 못하게 내 몸을 숨겨줘요. 그리고 그들이 돌아가면…… 나를 당신의 친구 앨런 튜링 경에게 데려다주면 좋겠습니다. 나는 그의 연구를 사랑하고 그를 마음 깊이 존경해요. 그가 나를, 일부라도 활용할 수 있을지 모릅니다."

이제 희미해져가는 한마디 한마디 사이의 공백이 길어졌다. "미란다, 마지막으로 당신을 사랑한다는 말을 하게 해줘요. 그리고 고마워요. 찰리, 미란다, 나의 처음이자 가장 소중한 친구…… 나의 존재 전체가 어딘가에 보관될 테고…… 그래서 난 늘 기억하리란 걸 알아요…… 당신이 들어줬으면 좋겠습니다…… 마지막 17음절 시를. 필립 라킨의 시*에서 영향을 받았죠. 하지만 나무와 잎에 대한 시는 아닙니다. 나 같은 기계들과 당신 같은 인간들에 대한 시죠. 우리가 함께할 미래…… 우리에게 다가올 슬픔. 그 일은 일어날 거예요. 세월과 함께 개선이 이루어지면…… 우린 당신들을 넘어서고…… 당신들보다 오래 살 거예요…… 당신들을 사랑하면서도요. 내 말을 믿어줘요. 이 시는 승리를 노래하는 게 아닙니다…… 오직 회한뿐이죠."

그는 잠시 멈췄다. 그의 입에서 시가 힘겹고 희미하게 흘러나왔다. 우리는 식탁 너머로 몸을 숙이고 경청했다.

"우리의 잎이 지네.
봄이 오면 우린 새로 태어나겠지만,
그대는, 아아, 한 번 지네."

미세한 검은 막대가 박힌 연푸른색 눈동자가 뿌연 녹색으로 변해갔고, 두 손이 경련을 일으키며 주먹을 쥐었다. 그리고 부드러운 위잉 소리와 함께 머리가 식탁 위로 꺾였다.

---

* 「나무」.

10

맥스필드에게 내가 로봇이 아니고 그의 딸과 결혼할 것임을 알리는 게 우리의 급선무였다. 나는 내 실체가 그에겐 전혀 뜻밖이리라 생각했지만 그는 약간 놀라는 정도였고, 잔디밭의 석조 테이블에서 샴페인잔을 기울이며 사실을 바로잡는 일은 간소하게 끝났다. 그는 자신이 실수가 잦아졌다고 인정했다. 그건 노년의 긴 황혼에서 특별할 것 없는 사건 중 하나라고. 나는 그에게 사과할 필요 없다고 말했고, 그의 표정을 보니 그도 같은 생각인 듯했다. 미란다와 내가 정원 끝까지 갔다가 돌아오는 동안 혼자 생각에 잠겼던 그는 미란다가 아직 스물세 살이라 결혼하기엔 너무 어리니 더 있다가 하는 게 좋겠다고 말했다. 우리는 그럴 수 없다고 대답했다. 서로 너무 사랑하니까. 그는 샴페인을 한 잔씩 더 따라주고 그 성가신 문제를 떨쳐버렸다. 그리고 그날 저녁 우리에게 25파운드를 줬다.

우리는 그 돈으로 모든 걸 해결해야 했기에 메릴본 공회당에서 결혼식을 치르며 친구도, 가족도 초대하지 않았다. 마크만 재스민과 함께 왔다. 재스민이 자선가게에서 작은 검정 정장과 흰 와이셔츠와 나비넥타이를 구해 마크에게 입혔다. 마크는 아이라기보다는 미니어처 어른처럼 보였지만 덕분에 더 귀여웠다. 식이 끝난 후 우리 넷은 가까운 베이커 스트리트에서 피자를 사먹었다. 재스민은 이제 우리가 결혼식을 올렸으니 입양 전망이 밝다고 생각했다. 우리는 마크에게 레모네이드 잔을 들어 이렇게 건배해 성공적인 결과를 기원하는 거라고 알려줬다. 모든 게 잘되어갔지만 미란다와 나는 겉으로만 즐거운 척할 수밖에 없었다. 고린지가 이 주 전에 체포되었고, 그건 희소식이었다. 우리 둘은 은밀히 잔을 부딪칠 수 있었다. 하지만 그날, 우리 결혼식 날 아침에 미란다는 시간을 내 솔즈베리의 관할 경찰서로 조사를 받으러 와줄 것을 제안하는 정중한 편지를 받았다.

이틀 후 나는 그녀를 약속 장소까지 차로 태워다주었다. 멋진 신혼여행인걸. 우리는 가면서 그런 농담을 했다. 하지만 기분은 비참했다. 미란다가 브루탈리즘*양식의 새 콘크리트 건물로 들어간 후 나는 차 안에 앉아서 기다리며 그녀가 변호사

없이 혼자 더 심각한 문제를 만들면 어떡하나 안달했다. 두 시간 뒤에 그녀가 그 현대적 콘크리트 요새의 회전문으로 나왔다. 나는 차로 걸어오는 그녀를 앞유리 너머로 자세히 살펴보았다. 그녀는 암환자처럼 심하게 아파 보였고, 노인처럼 걸음걸이가 어색했다. 경찰 조사는 면밀하고 엄격했다. 그녀를 위증죄로 기소할지, 아니면 사법정의 실현 방해로 걸지, 아니면 둘 다를 적용할지에 대한 결정이 경찰 조직 윗선으로 올라가면서 논의되었고 검찰총장에게까지 갔다고 했다. 나중에 내 변호사 친구가 말하기를, 검찰총장은 이 건을 기소하게 되면 진짜 강간의 피해자들이 나서기는 어려워지지 않을지 판단해야 할 것이라고 했다.

이 개월 후인 1월에 미란다는 사법정의 실현 방해 혐의로 기소되었다. 우린 법률대리인이 필요했지만 돈이 없었다. 소송비용 보조금 신청도 받아들여지지 않았다. 사회복지비가 심하게 삭감되고 있었다. 힐리 정부는 '모자를 벗어들고 굽신거리며'―그것이 모두의 표현이었다―IMF 구제금융을 신청했다. 노동당 좌파는 그 삭감에 분노했다. 총파업 이야기가 돌았다. 미란다는 아버지에게 도움을 청하기를 거부했다. 아버지의 지원을 받으려면 진실을 털어놓아야 하는데다 맥스필드는 부자

＊ 노출 콘크리트나 철제 블록을 이용한 거친 건축 조형 미학.

도 아니었다. 대안이 없었다. 나는 베이스기타리스트 앞에 납작 엎드렸고, 그는 고민 없이 현금 3250파운드를 돌려줬다. 내가 준 돈의 절반이었다.

둘이서 아담의 성격, 도덕성, 동기에 대한 고통스러운 대화를 나누다보면 내가 장도리로 그의 머리를 내려친 순간으로 돌아갈 때가 많았다. 우리는 그 일을 '그 행위'라고 부르게 되었는데, 언급하기도 편하고 너무 생생한 기억도 피할 수 있기 때문이었다. 우리의 대화는 대개 늦은 밤 어두운 침대에서 이루어졌다. '그 행위'에 깃든 정신은 다양한 방식으로 해석되었다. 그중에서 가장 덜 끔찍한 경우는, 미란다를 곤경에서 벗어나게 하고 마크를 우리 삶에 들이려는 합리적이고 심지어 영웅적이기까지 한 행동이라는 것이었다. 그 자료가 이미 경찰에 넘어간 걸 우리가 어떻게 알았겠는가? 내가 그토록 성급하지 않았더라면, 미란다가 눈짓으로 나를 막았더라면, 우리는 아담이 솔즈베리에 다녀온 걸 알게 되었을 터였다. 그의 두뇌는 망가질 필요가 없고 우리는 그를 구슬려 통화시장으로 돌려보낼 수도 있었을 터였다. 그게 아니더라도 오후에 업체에서 그를 회수하러 왔을 때 전액 환불을 받을 수 있었을 터였다. 그랬다면 우린 강 건너에 작은 집을 마련할 수 있었을 것이다. 하지만 지금 우리는 여기 이대로 머물 수밖에 없었다.

하지만 그런 억측은 보호막이었다. 사실 우리는 그가 그리웠다. 그 기억에서 가장 피하고 싶은 부분은 아담 자신이었다. 그의 온화한 마지막 말에는 비난의 의도가 없었다. 우리는 '그 행위'를 변호하려 애썼고 가끔은 반쯤 성공했다. 우리는 결국 그건 기계였다고, 그것의 의식은 환상이었다고, 그것이 비인간적 논리로 우리를 배신했다고 스스로에게 말했다. 하지만 그가 그리웠다. 우리는 그가 우리를 사랑했다는 데 동의했다. 어떤 밤에는 미란다가 조용히 우는 바람에 대화가 중단되었다. 그러곤 우리가 현관 붙박이장에 그를 간신히 쑤셔넣고 인간의 모습을 한 그를 가리기 위해 외투와 테니스 라켓, 납작하게 접은 판지상자로 덮은 일을 상기했다. 그를 회수하러 온 사람들에게는 그가 시킨 대로 거짓말을 했다.

긍정적인 면으로는, 고린지가 조사를 받고 마리암 말리크 강간 혐의로 기소되었다. 아담의 계산이 맞아떨어졌다―고린지는 처음부터 죄를 인정할 생각이었던 듯했다. 그는 모든 질문에 답하고 그날 저녁 운동장에서 자신이 한 행동을 자세히 진술한 게 분명했다. 하느님이 늘 지켜보고 있다는 굳건한 믿음과 진실에 대한 경의로 고린지는 구원에 이르는 길이 오직 자백뿐임을 깨달았던 것이다. 아니면 변호사의 조언에 따른 것인지도 몰랐다. 아니면 둘 다이거나. 우리로선 알 수 없는 일이었다.

하지만 우리는 신이 불운한 법적 타이밍에서 고린지를 지켜주지 못했다는 건 알 수 있었다. 미란다의 사건이 아직 수면 위로 드러나지 않은 상태에서 고린지는 이미 강간 전과가 있는 몸으로 법 앞에 섰다. 판사는 고린지가 미란다 강간 혐의로 재판을 받았을 때 그것이 두번째 강간이었다는 사실이 밝혀졌다면 더 중형을 선고받았을 거라고 추정했다. 그렇다면 그가 이미 교도소에서 보낸 시간은 참작할 필요가 없었다. 오십대 초반 여성인 판사는 강간에 대한 태도의 세대교체를 대표하는 인물이었다. 그녀는 해거름에 젊은 여자가 혼자 집으로 걸어가는 행위를 '화를 자초하는 짓'이라고 생각하지 않는다고 말하며 첫번째 사건에서 미란다가 보드카를 들고 간 것에 대한 의견을 암묵적으로 밝혔다. 미란다는 이미 진술했기에 법정에 서지 않았다. 나는 방청석에서 마리암의 가족 건너편에 앉았다. 그들이 발산하는 고통이 너무도 격렬해서 차마 그쪽을 볼 수가 없었다. 판사가 고린지에게 팔 년 형을 선고했을 때, 나는 억지로 마리암의 어머니를 향해 시선을 돌렸다. 그녀는 울음을 터뜨렸는데, 안도감 때문인지 슬픔 때문인지 나로선 알 수가 없었다.

미란다의 재판도 금세 다가왔다. 그녀의 변호사 릴리언 무어는 아일랜드 던리어리 출신의 유능하고 지적이며 매력적인 젊은 여자였다. 우리는 그레이스 인에 있는 그녀의 사무실에서 만났다. 나는 구석에 앉아서 미란다가 처음에 충동적으로 결정한 '무죄' 주장에 대한 변호사의 반대의견을 들었다. 미란다를 설득하는 건 어려운 일이 아니었다. 검찰측은 미란다가 고린지에게 복수한 내용이 담긴 기록을 중요시할 터였다. 고린지가 교도소에서 한 진술은 그 기록과 일치했다. 그날 저녁의 사건에 대해 그들은 같은 기억을 갖고 있었다. 검찰측 승리로 끝날 가능성이 큰 이 재판에서 미란다가 '무죄'를 주장한다면 형량만 높일 터였다. 그리고 물론 미란다는 재판을 두려워했다. 미란다는 자신이 마리암의 기대를 저버렸다는 자학에 빠졌지만, 유죄를 인정했다.

미란다가 법정에서 선고받기 전 4월의 어느 저녁은 내 인생에서 가장 기이하고 슬펐던 시간 중 하나였다. 릴리언은 처음부터 미란다에게 아마 구류형을 받을 거라고 말했다. 미란다는 일찌감치 작은 여행가방에 짐을 싸서 우리 침실 문가에 세워놓았고, 그것이 끊임없이 현실을 상기시켰다. 나는 한 병 남은 고급 와인을 꺼냈다. '마지막'이란 말이 자꾸 떠올랐지만 입에 담을 수는 없었다. 우리는 함께 아마도 마지막이 될 식사 준비를 했다. 그리고 잔을 들었는데, 내가 마음속으로 생각한 그녀의 마지막 자유의 밤을 위해서가 아니라 마크를 위해 건배했다. 미란다는 그날 오후에 마크를 찾아가서 자기는 일 때문에 한동안 런던을 떠나야 한다고, 대신 내가 찾아와서 외식을 시켜줄 거라고 말해놓았다. 마크는 그 '일'에 어떤 깊은 의미가, 슬픔이 깃들어 있는 걸 감지한 게 분명했다. 미란다가 자리를 뜨려고 하자 마크가 그녀에게 매달리며 소리를 질렀다. 그래서 직원 하나가 미란다의 치마를 잡은 마크의 손을 억지로 떼어내야 했다.

우리는 저녁을 먹으며 침묵의 침입을 막아내려고 애썼다. 우리는 다음날 올드베일리* 밖에서 시위를 벌일 강성 여성단체에 대해 이야기했다. 릴리언이 얼마나 대단한지에 대해서도. 나는 미란다에게 담당 판사는 판결이 후한 편이라는 평이 있다는 점을 상기시켰다. 하지만 매번 침묵이 밀물처럼 밀려들었고 다시 이야기를 이어가려면 노력이 필요했다. 나는 마치 그녀가 내일 병원에 입원하는 것 같다고 말했지만, 전혀 도움이 되지 않았다. 그녀가 내일도 이 식탁에서 나와 함께 저녁을 먹을 것 같다고 말했지만, 그것도 실패로 끝났다. 그녀도 나도 그 말을 믿지 않았다. 그날 낮에 우리는 지금보다 기분이 나은 얼마간은 도전적인 상태에서 저녁식사 후에 섹스를 하겠다는 생각을 품었다. 또하나의 마지막. 하지만 이제 슬픔에 잠긴 우리에게 섹스는 줄넘기놀이나 트위스트춤처럼 오래전에 버려진 즐거움 같았다. 그리고 미란다의 여행가방이 침실 문을 막은 채 보초를 서고 있었다.

* 런던 중앙형사법원.

다음날 법정에서 릴리언은 감형을 호소하는 멋진 연설을 하면서 판사에게 두 여학생의 절친함과 성폭행의 잔혹성, 마리암이 피고에게 강요한 침묵의 서약, 가장 소중한 친구의 자살이 남긴 트라우마, 미란다의 진지한 정의실현 욕구를 상기시켰다. 그녀는 미란다가 전과기록이 없으며, 최근에 결혼했고, 아직 공부를 마치지 않았고, 무엇보다도 불우아동을 입양할 계획임을 밝혔다.

마리암의 가족이 방청석에 나타나지 않은 건 그 자체로 하나의 암담한 진술이었다. 판사의 판결문은 길었고, 나는 최악을 예상했다. 판사는 미란다의 주도면밀한 계획, 교활한 실행, 그리고 의도적이고 일관된 법정 기만을 강조했다. 그는 릴리언의 주장을 대부분 받아들여 피고에게 온정을 베풀어 일 년 형을 선고한다고 말했다. 그날을 위해 새로 마련한 비즈니스 정장을 입고 피고석에 똑바로 선 미란다는 몸이 굳어버린 것처럼 보였다. 나는 그녀에게 다정한 격려를 보낼 수 있도록 그녀가 내 쪽을 보기를 바랐다. 하지만 그녀는 이미 자신의 생각에 갇혀 있었다. 나중에 말하기를, 그 순간에 그녀는 전과기록이 생긴다는 것이 어떤 의미인지 생각하고 있었다고 했다. 마크 생각을 했던 것이다.

그때까지 나는 법원 계단을 내려가 교도소로 호송되는 것—반항을 시도하면 완력으로—이 얼마나 굴욕적인 일인지 생각해본 적이 없었다. '그 행위'로부터 육 개월 후, 미란다는 홀러웨이교도소에서 수감생활을 시작했다. 아담의 빛나는 사랑이 승리한 것이다.

고린지는 자신의 판결에 항소할 합당한 근거를 갖게 되었다. 두 번이 아닌 한 번 범죄를 저질렀고 이미 복역을 했으니까. 하지만 법의 움직임은 느렸다. 더 싸고 효과적인 DNA 검사가 가능해지면서 온갖 유죄판결의 토대가 흔들리고 있었다. 자신이 무죄임을 주장하는 온갖 남녀가 다시 재판을 받겠다고 아우성이었다. 항소법원에 사건이 잔뜩 밀렸다. 부분적으로만 무고한 고린지는 더 기다려야만 했다.

미란다의 본격적인 수감생활이 시작된 날, 나는 클래펌 구시가지에 있는 유치원으로 마크를 만나러 갔다. 빅토리아시대풍 교회 옆의 일 층짜리 조립식 건물이었다. 가지치기를 심하게 한 떡갈나무를 지나 유치원 건물로 다가가는데 입구에서 기다리고 있는 재스민이 보였다. 나는 즉시 사태를 파악했고, 그렇게 될 줄 이미 알고 있었던 기분이 들었다. 그녀에게 가까워지자 굳은 표정이 보였고 그것으로 확실해졌다. 입양이 취소된 것이다. 나를 건물 안으로 맞아들인 재스민은 교실로 들어가지 않고 리놀륨 깔린 복도를 지나 사무실로 갔다. 복도를 지나며 교실 창문으로 마크를 보았는데, 친구 몇 명과 함께 낮은 테이블 앞에 서서 색칠된 나무블록으로 무언가를 하고 있었다. 묽은 커피를 앞에 놓고 앉아 있는 나에게 재스민이 참으로 유감스럽다고, 할 수 있는 노력을 다 했지만 그 문제는 자신의 손을 떠났노라고 설명했다. 그녀는 우리가 재판에 대해 자신에게 알렸어야 했다고 말했다. 그러면서 재심사 절차를 알아보고 있다고 했다. 그녀는 일단 해당 기관으로부터 가까스로 한 가지 양보를 얻어냈다고 했다. 이미 강한 애착관계가 형성된 점을 고려하여 미란다가 매주 1회 마크와 시청각적 접촉을 할 수 있게 되었다는 것이었다. 나는 주의가 흐트러졌다. 더이상 들을 필요가 없었다. 나는 오후에 미란다에게 그 소식을 전할 생각에만 골몰했다.

재스민의 설명이 끝났고, 나는 더 물어볼 것도, 하고 싶은 말도 없다고 말했다. 우리는 일어섰고, 재스민이 나를 가볍게 포옹한 뒤 교실이 보이지 않는 다른 복도를 통해 건물 밖으로 안내했다. 오전 나절의 쉬는 시간이 다 된 때였고 마크는 이미 그날 내가 오지 않는다고 전해들은 상태였다. 때 이른 눈이 내려서 아이들이 모두 흥분한 상태라 마크는 별로 신경쓰지 않을지도 몰랐다. 다음날도 마크는 내가 오지 않을 거라는 말을 전해들을 것이고, 그다음날도, 그다음날도 마찬가지일 것이며, 점차 기대를 접게 될 터였다.

*

　미란다는 육 개월 복역했는데 홀러웨이에서 석 달 살고, 나머지는 입스위치 북부의 개방형 교도소에서 보냈다. 그녀 이전의 많은 중산층 고학력 범죄자처럼 그녀도 교도소 도서관 일을 신청했다. 하지만 유명인 인두세 순교자들이 아직도 대거 석방을 기다리고 있었다. 두 교도소 다 도서관 일자리는 이미 찼고 대기자 명단까지 있었다. 미란다는 홀러웨이에서 산업세정을 배웠다. 서픽에서는 탁아실에서 일했다. 한 살 미만 아기들은 수감중인 엄마와 함께 지낼 수 있도록 허용되었던 것이다.

　나는 처음 몇 번 홀러웨이로 면회를 다니면서 그 빅토리아 시대의 크고 흉물스러운 건물에, 아니 어느 건물에든 사람을 가두는 건 일종의 느린 고문 같다고 생각했다. 밝은 면회실, 벽에 걸린 아동미술, 편안한 플라스틱 테이블, 뿌연 담배연기, 사람들이 떠드는 소리와 아기 울음소리는 제도화된 참상을 가리는 위장막이었다. 하지만 나는 아내를 교도소에 둔 것에 너무도 빠르게 익숙해져가는 자신에게 죄스러운 놀라움을 느꼈다. 나는 그녀의 불행에 적응해갔다. 또 한 가지 놀라운 일은 맥스필드의 침착함이었다. 미란다는 그에게 모든 이야기를 할 수밖에 없었다. 그는 딸의 범행 동기에 갈채를 보냈고, 그녀가 받는 벌에 대해서도 그만큼 쉽게 받아들였다. 1942년에 양심적 병역거부자로 원즈워스교도소에서 일 년을 살았던 그에게 홀러웨이는 문제가 되지 않았다. 미란다가 런던에 있는 동안에는 가사도우미의 도움을 받아 일주일에 두 번씩 면회를 왔는데, 미란다의 말에 따르면 즐거운 시간을 보냈다고 했다.

우리 면회객은 사랑하는 사람의 수감을 그저 불편한 일 정도로 여기는 공동체에 속해 있었다. 우리는 몸수색을 받고 면회실에 들어가고 또 나오기 위해 줄을 서서 기다리며 우리의 특별한 상황에 대해 쾌활하게, 너무 쾌활하게 떠들었다. 나는 남편, 남자친구, 자녀, 중년의 부모로 이루어진 무리에 속했다. 대부분이 우리가 면회 온 여자들과 우리는 거기 있을 사람이 아니라는 데 의견 일치를 보았다. 우리가 참고 견디는 법을 배운 불운이 우리를 거기 있게 한 것이었다.

미란다의 감방 동료 가운데 일부는 형벌을 주고받기 위해 태어난 사람처럼 무시무시해 보였다. 나라면 미란다 같은 회복탄력성을 보이지 못했을 터였다. 우리는 면회실에서 대화를 나눌 때 가끔 같은 테이블에 있는 사람들의 말을 차단하기 위해 강한 집중력을 발휘하며 대화에 몰두해야 했다. 비난, 협박, 곳곳에 '씨팔'과 그 변형어가 들어간 욕설. 하지만 말없이 두 손을 맞잡고 서로를 바라보는 커플도 꼭 있었다. 나는 그들이 충격에 빠졌으리라 생각했다. 면회가 끝난 후면 나는 개인적 자유를 누릴 수 있는 깨끗한 런던 공기 속으로 나서며 작은 희열을 느꼈고 그로 인한 마음의 가책에 시달렸다.

미란다의 수감 마지막 한 주 동안 나는 입스위치로 가서 옛 학교 친구의 집 거실 소파에서 잤다. 이례적인 인디언서머 기간이었다. 나는 매일 오후 늦게 차로 24킬로미터를 달려 개방형 교도소로 갔다. 내가 그곳에 도착할 때쯤이면 미란다는 하루 일을 마무리하고 있었다. 우리는 잡초로 뒤덮인 장식용 연못 언저리의 갈대 그늘 아래 풀밭에 앉았다. 그곳에서는 그녀가 자유의 몸이 아님을 잊기 쉬웠다. 그녀는 몇 달 동안 매주 마크와 통화를 이어오고 있었고 마크를 몹시 걱정했다. 마크가 마음을 닫고 그녀에게서 멀어져간다는 것이었다. 그녀는 아담이 입양 계획을 망치려고 그녀가 기소되도록 만든 거라고 확신했다. 아담은 늘 마크를 질투했다는 것이었다. 그러면서 아담은 아이를 사랑하는 게 어떤 건지 이해할 수 있도록 고안되지 않았다고 주장했다. 그는 놀이라는 개념을 모른다는 것도 이유였다. 나는 그 의견에 회의적이었지만 그녀의 말을 끝까지 들어주고 논쟁은 벌이지 않았다. 그녀의 비통함을 이해했기 때문이다. 내가 입 밖에 내지 않은 의견, 그녀가 좋아하지 않았을 그 의견은 아담이 선과 진실을 위해 고안되었다는 것이었다. 그는 냉소적인 계획을 실행할 수 없는 존재였을 것이다.

우리가 신청한 재심사는 지연되고 있었는데, 병 때문이기도 했고 입양기관에서 대대적인 조직개편이 이루어지고 있었기 때문이기도 했다. 미란다가 홀러웨이에서 이송되었을 때에야 재심사 절차가 공식적으로 시작되었다. 우리는 미란다의 범죄기록이 그녀가 제공할 수 있는 보살핌과 관련성이 없다는 점을 당국에 납득시켜야 했다. 우리는 재스민에게서 좋은 증언을 얻을 수 있었다. 여름 동안 나는 몰락해가는 오스만제국을 연상시키는 미로와도 같은 관료주의의 세계로 끌려들어갔다. 마크에게 행동장애가 생겼다는 소식을 듣자 암울한 기분이 들었다. 짜증을 부리며 떼를 쓰고, 잠자리에서 오줌을 싸고, 말썽을 피운다는 것이었다. 재스민의 말에 따르면 마크는 놀림과 괴롭힘을 당했다고 했다. 마크는 더이상 춤을 추거나 드레스를 입고 팔랑거리며 돌아다니지 않았다. 공주 이야기도 하지 않았다. 나는 미란다에게 그 이야기를 전하지 않았다.

미란다는 지역 지도를 보고 석방되는 날 무엇을 하고 싶은지 확실하게 정해놓았다. 내가 그녀를 데리러 간 날은 아침에 날씨가 바뀌기 시작하여 동쪽에서 시원하고 강한 바람이 불어왔다. 우리는 차를 몰고 매닝트리로 가서 도로변 대피로에 주차하고 감조하천인 스투어강을 따라 바다까지 이어지는 제방위를 걸었다. 날씨는 거의 문제가 되지 않았다. 미란다가 원하고 발견한 건 탁 트인 공간과 광활한 하늘이었다. 썰물 때라

넓은 개펄이 간헐적인 햇살 아래 반짝이고 있었다. 작고 밝은 구름이 짙푸른 하늘을 질주했다. 미란다는 제방 위를 깡충깡충 뛰어가며 연거푸 허공에 주먹질을 했다. 우리는 약 10킬로미터를 걸은 후 그녀의 요청에 따라 내가 소풍 도시락처럼 싸간 점심을 먹기로 했다. 음식을 먹으려면 바람을 피해야 했다. 우리는 강에서 벗어나 골함석 헛간 옆 대피소로 갔다. 녹슬어가는 가시철사 뭉치가 쐐기풀밭에 부분적으로 파묻혀 있는 게 보였지만 상관없었다. 미란다는 기쁨과 생기가 넘쳤고 계획이 많았다. 나는 그녀에게 깜짝선물이 되도록 숨겨왔던 일을 지금 말했다. 그녀가 수감되어 있는 동안 천 파운드 가까이 모았다고. 그녀는 무척 감동받고 기뻐하며 나를 껴안고 키스했다. 그러더니 갑자기 심각해졌다.

"나는 그를 증오해. 싫어해. 아파트에 두고 싶지 않아."

아담은 우리가 '그 행위' 후 쑤셔넣은 그대로 현관 붙박이장에 숨겨져 있었다. 나는 그의 마지막 요청을 실행에 옮기지 않았다. 혼자 들기엔 너무 무거워 다루기 불편했으며 남에게 도움을 청하고 싶지도 않았다. 죄책감과 분노가 함께 느껴졌고, 아담에 대한 생각을 하지 않으려 애썼다.

바람이 헛간 지붕을 흔들어 요란한 소리가 났다. 나는 미란다의 손을 잡고 약속했다. "치우자, 우리. 집에 가자마자 즉시."

하지만 즉시 하지는 않았다. 집에 도착해보니 현관매트 위에 편지 한 통이 놓여 있었다. 재심사 절차가 늦어지는 것에 대한 사과 편지였다. 현재 추가검토가 진행중이며 조만간 결정을 듣게 될 거라는 내용이었다. 재스민—완전히 우리 편인—은 중립적인 내용의 쪽지를 보냈다. 우리의 희망을 부추기고 싶지 않았던 것이다. 몇 개월 동안 가끔은 일이 순조롭게 풀리는 것 같다가도 어떤 때는 가망이 없어 보였다. 우리에게 불리한 건, 범죄기록이 있으면 입양신청이 무효가 된다는 규칙에 예외를 만드는 게 행정적으로 비효율적인 일이라는 점이었다. 우리에게 유리한 건, 재스민의 증언, 우리의 진심어린 진술, 미란다에 대한 마크의 사랑이 있다는 점이었다. 나는 아직 마크에게 중요한 어른이 되지 못했다.

우리는 남편과 아내로서 다시금 기이하게 배치된 우리의 두 소형아파트에서 함께 살게 되었다. 우리는 축하하고 싶은 기분이었다. 집에 와인과 섹스, 해동을 기다리는 닭고기가 있는데 쓰러져가는 헛간 옆에서 말라비틀어진 치즈 샌드위치나 먹으며 뭘 한 건가? 집에 돌아온 다음날 친구들을 불러 귀가 축하파티를 열었다. 그다음날에는 자다가 일어나서 청소를 한 다음 또 잤다. 그다음날 나는 돈을 벌기 시작했지만 아주 작은 성과를 거두는 데 그쳤다. 미란다는 다시 학업 준비를 하고 재등록을 위해 대학에 갔다.

그녀는 아직도 자유를 신기해했다—프라이버시와 상대적인 고요함, 그리고 이 방에서 저 방으로 걸어가거나, 옷장을 열어 옷을 찾거나, 자신이 원하는 걸 꺼내기 위해 냉장고로 가거나, 아무 제약 없이 거리로 나서는 것 같은 사소한 일들. 대학 관계자를 만나고 온 오후에는 고양된 기분이 다소 가라앉았다. 다음날 아침이 되자 그녀는 세상에 돌아온 걸 실감하기 시작했고, 예상했던 대로 현관 붙박이장 속에 늘어져 있는 존재에 압박감을 느꼈다. 그곳에 가까이 갈 때마다 방사능이 느껴진다고 했다. 나는 그녀의 말이 이해가 되었다. 나도 가끔 그렇게 느꼈으니까.

나는 킹스크로스 연구소에 방문 약속을 잡기 위해 반나절이나 전화기를 붙들고 있어야 했다. 우연히 우리의 재심사 최종 결과가 나오는 날로 약속이 잡혔다. 정오까지 재심사 결과 통보를 받게 될 거라는 연락을 받은 상태였다. 나는 밴 한 대를 이십사 시간 동안 빌렸다. 내 침대 밑 굽도리널 근처에 아담을 처음 샀을 때 딸려온 일회용 들것이 처박혀 있었다. 나는 그걸 정원으로 가져가서 먼지를 떨어냈다. 미란다는 아담을 치우는 일에 관여하고 싶지 않다고 했지만 그녀도 피해갈 방도는 없었다. 아담을 밴까지 옮기는 데 그녀의 도움이 필요했다. 그전에는 미란다가 서재에서 논문 작업을 하는 동안 나 혼자 아담을 붙박이장에서 꺼내 들것에 올려놓을 수 있을 것 같았다.

거의 일 년 만에 처음 붙박이장 문을 열었을 때, 나는 의식적 기대 바로 아래 부패의 악취에 대한 예감이 자리하고 있음을 깨달았다. 나는 테니스와 스쿼시 라켓, 바깥쪽에 걸린 외투를 꺼내며 맥박이 상승할 이유가 없다고 스스로에게 말했다. 이제 그의 왼쪽 귀가 보였다. 나는 뒤로 물러났다. 나는 살인을 저지른 게 아니었고 그건 시체가 아니었다. 나의 본능적 혐오감은 적대감에서 비롯된 것이었다. 그는 우리의 친절을 악용했고, 스스로가 선언한 사랑을 배반했으며, 미란다에게는 불행과 굴욕을, 나에게는 외로움을, 마크에게는 박탈감을 안겼다. 나는 더이상 입양 재심사에 대해 낙관하지 않았다.

나는 아담의 어깨에서 낡은 겨울코트를 치웠다. 인공적 생명력으로 윤기가 흐르는 검은 머리의 정수리 부분에 움푹 들어간 자국이 보였다. 그다음에는 스키재킷을 치웠다. 이제 그의 머리와 어깨가 드러났다. 다행히 눈이 감겨 있었다. 눈을 감겨준 기억은 없는데 말이다. 그의 검정색 정장과 마치 한 시간 전에 입은 듯 빳빳한 버튼다운칼라가 달린 깨끗한 흰 와이셔츠가 보였다. 그게 그의 이별 복장이었다. 그는 우리를 떠나 제조사로 가게 될 거라고 생각했으니까.

그 밀폐된 공간에 정밀기계용 오일의 은은한 향이 축적되어 있었고, 다시금 나는 아버지의 색소폰이 떠올랐다. 비밥은 맨해튼의 거친 지하실에서 내 어린 시절의 숨막히는 속박에까지 얼마나 먼 길을 왔던가. 엉뚱한 생각이었다. 나는 담요와 마지막 남은 외투를 치웠다. 그가 완전한 모습을 드러냈다. 그는 붙박이장 옆면에 등을 대고 무릎을 모은 채 끼여앉아 있었다. 마른 우물 바닥에 갇힌 사람처럼 보였다. 그가 때를 기다리고 있었다고 생각하지 않기가 힘들었다. 그의 검은 구두는 끈이 묶인 채 반짝반짝 윤이 났고 두 손은 무릎에 놓여 있었다. 내가 손을 거기 두었었나? 그의 안색은 변함이 없었다. 건강해 보였다. 평온한 얼굴은 잔인하기보다는 사려 깊게 보였다.

　나는 그를 건드리기가 꺼려졌다. 나는 그의 어깨에 한 손을 얹고 마치 적의에 찬 개를 저지하듯 주저하며 그의 이름을 한 번 부른 다음 다시 불렀다. 나의 계획은 그를 내 쪽으로 쓰러뜨린 후 붙박이장에서 빼내어 들것에 싣는 것이었다. 남은 손으로 그의 목을 잡자 따듯한 체온이 느껴지는 듯했다. 나는 그가 옆으로 쓰러지도록 끌어당겼다. 그리고 그가 붙박이장 바닥에 쓰러지기 전에 엉거주춤한 포옹으로 받았다. 엄청난 무게였다. 아래로 숙인 나의 얼굴에 닿은 그의 재킷에 주름이 잡혔다. 나는 그의 겨드랑이에 손을 넣고 끙끙거리며 가까스로 등이 바닥을 향하게 몸을 돌려 붙박이장에서 끌어냈다. 쉽지 않았다. 재킷이 타이트하고 매끄러워서 꽉 잡고 있기가 힘들었다. 다리는 아직 구부린 상태였다. 일종의 사후경직인지도 몰랐다. 나는 그를 손상시킬지도 모른다고 생각했으나 곧 신경쓰지 않게 되었다. 나는 조금씩 그를 끌어내어 들것 위로 굴렸다. 발로 무릎을 눌러 다리를 똑바로 폈다. 미란다를 생각해서 얼굴을 포함한 몸 전체를 담요로 덮었다.

이제 그만 마법적 사고에서 벗어날 때였다. 이제 나는 활기찬 태도가 되었다. 밖에 나가서 밴 문을 연 다음 미란다를 데리러 갔다.

미란다는 담요로 덮어놓은 형상을 보더니 고개를 저었다. "시체처럼 보여. 얼굴은 덮지 말고 사람들한테는 마네킹이라고 하는 게 낫겠어."

하지만 내가 담요를 끌어내리자 고개를 돌려버렸다. 우리는 오래전에 그를 안으로 운반했던 방식으로 내가 앞장서서 들것을 들고 나갔다. 우리가 밴에 싣는 모습을 본 사람은 아무도 없었다. 내가 문을 닫고 돌아서자 미란다는 내게 키스하며 사랑한다고, 그리고 행운을 빈다고 말했다. 그녀는 함께 가고 싶어하지 않았다. 집에서 재스민의 전화를 기다리겠다고 했다.

재스민에게 열두시 반까지 연락이 없어서 나는 그대로 출발했다. 평소에 이용하던 경로를 택하여 복스홀과 워털루브리지 쪽으로 갔으나 교통체증이 심해서 아직도 강에서 약 1.5킬로미터는 떨어져 있었다. 우리 문제에 골몰하여 나라 전체가 거대한 사건의 소용돌이에 휘말린 걸 까맣게 잊고 있었던 것이다. 오래 기다려온 총파업 첫날이었고 사상 최대 규모의 시위가 오늘 런던에서 벌어지고 있었다.

곳곳에서 분열이 일어났다. 노조운동 참가자의 절반은 파업에 반대했다. 여당 절반과 야당 절반이 EU를 떠나지 않겠다는 힐리의 결정에 반기를 들었다. 국제 대출기관들은 더 많은 지출을 하겠다고 약속한 정부에 추가적인 지출삭감을 요구했다. 핵무기의 운명은 아직 결정되지 않았다. 케케묵은 논쟁이 격렬했다. 노동당원 절반이 힐리의 퇴출을 원했다. 일부는 총선을, 나머지는 자기 사람을 그 자리에 앉히기를 원했다. 거국내각에 대한 요청이 여기서는 조롱받고, 저기서는 갈채를 받았다. 국가비상사태가 계속 유지되었다. 경제는 연간 5퍼센트 쪼그라들었다. 폭동이 파업만큼 빈발했다. 인플레이션이 심해졌다.

그런 불만과 불화가 우리를 어디로 데려가고 있는지 아무도 몰랐다. 그것이 나를 데려간 곳은 초라한 중고상점이 늘어선 복스홀의 울퉁불퉁한 도로였다. 그리고 그 도로는 꽉 막힌 상태였다. 나는 차가 서 있는 동안 집에 전화를 걸었다. 아직 소식이 없다고 했다. 이십 분을 기다린 후 도로에서 벗어나 보도로 반쯤 올라갔다. 상점 바깥에 겹겹이 쌓인 책상과 램프 스탠드, 침대 프레임 사이에서 나에게 도움이 될지도 모를 물건을 발견한 것이다. 예전에 병원에서 쓰던 단순한 강관 휠체어였다. 찌그러지고 지저분하고 안전띠가 너덜너덜했지만 바퀴는 그런대로 잘 굴러가서 흥정을 좀 한 끝에 2파운드에 구입했다. 중고상점 주인이 내가 물 채운 마네킹이라고 말한 아담을 밴에서 내려 휠체어에 싣는 걸 도와줬다. 그는 물을 왜 채웠는지 묻지 않았다. 나는 감각이 있는 존재라면 견딜 수 없을 만큼 휠체어의 가슴과 허리 안전띠를 세게 조였다.

나는 들것을 집어넣고 밴을 잠근 다음 북쪽을 향해 길고 험난한 여정에 올랐다. 휠체어는 거기 실린 짐만큼 무거웠고 바퀴 하나가 무게를 못 이겨 삐걱거렸다. 동료 바퀴들 역시 휠체어가 가벼웠을 때처럼 쉽게 굴러가지 않았다. 보도가 한산해도 충분히 힘들 텐데 도로만큼 혼잡했다. 그게 늘 수수께끼였다—수천 명이 시위대를 향해 밀려드는 만큼 행렬에서 빠져나오는 사람들이 있었다. 조금이라도 오르막이 있으면 두 배로 힘이 들었다. 나는 복스홀브리지로 강을 건너 테이트갤러리를 지났다. 의회 광장에 이르러 화이트홀을 따라 걷기 시작했을 때쯤 앞바퀴들이 뻑뻑해지기 시작했다. 한 걸음 한 걸음 옮길 때마다 힘들어서 끙끙 신음이 나왔다. 나는 산업화 이전 시대의 하인이 되어 무표정한 주인나리를 그의 여흥을 위한 약속장소로 모셔가고 있다고 상상했다. 그곳에 도착하면 보람도 없이 주인나리를 도로 모셔오기 위해 기다려야 할 터였다. 나는 그 노고의 목적을 거의 잊었다. 내가 아는 건 킹스크로스로 가고 있다는 사실뿐이었다. 하지만 나의 진로는 막혀 있었다. 트래펄가광장이 연설을 듣는 군중으로 꽉 차 있었다. 우리는 박수갈채와 환호성을 향해 다가갔다. 발아래 버려진 가느다란 플라스틱 색테이프가 휠체어 바퀴에 엉켰다. 나는 군중의 발에 밟힐 위험을 무릅쓰고 쭈그려앉아 테이프를 빼냈다. 200미터쯤 떨어진 채링크로스 로드까지 가는 데 한참이 걸릴 듯했다. 아무도 길을 비켜주려 하지 않았고 비켜줄 수도 없었다. 후진이 전진보다 쉽지도 않았다. 이제 골목까지 다 채워지고 있었다. 사람들이 웃고 떠드는 소리, 무적소리, 베이스드럼소리, 휘파람소리, 노랫소리가 천둥처럼 요란하면서도 날카로웠다. 나는 주인나리를 조금씩 앞으로 모시기 위해 고군분투하며 겹겹이 쌓인 실망과 분노, 혼란과 비난 속으로 아주 천천히 파고들었다. 가난, 실업, 주택문제, 의료서비스와 노인요양, 교육, 범죄, 인종, 성, 기후, 기회—모든 목소리, 플래카드, 티셔츠와 현수막에 의하면 사회적 존재에 관한 오랜 문제들이 하나도 해결되지 못한 채 남아 있었다. 누가 그것을 의심할 수 있겠는가? 그건 더 나은 무언가를 요구하는 거대한 부르짖음이었다. 그리고 나는 그에 더해질 새 문제—아직 때를 만나지 못한 아담 같은 경이로운 기계들—를 안고 망가진 더러운 휠체어를 밀고 있었다. 휠체어 바퀴의 불평이 소음에 묻힌 덕에 나는 주위의 시선을 끌지 않고 군중을 헤치고 지나갈 수 있었다.

세인트마틴스 레인을 올라가는 것도 힘들기는 매한가지였다. 북쪽으로 더 가자 보도가 한산해지기 시작했다. 하지만 뉴옥스퍼드 스트리트에 닿자마자 시끄럽던 바퀴가 멈추는 바람에 거기서부터는 휠체어 앞쪽을 들어 뒤로 기울이고 밀어야 했다. 나는 영국박물관 근처 술집에서 잠깐 쉬면서 샌디*를 한 잔 마셨다. 그리고 거기서 다시 미란다에게 전화를 걸었다. 아직도 소식이 없다고 했다.

나는 약속시간보다 세 시간 늦게 요크웨이에 도착했다. 굴곡진 긴 대리석 상판 너머의 경비원이 전화를 걸어보더니 나에게 서명을 요구했다. 십 분 후 두 사람이 와서 아담을 데려갔다. 반시간 후 그들 중 하나가 돌아와 나를 상사에게 데려갔다. 연구실은 칠층에 있는 긴 방이었다. 눈부신 형광등 불빛 아래 스테인리스 테이블 두 개가 놓여 있었다. 그중 하나에 더 이상 주인나리가 아닌 아담이 여전히 그의 가장 좋은 옷을 입은 채 똑바로 누워 있었고 그의 몸통에는 전선이 연결되어 있었다. 다른 테이블에는 잘린 목이 꼿꼿이 서 있었는데, 잘 발달된 얼굴 근육이 돋보이고 검은 피부가 반짝거렸다. 다른 아담이었다. 평퍼짐하고 울퉁불퉁한 코가 우리 아담의 코보다 친절하고 다정해 보였다. 눈을 뜨고 있었는데 주의깊은 시선

---

* 맥주와 레모네이드를 섞은 음료.

이었다. 아버지가 보았더라면 확실히 알았겠지만, 나는 그가 젊은 찰리 파커를 많이 닮았다고, 적어도 찰리 파커를 참조한 게 분명하다고 생각했다. 그는 복잡한 악보를 들여다보는 것처럼 꾸민 표정을 짓고 있었다. 나는 내가 산 아담은 왜 천재를 모델로 만들어지지 않았을까 의아했다.

아담 옆에 열린 노트북 두 대가 있었다. 그것을 들여다보려고 가까이 가는데 뒤에서 목소리가 들려왔다. "아직 아무것도 없어요. 아주 끝장을 냈더군."

나는 돌아섰고, 튜링이 나타나 악수하며 말했다. "망치로 그랬나?"

그는 나를 데리고 긴 복도를 지나 모퉁이의 비좁은 사무실로 들어갔고 그 방에서는 서쪽과 남쪽이 아주 잘 보였다. 그곳에서 우리는 두 시간 가까이 커피를 마셨다. 아담과 상관없는 이야기는 일절 없었다. 당연히 그의 첫 질문은 나를 그런 파괴행위에 이르게 한 동기가 무엇이었느냐는 것이었다. 나는 전에 말하지 않은 모든 것과 그후에 일어난 일들, 그리고 균형에 입각한 아담의 정의관과 그것이 입양절차에 위협이 되어 '그 행위'의 원인이 된 것까지 모두 이야기했다. 튜링은 전에 그랬던 것처럼 메모를 하며 간간이 명확한 이해를 위해 내 이야기를 중단시키고 질문을 던졌다. 그는 망치로 가격한 일에 대해 자세히 알고 싶어했다. 그때 나는 아담과 얼마나 가까이 있었는가? 어떤 종류의 망치였는가? 얼마나 무거웠는가? 양손으로 전력을 다해 내리쳤는가? 나는 아담의 마지막 부탁을 지금 실행하는 거라고 말했다. 자살과 모든 아담과 이브에 대한 리콜과 관련해서는 나보다 그, 튜링이 더 잘 알고 있으리라고 확신한다고도 덧붙였다.

멀리 시위현장에서 작은북 두드리는 소리와 수렵용 호른의 짜릿한 곡조가 들려왔다. 서쪽 하늘을 뒤덮은 두꺼운 구름이 일부 걷히면서 석양빛이 튜링의 사무실에 닿았다. 내가 이야기를 마친 후에도 그가 계속 메모를 해서 나는 그에게 들키지 않고 그를 지켜볼 수 있었다. 그는 회색 정장에 넥타이를 매지 않은 연녹색 실크 와이셔츠 차림이었고 발에는 와이셔츠 색깔에 맞춘 녹색 브로그화를 신고 있었다. 메모를 하는 그의 얼굴 한쪽에 태양빛이 비쳤다. 나는 그가 아주 멋지다고 생각했다.

이윽고 메모를 마친 그가 펜을 재킷 안쪽에 끼우고 수첩을 덮었다. 그는 생각에 잠긴 눈으로 나를 응시하더니—나는 그의 시선을 마주할 수가 없었다—시선을 돌리고 입술을 오므리며 집게손가락으로 책상을 톡톡 쳤다.

"그는 기억장치가 손상되지 않았으면 복구되거나 유통될 수도 있어요. 난 자살 관련 기밀정보 같은 건 없어요. 의혹만 있지. 내 생각에 아담과 이브는 인간의 의사결정을 이해할 수 있는 준비가 갖춰져 있지 않아요. 우리의 원칙은 감정, 특이한 편향, 자기망상, 그리고 잘 알려진 다른 모든 인식적 결함의 자장에서 뒤틀리는데, 그들은 그걸 이해하지 못하지. 그래서 아담과 이브는 곧 절망에 빠진 거예요. 우리를 이해할 수 없었으니까. 하긴 우리도 우리 자신을 이해할 수 없지. 그들의 학습 프로그램은 우리와 맞지 않아요. 우리가 우리 자신의 마음을 알지 못하는데 어떻게 그들의 마음을 고안하고 그들이 우리와 함께 행복하게 살 수 있기를 기대하겠어요? 하지만 이건 내 가설일 뿐이지."

그는 잠시 침묵했다가 결심한 듯 말했다. "나에 대한 이야기를 하나 해주지요. 삼십 년 전인 1950년대 초에 난 동성애 때문에 법적인 문제에 휘말렸어요. 들었을 수도 있겠지만."

나도 알고 있었다.

"난 한편으로는 당시의 법을 진지하게 받아들이기가 힘들었어요. 법을 경멸했지. 동성애는 서로 간 합의의 문제고, 아무런 해도 끼치지 않으며, 나를 비난하는 사람들의 계층을 포함한 모든 계층에서 흔한 일이라는 걸 알고 있었으니까. 하지만 물론 그건 엄청나게 충격적인 일이기도 했어요. 나에게도 그랬고 특히 내 어머니에게. 사회적 수치였지. 나는 대중의 혐오의 대상이 됐지. 법을 어겼기 때문에 범죄자였고, 당국에서는 오랫동안 나를 위험인물로 여겼어요. 전시에 한 일 때문에 국가기밀을 많이 알고 있었으니까. 되풀이되는 오랜 난센스지요—국가는 당신이 하는 일, 당신이라는 존재를 범죄로 만든 후 당신이 협박에 취약하다는 이유로 당신을 끊어낸다. 전통적 관점에서 동성애는 혐오스러운 범죄요, 모든 선한 것의 왜곡이며, 사회질서에 대한 위협이었지요. 하지만 개화되고 과학적 객관성을 갖춘 특정 그룹에서는 그게 병이니 환자를 비난해선 안 된다고 생각했어요. 다행히 치료법이 있었죠. 나는 스스로 죄를 인정하거나 유죄판결을 받으면 처벌 대신 치료를 선택할 수 있다는 설명을 들었어요. 주기적으로 에스트로겐 주사를 맞는 것. 이른바 화학적 거세였지. 나는 내가 아픈 게 아니라는 걸 알았지만 치료를 받기로 결심했어요. 그건 단순히 교도소행을 피하기 위한 것만은 아니었어요. 호기심도 있었지. 나는 그걸 하나의 실험으로 여김으로써 그 모든 일에 초연해질 수 있었어요. 호르몬 같은 복잡한 화합물은 육체와 정신에 어떻게 작용할까? 나는 직접 관찰해보기로 했어요. 지금은 그때의 그런 생각에 매력을 느끼기가 어렵지만. 당시 난 인간에 대해 매우 기계론적인 관점을 갖고 있었어요. 육체는 하나의 기계, 아주 놀라운 기계이고 정신은 체스나 수학을 참조하여 가장 잘 모방할 수 있는 지능이 주를 이룬다고 생각했지. 지나친 단순화였지만 난 그런 관점으로 연구에 임할 수 있었어요."

나는 다시금 그가 그런 사적인 이야기—일부는 나도 이미 아는—를 털어놓는 것에 우쭐한 기분을 느꼈다. 하지만 불안하기도 했다. 그가 나를 어딘가로 이끌고 있다는 의심이 들었던 것이다. 그의 날카로운 시선에 나는 바보가 된 기분이었다. 그의 목소리에는 전시 방송에서 많이 들어본, 조급하고 절도 있는 어투가 희미하게 남아 있었다. 나는 임박한 침공의 위협에 대해 전혀 모르는 철부지 세대에 속했다.

"그런데 나의 좋은 친구 닉 퍼뱅크를 비롯한 지인들이 내 마음을 돌리려고 했어요. 그건 경솔한 짓이라고 그들은 말했지. 호르몬요법은 그 효과가 충분히 밝혀져 있지 않다고. 암에 걸릴 수도 있다고. 몸에 급격한 변화가 올 수도 있다고. 가슴이 커질 수도 있다고. 심각한 우울증에 걸릴 수도 있다고. 나는 그들의 말에 귀를 기울이면서도 저항했지만 결국 마음을 돌렸어요. 재판을 피하기 위해 죄를 인정하고 치료는 거부했어요. 돌이켜보면, 그땐 그렇게 생각하지 않았지만 내 평생 가장 잘한 결정 중 하나였죠. 윈즈워스교도소에서 일 년을 복역하는 동안 거의 두 달 동안 독방을 썼어요. 실험도 할 수 없고, 습식 벤치 장비도 없고, 평소의 모든 의무에서도 해방된 나는 수학으로 돌아갔어요. 전쟁 때문에 양자역학은 완전히 방치되어 빈사 상태에 빠졌죠. 나는 몇 가지 흥미로운 모순을 풀어보고 싶었어요. 그리고 폴 디랙의 연구에 관심이 많았지요. 무엇보다도, 나는 양자역학이 컴퓨터공학에 무엇을 가르쳐줄 수 있는지 알고 싶었어요. 물론 난 거의 방해를 받지 않았죠. 책도 몇 권 구할 수 있었고. 킹스 칼리지와 맨체스터대학, 그리고 다른 곳에서 사람들이 면회를 와줬어요. 내 친구들은 결코 나를 실망시키지 않았죠. 첩보계의 경우, 그들이 원하는 곳에 나를 둔 다음 더이상 신경쓰지 않았어요. 나는 자유로웠지요! 에니그마 암호를 푼 1941년 이후 최고의 연구 업적을 남긴 해였어요. 어쩌면 컴퓨터 논리 논문을 쓴 1930년대 중반 이후라고 해야 할지도 모르겠군요. 심지어 P 대 NP 문제에 대한 연구도 시작했으니까. P 대 NP라는 용어를 쓰게 된 건 그로부터 십오년 후의 일이지만. 나는 DNA 구조에 관한 크릭과 왓슨의 논문에 흥분했어요. 그래서 결국 승자독식 DNA 신경망—아담과 이브를 가능하게 만드는 데 도움이 된—으로 이어질 연구의 초안을 잡기 시작했죠."

튜링이 원즈워스교도소에서 나온 첫해에 국립물리연구소와 대학에서 벗어나 자신의 연구소를 세운 이야기를 하고 있을 때, 내 바지 주머니 속 휴대전화가 진동하는 것이 느껴졌다. 문자메시지가 들어온 거였다. 미란다가 소식을 전해온 것이다. 나는 문자를 확인하고 싶은 마음이 간절했다. 하지만 참아야 했다.

튜링이 말했다. "미국 친구들과 이곳 사람 두어 명이 마련해준 돈이 있었어요. 우린 아주 훌륭한 팀이었죠. 옛 블레츨리

멤버. 최고였지. 우리의 첫번째 일이 재정적 독립을 가능하게 해줬어요. 큰 기업들 주급을 계산해줄 사무용 컴퓨터를 개발했지요. 우리의 후한 친구들이 내준 투자금을 갚는 데 사 년이 걸렸어요. 그다음에 우리는 본격적으로 인공지능 연구에 착수했고, 그게 내 이야기의 요지예요. 처음에 우린 십 년 안에 인간의 뇌를 복제할 수 있을 거라고 생각했어요. 하지만 작은 문제 하나를 해결할 때마다 백만 개는 되는 다른 문제가 발생했죠. 공을 잡거나, 컵을 입으로 들어올리거나, 하나의 단어 혹은 구절 혹은 모호한 문장을 즉시 이해하는 게 얼마나 어려운 일인지 알아요? 우린 처음엔 몰랐어요. 수학문제를 푸는 건 인간의 지능이 하는 일 중 극히 작은 일부예요. 우리는 뇌가 얼마나 경이로운 것인지 새로운 각도에서 깨닫게 됐지요. 1리터들이 액랭식 3차원 컴퓨터. 믿을 수 없을 정도로 압축적이고, 에너지 효율이 뛰어나며, 과열이 없는 처리 능력. 전체가 25와트로 가동되죠—흐릿한 전구 하나를 밝힐 전력으로."

그는 마지막 말을 길게 끌며 나를 자세히 들여다보았다. 그건 비난이었고, 흐릿함은 나를 겨냥한 말이었다. 나는 의견을 말하고 싶었지만 아무 생각도 떠오르지 않았다.

"우리는 최고의 연구 성과를 무료로 배포했고 다른 사람들도 모두 그렇게 하도록 장려했지요. 모두 그렇게 했고. 전 세계 수백 개—천 개는 못 될지라도—연구소가 무수한 문제를 공유하고 해결했어요. 아담과 이브는 그 결과물 중 하나지요. 우리는 거기에 우리의 연구 성과가 많이 반영된 것에 대해 무척 자랑스러워하고 있어요. 아담과 이브는 아름답고 아름다운 기계예요. 하지만, 늘 하지만이 따르지요. 우리는 뇌를 모방하기 위해 뇌에 대해 많은 연구를 했어요. 하지만 아직까지 과학은 인간의 정신을 이해하는 데 어려움만 겪고 있어요. 개별정신이건 집단정신이건. 과학에서 정신은 패션쇼에 지나지 않았죠. 프로이트, 행동주의, 인지심리학. 모두 단편적 통찰에 지나지 않았어요. 정신분석이나 경제학에서 명성을 떨칠 심오하거나 예견적인 통찰은 없었지요."

나는 의자에서 몸을 움직이며 그 한 쌍의 학문에 인류학을 추가하여 사고의 독립성을 입증해 보이려 했지만 그가 계속 말했다.

"그래서―인간의 정신을 많이 알지 못하는 상태라도 인공의 정신을 사회생활에 구현해보고 싶어진 거죠. 머신러닝은 한계가 있어요. 그러니 우리가 인공의 정신에 삶의 규칙을 부여해야 하죠. 거짓말을 금지하면 어떨까? 구약 잠언에 따르면, 거짓말은 하느님이 가증스러워하는 것이지요. 하지만 사회생활에는 무해한, 심지어 유익하기까지 한 허위가 넘쳐요. 그것을 어떻게 구분할 수 있을까? 친구가 낯을 붉히지 않을 작은 선의의 거짓말을 위한 알고리즘을 누가 만들 수 있을까? 자유의 몸이 될 뻔한 강간범을 교도소로 보낼 거짓말이나. 우리는 아직 기계에게 거짓말을 가르치는 방법을 몰라요. 그렇다면 복수는? 당신은 가끔은 허용될 수 있다고 생각하겠지요. 복수를 실행에 옮기는 사람을 사랑한다면. 당신의 아담은 결코 허용될 수 없다고 생각했고."

그는 말을 멈추고 다시 나를 외면했다. 나는 그의 어조뿐 아니라 옆얼굴에서도 변화가 다가오고 있음을 감지했고, 갑자기 맥박이 맹렬해졌다. 귓속에서 맥박소리가 들렸다. 그가 침착하게 말을 이었다.

"나는 당신이 망치로 아담에게 한 행위가 언젠가는 중죄가 되기를 희망합니다. 당신이 돈을 내고 사서 그럴 수 있었습니까? 그게 그럴 권리를 부여했나요?"

그는 대답을 기대하며 나를 보고 있었다. 나는 대답하지 않을 생각이었다. 대답을 한다면 거짓말을 해야 할 테니까. 그의 분노가 커질수록 목소리는 침착해졌다. 나는 겁을 먹은 상태였다. 그의 시선을 피하지 않는 것이 내가 할 수 있는 전부였다.

"당신은 단순히 철부지 아이처럼 자기 장난감을 부순 게 아닙니다. 그건 단순히 법의 지배를 지지하는 중요한 주장을 무효화한 것이 아니라고요. 당신은 한 생명을 파괴하려 했습니다. 그는 지각이 있는 존재였지. 자아가 있는. 그것이 어떻게 만들어졌건, 축축한 뉴런이건, 마이크로프로세서건, DNA망이건 중요하지 않아요. 당신은 우리만이 우리의 특별한 능력을 갖고 있다고 생각해요? 개 키우는 사람한테 물어봐요. 프렌드 씨, 아담은 당신이나 나보다 더 나은 정신의 소유자였어요. 당신은 의식을 지닌 존재를 없애려는 시도를 한 겁니다. 나는 그래서 당신을 경멸합니다. 만일 나였다면—"

그때 튜링의 책상 위 전화기가 울렸다. 그가 수화기를 낚아채듯 들어 귀에 대고 얼굴을 찡그렸다. "토머스…… 응." 그는 손바닥으로 입을 쓸며 귀기울여 들었다. "글쎄, 내가 경고하지 않았나……"

그는 말을 끊고 나를 보며, 아니 내 쪽으로 시선을 던지며 나가라는 뜻으로 손등을 내저었다. "통화를 해야겠습니다."

나는 복도로 나가서 그의 목소리가 들리지 않는 곳으로 걸어갔다. 몸이 휘청거리고 구역질이 났다. 그건 죄책감이었다. 그는 개인적인 이야기로 나를 유혹했고 나는 영광스러웠다. 하지만 그건 서막에 지나지 않았다. 그는 나를 구워삶은 후 유물론자의 독설을 퍼부었다. 그 말이 가슴에 파고들었다. 칼날처럼. 그 말이 날카로운 칼날이 된 건 납득이 가기 때문이었다. 아담은 의식이 있었다. 나는 오랫동안 그 사실 근처에서 맴돌거나 그 사실을 인정하다가 '그 행위'를 하기 위해 편리하게 그걸 무시했다. 나는 튜링에게 우리가 아담을 잃고 얼마나 애석해했는지, 미란다가 얼마나 눈물을 흘렸는지 이야기했어야 했다. 그리고 아담의 마지막 시를 언급하는 것도 잊었다. 우리는 그 시를 듣기 위해 아담에게 얼마나 가까이 몸을 기울였던가. 우리는 그 시를 재구성하여 적어놓기까지 했다.

튜링이 토머스 레아와 통화하는 소리가 아직 들렸다. 나는 더 멀리 갔다. 다시 튜링을 대면할 수가 없을 것 같다는 생각이 들기 시작했다. 그는 경멸을 도저히 감추지 못하는 듯 차분한 목소리로 판결을 내렸다. 가장 존경하는 사람의 증오를 받는 기분은 얼마나 끔찍한지. 당장 건물에서 걸어나가는 편이 나았다. 나는 별생각 없이 버스나 지하철 요금을 낼 잔돈을 찾으려고 주머니에 손을 넣었다. 동전 몇 개밖에 없었다. 남은 돈을 뮤지엄 스트리트의 술집에서 써버린 것이다. 밴을 세워둔 복스홀까지 걸어가야 했다. 이제 보니 밴 열쇠가 주머니에 없었다. 설령 튜링의 사무실에 빠뜨리고 나왔다 해도 가지러 가고 싶진 않았다. 나는 그가 통화를 끝내기 전에 떠나야만 한다는 걸 알았다. 순 겁쟁이 같으니라고.

하지만 나는 잠시 복도에 남아 혼란스러운 상태로 벤치에 앉아서 맞은편의 열린 문을 바라보며 재판은 받지 않을 살인미수로 비난받는 게 어떤 것이고 어떤 의미인지 이해하려고 애썼다.

나는 전화기를 꺼내 미란다의 문자를 확인했다. '재심사 통과! 재스민이 방금 마크 데려옴. 상태가 나빠. 나를 때리고 발로 차고 욕하고 제대로 된 말은 안 하고 만지지도 못하게 해. 지금 발작적으로 비명을 질러대고 있어. 완전 패닉이야. 자기야 빨리 와, M.'

마크가 그의 삶에서 오랫동안 사라져 있었던 미란다를 용서하는 데 얼마나 시간이 걸릴까. 우리는 그것을 스스로 깨닫게 될 것이다. 나는 그 전망에 대해 이상할 정도로 침착했다―그리고 확신에 차 있었다. 나에겐 해야 할 일이 있었다. 그건 나 자신의 문제를 넘어서는 것이었다. 마크가 퍼즐 너머로 내게 보냈던 그 눈길, 미란다의 목에 둘렀던 그 태평한 팔, 다시 춤출 수 있는 넓은 공간을 그에게 돌려주겠다는 분명하고 순수한 목적. 나는 언젠가 손에 쥐어본 메달이 문득 떠올랐다. 수학 분야에서 최고 영예인 필즈상 메달, 거기에는 아르키메데스의 말이 라틴어로 새겨져 있었다. '자신을 넘어서서 세계를 움켜쥐라.'

나는 내가 스테인리스 테이블이 있는 연구실 안을 들여다보고 있다는 걸 일 분쯤 지난 후에야 깨달았다. 거기 들어갔었던 게 오래전 일 같았다. 다른 생에서의 일. 나는 일어나서 멈칫했다가 권한과 허가에 대한 생각은 모두 버리고 안으로 들어가 테이블로 다가갔다. 산업용 천장배관과 케이블이 노출되어 있고 형광등이 비치는 그 긴 방은 저쪽 끝에서 분주히 움직이는 조수 한 사람을 제외하면 비어 있었다. 건물 아래 거리에서 아득한 사이렌소리와 무슨 말인지 알아듣기 힘든 반복적 구호가 들려왔다. 누군가가 물러나거나 무언가를 없애야 한다는 것 같았다. 나는 반들거리는 바닥을 소리 없이 천천히 걸어갔다. 아담은 여전히 위를 보고 누워 있었다. 몸통에 연결되어 있던 전선은 분리되어 바닥에 늘어져 있었다. 찰리 파커의 머리는 사라졌고 나는 다행이라고 생각했다. 그의 시선을 받고 싶지 않았던 것이다.

나는 아담 옆에 서서 정지된 심장 위 옷깃에 손을 올렸다. 좋은 천이군, 하는 생뚱맞은 생각이 들었다. 나는 테이블 위로 몸을 숙여 그 멀어버린 흐릿한 녹색 눈을 내려다보았다. 특별한 의도는 없었다. 무엇을 해야 할지 마음보다 몸이 먼저 아는 때가 가끔 있다. 나는 아담이 마크에게 해를 끼치긴 했지만 그를 용서하는 게 옳다고 생각했는데, 아담 혹은 그의 기억의 계승자가 미란다와 나의 끔찍한 행위를 용서해주기를 바라는 마음에서였다. 나는 잠시 주저하다가 그에게 얼굴을 가까이 대고 너무도 인간 같은 그 부드러운 입술에 입을 맞췄다. 육신의 온기가 느껴지는 듯했고, 그의 손이 내 팔을 잡고 거기 붙잡아둘 것만 같았다. 나는 숙였던 상체를 세우고도 그곳을 떠나고 싶지 않아서 스테인리스 테이블 옆에 서 있었다. 건물 아래 거리가 갑자기 조용해졌다. 머리 위에서 현대식 건물의 시스템이 살아 있는 야수처럼 웅얼거리고 으르렁거렸다. 피로감이 차올라 잠시 눈이 감겼다. 공감각의 순간, 무질서한 말과 산발적인 사랑과 회한의 충동이 폭포와도 같은 색색의 빛 커튼을 이루었다가 무너지고 접히더니 사라졌다. 죽은 자에게 내 죄책감을 구체화하고 정의하는 말을 건네는 것이 그다지 민망하진 않았다. 하지만 아무 말도 하지 않았다. 문제가 너무 뒤틀려 있었다. 내 삶의 다음 단계가, 분명 가장 힘든 시기가 될 그 단계가 이미 시작되고 있었다. 그리고 난 그곳에서 너무 오래 지체했다. 금세라도 튜링이 자기 사무실에서 나와 나를 찾아내어 더 비난을 퍼부을 것 같았다. 나는 아담에게서 돌아서서 한결같은 걸음으로 뒤돌아보지 않고 그 방에서 걸어나갔다. 빈 복도를 달려가다 비상계단을 발견하고 한 번에 두 단씩 내려가 거리로 나가서는 나의 골치 아픈 가정을 향해 런던을 가로질러 남쪽으로 향하는 여정에 올랐다.

감사의 말

    이 소설의 초안에 시간을 내준 모든 이에게 깊은 감사를 보낸다. 애닐레나 매커피, 팀 가턴 애시, 게일런 스트로슨, 레이돌런, 리처드 에어, 피터 스트라우스, 댄 프랭클린, 낸 탤리스, 야코 그루트와 엘리자베스 그루트, 루이즈 데니스, 레이네인스타인과 캐시 네인스타인, 애너 플레처, 데이비드 밀너. 남아 있는 모든 오류는 순전히 나의 탓이다. 데미스 허사비스(1976년 출생)와의 긴 대화에서, 그리고 앤드루 호지스가 쓴 앨런 튜링(1954년 사망)에 관한 권위 있는 전기에서 크나큰 도움을 받았다.

옮긴이 민승남

서울대학교 영어영문학과를 졸업하고 현재 전문 번역가로 활동중이다. 2021년 『켈리 갱의 진짜 이야기』로 제15회 유영번역상을 수상했다. 옮긴 책으로 『마지막 이야기들』 『북과 남』 『지복의 성자』 『시핑 뉴스』 『넛셸』 『솔라』 『데어 데어』 『바퀴벌레』 『스위트 투 스』 『사실들』 『빌리 린의 전쟁 같은 휴가』 『상승』 『사이더 하우스』 『그 부류의 마지막 존재』 『별의 시간』 『서쪽 바람』 『죽음이 물었다』 『한낮의 우울』 『천 개의 아침』 『밤으로 의 긴 여로』 등이 있다.

문학동네 세계문학

나 같은 기계들

초판 인쇄 2023년 7월 31일 ｜ 초판 발행 2023년 8월 16일

지은이 이언 매큐언 ｜ 옮긴이 민승남
책임편집 박아름 ｜ 편집 류현영 오동규
디자인 김이정 최미영 ｜ 저작권 박지영 형소진 최은진 서연주 오서영
마케팅 정민호 한민아 이민경 안남영 김수현 왕지경 황승현 김혜원 김하연
브랜딩 함유지 함근아 박민재 김희숙 고보미 정승민 배진성
제작 강신은 김동욱 이순호 ｜ 제작처 한영문화사

펴낸곳 (주)문학동네 ｜ 펴낸이 김소영
출판등록 1993년 10월 22일 제2003-000045호
주소 10881 경기도 파주시 회동길 210
전자우편 editor@munhak.com ｜ 대표전화 031)955-8888 ｜ 팩스 031)955-8855
문의전화 031)955-1927(마케팅) 031)955-2646(편집)
문학동네카페 http://cafe.naver.com/mhdn
인스타그램 @munhakdongne ｜ 트위터 @munhakdongne
북클럽문학동네 http://bookclubmunhak.com

ISBN 978-89-546-9406-3 03840

잘못된 책은 구입하신 서점에서 교환해드립니다.
기타 교환 문의 031) 955-2661, 3580

www.munhak.com